W0266330

LA CHARMANTE LIBRAIRIE DES JOURS HEUREUX

JENNY COLGAN

LA CHARMANTE LIBRAIRIE DES JOURS HEUREUX

Traduit de l'anglais
par Laure Motet

EDITIONS PRISMA

Titre de l'édition originale :
The Little Shop of Happy Ever After
© 2016 by Jenny Colgan

Responsable éditoriale : Ambre Rouvière
Assistante éditoriale : Adèle Jacquet
Composition : Nord Compo Multimédia
Illustration de couverture : © Kate Forrester
Conception graphique de la couverture : Nord Compo Multimédia / Kate Forrester

---

© 2020 Éditions Prisma/Prisma Media pour la traduction française.

Tous droits réservés. Toute reproduction, même partielle, de cet ouvrage est interdite sans l'autorisation écrite de l'éditeur.
Une copie ou une reproduction par quelque procédé que ce soit constitue une contrefaçon passible des peines prévues par la loi sur la protection du droit d'auteur.

ISBN : 978-2-8104-2900-4

PEFC™
10-31-1601
Certifié PEFC
pefc-france.org

Depuis 2009, Prisma Media met en place une politique d'achat éco-responsable. Ainsi, près de 100 % du papier de nos magazines est certifié PEFC (gestion durable des forêts). La fabrication des livres des Éditions Prisma s'inscrit également dans cette démarche.

« Laissez lire, et laissez danser :
ces deux amusements ne feront
jamais de mal au monde. »

Voltaire

Message aux lecteurs

Ce livre ne comporte pas de dédicace, car il vous est entièrement dédié : à vous, cher lecteur. À tous les lecteurs.

Et cela, parce qu'il parle de lecture et de la manière dont les livres peuvent changer notre vie… toujours en bien, si vous voulez mon avis. Il évoque également ce que l'on ressent quand on déménage pour tout recommencer (ce que j'ai moi-même souvent expérimenté), et l'influence que le lieu où l'on choisit de s'établir a sur nous. Il y est aussi question d'amour – est-il possible de tomber amoureux dans la vraie vie comme on tombe amoureux dans les livres ? Et de fromages, parce que je viens tout juste de m'installer dans un lieu où on en fait beaucoup et que je n'arrive pas à m'empêcher d'en manger. Sans oublier d'un chien nommé Persil.

Mais le sujet principal en reste les livres, car Nina Redmond, notre héroïne, rêve d'ouvrir une librairie.

Voilà pourquoi j'ai décidé de vous donner quelques conseils utiles pour bien choisir votre coin lecture : je veux que vous soyez aussi confortable que possible. Si je suis passée à côté d'une évidence ou si vous avez des habitudes complètement différentes, n'hésitez pas à m'envoyer un petit mot sur Facebook ou Twitter (@jennycolgan), car j'ai la conviction un peu vieux jeu que la lecture est un trésor qu'il nous faut continuer de chérir. J'espère sincèrement que vous prendrez autant de plaisir à lire ce livre que j'en ai pris à l'écrire, où que vous choisissiez de le faire.

Dans le bain

Vingt et une heures quarante-cinq, c'est le moment que je préfère pour me détendre dans un bon bain. Cela a le don de rendre fou mon mari, puisqu'il doit régler le thermostat pour que la température de l'eau soit parfaite (à savoir, à peine plus froide que la surface du soleil), et veiller à ce que la baignoire soit toujours bien pleine. C'est un vrai luxe. Sauf que je n'aime pas l'huile pour le bain. C'est dégoûtant, vous ne trouvez pas ? Cela recouvre tout. Bref, ce n'est pas le sujet. Lire dans son bain. Les livres de poche sont idéaux, c'est évident, et le pire qui puisse arriver, c'est d'avoir à les faire sécher sur le radiateur (tous les *Harry Potter* qui sont passés entre les mains de mes enfants sont gondolés), mais je bouquine aussi beaucoup sur ma liseuse électronique. Vous voulez connaître mon secret ? Je tourne les pages avec mon nez ! Vous n'avez peut-être pas la chance d'avoir un magnifique nez italo-écossais comme le mien, à la Peter Capaldi (vous savez, *Doctor Who*), mais, avec un peu d'entraînement, vous devriez vite vous rendre compte qu'il est tout à fait possible de garder l'une de vos mains dans l'eau et de tourner les pages en même temps. Si l'un de vos proches a l'habitude d'entrer dans la salle de bains sans prévenir, assurez-vous de fermer la porte à clé, car, d'après mon expérience, les gens trouvent ce spectacle désopilant.

Sinon, mon amie Sez, elle, se sert de ses deux mains : elle met sa liseuse dans un sac plastique. Malin !

Au lit

Le seul problème quand on bouquine au lit, c'est que cela ne dure en général pas longtemps : deux ou trois pages, et on tombe comme une masse. Si vous avez eu une journée particulièrement longue, vous risquez de flotter entre l'état de sommeil et celui de veille, avant de vous assoupir pour de bon. Résultat, le lendemain soir, en reprenant votre livre, il est possible que vous vous demandiez : y avait-il une licorne rose dans ce livre ? Elle traversait une salle d'examen en courant, et je la poursuivais en pyjama... Et je devrais vous répondre non. Il n'y a rien de tel ici. Vous piquiez du nez, et j'ai bien peur que vous deviez retourner quelques pages en arrière. Toutefois, pour vous aider, j'ai donné des prénoms très différents à tous les personnages. Il n'y a rien de pire que de suivre les aventures d'une Cathy et d'une Katie tard le soir, et je ne tiens pas à vous compliquer la vie : elle l'est déjà suffisamment comme cela.

Sur un transat

En vacances, sur un transat : l'endroit rêvé pour lire, en théorie. D'ailleurs, j'ai toujours évalué les romans que je lisais à l'aune de mes coups de soleil. Mais il y a malgré tout un problème : comment tenir son bouquin ? Si on le tient en l'air, nos bras se fatiguent, et on finit avec une marque de bronzage en forme de livre (la preuve ultime du cool dans certains cercles, d'après moi). Si on lit face au soleil, on finit par plisser les yeux d'une manière peu élégante. S'asseoir en tailleur sur sa serviette n'est pas la position la plus flatteuse (si vous êtes comme moi : j'ai tendance à m'affaisser un peu). Si on se couche sur le ventre, on transpire, et les morceaux de plastique du transat nous coupent. Le nec plus ultra, si vous arrivez à vous en procurer une, ce sont les super chaises longues pour vieilles dames équipées d'un toit parasol. Oui, elles sont parfaitement ridicules. Mais bon, on est confortablement installé pour lire, au contraire de tous les autres, alors on est encore gagnant.

En marchant dans la rue

Avant, il était parfaitement acceptable de marcher dans la rue, le nez plongé dans un bouquin. Les gens souriaient avec indulgence et s'écartaient de notre chemin, parce qu'ils connaissaient ce besoin : celui de lire à tout prix (une fois, dans le métro de Londres, j'ai même vu une fille se déboîter le poignet : suspendue à une sangle, elle essayait de descendre à la station Bank tout en finissant *Un garçon convenable*, de Vikram Seth).

Or, aujourd'hui, personne ne décroche plus les yeux de son stupide smartphone, au cas où quelqu'un aimerait une photo de chien sur Facebook et qu'ils manqueraient cela à deux secondes près : du coup, même sans livre à la main, se promener dans la rue est devenu une vraie course d'obstacles. Alors, soyez prudent.

Pour le club de lecture

Si vous lisez ces pages dans le cadre d'un club de lecture, je ne peux que vous prier de m'excuser : il est sans doute deux heures quinze du matin, et votre réunion a lieu ce soir. Le fait d'être obligé de lire donne un peu l'impression d'aller à l'école, vous ne trouvez pas ? Et si on voulait avoir des devoirs, on s'inscrirait à ce cours du soir qu'on se promet de suivre depuis toujours. Le plus souvent, si on se dépêche de terminer un livre, c'est au cas où quelqu'un nous demanderait : « Alors, qu'as-tu pensé de cette fin ? » On devrait alors acquiescer d'un signe de tête, en espérant que ce n'était pas une fin-surprise, avec un gros retournement de situation (je l'avoue, ça m'est déjà arrivé). De fait, laissez-moi vous rassurer : pas de coup de théâtre ici. Sauf que c'est précisément ce que je vous dirais s'il y en avait un !

Dans un hamac

Autrefois, quand j'étais jeune, mon charmant petit ami m'a acheté un hamac, puis me l'a accroché sur mon minuscule, et très périlleux, toit-terrasse. J'y passais de longues heures, heureuse, à me balancer et à lire, en mangeant des biscuits apéritifs et en pensant à mon bel et gentil amoureux.

Et puis, cher lecteur, je l'ai épousé. Nous avons eu des enfants, un chien, et nous avons emménagé dans un lieu où il pleut en permanence : aujourd'hui, le hamac est donc rangé quelque part… Cela, mes amis, est apparemment ce que l'on veut dire par « ils vécurent heureux et eurent beaucoup d'enfants ».

Les instants volés

Ah, ce que je préfère ! J'arrive souvent dix minutes en avance quand je vais chercher les enfants à la piscine ou je grappille un quart d'heure après avoir fait les courses, pour rester dans la voiture et m'octroyer un petit moment hors du monde, seule avec mon livre. On le mérite bien, et la vie n'en est que plus douce.

Dans les transports

Lire dans les transports, c'est génial, si vous savez comment vous y prendre. Se déplacer en transport est très organisé (vous n'avez qu'à voir le regard vide des gens qui prennent le métro tous les jours et exécutent machinalement cette danse magnifique, infiniment complexe, dans les couloirs), notre cerveau est donc programmé pour nous déconnecter pendant le laps de temps nécessaire. Posez votre téléphone ; toutes ces broutilles insignifiantes peuvent attendre que vous arriviez au travail. C'est votre récompense pour devoir faire la navette au quotidien.

En voyage

Voyager, ce n'est pas la même chose qu'utiliser les transports jour après jour. Comme vous devez vous en douter, je suis contre le wi-fi dans les voitures et les avions, même si, bien sûr, tout en est équipé aujourd'hui. Malgré tout, en avion, réservez assez tôt un siège près du hublot où vous pourrez vous pelotonner ; mettez vos écouteurs et une musique apaisante à la radio proposée à bord, puis plongez-vous dans votre lecture pendant plusieurs heures. Excepté le moment où le personnel navigant sert les boissons : comme vous avez peur d'être oublié, vous devenez un peu fébrile et n'arrivez plus à vous concentrer. À ce moment-là, posez votre livre et attrapez un magazine en faisant mine d'être super détendu et de n'en avoir que faire d'être servi ou non. J'ai aussi déjà essayé de manger, boire, écouter de la musique et lire, tout en même temps, sur un siège de classe éco. À éviter, à moins d'avoir beaucoup de monnaie sur soi pour les frais de pressing de son voisin.

Les trains, eux, sont faits pour la lecture. Personnellement, je trouve moins pénible de mettre un bon casque que de m'asseoir dans une voiture dite « silencieuse » et d'avoir à faire la police à cause d'imbéciles qui font du bruit. Je ne dis pas qu'on devrait les envoyer en prison. Mais je ne dis pas le contraire non plus.

Au coin du feu

Si vous n'avez pas de cheminée, une bougie fera l'affaire. La chose que j'attends avec le plus d'impatience quand les nuits rallongent, c'est un feu crépitant et un bon livre – plus il est long, mieux c'est. J'adore lire un roman volumineux, au calme, en buvant une grande tasse de thé – ou un verre de vin, si on approche du week-end (ou si je suis d'humeur à étendre la définition du week-end). Un chien est aussi utile. Les chiens sont très forts pour nous rappeler qu'on n'a pas besoin de regarder son téléphone toutes les deux secondes pour être heureux dans la vie.

À l'hôpital

J'ai passé beaucoup de temps dans les hôpitaux, pour diverses raisons : j'y ai travaillé, j'y ai donné naissance à plusieurs enfants, et ces enfants y ont par la suite passé pas mal de temps après être tombés d'arbres, s'être cassé des bras ou des jambes, etc.

À l'hôpital, le temps n'est pas le même qu'ailleurs. D'abord, il passe beaucoup plus lentement. Il ne s'arrête pas la nuit. Et on est toujours étonné de tout ce qui se passe autour de nous, car tous les grands événements que vivront la plupart d'entre nous (la mort et la naissance, le bonheur et le deuil) se déroulent à tous les étages d'un bâtiment stérile et surchauffé : la peur, la peine et la joie, contenues dans chacun des pas rapides de professionnels sur un sol en lino impeccable.

Je trouve difficile de lire à l'hôpital : cela donne l'impression d'être à bord d'un grand bateau qui navigue en eaux troubles, tandis que, dehors, des gens sont sur la terre ferme, à se promener et à vaquer à leurs occupations quotidiennes, sans se rendre compte des flots agités, tout proches, que l'on fend.

D'après mon expérience, la poésie est une bonne lecture d'hôpital. Des textes courts, dont on peut lever le nez sans se sentir trop fragilisés, trop déconnectés ; car nous passons tous par là, nous y sommes tous déjà passés et nous y passerons tous.

C'est aussi un lieu bienveillant, un endroit où s'asseoir pour faire la lecture à quelqu'un d'autre, à voix basse.

Voilà pourquoi cela ne me choque pas que les hôpitaux vendent des gâteaux et des glaces. Il devrait toujours y avoir des gâteaux dans les hôpitaux. C'est le minimum, et de loin.

À l'ombre d'un arbre dans un parc ensoleillé

Mais naturellement ! Avec une glace à l'italienne, s'il vous plaît ; pas des boules.

Divers

Certaines de mes plus grandes fiertés sont d'avoir réussi à lire : en allaitant (mettez un oreiller SOUS la tête du bébé) ; en me séchant les cheveux (j'ai une affreuse tignasse) ; en me brossant les dents (j'ai de bonnes dents, sans doute parce que je me les brosse bien plus longtemps que le temps recommandé) ; en voiture, quand il y a des travaux, en attendant que le feu passe au vert ; en m'enfermant dans la salle de bains lors d'un mariage vraiment barbant (pas le mien) ; en patientant à l'aire de jeux (une fois, un après-midi pluvieux, j'ai lu tout un roman pendant que mes enfants jouaient dans une piscine à balles ; je crois que nous avons tous passé la meilleure journée de notre vie) ; en me faisant faire une pédicure (je ne fais jamais de manucure, car je ne peux pas lire pour passer le temps) ; en faisant la queue ; dans une décapotable (pas facile) ; à l'église (un péché, pour lequel j'ai été dûment punie) ; lors de déplacements professionnels, quand je devais manger seule au restaurant (on n'est jamais seul avec un livre) ; et, en remontant dans le temps, là où tout a commencé (j'y ai passé un bon million d'heures), sur le siège arrière droit de la vieille Saab 99 verte de mon père, la tête toute bouclée de mon frère cadet endormi sur mes genoux et une glace pour m'accompagner. Alors, faites-moi savoir où vous lisez. Car un livre égaiera toujours votre journée, et je vous souhaite de ne passer que des jours heureux.

Et maintenant, il est temps pour vous de rencontrer Nina…

Avec toute mon affection,
Jenny

Chapitre 1

Le problème avec les événements positifs, c'est que, très souvent, ils avancent masqués, avec un air de catastrophe. Ce serait merveilleux, non, si à chaque fois qu'on traversait une mauvaise passe, quelqu'un nous tapotait l'épaule pour nous dire : « Ne t'inquiète pas, ça vaut le coup. En ce moment, tu as l'impression d'être dans une situation inextricable, mais tout finira bien, je te le promets. » Ce à quoi on pourrait répondre : « Merci, ma bonne fée ! » On pourrait aussi ajouter : « Est-ce que je vais perdre mes trois kilos en trop ? », et elle répondrait : « Mais bien sûr, mon enfant ! »

Ce serait bien pratique, mais les choses ne se passent pas ainsi : voilà pourquoi on persévère trop longtemps dans des entreprises qui ne nous rendent pas heureux ou qu'on renonce trop vite à des choses qui auraient fini par se régler d'elles-mêmes, et qu'on a souvent du mal à les distinguer les unes des autres.

Passer sa vie à se projeter dans l'avenir peut être très frustrant. C'est du moins ce qu'en pensait Nina.

★

Nina Redmond, vingt-neuf ans, était en train de se dire qu'il ne fallait pas qu'elle pleure en public. Si vous avez déjà essayé de vous passer un savon à vous-même, vous savez que ce n'est pas très efficace. Elle était au travail, bon sang ! On n'était pas censé pleurer au travail.

Elle se demanda si cela arrivait aux autres. Puis elle se dit que cela arrivait peut-être à tout le monde, même à Cathy Neeson, avec ses cheveux raides trop blonds, sa bouche fine et ses feuilles de calcul, qui était en ce moment même debout dans un coin de la pièce, les bras croisés, l'air sombre, à observer la petite équipe dont Nina faisait partie, après leur avoir tenu un discours jargonneux sur les réductions d'effectifs qui avaient lieu un peu partout, la ville de Birmingham qui ne pouvait pas se permettre de garder toutes ses bibliothèques ouvertes et l'austérité à laquelle il fallait tout bonnement qu'ils s'habituent.

Nina estima que ce n'était pas le cas : certaines personnes n'avaient aucune larme à verser.

(Ce que Nina ignorait, c'était que Cathy Neeson pleurait tous les jours en se rendant au travail et en rentrant chez elle – à vingt heures passées, le plus souvent –, à chaque fois qu'elle licenciait quelqu'un, à chaque fois qu'on lui demandait de rogner sur un budget déjà réduit au minimum, à chaque fois qu'on lui donnait l'ordre de rédiger de nouveaux documents de qualité, pertinents, et à chaque fois que son patron posait toute une tripotée de paperasses sur son bureau à seize heures le vendredi après-midi alors que, de son côté, il partait en week-end à la montagne, ce qui lui arrivait souvent.

Un jour, elle finirait par tout plaquer. Elle irait travailler dans la boutique de souvenirs d'une association de sauvegarde du patrimoine pour un cinquième de son salaire, mais avec moitié moins d'heures à effectuer et plus aucune larme à verser. Mais nous ne sommes pas là pour parler de Cathy Neeson.)

C'était juste…, songea Nina en tentant de faire passer la boule qu'elle avait dans la gorge. C'était juste que leur bibliothèque était si petite, à taille humaine.

L'heure du conte pour les enfants tous les mardis et jeudis matins. La fermeture anticipée le mercredi après-midi. Le bâtiment vieillot, fatigué, avec ses sols en lino défraîchis. Certes, il y régnait parfois une odeur de renfermé. Les gros radiateurs qui gouttaient pouvaient tarder à se mettre en marche le matin pour devenir bouillants d'un coup, l'atmosphère devenant aussitôt étouffante, surtout à côté du vieux Charlie Evans, qui venait lire son journal, *The Morning Star*, au chaud, de bout en bout, très lentement. Elle se demanda où tous les Charlie Evans du monde pourraient bien aller désormais.

Cathy Neeson leur avait expliqué que tous les services de bibliothèque allaient être regroupés en centre-ville, où ils deviendraient un « pôle d'activité », avec une « zone multimédia », un café et une « expérience intersensorielle », quoi que cela puisse être, même si le centre-ville était à deux trajets de bus de là, bien trop loin pour leur clientèle vieillissante et difficile à déplacer.

Leurs charmants locaux, tout miteux, avec leur joli toit pointu, allaient être vendus pour devenir des appartements de luxe, totalement inabordables avec un salaire de bibliothécaire.

Et Nina Redmond, vingt-neuf ans, lectrice avide, avec ses longs cheveux auburn emmêlés, sa peau pâle parsemée de taches de rousseur, et une timidité qui la faisait rougir (ou lui donnait envie de fondre en larmes) aux moments les plus malvenus, allait être, elle le pressentait, jetée dans les vents froids d'un monde qui voyait arriver beaucoup de bibliothécaires en même temps sur le marché de l'emploi.

– Vous pouvez donc commencer à emballer les « livres » dès maintenant, avait conclu Cathy Neeson.

Elle avait prononcé le mot « livres » comme si elle le jugeait rebutant dans sa nouvelle vision, clinquante, des services de la médiathèque. Tous ces livres crasseux, embarrassants.

⋆

Nina se traîna jusqu'à l'arrière-salle, le cœur lourd, les yeux légèrement cerclés de rouge. Heureusement, tous les autres avaient plus ou moins la même tête. Et la vieille Rita O'Leary, qui aurait sans doute dû prendre sa retraite dix ans plus tôt, mais était si gentille avec la clientèle que tout le monde lui pardonnait de ne plus réussir à déchiffrer le système de classement du fonds documentaire et de ranger les volumes plus ou moins au hasard, avait éclaté en sanglots, si bien que Nina avait pu cacher son propre chagrin en la réconfortant.

– Est-ce que tu sais qui a déjà fait ça ? lança son collègue Griffin à travers sa longue barbe tandis que Nina se frayait un passage dans la pièce.

En prononçant ces mots, il jeta un regard méfiant en direction de Cathy Neeson, qui se trouvait toujours dans la salle principale.

– Les nazis, poursuivit-il. Ils ont emballé tous les livres, puis ils en ont fait des autodafés.

– Mais ils ne vont pas en faire des autodafés ! rétorqua Nina. Ce ne sont pas vraiment des nazis.

– C'est ce que tout le monde croit. Et puis, en moins de temps qu'il ne faut pour le dire, les nazis débarquent.

⋆

Un genre de vente avait été organisé en toute hâte : la plupart de leurs clients s'étaient contentés de feuilleter leurs ouvrages préférés, familiers, dans la boîte à dix centimes, laissant derrière eux les livres les plus neufs et les plus reluisants.

Désormais, comme les jours passaient, ils étaient censés emballer les volumes restants pour les expédier à la bibliothèque centrale, mais le visage d'ordinaire renfrogné de Griffin était encore plus sombre que d'habitude. Il arborait une longue barbe fâcheusement effilée et prenait de haut tous ceux qui ne lisaient pas les mêmes livres que lui. Comme il n'aimait que d'obscurs romans des années 1950, aujourd'hui épuisés et ayant pour héros de jeunes gens frustrés qui buvaient trop dans le quartier londonien de Fitzrovia, il avait tout le loisir de parfaire cette attitude. Il ne démordait pas de son histoire d'autodafés.

– Ils ne vont pas les brûler ! Ils vont aller dans le gros machin, en centre-ville.

Nina ne pouvait se résoudre à prononcer le mot « médiathèque ».

– Est-ce que tu as vu les plans ? ronchonna Griffin. Café, ordinateurs, DVD, plantes vertes, administration, et des gens qui font des analyses coûts-bénéfices et persécutent les personnes sans travail… pardon, des gens qui animent des « ateliers de pleine conscience ». Il n'y a pas de place pour un seul bouquin dans ce fichu lieu. Ça va finir à la décharge, tout ça, ajouta-t-il en désignant les dizaines de cartons. Ils vont s'en servir pour faire des routes.

– Mais non !

– Mais si ! C'est ce qu'ils font avec les livres en fin de vie, tu ne le savais pas ? Ils en font des sous-couches routières. Pour que de grosses voitures puissent rouler sur des siècles de réflexion, de savoirs et d'érudition, gravant métaphoriquement l'amour de la connaissance dans la poussière avec leurs énormes pneus ridicules et leurs conducteurs débiles, fans de *Top Gear*, qui fanfaronnent en détruisant la planète.

– Tu n'es pas franchement de bonne humeur ce matin, hein, Griffin ?

– Est-ce que vous pouvez vous dépêcher un peu, vous deux ? intervint Cathy Neeson en entrant d'un air affairé et anxieux.

Leur budget ne leur permettait de louer les camions destinés à la collecte des livres que pour l'après-midi ; s'ils n'arrivaient pas à tout charger à temps, elle aurait de gros ennuis.

– Oui, mon *Oberführer*, souffla Griffin à voix basse alors qu'elle ressortait, l'air toujours aussi affairé, son carré blond toujours aussi rigide. Bon sang, cette femme est si méchante que c'en est incroyable !

Mais Nina ne l'écoutait pas. Elle regardait, désespérée, les milliers de volumes autour d'elle, si prometteurs avec leur belle couverture et leur texte de présentation optimiste. Condamner ne serait-ce qu'un seul d'entre eux à la décharge était un crève-cœur pour elle : c'étaient des livres, quand même ! À ses yeux, cela équivalait à fermer un refuge pour chiens. Et il était impossible qu'ils finissent le travail dans la journée, malgré ce que Cathy Neeson pouvait en penser.

Voilà pourquoi, quand Nina se gara six heures plus tard devant la porte d'entrée de la petite maison où elle vivait en colocation, son Austin Metro était pleine à craquer de livres.

*

– Oh non ! gémit Surinder en ouvrant la porte avant de croiser les bras sur son imposante poitrine.

Son visage arborait une expression sévère. Nina avait déjà rencontré sa mère, qui était commissaire de police : Surinder tenait cela d'elle et regardait souvent Nina avec cet air.

– Tu ne les rentres pas à l'intérieur. C'est hors de question, poursuivit-elle.

– C'est juste que... Je veux dire, ils sont dans un état impeccable.

– Ce n'est pas le problème. Et ne me regarde pas avec ces yeux, on dirait que je suis en train de refouler des orphelins.

– Eh bien, dans un sens..., répondit Nina en s'efforçant de ne pas paraître trop implorante.

– Les solives de la maison ne le supporteront pas, Nina ! Je te l'ai déjà dit.

Nina et Surinder partageaient cette petite maison mitoyenne dans la joie et la bonne humeur depuis quatre ans, depuis que Nina était arrivée dans le quartier d'Edgbaston après avoir grandi dans la ville de Chester. Elles ne se connaissaient pas avant et avaient donc eu la chance de devenir amies en étant colocataires, plutôt que d'être des amies qui emménageaient ensemble pour finir par se brouiller.

Nina vivait dans la crainte que Surinder ne se trouve un petit copain sérieux et qu'elle ne déménage ou lui demande d'emménager avec elle, mais, malgré ses nombreux prétendants, cela ne s'était pas encore produit, et cela l'arrangeait bien. Surinder faisait toujours remarquer que rien ne justifiait de penser qu'elle était la seule à qui cela pouvait arriver. Mais du fait de la timidité maladive de Nina et de sa pratique solitaire et assidue de la lecture, elles étaient toutes les deux presque certaines que Surinder tirerait le bon numéro en premier. Nina avait toujours été une fille réservée, à l'écart, qui observait le monde à travers le prisme de ses romans préférés.

Et puis, s'était-elle dit après une autre soirée gênante passée à bavarder avec les copains empotés du dernier amant en date de Surinder, elle n'avait tout bonnement rencontré personne qui soutienne la comparaison avec ses héros de romans préférés. Un Monsieur Darcy ou un Heathcliff ou même, quand l'humeur s'y prêtait, un Christian Grey... Les garçons nerveux, aux mains moites, auxquels elle ne trouvait jamais rien de drôle ou de malin à dire, ne faisaient vraiment pas le poids. Ils n'arpentaient pas les landes du Yorkshire l'air courroucé, le teint hâlé. Ils ne refusaient pas de danser avec vous à la Grand Pump Room tout en vous aimant en secret depuis toujours. Tout ce qu'ils faisaient, c'était se soûler à la fête de Noël, comme l'avait fait Griffin, et essayer de vous enfoncer la langue dans la gorge tout en vous répétant pendant des heures, d'une voix chevrotante, que leur relation avec leur petite amie n'était pas si sérieuse que cela, sincèrement. Bref. Surinder semblait furieuse et, pire, elle avait raison de l'être. La maison ne pouvait tout bonnement plus accueillir un seul livre. Il y en avait partout : sur le palier, dans l'escalier, dans la chambre de Nina (à ras bords), dans le salon (soigneusement rangés), dans les toilettes (on ne savait jamais). Nina aimait avoir *Les Quatre Filles du docteur March* sous la main en cas de crise.

– Mais je ne peux pas les laisser dehors, dans le froid, la supplia-t-elle.

– Nina, c'est un tas de BOIS MORT ! Et certains sentent carrément mauvais !

– Mais…

Surinder garda la même expression, regardant Nina avec sévérité.

– Nina, ça suffit. La situation devient totalement incontrôlable. Vous videz la bibliothèque toute la semaine. Ça ne va faire qu'empirer.

Elle avança d'un pas pour attraper sur le dessus de la pile un énorme roman d'amour que Nina adorait.

– Regarde ! Tu l'as déjà, celui-là.

– Oui, je sais, mais c'est la première édition, reliée. Regarde ! Il est magnifique ! Il n'a jamais été lu.

– Et il ne le sera jamais, parce que ta pile de livres à lire est plus haute que moi !

Toutes deux se trouvaient maintenant dans la rue ; Surinder était tellement en colère qu'elle était sortie précipitamment.

– Non ! décréta Surinder en élevant la voix. Non. Cette fois, je serai ferme.

Nina sentit qu'elle commençait à trembler. Elle se rendit compte qu'elles étaient sur le point de se fâcher, et elle ne se sentait pas capable de supporter une confrontation ni toute autre forme de dispute. Surinder le savait, elle aussi.

– S'il te plaît, répéta Nina.

Surinder leva les bras au ciel.

– Bon sang, j'ai l'impression de donner un coup de pied à un chiot. Tu n'arrives pas à gérer ce changement de boulot, hein ? Tu n'y arrives pas du tout. Tu restes juste là à ne rien faire.

– Et aussi…, murmura Nina en fixant le trottoir alors que la porte d'entrée se refermait d'un coup derrière elles. J'ai oublié mes clés ce matin. Je crois bien qu'on est enfermées dehors.

*

Surinder l'avait fixée d'un regard noir, puis, Dieu merci, après avoir fait sa tête de commissaire de police, avait fini par éclater de rire. Elles s'étaient rendues dans un joli petit pub-restaurant au bout de leur rue, qui était en général pris d'assaut, mais, ce soir-là, n'était pas trop bondé, et s'étaient installées dans un petit coin tranquille.

Surinder avait commandé une bouteille de vin, que Nina regardait avec circonspection. C'était en général mauvais signe : le début de la conversation « qu'est-ce qui cloche chez Nina ? », qui commençait habituellement au bout du deuxième verre.

Après tout, il n'y avait rien de mal, si ? À aimer les livres, à aimer son travail et à vivre sa vie comme cela. Gentiment, confortablement. La routine. Ou il n'y avait rien eu de mal, plutôt.

– Non, lança Surinder en posant son deuxième verre avec un soupir.

Nina prit un air patient, prête à écouter. Surinder travaillait pour une entreprise d'importation de bijoux : elle tenait aussi bien les comptes que les négociants de diamants. Et elle était très douée. Ils avaient tous peur d'elle. Ses compétences, que ce soit en matière de travail administratif ou d'absentéisme, étaient légendaires.

– Ce n'est pas suffisant, Nina, non ?

Nina se concentra sur son verre, espérant que l'attention se porte sur autre chose.

– Qu'a dit l'agent en charge des réaffectations ?

– Il a dit… il a dit qu'il ne restait pas beaucoup de postes dans les bibliothèques, après les coupes budgétaires. Ils vont les remplacer par des bénévoles.

– Les adorables petites mamies ? fit Surinder avec un petit rire.

Nina acquiesça.

– Mais elles sont incapables de recommander les bons romans aux bonnes personnes ! Elles ne savent pas ce qu'un gamin de neuf ans doit lire après *Harry Potter*.

– *La Voix du couteau*, de Patrick Ness, répondit machinalement Nina.

– C'est exactement ce que je veux dire ! Cette expertise-là ! Est-ce qu'elles savent faire fonctionner le logiciel de gestion des commandes ? Le système d'archivage ? Le back-office ?

Nina fit non de la tête.

– Pas vraiment.

– Et où est-ce que tu es censée aller ?

– Il y aura peut-être des postes de médiateur dans le nouveau pôle d'activité, répondit Nina en haussant les épaules. Mais il faut que je suive une formation de *team-building* et que je postule à nouveau.

– Une formation de *team-building* ?

– Oui.

– *Toi ?* dit Surinder, hilare. Est-ce que tu t'es inscrite ?

Nina secoua la tête.

– Griffin l'a fait.

– Eh bien, il va falloir que tu le fasses aussi.

– Je suppose, oui, fit Nina avec un soupir.

– Tu es en train de perdre ton boulot, Nina ! En train de le perdre ! Passer l'après-midi à rêvasser en lisant du Georgette Heyer ne va rien y changer, si ?

Nina hocha la tête.

– Ressaisis-toi !

– Si je le fais, est-ce que je peux rentrer les livres dans la maison ?

– Non !

Chapitre 2

Nina arriva à la formation de *team-building* un brin nerveuse. Elle ne savait pas du tout à quoi s'attendre. Et puis, sa voiture était toujours pleine à craquer de livres. Griffin était là, un pied nonchalamment posé sur le genou de son autre jambe, comme s'il essayait de donner l'impression d'être la personne la plus cool de tous les temps. Mais ce n'était pas très réussi. Sa queue-de-cheval pendait mollement dans son dos sur un tee-shirt grisâtre, et ses lunettes étaient pleines de traces.

– Fainéants de stagiaires, murmura-t-il à Nina pour l'aider à se sentir mieux.

Ce ne fut pas le cas ; elle se sentit encore plus mal et se mit à tripatouiller son chemisier à fleurs. Dehors, le printemps se montrait hésitant, tel un navire ballotté par les flots, un instant trempé, l'autre baigné de soleil.

Surinder avait raison : il était vraiment temps qu'elle se secoue.

Mais elle avait parfois le sentiment que le monde n'était pas fait pour les filles comme elle. Les personnes comme Surinder, sûres d'elles, avec une forte personnalité, ne pouvaient pas comprendre. Nina n'était pas extravertie, elle ne se mettait pas constamment en avant, en postant *selfie* sur *selfie*, en réclamant de l'attention ou en monopolisant la parole, alors les autres ne la voyaient même pas. Ils oubliaient sa présence. Et, en général, cela ne la dérangeait pas.

Mais, désormais, elle voyait bien qu'elle risquait de s'oublier elle-même. Peu importait le nombre de livres qu'elle essayait de sauver, quoi qu'elle fasse, sa petite bibliothèque allait fermer. Son poste était supprimé, et il ne s'agissait pas simplement d'en trouver un autre. Les bibliothécaires étaient au chômage à travers tout le pays : trente d'entre eux postuleraient à chaque nouvelle annonce. Cela lui donnait l'impression d'être un réparateur de machines à écrire ou un fabricant de fax. À vingt-neuf ans, elle avait l'étrange sensation que la vie n'avait pas besoin d'elle.

Un jeune homme bondit sur la petite estrade installée à l'avant de l'arrière-salle de la bibliothèque, où ils s'étaient tous réunis. Le personnel des deux autres bibliothèques qui fermaient dans la région était également présent. Quand ils s'étaient rencontrés, ils avaient tenu de longs conciliabules pour se plaindre de ce satané gouvernement et de la situation dans laquelle ils se retrouvaient – mais ne savaient-ils le rôle que jouaient les bibliothèques dans leur communauté ? Ne le savaient-ils pas ?

D'après Nina, ils le savaient parfaitement. Mais ils s'en fichaient, tout simplement.

– Salut ! lança le jeune homme, qui portait un jean et une chemise rose à col ouvert.

– Je me demande combien il est payé pour faire ça, murmura Griffin. Plus que nous, j'imagine.

Nina sourcilla : elle n'avait jamais fait cela pour l'argent.

– Salut, tout le monde, répéta le jeune homme, qui avait une de ces voix qui montent en fin de phrase, donnant l'impression de toujours poser une question. Bon, je sais bien que la situation n'est pas idéale ? poursuivit-il.

– Non, tu crois ? grogna Griffin.

– Mais je suis certain qu'à la fin de la journée, on aura tous bien avancé… on va nouer des liens, travailler la confiance en soi, d'accord ?

Griffin grogna à nouveau. Mais Nina, elle, se pencha légèrement en avant. Travailler la confiance en soi ? Cela ne pouvait pas faire de mal.

⋆

Cela se produisit dans la matinée, une heure plus tard. Ils faisaient des « jeux de confiance » pour redonner foi en une chose ou une autre, en dépit du fait qu'ils allaient tous se retrouver en concurrence pour les quelques postes qu'il restait à pourvoir. Nina avait traversé la pièce les yeux bandés, guidée par la seule voix des autres. Et là, elle se retrouvait debout sur une table, les yeux fermés, attendant de se laisser tomber en arrière. Elle était à la fois nerveuse et agacée. Elle n'était pas faite pour cela, les éclats de voix, la représentation.

Mungo, le jeune homme, s'était pourtant montré encourageant.

– Rien n'est impossible pour vous ! leur avait-il crié. D'accord ?

Griffin avait poussé un soupir, mais Nina avait semblé intéressée. Tout cela rimait peut-être à quelque chose en fin de compte.

– Rien ne vous est impossible, si vous essayez.

– Oui, c'est ça. Dans ce cas, je crois que je vais rejoindre l'équipe olympique de plongeon, avait commenté Griffin.

Mungo l'avait dévisagé un instant, sans cesser de sourire. Puis il avait relevé la jambe de son pantalon, et un cri de surprise était monté de la salle. Sous son vêtement, il avait une jambe en plastique toute lisse.

– J'essaierais quand même si j'étais toi, avait-il dit. Allez, qu'est-ce que tu as vraiment envie de faire ?

– Diriger un service de la médiathèque, s'était hâté de répondre Griffin.

Il était convaincu, Nina le savait, que Mungo était un espion envoyé par l'entreprise.

Le jeune homme s'était contenté de hocher la tête.

– Faisons un tour de table, avait-il repris. Soyez honnêtes. Personne ne vous espionne.

Nina s'était renfoncée dans son siège. Elle ne supportait pas de parler en public.

Un homme à la voix rauque avait pris la parole au fond de la salle :

– J'ai toujours voulu travailler avec les animaux. Dehors, dans la nature. Les repérer, les compter, vous voyez ce que je veux dire ?

– Mais ça a l'air génial ! s'était exclamé Mungo, l'air sincère. Super ! Viens devant.

Nina avait alors eu envie de rentrer sous terre : ils avaient tous dû se réunir autour de la table, puis l'homme avait grimpé dessus et s'était laissé tomber en arrière, pour que les autres le retiennent.

– J'ai toujours rêvé d'être maquilleuse pour le cinéma, avait alors lancé une jeune réceptionniste des services généraux. De maquiller les grandes stars et tout ça.

Mungo avait opiné du chef, et elle s'était avancée pour se laisser tomber, elle aussi. Tout le monde s'était prêté au jeu avec une telle désinvolture : Nina n'en avait pas cru ses yeux.

– Je veux seulement travailler avec des livres, avait avoué Rita. Je n'ai jamais rien voulu faire d'autre.

D'autres idées avaient fusé dans la pièce, accompagnées de nombreux hochements de tête et de quelques salves d'applaudissements. Ils n'avaient toutefois pas demandé à Rita de tomber à la renverse, à cause de sa hanche. Même Griffin était revenu sur sa première réponse, pour marmonner entre ses dents qu'en réalité, il avait toujours voulu devenir auteur de bandes dessinées. Nina n'avait rien dit. Elle n'avait fait que se creuser les méninges, avant de finir par s'apercevoir que Mungo la fixait du regard.

– Oui ?

– Allez, tu es la dernière. Tu dois dire ce que tu as envie de faire. Et sois honnête.

Nina s'était approchée de la table à reculons.

– Je n'y ai pas vraiment pensé.

– Bien sûr que si. Tout le monde y pense.

– Ça va vous sembler ridicule. Surtout en ce moment.

– Rien ne semble ridicule ici. Nous nous sommes tous jetés à l'eau.

Nina était donc montée sur la table. Et voilà. Le reste du groupe la regardait, dans l'expectative. Elle avait la gorge sèche et l'esprit vide.

– Eh bien, commença-t-elle en sentant qu'elle rougissait atrocement et en déglutissant avec difficulté. Eh bien… enfin. Eh bien, j'ai toujours… j'ai toujours rêvé qu'un jour, j'aurais ma propre librairie. Juste une toute petite librairie.

Il y eut un silence. Puis, tout à coup, des voix s'élevèrent dans toute la salle.

– Moi aussi !

– Oh oui !

– C'est une SUPER bonne idée !

– Ferme les yeux, lui dit tout bas Mungo.

Sur ce, elle se pencha en arrière, les yeux bien fermés, et tomba dans les bras qui l'attendaient, des bras qui la retinrent avant de la reposer doucement par terre.

En rouvrant les paupières, elle se demandait…

⋆

– Une LIBRAIRIE ?

Griffin, bien sûr, rejeta d'emblée cette idée.

– Une LIBRAIRIE ? répéta-t-il. Pour vendre des livres ? T'es DINGUE !

– Je ne sais pas, répondit Nina avec un haussement d'épaules. Je pourrai y vendre tes BD.

Curieusement, cette idée l'enthousiasmait toujours. Mungo l'avait entraînée à l'écart pendant la pause déjeuner, et ils en avaient discuté tous les deux. Elle lui avait fait part de son incapacité à gérer les frais généraux, le stock, le personnel et toutes les obligations qu'entraînerait le fait de tenir une boutique, qui la pétrifiaient, et qu'elle ne se sentait pas capable de remplir. Il avait gentiment opiné du chef. Quand elle avait fini par lui avouer qu'elle avait le stock suffisant pour remplir toute une librairie à l'arrière de sa voiture, il avait éclaté de rire avant de l'arrêter d'un geste.

– Tu sais, il existe des versions ambulantes de ce genre de boutiques.

– Qu'est-ce que tu veux dire ?

– Eh bien, au lieu d'avoir un magasin avec des coûts de fonctionnement et tout ça, tu pourrais essayer quelque chose de différent.

Il lui avait alors montré sur Internet la photo d'une femme qui tenait une librairie sur une péniche. Nina, qui l'avait déjà vue, avait poussé un soupir d'envie.

– Ça n'a pas forcément à être une péniche, avait ajouté Mungo en ouvrant d'autres sites sur son ordinateur. Je connais une femme dans les Cornouailles qui tient une boulangerie dans une camionnette.

– Toute une boulangerie ?

– Oui, madame. Les gens venaient de kilomètres à la ronde.

– Dans une camionnette ? répéta Nina, incrédule.

– Et pourquoi pas ? Est-ce que tu sais conduire ?

– Oui.

– Tu devrais pouvoir en équiper une, non ?

Nina ne lui avait pas avoué que réussir à faire une marche arrière dans un virage lui avait pris une éternité. L'enthousiasme de Mungo était si total, si communicatif que, en un sens, il lui avait semblé plus facile d'être d'accord avec lui.

*

Elle montra à Griffin une annonce qu'elle avait trouvée dans le journal pendant la pause, avec l'aide d'un Mungo admiratif.

– Regarde ça.

– Qu'est-ce que c'est ?

– C'est un van.

– Un vieux *food truck* puant ?

– Un vieux *food truck* puant, admit Nina à contrecœur. Bon, d'accord, celui-là ne fera sans doute pas l'affaire. Mais regarde celui-ci.

– Tu crois que les vans sont la réponse à tout, ronchonna Griffin. Ils seront pleins de petites bêtes.

– Je viens juste de te dire : pas de *food truck* !

En entendant son ton agacé, Griffin leva le nez de sa pinte, surpris, comme si une petite souris venait de rugir.

– Sois raisonnable, reprit-elle. Regarde ça.

– C'est un van, répondit-il d'un ton exagérément sarcastique. Je ne comprends pas ce que tu attends que je te dise.

– J'attends que tu me dises : « Ouah, Nina, c'est génial de te voir prendre ta vie en main et envisager une chose pareille ! »

– Tu craques pour Mungo, ou quoi ?

– Non, Griffin, c'est un enfant. Mais j'aime son état d'esprit.

– Je ne comprends pas. Un van ? Je croyais t'avoir entendue dire que tu voulais ouvrir une librairie ?

– C'est le cas ! Mais je ne peux pas me payer de locaux, si ?

– Non. Et une banque ne te prêtera jamais d'argent : tu présentes trop de risques. Tu n'y connais rien en gestion de magasin.

– Je sais. Mais je m'y connais en livres, non ?

Griffin la regarda.

– Oui, admit-il du bout des lèvres. Tu t'y connais plutôt pas mal en livres.

– Et je vais recevoir mon indemnité de licenciement. Et je pourrais vendre mon Austin Metro. Je veux dire, je pourrais… je pourrais me payer un van… j'aurais juste assez. Et j'ai tout le stock de la bibliothèque. Et toute la vie devant moi. Je pourrais aller n'importe où, vraiment. Je pourrais commencer avec ça, remplir le van et voir où ça me mène.

– Tu as trop de livres, c'est vrai. Et je ne pensais jamais dire ça de qui que ce soit.

– Eh bien, si j'ai le stock… et un van…

– Quoi ?

– Eh bien, je ne vois pas ce qui m'empêcherait de vendre des livres en me déplaçant.

Elle débordait d'enthousiasme désormais ; elle sentait comme un bourdonnement dans sa poitrine. Pourquoi pas elle ? Pourquoi tous les autres auraient-ils le droit d'avoir un rêve, mais pas elle ?

– Quoi, à Edgbaston ?

– Non. Il faudra que je trouve un endroit sans interdiction de stationnement.

– Je crois que ça n'existe pas, ce genre d'endroit.

– Quelque part où ils s'en fichent. Quelque part où on m'autorise simplement à vendre des livres.

– Je ne crois pas que ça marche comme ça.

– Eh bien, comme un marché de producteurs, où ils viennent vendre leurs produits une fois par semaine.

– Donc, tu travaillerais un jour par semaine et, le reste du temps, tu cultiverais tes livres ?

– Arrête de jouer les rabat-joie.

– Je ne le suis pas, je suis réaliste. Quel genre d'ami je serais si je restais assis à te dire : « Oui, Nina, plaque tout avant même de savoir si tu as un job ou non, envoie tout valser pour une chimère, alors que tu as presque trente ans » ?

– Hum, fit Nina, sentant son enthousiasme retomber.

– Enfin, on ne peut pas dire que ce soit dans ta nature de prendre des risques inconsidérés. Ça fait six ans que je te connais, et tu n'es pas rentrée une seule fois en retard de pause déjeuner, tu n'as jamais fait de réclamations au travail, tu ne t'es jamais plainte de rien, tu n'es jamais restée à l'intérieur à boire un café pendant une alarme incendie : rien. Madame l'Employée du mois, madame la Bibliothécaire parfaite… et maintenant, tu vas t'acheter un van pour vendre des livres dans la nature ? Pour gagner ta vie ?

– Est-ce que ça a l'air dingue ?

– Oui.

– Mmm. Et toi, qu'est-ce que tu vas faire ? Est-ce que tu vas postuler dans des librairies spécialisées BD pour devenir illustrateur ?

L'espace d'un instant, Griffin parut mal à l'aise.

– Oh ! non. Non, pas vraiment. Non. Je vais sans doute postuler à l'un des nouveaux postes. Tu sais ? Par sécurité ? En qualité de médiateur.

Nina opina tristement du chef.

– Oui, moi aussi.

– Je ne décrocherai jamais le poste face à toi.

– Bien sûr que si, ne sois pas stupide, rétorqua-t-elle en jetant un nouveau coup d'œil au journal et en se sentant rougir de gêne.

Elle se concentra sur l'annonce.

– Ce van est sans doute à des kilomètres de là, de toute façon, ajouta-t-elle.

Griffin se pencha pour regarder, avant d'éclater de rire.

– Nina, tu ne peux pas avoir ce van !

– Pourquoi pas ? C'est celui que je veux !

Elle se reprit.

– C'est celui que j'aurais voulu.

Il était blanc, en forme de boîte, rétro, avec de gros phares avant. Il avait une porte sur l'un des côtés, vers l'arrière, équipée d'un petit escalier métallique qui se dépliait. Il était vintage, charmant et, surtout, il y avait plein de place pour des rayonnages intérieurs, témoignage de son passé de camion à pain. Il était magnifique.

– Eh bien, bonne chance alors ! lança Griffin en montrant l'annonce du doigt. Regarde ! Il est en Écosse.

Chapitre 3

Cathy Neeson les reçut tous individuellement pour analyser le « développement de leurs compétences de base ». Ce n'était pas un entretien d'embauche. Bien sûr que non. En réalité, c'était une impitoyable séance de torture, mais, bien sûr, personne ne pouvait le dire. Au moment d'entrer dans la pièce, Nina tremblait déjà d'angoisse.

Cathy la regarda en ayant l'air de ne pas la reconnaître (ce qui était le cas, puisque l'un de ses enfants avait la coqueluche et qu'elle n'avait réussi à l'endormir qu'à trois heures du matin), ce qui ne mit pas Nina en confiance. Cathy jeta un rapide coup d'œil à ses notes.

– Ah, Nina. Contente de vous voir.

Elle regarda à nouveau ses notes, puis fronça légèrement les sourcils.

– Alors, vous aimez travailler à la bibliothèque, n'est-ce pas ?

– Oui, beaucoup, répondit Nina en opinant du chef.

– Mais vous devez être emballée par la nouvelle direction que nous prenons, non ?

– J'ai trouvé la formation de *team-building* très utile.

À vrai dire, elle n'avait pas pensé à grand-chose d'autre depuis. À l'allure que pourrait avoir le van une fois garé, rutilant et accueillant ; à ce qu'elle pourrait mettre à l'intérieur ; au fonds de livres dont elle aurait besoin pour être susceptible d'avoir en stock le genre d'ouvrages qui pourraient plaire aux gens ; aux endroits où elle pourrait se procurer d'autres volumes d'occasion quand la bibliothèque serait totalement vidée et…

Elle se rendit compte qu'elle s'était laissée aller à rêvasser et que Cathy Neeson la dévisageait.

(Cathy Neeson détestait tant cette partie de son travail qu'elle lui donnait des envies de meurtre. L'idée était la suivante : dissuader les candidats inappropriés de postuler, en douceur, afin que le processus d'embauche dure moins longtemps. Mais, en réalité, Cathy n'était pas certaine que les gamins impertinents biberonnés à l'émission *The Apprentice* qui semblaient décrocher tous les postes ces temps-ci soient réellement ce dont ils avaient besoin. De bonnes manières et une tête bien pleine les aideraient sûrement plus. Mais cela n'avait pas vraiment l'air de convaincre les gros bonnets, qui raffolaient des énoncés de mission prétentieux et des remarques lancées haut et fort, avec assurance.)

– Alors, pensez-vous toujours postuler ?

– Pourquoi ? demanda Nina, la panique se lisant sur son visage. Ferais-je mieux de m'abstenir ?

Cathy Neeson poussa un soupir.

– Demandez-vous seulement si l'ensemble de vos compétences de base conviendront, répondit-elle sans émotion. Et… bonne chance.

Mais qu'est-ce que cela veut dire, bon sang ? se demanda Nina alors qu'elle se levait pour partir, les jambes flageolantes.

*

Nina aurait dû préparer son entretien, mais était toujours obnubilée par les petites annonces de vans. Elle ne parvenait à en trouver aucun d'aussi joli. Nulle part. Elle sentait que c'était le bon, avec son drôle de petit nez et son toit arrondi. Il ne lui restait donc qu'une chose à faire : se rendre en Écosse.

Griffin arriva dans son dos, en louchant sur ce qu'elle regardait.

– Tu ne peux pas être sérieuse.

– Je veux seulement jeter un œil, protesta-t-elle. Ce n'est qu'une idée.

– Ce n'est plus vraiment le moment d'avoir des idées. Euh, est-ce que je peux te demander quelque chose ?

– Quoi ? s'enquit aussitôt Nina, sur ses gardes.

– Est-ce que tu pourrais relire ma lettre de motivation ?

Il avait l'air tout penaud.

– Griffin, enfin, tu sais que je me présente au même poste !

– Oui, oui. Mais tu es tellement plus douée que moi pour ce genre de choses.

– Bon, mais pourquoi je ne me contenterais pas de te donner les pires conseils, histoire que tu envoies une lettre vraiment nulle ?

– Parce que tu es trop gentille pour ça.

– Peut-être que je t'ai simplement donné un faux sentiment de sécurité.

– Pendant six ans ?

– Peut-être !

– Nan, rétorqua Griffin avec un air suffisant qui donna envie à Nina de lui renverser son café dessus. Tu n'es pas taillée pour ça, et pas taillée pour conduire un van.

– Tu crois ?

– Oui.

Il poussa ses papiers vers elle.

– Est-ce que tu pourrais juste y jeter un coup d'œil ? Me dire ce que tu en penses ? Allez, ils nous font passer un entretien à tous les deux, de toute façon. Autant aider ton ignare de copain.

Nina le regarda. Elle savait que son entrevue avec Cathy ne s'était pas bien passée. Elle se saboterait presque en donnant un coup de main à Griffin. Mais, d'un autre côté, il avait besoin d'aide…

Avec un soupir, elle s'empara de la lettre, puis se plongea dans des paragraphes incompréhensibles sur le multimédia, la progression et le contenu participatif. Plus elle avançait dans sa lecture, plus elle se sentait déprimée. Était-ce cela que le monde désirait désormais ? Parce que si c'était le cas, elle n'était pas certaine d'être à la hauteur. Elle s'efforça d'aider Griffin avec ses structures de phrases les plus hermétiques, mais ne pouvait s'empêcher de comparer tout ce bla-bla sur les paradigmes, le dépassement de soi et les objectifs de durabilité à sa propre candidature, avec ses paragraphes courts, soigneusement tapés à l'ordinateur, axés sur le fait que les bibliothèques étaient au centre de leur vie de quartier et que la lecture aidait les enfants à exploiter leur potentiel. La lettre qu'elle avait dans les mains, elle le voyait bien, avait beaucoup plus d'ambition.

Elle souffla et regarda à nouveau l'annonce.

Le van était long, un peu comme un camion de marchand de glaces, avec une ouverture à l'ancienne sur le côté.

Les photos de l'intérieur montraient qu'il était complètement vide, avec assez d'espace – elle avait même poussé le vice jusqu'à dessiner un modèle sur une feuille de papier – pour un grand nombre de rayonnages de chaque côté, plus un petit coin lecture où elle pourrait installer un canapé, les livres pour enfants peut-être... deux ou trois fauteuils poires... Elle se laissa aller à regarder par la fenêtre, l'air songeur, contemplant la soirée bruyante de Birmingham.

Dehors, deux hommes avaient une discussion animée, parce qu'ils s'étaient fait rouler par quelqu'un au sujet d'une voiture ; un groupe d'adolescents hurlaient de rire en descendant la rue ; quatre bus klaxonnaient à un carrefour, pour une raison ou une autre ; et le ronronnement de la circulation sur le pont routier voisin se faisait entendre en continu. Mais Nina était sourde à tout.

Elle le visualisait parfaitement. Parfaitement. Elle pouvait tout imaginer. De l'essence, son stock – la plupart des livres qu'elle avait récupérés étaient flambant neufs, en parfait état. Et avec toutes les bibliothèques qui fermaient... Était-il possible que quelque chose de bien sorte de cette horrible situation ?

Elle jeta un nouveau coup d'œil à l'adresse. Kirrinfief. Elle chercha les moyens de s'y rendre. Les rapides n'étaient pas bon marché, et les bon marché...

Elle avait droit à plusieurs semaines de congé qu'elle n'avait jamais prises. Si elle ne décrochait pas de nouveau poste, elle les perdrait toutes, non ? Alors, autant profiter des derniers jours de congés payés qu'elle n'aurait jamais.

En moins de temps qu'il ne fallait pour le dire, elle avait terminé la lettre ronflante de Griffin... et s'était réservé un billet d'autocar.

Chapitre 4

Nina laissa tomber son livre sur ses genoux, consciente qu'elle commençait à somnoler.

La soirée était déjà bien entamée, et elle avait passé toute la journée dans le car, avec seulement quelques brefs arrêts pour se dégourdir les jambes et déambuler dans des stations-service d'autoroute – pas le meilleur endroit pour se détendre, en temps normal. La journée touchait à sa fin, mais le soleil était encore haut dans le ciel : il se couchait bien plus tard ici qu'à Birmingham. Elle le voyait rougeoyer sur sa gauche, à travers la fenêtre contre laquelle elle appuyait la tête tandis qu'ils traversaient le pont autoroutier du Forth. Sous son éclat, le tranquille fleuve se parait de rose, donnant un instant l'impression que le car volait à travers les câbles blancs de l'imposant ouvrage.

Nina n'était encore jamais allée en Écosse. En réalité, au moment de réserver son billet (qui lui était revenu moins cher qu'une soirée au pub), elle s'était rendu compte qu'à l'âge de vingt-neuf ans, il y avait beaucoup d'endroits où elle ne s'était encore jamais rendue. Bien sûr, elle avait visité le monde de Narnia et celui de *La Petite Maison dans la prairie*, et le Pays des merveilles aussi, mais, à l'approche d'Édimbourg, en sentant pour de vrai l'odeur de levure, riche et profonde, des vieilles rues grises, les antiques pavés lui donnant envie de descendre du car sur-le-champ, le ciel d'airain se reflétant sur les vitres des hautes maisons (les plus vieux gratte-ciel au monde), elle s'était redressée, fascinée par l'enchevêtrement de petites rues qui bifurquaient en tous sens, s'entortillant autour des plus grands axes, et par le château austère juché sur sa falaise qui donnait l'impression d'avoir été parachuté au milieu de la ville et de son agitation.

Et pourtant, ils continuèrent d'aller vers le nord : au nord, toujours plus au nord, le ciel s'ouvrant davantage tandis qu'ils franchissaient le fleuve, le pont ferroviaire métallique sur sa droite, la circulation de moins en moins dense alors qu'ils traversaient des terres agricoles vallonnées, des paysages hostiles, escarpés, et de longues landes sous la voûte nuageuse du ciel.

Dans le car, les passagers se raréfiaient, eux aussi. Il y avait eu beaucoup d'allées et venues à Newcastle, Berwick et Édimbourg, mais, désormais, il ne restait qu'elle, une poignée de personnes âgées et quelques hommes qui semblaient être des ouvriers pétroliers, assis sagement ; des hommes à l'apparence revêche, tout seuls, se parlant par grognements, le visage fixé sur ce qui les attendait à l'avenir, quoi que ce soit.

À un moment donné, elle leva le nez de son livre pour voir une grande plaine brune, la lumière dorée dansant dans la bruyère ; l'instant d'après, elle aperçut un balbuzard passer au-dessus de la route et descendre en piqué vers un loch, ce qui la fit sursauter ; et puis, alors qu'ils atteignaient le sommet de la montagne suivante, un rayon de soleil parut, et elle posa purement et simplement son livre.

S'il avait plu en ce week-end de printemps, les choses auraient peut-être pris une tout autre tournure.

Nina serait restée assise à lire, blottie dans son duffle-coat ; elle aurait échangé quelques mots avec le vendeur du van, l'aurait poliment remercié et serait rentrée pour reconsidérer la question.

Si le vent était venu du large ; si le pont avait été fermé aux véhicules hauts à cause de fortes bourrasques : si un million de toutes petites choses s'étaient produites autrement.

Parce que la vie est ainsi faite, non ? Si on pensait à tous les petits riens qui nous écartent de notre chemin – parfois en bien, parfois en mal –, on ne ferait plus jamais rien.

Et certaines personnes font ce choix. Certaines personnes passent leur vie sans prendre de risques, n'en ressentant pas l'envie, ayant trop peur des conséquences pour s'essayer à quelque chose de nouveau. Bien sûr, c'est aussi une décision en soi. On progresse forcément dans l'existence, qu'on y consacre beaucoup d'efforts ou non. Mais tenter de nouvelles expériences est si difficile. Et peu de choses nous aident à sauter le pas.

Ce soir-là, alors que Nina posait pour la toute première fois le pied en Écosse, le temps n'était ni orageux, ni humide, ni couvert de nuages si bas que la cime des arbres y disparaissait. Non, le pays entier semblait pavoiser devant elle. Le soir était doré ; la lumière du nord étrange et belle. Partout où se posait son regard, elle voyait des châteaux en pierre grise et de longs panoramas ensoleillés, des agneaux qui gambadaient dans les prés et, au loin, des cerfs qui se dispersaient dans les bois au passage du car. Deux vieux messieurs, qui étaient montés à Édimbourg, se mirent à discuter tout bas en gaélique : elle les écouta en ayant l'impression qu'ils chantaient plus qu'ils ne parlaient, ravie, étonnée, car, bien que, techniquement, elle soit toujours au Royaume-Uni, où elle avait passé toute sa vie, tout ici était si étrange, si étranger.

La route continua de grimper, encore et encore. Elle ne semblait pas avoir de fin dans ce paysage immaculé : elle semblait plutôt flotter au-dessus des champs de bruyère, et Nina se surprit à encourager le car à aller toujours plus loin, là où il n'y avait pas de voiture, et encore moins de villes et de gens.

Cela la fit culpabiliser une seconde : elle eut le sentiment de trahir son Birmingham adoré, avec son périphérique, ses tours, ses sirènes de police, ses pubs bondés, ses fêtes bruyantes et sa circulation dense. D'habitude, elle adorait cela. Enfin, elle aimait bien cela. Enfin, elle le tolérait.

Mais ici, tout en haut de la Grande-Bretagne, il n'était pas du tout difficile de comprendre pourquoi les Écossais se sentaient différents, à part. Elle avait voyagé dans le Royaume-Uni – elle était allée à Londres, bien sûr, à Manchester, et en vacances dans le Dorset et le Devon, ces comtés soignés, coquets. Mais ici, c'était tout autre chose : une terre bien plus sauvage se déroulait devant elle, bien plus vaste qu'elle ne l'aurait pensé (si jamais elle y avait déjà pensé). Villes et bourgades apparaissaient à un rythme tranquille, portant de drôles de noms – Auchterdub, Balwearie, Donibristle –, tous dans une langue étrange. C'était déroutant.

Peu après vingt et une heures (il faisait encore jour, bien qu'on ne soit qu'au mois d'avril), le car arriva enfin à Kirrinfief.

Nina fut la seule à descendre à cet arrêt : elle se sentait toute chose, perdue, si loin de chez elle. Elle regarda alentour. Deux rues étroites serpentaient le long des collines qui ceinturaient la ville ; elle vit aussi un petit pub, un restaurant peint en gris avec des tables en bois bien frottées, une épicerie, une boulangerie, un minuscule bureau de poste et un magasin qui vendait des cannes à pêche. Il n'y avait pas âme qui vive, personne sur la route.

Nina était nerveuse. Dans les romans, cela signifiait en général que la prochaine personne qu'elle croiserait tenterait de la tuer, et que le reste de la communauté étoufferait l'affaire ou se transformerait en loups-garous. Il fallait qu'elle cesse d'être aussi ridicule. Griffin et Surinder savaient où elle était. Elle allait voir un van – une protection, si les choses continuaient d'aller aussi mal au travail. C'était tout. Ce n'étaient que des affaires. Les gens normaux en faisaient tout le temps. Elle sortit malgré tout son téléphone pour vérifier. Pas de réseau. Elle se mordit la langue avant de se dire qu'elle ne pouvait plus faire marche arrière.

Le pub s'appelait le *Rob Roy*. Sa devanture était charmante, recouverte de jardinières suspendues. Personne n'était assis en terrasse ; la soirée s'était refroidie, bien que le soleil pâle continue sa course lente vers l'horizon. Nina prit une profonde inspiration, puis ouvrit la porte.

À l'intérieur, les vieilles tables en bois étaient parfaitement lustrées. Une immense cheminée en pierre, entourée de médaillons de cuivre et remplie de fleurs séchées, trônait au milieu de la pièce, qui était presque vide, à l'exception de deux vieux messieurs assis au comptoir : ils se retournèrent et levèrent le nez des pintes qu'ils sirotaient tranquillement pour l'examiner avec attention. Nina dut prendre son courage à deux mains pour leur faire un joli sourire et avancer. Après tout, le car était parti et il n'y en aurait pas d'autre avant le lendemain, alors elle n'avait pas vraiment le choix de toute façon.

– Euh, bonjour, dit-elle, consciente tout à coup d'avoir un accent très anglais. Est-ce que… euh… est-ce que le propriétaire est là ?

– Yvarvenirdansuneminite.

Nina ne se rappelait pas avoir déjà été aussi gênée de toute sa vie. Une bouffée de chaleur lui monta au visage ; elle n'avait pas compris un traître mot de ce que cet homme venait de lui dire. Elle porta la main à sa gorge.

– Euh, pardon ?

Plus elle essayait d'être compréhensible, plus elle donnait l'impression d'être la reine mère, aurait-on dit. Elle eut subitement envie d'être très loin d'ici ; d'être presque partout, sauf là, en fait.

Les deux papys ricanèrent, puis, heureusement, la porte s'ouvrit d'un coup, et un homme aux joues roses entra, portant un fût de bière comme s'il ne pesait rien.

– La p'tite ! lança-t-il avec entrain. Bonjour, bonjour ! Je me demandais si le car était passé.

– Oui, il est passé, répondit-elle en opinant du chef.

Elle éprouva un profond soulagement : en se concentrant, elle arrivait à le comprendre.

– Je m'appelle Alasdair. Alors, qu'est-ce qui vous amène à cette époque de l'année ? La neige n'a pas encore eu le temps de fondre en haut des sommets.

– Je sais. C'est beau, commenta Nina avec un sourire.

À ces mots, le visage d'Alasdair s'adoucit.

– Voui, c'est beau. Est-ce que vous voulez boire quelque chose ?

Nina ne reconnaissait aucune des bières pression. Elle demanda une eau minérale, puis, voyant les hommes secouer la tête d'un air affligé, se ravisa pour commander un demi de bière locale, qui avait un goût de mélasse gazeuse.

– Buvez-moi ça, ma p'tite.

– Est-ce que vous servez encore à manger ?

Les trois hommes s'esclaffèrent.

– Nan, pas à cette heure, répondit Alasdair en la regardant de ses yeux très bleus sous ses cheveux blond-roux. Mais je peux vous faire un sandwich, si ça vous dit.

Nina mourait de faim ; la nourriture proposée dans les stations-service ne lui avait pas paru particulièrement alléchante et coûtait une fortune, or elle était consciente qu'elle risquait de se retrouver très vite au chômage. Elle avait espéré un ragoût ou une tourte : un plat chaud et nourrissant. En réalité, si elle était totalement honnête, elle avait rêvé d'une gentille femme de fermier et d'une tarte aux pommes maison accompagnée de crème, puis elle s'était rendu compte qu'elle se croyait dans un roman d'Enid Blyton, et non dans un lieu réel, dans lequel elle se trouvait justement.

– Euh, oui, volontiers.

L'homme disparut alors à l'arrière, dans ce qui ressemblait à une minuscule cuisine, laissant Nina fixer son téléphone comme si cela pouvait le faire fonctionner, se demandant si elle pouvait ressortir son livre.

L'un des vieux messieurs lui posa alors une question, qu'elle ne comprit pas vraiment mais dont elle supposa qu'elle était : « Qu'est-ce que vous faites ici ? » Ce à quoi elle répondit qu'elle était venue voir un van.

En entendant cela, ils éclatèrent tous les deux de rire, puis la conduisirent à l'extérieur. Ils lui firent traverser la petite place pavée du village, la lumière déclinante éclairant les noms sur le monument aux morts – MacAindra, MacGhie, MacIngliss –, pour l'entraîner dans une ruelle totalement obstruée par le van de l'annonce.

Nina le fixa du regard. Il était plutôt sale, mais elle voyait que sous la poussière, et un peu de rouille sur la calandre, se cachaient le joli toit arrondi et le nez rigolo qui l'avaient tant attirée sur les photos. Mais, surtout, une chose la frappa : il était bien plus large qu'elle ne le pensait, si large que c'en était préoccupant. Serait-elle réellement capable de le conduire ?

Voir le van en chair et en os, pour ainsi dire, et non plus en rêve ou dans l'abstrait la rendit subitement anxieuse. Imaginer l'avenir sans protection, sans salaire, sans indemnités maladie, sans congés payés, sans personne pour s'occuper du planning et de l'organisation… Si sa nouvelle vie devait commencer quelque part, ce serait sur cette minuscule place en pierre grise, les derniers rayons du couchant passant par-dessus les collines, l'odeur pénétrante des pins et celle, sucrée, des ajoncs dans les narines, un vent glacial balayant la vallée et un ciel si dégagé qu'elle voyait à des kilomètres à la ronde.

– On va enfin être débarrassés de cette verrue ! lança l'un d'eux, hilare, alors que l'autre jaugeait Nina.

Elle commençait à s'habituer à leur façon de parler.

– Vous n'allez pas vraiment ach'ter le van de Findhorn, si ? demanda l'autre, incrédule. Ce truc est là, à rouiller, depuis belle lurette.

– Êtes-vous sûre d'être capable de le manier, un petit bout de femme comme vous ? l'interrogea le premier homme, disant malheureusement tout haut ce que Nina venait de penser.

Le van lui avait paru d'une taille normale sur la photo, mais, ici, il semblait absolument gigantesque, vieillot et terrorisant.

– Qu'est-ce que vous allez en faire ? demanda le plus vieux des deux avec curiosité.

– Euh… je ne suis pas sûre, répondit Nina, qui hésitait à tout révéler de peur que cela ne l'engage.

Maintenant qu'elle avait fait tout ce chemin jusque-là, tout lui semblait terriblement concret. Les deux hommes échangèrent un regard.

– Bon, Wullie sera bientôt là.

Ils se redirigèrent vers le pub, Nina jetant des regards anxieux par-dessus son épaule. Le van était vraiment, affreusement, gros. Le doute l'assaillit. Après tout, cette histoire ne lui ressemblait pas. Elle l'avait vu, maintenant. Il ne convenait pas. Elle allait rentrer, rédiger son CV, comme Griffin, et promettre à Cathy Neeson qu'elle ferait tout, qu'elle sacrifierait tout, qu'elle ferait le poirier, pour lui prouver sa motivation, si elle pouvait seulement conserver son emploi. Oui, c'était ce qu'elle allait faire. Elle pouvait se remettre à passer ses journées à travailler et ses soirées à lire ; aller boire un verre avec Surinder à l'occasion, parce que sa vie n'était pas si mal, non ? Tout allait parfaitement bien. Cela lui convenait comme cela. Alors que faire une chose pareille… personne n'y croirait. Ce serait une énorme erreur, une folie, alors elle se contenterait de rentrer tranquillement chez elle et n'en parlerait plus jamais, et personne ne le remarquerait.

Le patron la regarda avec un grand sourire quand elle entra à nouveau dans le pub.

– Ah, vous revoilà, lança-t-il en lui tendant une assiette remplie à ras bord.

Elle contenait un sandwich si énorme qu'il aurait pu servir de cale-porte. Il était fait de tranches de pain blanc frais avec une épaisse croûte croustillante ; glissés entre se trouvaient une généreuse couche de beurre et un fromage local que Nina n'avait jamais goûté, bien fait et friable, le tout recouvert de cornichons au vinaigre maison et servi accompagné d'un oignon mariné croquant. À cette vue, un sourire se dessina sur ses lèvres ; elle mourait vraiment de faim, et le visage d'Alasdair était amical et bienveillant.

Soudain, accompagné de la bière légère, ce repas prit tout son sens, et elle le dévora entièrement, assise au bar, son livre ouvert devant elle.

Alasdair lui fit un grand sourire approbateur.

– Ça fait plaisir de voir une fille qui a bon appétit. C'est nous qui faisons le fromage, vous savez. On a des chèvres en haut, dans la lande.

– Eh bien, il est délicieux, répondit-elle avec admiration.

Derrière elle, la porte s'ouvrit avec un grincement, et elle se retourna. Un autre pépé, costaud, de profondes rides entourant ses yeux bleus et un vieux chapeau sur la tête, entra dans le pub. Il avait l'air bourru.

– Est-ce que le car est passé ? demanda-t-il.

– Voui, Wullie ! répondit l'un des hommes. Voilà ton dernier acheteur pour le van !

Wullie posa les yeux sur Nina, et son visage se fit aussitôt grave.

– Vous vous fichez de moi ou quoi ? répondit-il à ses compagnons, qui jubilaient.

– Euh, bonjour ? intervint Nina, nerveuse. Êtes-vous M. Findhorn ?

– Mmm, voui.

– J'ai répondu à votre annonce.

– Je sais… mais je n'avais pas réalisé que vous n'étiez qu'une gamine.

Nina, vexée, se mordit la lèvre.

– Eh bien, je suis une gamine qui a le permis de conduire.

– Voui, je n'en doute pas, mais…, commença-t-il en fronçant les sourcils. Je ne suis pas… enfin, je m'attendais à quelqu'un d'un peu plus vieux, vous voyez. D'une société de transports routiers, ou quelque chose comme ça.

– Qu'est-ce qui vous dit que je ne suis pas de la partie ?

Il y eut un blanc dans le pub silencieux. De l'autre côté du comptoir, sous les tireuses à bière, montait un bruit de gigotements et de gémissements : un chien devait être couché là-dessous, réalisa Nina.

Wullie réfléchit longuement à la question.

– Est-ce que vous travaillez pour une société de transports routiers ? finit-il par lui demander.

– Non. Je suis bibliothécaire.

Les deux vieux messieurs pouffèrent, comme Statler et Waldorf, les marionnettes du *Muppet Show*, jusqu'à ce que Nina leur adresse son fameux regard « silence dans la bibliothèque ». Elle commençait à perdre patience. Dix minutes plus tôt, elle était prête à tout annuler et à rentrer chez elle. Désormais, elle voulait prouver à ce crétin qu'elle était parfaitement capable de faire tout ce dont il l'imaginait incapable.

– Ce van est-il à vendre, oui ou non ? demanda-t-elle d'une voix forte.

Wullie ôta son chapeau et fit un signe de tête à Alasdair, qui lui versa une pinte d'un breuvage appelé 80 Shilling.

– Voui, concéda-t-il, résigné. Je peux vous le faire essayer demain matin.

★

Nina se sentit soudain épuisée lorsque Alasdair la conduisit à l'étage, dans une petite chambre, rudimentaire, mais très propre et bien rangée, qui avait des murs blanchis à la chaux et un plancher nu. Elle donnait sur l'arrière du pub, à la périphérie du village, et sur les grandes collines avoisinantes derrière lesquelles le soleil plongeait enfin.

Une flopée d'oiseaux jacassait près de la fenêtre, mais il n'y avait absolument aucun autre bruit ; une voiture au loin, peut-être, mais pas de circulation, pas de sirène, pas de camion-poubelle, pas de gens criant dans la rue, ni de voisins en train de faire la fête.

Elle huma l'air. Il était si frais, si pur, qu'il lui donna le tournis. Elle but un verre d'eau du robinet : celle-ci était glaciale, on ne pouvait plus rafraîchissante.

Elle s'était imaginé qu'elle resterait éveillée, allongée dans son lit et ses confortables draps blancs, à peser le pour et le contre pour l'aider à décider de la marche à suivre. Au lieu de cela, les oiseaux chantant toujours à sa fenêtre, elle dormait déjà à poings fermés au moment où sa tête toucha l'oreiller.

★

– Quel type de saucisses voulez-vous ?

Nina haussa les épaules. Elle ne savait pas combien de types de saucisses ils proposaient.

– Peu importe. Les meilleures.

– Bien, répondit le patron avec un sourire. Allons-y pour des saucisses Lorne préparées avec les porcs de Wullie, alors. Ce sera parfait.

Nina avait dormi comme une souche, jusqu'à ce que quelque chose la tire du sommeil à sept heures, comme un réveil. Jetant un coup d'œil fatigué par la petite lucarne, elle s'était rendu compte qu'il s'agissait d'un coq. Elle s'était habillée et était descendue, prête à essayer le van pour sauver les apparences avant de reprendre le car et d'oublier sa petite aventure écossaise. Il devait bien y avoir des librairies qui manquaient de personnel. Elle commencerait sans doute par là. Elle ne gagnerait pas aussi bien sa vie, mais elle n'avait jamais rencontré de librairie qu'elle n'aimait pas et, tant qu'elle pouvait être entourée de livres, en avoir sous la main, cela lui suffirait sans doute.

Le petit déjeuner fit alors son apparition, et ce n'était pas de la rigolade mais un repas à traiter avec respect. Elle s'installa à une table reluisante près de la fenêtre, d'où elle voyait toutes les allées et venues dans le village : les petits écoliers qui passaient en courant dans leur pull-over rouge vif, en toute liberté, en toute simplicité ; des tracteurs qui tiraient des remorques pleines de mystérieux engins agricoles ; des chevaux sortis pour leur balade matinale : et toute une myriade de Land Rover qui vaquaient à leurs occupations.

Alasdair lui servit un énorme bol de porridge accompagné de miel et de crème épaisse fraîchement barattée, encore un peu tiède. S'ensuivirent une assiette de saucisses Lorne, qui s'avérèrent être carrées, croquantes et tout bonnement délicieuses ; des œufs au jaune couleur d'or, meilleurs que tous ceux qu'elle avait déjà mangés (fournis par les poules du jardin, supposa-t-elle) ; du bacon croustillant, du boudin noir et des bidules triangulaires dont elle pensa qu'il s'agissait de toasts, mais qui en fait étaient un genre de fines galettes de pommes de terre. Après avoir avalé un simple sandwich au dîner, elle avait une faim de loup et ne laissa pas une miette dans son assiette. C'était délicieux, purement et simplement.

– Buvez-moi ça, lui enjoignit le patron, tout guilleret, en lui resservant du café. Wullie va être occupé jusque vers onze heures à la ferme, pas besoin de vous presser.

– C'est incroyablement bon, lança Nina, aux anges.

– Vous donnez l'air d'avoir besoin d'un bon repas. D'un bon repas et d'un peu d'air frais.

Quand Nina était toute petite, on lui disait déjà qu'elle avait besoin de prendre l'air : avec son livre, elle courait alors se cacher dans le pommier au fond de leur petit jardin, loin de la voiture que son père passait son temps à bricoler, mais qu'il n'avait jamais conduite de toute son enfance (elle se demandait d'ailleurs où elle était passée). Bien appuyée contre le tronc, les pieds ballants, elle se plongeait dans un roman d'Enid Blyton ou de Roald Dahl jusqu'à ce qu'on l'autorise à rentrer à l'intérieur. Elle avait compris que c'était la cachette idéale, parce que, quand les autres vous cherchaient, ils ne levaient jamais la tête : aussi ses frères ne la trouvaient-ils pas quand ils voulaient l'embrigader dans leurs stupides jeux de guerre ; et, lorsqu'elle refusait, ils ne pouvaient pas la taquiner parce qu'elle aimait tant lire, ni s'emparer de sa lecture pour se la lancer, trop haut pour qu'elle puisse l'attraper, au point de la faire pleurer. Elle se contenta donc de sourire poliment à Alasdair.

Nina adorait les journées d'hiver froides et pluvieuses ; elle aimait s'asseoir, adossée au radiateur, et écouter la pluie se jeter contre les vitres comme si elle pouvait les casser ; elle aimait savoir qu'elle n'avait rien à faire de tout l'après-midi, qu'il y avait du pain à faire griller, du fromage frais à tartiner, de la musique douce en fond sonore, et qu'elle pouvait se pelotonner, bien au chaud, à l'aise, pour s'immerger dans le Londres de l'époque victorienne, un monde futuriste envahi de zombies ou tout ce dont elle avait envie sur le moment. Pendant la majeure partie de son existence, l'extérieur n'avait été qu'une chose dont il fallait se protéger pendant qu'elle poursuivait sa lecture.

Et là, elle se tenait sur le seuil du pub. Dehors, l'air était vivifiant, le soleil éclatant et la brise froide et rafraîchissante. Elle inspira profondément. Puis elle fit une chose très inhabituelle pour elle.

– Est-ce que je peux laisser ça là ? demanda-t-elle au patron.

Lorsqu'il fit oui de la tête, elle posa son énorme livre relié sur la table.

– Je reviens dans un instant, l'informa-t-elle.

Il lui fit au revoir de la main, et, pour la première fois depuis très longtemps, elle sortit sans livre.

Chapitre 5

Il faisait à nouveau un temps magnifique dehors. Nina ne s'était pas du tout attendue à cela. On aurait dit que le ciel venait de passer à la machine à laver : il était d'un bleu vif, digne d'un studio de télévision, et traversé de nuages floconneux. Elle passait si peu de temps à la campagne que c'en était ridicule, songea-t-elle – surtout en habitant en Angleterre, qui n'en manquait pas. Elle avait toujours du béton sous les pieds (elle descendait rarement du trottoir), et le ciel était cerné par les réverbères et les tours qui semblaient surgir au rythme d'une par semaine dans le centre de Birmingham.

Elle regarda alentour. La lumière du soleil filtrait à travers les arbres pour former des flaques dans les sillons des prés. De l'autre côté de la rue se trouvaient de grandes étendues de colza d'un jaune brillant. Un tracteur roulait lentement, gaiement, à travers champs, des oiseaux voletant devant lui, comme dans un vieux livre pour enfants sur la vie à la ferme. Reflétant les nuages au-dessus d'eux, un petit groupe d'agneaux chargeaient en tous sens, bondissaient et se mordillaient la queue dans une prairie si verte qu'elle semblait en Technicolor. Nina les observa, un sourire collé aux lèvres.

Cela ne lui ressemblait tellement pas qu'elle prit un *selfie* avec les agneaux derrière elle pour l'envoyer à Griffin et à Surinder. Sa colocataire lui répondit aussi sec : s'était-elle fait kidnapper par des extraterrestres et avait-elle besoin d'aide ? Deux secondes plus tard, Griffin lui envoya à son tour un texto pour lui demander si elle savait ce qu'étaient les « méthodologies d'interfaçage pour la connexion des bibliothèques », mais elle n'en tint pas compte et tenta de faire taire l'angoisse que ce message fit naître en elle.

Après avoir exploré le village, elle remarqua qu'il n'abritait pas de bibliothèque. Puis elle remonta un sentier jusqu'au sommet d'une colline, d'où elle voyait la mer, plus près qu'elle ne le pensait, avec une petite crique rocailleuse accessible à pied. Elle secoua la tête. C'était le paradis, ici. Où étaient passés les gens ? Pourquoi étaient-ils tous entassés dans le même recoin d'Angleterre, à se klaxonner dessus dans les embouteillages, à respirer les pots d'échappement et les odeurs de nourriture des autres, à essayer de se faire une petite place dans des pubs et des boîtes de nuit bondés ? Elle aperçut alors un énorme nuage noir de pluie qui se formait à l'horizon. Cela ne pouvait pas être la seule raison, si ?

Excepté le tracteur qui broutait au loin, elle n'entendait rien. Elle eut soudain l'impression de n'avoir pas respiré, de n'avoir pas bien respiré, depuis longtemps. C'était comme si tout son corps expirait. Debout en haut de la colline, elle examina les environs. Elle voyait à des kilomètres à la ronde. D'autres petits villages étaient disséminés à travers la campagne, se ressemblant tous plus ou moins, faits de vieilles pierres et d'ardoises grises, et, devant elle, la vallée se déployait, verte, jaune et brune, ondulant jusqu'à la mer frangée de blanc.

C'était une sensation des plus étranges. Nina prit soudain une inspiration, très profonde, et sentit ses épaules se dénouer, comme si, jusque-là, elles avaient été bloquées au niveau de ses oreilles.

C'était peut-être le cas, songea-t-elle. Après tout, cela faisait un an qu'ils avaient entendu les premières rumeurs au sujet de la bibliothèque. Sept mois qu'ils avaient appris qu'elle faisait l'objet d'une consultation. Deux mois qu'ils savaient qu'elle fermait pour de bon, et trois semaines qu'elle était certaine d'être au chômage si elle ne réussissait pas l'entretien. Mais cela faisait bien plus longtemps qu'elle vivait dans cette incertitude, incapable de prévoir la prochaine étape de son existence.

Les yeux fixés sur l'horizon, elle essaya de penser à sa vie, avec honnêteté et profondeur : juchée sur sa colline, où l'air était plus pur, où elle pouvait respirer, et où elle n'était pas entourée par un million de personnes rapides et pressées qui passaient en courant, vous agrippaient, criaient ou affichaient leurs réussites sur Facebook et Instagram, lui donnant le sentiment de ne pas être à la hauteur.

Elle savait que certains noyaient leurs peurs dans la nourriture, d'autres dans l'alcool, d'autres encore dans l'organisation de fiançailles, de mariages et de grands événements de leur vie qui occupaient tout leur temps libre, pour éviter que des pensées désagréables ne leur viennent à l'esprit. Nina, elle, à chaque fois que la réalité (ou la face la plus sombre de la réalité) menaçait de faire intrusion, se tournait toujours vers les livres. Les livres avaient été sa source de réconfort quand elle était triste ; ses amis quand elle se sentait seule. Ils avaient recollé les morceaux de son cœur quand il était brisé et l'avaient encouragée à garder espoir quand elle avait le moral au plus bas.

Néanmoins, elle avait beau le nier, il était temps d'admettre que les livres n'étaient pas la vraie vie. Elle avait réussi à tenir la réalité à distance pendant près de trente ans, mais, désormais, elle se rapprochait à une allure folle, et elle allait devoir faire quelque chose – n'importe quoi – à ce sujet. C'était ce que Surinder lui avait dit quand Nina lui avait demandé ce qu'elle pensait, honnêtement, de son idée de van : « Fais quelque chose. Tu feras peut-être une erreur, mais, dans ce cas, tu pourras la réparer. Si tu ne fais rien, tu ne peux rien réparer. Et tu finiras peut-être par avoir beaucoup de regrets. »

Tout à coup, cela lui parut sensé. Tout à coup, tout ce qu'elle s'était dit en escaladant la colline – *je ne peux pas faire ça, je ne suis pas assez sûre de moi, je suis incapable de diriger ma propre boutique, je ne suis pas douée pour ça, je n'arriverai jamais à conduire ce van, cette idée est irréalisable, il faut que je m'accroche à la sécurité de l'emploi* – lui sembla peu convaincant, pathétique.

Ici, avec une vue dominante sur la vallée, sur les minuscules villages pleins de gens qui menaient leur vie comme ils l'entendaient, sans se préoccuper des tendances, des modes, du rythme effréné de la ville, ni de l'étrange concept selon lequel il fallait toujours progresser, Nina eut le sentiment curieux de mieux cerner les choses. Elle avait grandi en ville, avait été éduquée en ville, avait travaillé et vécu dans ce monde. Et pourtant, au plus profond d'elle-même, elle avait l'impression d'être rentrée chez elle.

*

Un nuage passa devant le soleil, et Nina frissonna. Il faisait vite froid par ici, alors elle redescendit la colline en direction du pub, perdue dans ses pensées. Les deux vieux messieurs qui étaient là la veille étaient à nouveau au comptoir. L'un d'eux avait son livre dans les mains et semblait déjà profondément plongé dans sa lecture.

– Est-ce que ça vous plaît ? l'interrogea-t-elle avec un sourire.

C'était un thriller situé dans l'Arctique, aux confins de la Terre : l'histoire d'un homme seul contre les éléments, les ours polaires et une présence mystérieuse par-delà les terres enneigées.

Le monsieur releva la tête, l'air coupable.

– Oh, pardon, ma p'tite. Je l'ai juste pris pour jeter un œil et… je ne sais pas. Ça m'a happé.

– Il est génial, abonda Nina. Je vous le laisserai quand je l'aurai fini, si vous voulez.

– Oh non, non, ma p'tite, ne soyez pas ridicule, un gros livre cher comme ça…

Ses yeux aqueux s'empreignirent soudain de tristesse.

– Dans le temps, on avait une bibliothèque et une librairie, vous savez, lui expliqua-t-il. Mais les deux sont fermées aujourd'hui.

Son ami acquiesça.

– Ça nous faisait une chouette petite sortie, quand on avait envie d'aller à la grande bibliothèque. On prenait le bus. On allait choisir un livre. Boire une tasse de thé.

Les deux hommes échangèrent un regard.

– Ah, eh bien, les choses changent, Hugh.

– C'est bien vrai, Edwin. Bien vrai.

*

Les doubles portes du vieux pub s'ouvrirent dans un grincement, et Wullie apparut sur le seuil, plissant les yeux dans l'obscurité de la pièce. Il jeta un coup d'œil dans la direction de Nina, puis regarda autour de lui, juste au cas où il y aurait quelqu'un qu'il n'aurait pas vu la première fois, repoussant le moment où il allait devoir interagir avec elle. Ses yeux finirent par revenir se poser sur elle, la déception se lisant sur son visage.

– Salut, Wullie, lança Alasdair en posant une pinte de bière brune mousseuse sur le comptoir. Est-ce que ça va, ce matin ?

Wullie parut démoralisé en se dirigeant vers le bar pour s'asseoir.

– Voui, voui…, commença-t-il.

– Cette jeune femme est prête pour son essai de conduite ! annonça le patron avec entrain. Elle n'est pas bien grosse, mais…

– Voui, voui, répéta Wullie.

Le silence se fit dans la pièce. Wullie ôta son chapeau usé jusqu'à la corde et finit par dire :

– Oh, c'est juste que, cette fois, je croyais vraiment que j'allais le vendre. Je le jure devant Dieu.

– Euh, bonjour ? dit Nina en s'approchant. Je suis Nina, vous vous rappelez ? Je suis ici pour voir votre van.

– Voui, voui. Mais c'est un gros van, vous savez.

Il but lentement une grande gorgée de bière.

– Je croyais vraiment qu'on le vendrait, cette fois, répéta-t-il en secouant la tête. Je ne comprends pas pourquoi personne n'en veut.

– Je pourrais le vouloir, moi, intervint Nina avec impatience.

– Ce n'est pas vraiment un van pour les p'tites fumelles.

– Eh bien, je ne suis pas vraiment une « p'tite fumelle », ou quoi que ce soit, rétorqua Nina. Je suis parfaitement capable de conduire ce van, et j'ai fait tout ce chemin pour venir l'essayer.

Edwin et Hugh gloussaient désormais. Ils n'avaient pas dû assister à un tel spectacle depuis des années dans le village, songea Nina.

– C'est un gros van, s'obstina Wullie.

Nina poussa un soupir d'exaspération.

– Est-ce que je peux avoir les clés, s'il vous plaît ? Je vous ai envoyé un e-mail à ce sujet.

– Oui, mais je ne me doutais pas que vous étiez une gamine.

– Je m'appelle Nina.

– Voui, mais c'est un prénom étranger, non ? Enfin, ça pourrait être…

– Wullie, le coupa Alasdair, son visage d'ordinaire malicieux se faisant sévère tout à coup. Cette petite a fait un long voyage pour voir ton van. Tu l'as mis en vente. Je ne comprends pas où est le problème.

– Je ne veux pas qu'elle l'emboutisse, voilà où est le problème. Si elle meurt, je me retrouve avec encore plus de soucis qu'aujourd'hui, et j'en ai déjà assez comme ça.

– Mais je ne vais pas l'emboutir !

– Combien de vans avez-vous déjà conduits ?

– Eh bien, pas beaucoup, mais...

– Qu'est-ce que vous conduisez à l'heure actuelle ?

– Une Austin Metro...

Wullie s'offusqua.

– Wullie, si tu ne cesses pas d'être grossier avec la demoiselle, tu es privé de pinte.

– Oh, arrête, mon vieux, ça fait sept heures que je suis debout.

Comme le patron attrapait la bière d'un air menaçant, Wullie grimaça, puis fouilla dans ses poches, qui étaient nombreuses et profondes. Il finit par en sortir un gros trousseau de clés, qu'il jeta sur une table voisine.

– Je vais avoir besoin d'une garantie, lança-t-il d'un air renfrogné.

Nina lui présenta son passeport.

– Est-ce que je peux vous laisser ça ?

Il fronça les sourcils.

– Vous n'avez pas vraiment besoin de ça pour venir en Écosse. Pas encore.

Les hommes au comptoir pouffèrent, admiratifs.

Nina, qui haïssait toute forme de conflit, avait une envie folle de lever les mains en signe de reddition, mais elle n'arrivait pas à oublier, ne voulait pas oublier, ce qu'elle avait ressenti le matin même. Elle serait aussi rebelle que la Katniss Everdeen de *Hunger Games*, aussi intransigeante que la Elizabeth Bennet d'*Orgueil et préjugés*, aussi courageuse que la Héro de *Beaucoup de bruit pour rien*. Elle n'avait qu'à faire le tour de la place, se dit-elle à elle-même, et elle pourrait repartir. Faire demi-tour. Rentrer chez elle. Espérer que les choses se passeront au mieux à la bibliothèque. Cet homme l'avait ébranlée, mais elle n'était pas totalement découragée.

Elle ramassa les clés.

– Je reviens vite, annonça-t-elle.

Elle sortit du pub, sur la place. Elle tremblait intérieurement. Elle avait l'habitude de gérer un enfant chahuteur à l'occasion ou des gens mécontents de voir qu'elle leur faisait payer des pénalités de retard, mais ces attaques n'étaient jamais personnelles. Là, les choses étaient différentes : elle était face à quelqu'un qui lui faisait clairement comprendre qu'elle l'importunait.

Les hommes l'avaient suivie à l'extérieur du pub, elle sentait leurs yeux sur elle – mais où étaient les femmes dans ce coin ? se demanda-t-elle en traversant la place pavée en direction de la ruelle où était garé le mastodonte blanc. Elle s'arrêta un instant pour admirer ses phares à l'ancienne.

– Écoute-moi, van, dit-elle. Je ne sais vraiment pas ce que je fais ici. Mais toi non plus, non ? Ça fait des années que tu es abandonné dans cette rue. Tu es tout seul. Alors, tu m'aides, et je t'aiderai aussi, d'accord ?

Elle déverrouilla la portière, ce qui était déjà un début.

La prochaine étape consistait à grimper dans la cabine. Il y avait quelques marches, mais elles étaient hautes, elles aussi. Nina remonta sa jupe au-dessus de ses genoux et se hissa vers le haut. Peu gracieux, mais efficace. Elle chancela un peu en ouvrant la portière et eut peur de tomber à la renverse, mais ce ne fut pas le cas et, l'instant d'après, elle prenait place sur un gros siège en cuir craquelé, rafistolé avec du ruban adhésif.

L'intérieur de la cabine sentait encore – sans que ce soit désagréable – la paille et l'herbe sèches. Nina se retourna.

Le van lui paraissait immense, mais elle se rappela à nouveau que ce n'était pas un camion. Elle n'avait pas besoin de permis poids lourds ; tout le monde avait le droit de conduire cet engin. Des gens le faisaient tout le temps.

Mais il ressemblait beaucoup à un bus, quand même. Et il était garé dans une rue si étroite qu'il touchait presque les petites maisons de part et d'autre.

La gorge serrée, Nina se retourna à nouveau pour inspecter le tableau de bord. On aurait dit une voiture normale, sauf que tout était beaucoup plus loin. Elle fouilla sous le siège pour trouver la manette et se rapprocher un peu de l'énorme volant. Le levier de vitesse était lui aussi imposant, peu maniable. Il n'y avait pas de rétroviseur arrière, et les latéraux la tétanisaient.

Elle resta assise là un moment, en silence. Puis elle jeta un coup d'œil en direction du pub, où les hommes restaient plantés à la regarder, et sentit la détermination rejaillir dans son cœur. Elle se pencha donc en avant, régla les rétroviseurs et, après avoir vérifié au moins cinq fois qu'elle était au point mort, inséra la clé dans le démarreur et mit le contact.

Il y eut alors un énorme grondement, bien plus fort que celui de l'Austin Metro. Bien plus fort que n'importe quel autre véhicule. Nina vit une nuée d'oiseaux s'élever au-dessus des habitations pour monter en spirale dans les airs. Retenant son souffle et priant en silence, elle passa la première, posa très délicatement son pied sur l'accélérateur et desserra le lourd frein à main.

Le van fit un bond en avant, puis cala aussitôt, s'arrêtant en broutant. Nina crut voir les hommes rire devant le pub et fronça les sourcils. Elle tourna à nouveau la clé pour faire une nouvelle tentative. Cette fois, elle passa la première en douceur et s'élança sur la place en rebondissant sur les pavés.

Comme elle ne savait pas précisément où elle allait, elle tourna à gauche dans la première rue large qu'elle vit et, quelques instants plus tard, se retrouva à grimper la colline en ronflant, en direction de la lande. Le van était beaucoup plus rapide qu'elle ne le pensait. Elle rétrograda en deuxième et y resta pour le reste du voyage. Elle n'avait jamais conduit à aussi haute altitude avant. Du sommet de la colline, elle voyait jusqu'à la mer ; d'énormes cargos arrivaient des Pays-Bas, de Scandinavie ou de Chine, s'imaginait-elle, apportant des jouets, des meubles et du papier avant de repartir en sens inverse chargés de pétrole et de whisky.

Un imposant camion rouge passa alors à côté d'elle en klaxonnant énergiquement. Nina sursauta dans son siège, avant de réaliser qu'il s'agissait d'un salut amical entre camions. Au moment où elle prenait un virage particulièrement serré, une minuscule voiture de sport rouge la doubla à toute allure avant de poursuivre sa course, ce qui lui fit aussi une belle frayeur. Chamboulée, elle se gara sur la première aire de stationnement qu'elle vit et resta agrippée au volant. Elle remarqua que ses mains tremblaient.

Elle baissa la vitre et aspira plusieurs bouffées d'air frais, revigorant, jusqu'à ce qu'elle se sente un peu mieux. Puis elle sortit d'un bond de la cabine, mit pied à terre et inspecta minutieusement le véhicule.

⋆

Le problème, songea Nina en donnant des coups de pied dans les pneus, était qu'elle ne s'y connaissait pas assez bien en vans pour savoir si celui-ci était en bon état. Elle n'était même pas sûre de devoir donner des coups de pied dans les pneus, bien que ce soit satisfaisant, surtout quand ils étaient aussi gros que ceux-là. Ils ne semblaient pas lisses, en tout cas. Puis elle parvint à ouvrir le capot, même si elle ne savait pas ce qu'elle cherchait. Rien n'était rouillé, et il y avait de l'huile ; vérifier le niveau de l'huile, cela, c'était dans ses cordes.

À l'intérieur, l'arrière avait besoin d'un brin de ménage, surtout de la paille à enlever, mais était en bon état. Elle imaginait facilement la place des étagères, et celle du coin lecture dans le fond ; la porte latérale s'ouvrait sans problème, et ses quelques marches se dépliaient parfaitement.

Cette inspection déchaîna un nouvel élan d'enthousiasme en Nina. Soudain, elle se figura tout mentalement. Se garer dans un lieu tel que cette magnifique aire de stationnement. Enfin, peut-être pas une aire de stationnement. Un lieu en ville, où les gens pourraient la trouver. Peindre l'intérieur avec des couleurs vives ; remplir les étagères des meilleurs livres qu'elle connaissait. Aider les gens à trouver l'ouvrage qui changerait leur vie, les ferait tomber amoureux ou les aiderait à surmonter la fin d'une histoire d'amour ayant mal tourné.

Quant aux enfants, elle pourrait leur montrer où plonger dans une rivière infestée de crocodiles, où s'envoler dans les étoiles, où ouvrir la porte d'une armoire…

Elle resta assise à contempler l'objet de ses rêves, l'imaginant plein de vie et d'animation, les gens venant à sa rencontre pour lui dire : « Nina, heureusement que tu es là ; je suis à la recherche du livre qui va changer ma vie ! »

Elle referma la porte, tout excitée.

Oui ! Elle pouvait le faire ! Elle repensa à ce qu'elle avait ressenti le matin même. Elle allait lui montrer, à ce vieux papy du pub ! Elle allait acheter ce fichu van et le transformer en entreprise prospère, et tout irait pour le mieux. Elle était si excitée en rentrant au village qu'elle ne cala qu'à quatre reprises, ne se perdit qu'une fois et fit peur à un cheval, suite à quoi sa cavalière à l'accent distingué l'insulta d'une manière très peu distinguée, qui résonna à ses oreilles jusqu'à Kirrinfief et, elle en était presque certaine, traumatisa bien plus la bête que ne l'aurait fait le seul van.

*

– J'ai changé d'avis, annonça Wullie après qu'elle se fut garée avec précaution devant le pub. Il n'est plus à vendre.

Nina le fixa, atterrée.

– Mais j'ai réussi à passer la marche arrière et tout !

Ce n'était pas tout à fait vrai, mais elle avait regardé où se trouvait la marche arrière et s'estimait capable de s'en servir, tant que personne ne l'accusait de maltraitance animale en vociférant.

– Je ne veux plus le vendre.

– C'est du sexisme !

– C'est mon van, et je m'en moque.

Wullie fit volte-face pour se diriger vers la sortie d'un pas lourd.

– S'il vous plaît, l'implora-t-elle. J'ai des projets pour lui, et je n'en trouve aucun autre à vendre qui corresponde exactement à ce que je recherche, et je suis venue jusqu'ici et j'en prendrai le plus grand soin.

Wullie se retourna, et le cœur de Nina bondit dans sa poitrine.

– Nan, asséna-t-il.

Sur ce, il sortit en laissant la porte claquer derrière lui.

Chapitre 6

Nina jeta un regard discret en direction de Cathy Neeson, assise au bout de la rangée du jury d'entretien, les bras croisés et le visage impassible. Cela lui ferait-il vraiment mal de sourire ? se demanda la jeune fille. Elle faisait de son mieux, dans les nouveaux collants noirs qui lui avaient coûté une petite fortune, s'efforçant de tenir ses mains tranquilles, calmes, au lieu de se les tortiller sur les genoux. Une simple lueur de reconnaissance dans les yeux, peut-être ? Même si elle ne s'était pas préparée très sérieusement pour l'entretien, personne ne connaissait mieux qu'elle les tenants et les aboutissants du secteur du livre, les systèmes de commande et d'archivage, tout ce qui contribuait à la bonne marche de la bibliothèque.

(Elle ne pouvait pas savoir que Cathy Neeson devait assister à quarante-six autres entretiens d'embauche dans la semaine, pour seulement deux postes à pourvoir, qu'elle avait pour instruction de donner à des jeunes gens dynamiques, capables de crier fort, de faire bien dans le décor et de travailler pour presque rien. Bien qu'elle se soit tuée à protester à ce sujet au plus haut niveau, elle ne pouvait absolument rien y faire. Les cadres supérieurs étaient hors de danger. De nouvelles recrues, jeunes, bon marché et prêtes à tout, allaient entrer en scène. C'étaient les employés intermédiaires, les bibliothécaires intelligents et professionnels, dont on n'avait tout bonnement plus besoin.)

– J'ai donc le sentiment que ma priorité, c'est une bibliothèque qui comble et anticipe les besoins de ses lecteurs, poursuivit Nina en ayant l'impression que le sens de ses paroles se perdait dans l'espace, que les mots sortaient de sa bouche sans être entendus.

Elle avait une envie irrépressible, ridicule, de dire une absurdité, juste pour voir si les membres du jury continueraient à opiner du chef ou non.

– Oui, répondit une autre femme qui semblait dépourvue d'humour, était vêtue d'un tailleur-pantalon et arborait un rouge à lèvres très rose. Mais comment anticipez-vous les besoins de vos *non*-lecteurs ? ajouta-t-elle en se penchant en avant.

– Pardon ? demanda Nina, pas certaine d'avoir compris. Que voulez-vous dire par là ?

– Eh bien, vous essayez de satisfaire aux besoins de toute votre base de clients, n'est-ce pas ?

– Euh, oui, acquiesça Nina, consciente d'être en terrain dangereux.

– Alors, que proposez-vous pour les *non*-lecteurs ?

– Eh bien, nous organisons l'heure du conte pour les enfants deux fois par semaine… J'aimerais passer à trois fois : c'est très agréable pour les mamans d'avoir un lieu où se retrouver pour discuter. Et je connais par cœur notre rayon littérature jeunesse, alors j'ai toujours une recommandation à faire à ceux qui se montrent un peu plus réticents… Il y a plein de livres géniaux qui paraissent pour les garçons, qui, on le sait, sont un peu plus difficiles à convaincre. Nous organisons en outre des cours d'alphabétisation pour les adultes à la mairie : nous y dirigeons toujours les gens. Améliorer le taux d'alphabétisation, c'est le mieux que l'on puisse faire.

– Non, non, vous ne m'avez pas comprise : que proposez-vous pour les *non*-lecteurs ? Pas pour les gens qui ne *savent* pas lire. Pour votre clientèle adulte qui n'*aime* pas lire ?

Nina marqua un temps d'arrêt. Elle entendait la circulation dense autour du rond-point à l'extérieur. Un camion-poubelle faisait une marche arrière en bipant bruyamment. Un grand fracas retentit quand il vida l'un des bacs à bouteilles qui se trouvaient à l'arrière de la bibliothèque.

– Euh, finit-elle par répondre, toute rouge, sous l'œil des quatre membres du jury, dont l'une (Cathy Neeson, bien sûr) vérifiait déjà sur son téléphone le nom du prochain candidat. Je pourrais leur recommander un livre vraiment TRÈS bon…

La femme aux lèvres rose vif parut plus déçue qu'en colère.

– Je crois que vous ne comprenez pas où nous voulons en venir. Pas du tout.

Nina ne pouvait le réfuter. Elle ne le comprenait pas du tout.

*

– Tu aurais dû parler d'interfaces ! lança Griffin alors qu'ils se cachaient dans un café du coin en sirotant un *frappuccino*, extravagance excusable compte tenu des circonstances.

Dehors, il pleuvait. Sous cette grosse averse de printemps, lugubre, la ville était toute terne ; les voitures passaient avec grand bruit et force éclaboussures, aspergeant par surprise les passants. Les gens avaient l'air furieux, leurs sourcils aussi lourds que les nuages au-dessus de leur tête. Birmingham n'était pas sous son meilleur jour.

Le café était plein à craquer de sacs de course, de manteaux mouillés, de poussettes, de personnes qui portaient de gros casques et regardaient de travers ceux qui essayaient de s'asseoir à leur table ou les empêchaient de passer, et d'enfants qui se partageaient des muffins en pouffant et en s'asticotant les uns les autres. Griffin et elle étaient assis à une table jonchée de miettes près des toilettes, à côté d'un avocat en pleine discussion avec une cliente au sujet de son divorce imminent. Il était difficile de ne pas écouter leur conversation, mais Nina avait déjà assez de ses problèmes.

– Quel genre d'interfaces ? s'enquit-elle.

L'entretien ne s'était pas éternisé après la question sur les non-lecteurs.

– Peu importe : informatique, pair-à-pair, logiciel de confluence intégré, siffla Griffin. Ils s'en fichent totalement, tant que tu utilises un mot à la mode qu'ils peuvent cocher sur leur liste. Et s'ils en cochent assez, bingo ! Tu retrouves ton ancien boulot, mais avec un salaire réduit.

Il but une gorgée de son *frappuccino*, l'air morose.

– Bon sang, je devrais juste les envoyer balader. Bande de gratte-papiers analphabètes.

– Pourquoi ne le fais-tu pas ? intervint Nina tout à coup, intéressée.

On lui avait donné suffisamment de conseils ; autant en donner à son tour.

– Tu es intelligent. Diplômé. Tu n'as pas d'attaches. Tu pourrais faire n'importe quoi. Voyager dans le monde entier. Écrire un roman. Enseigner l'anglais en Chine. Traîner avec des surfeurs sur une plage de Californie. Je veux dire, tu es jeune, tu n'es pas marié. Le monde t'appartient. Pourquoi ne leur dirais-tu pas d'aller se faire voir si tu détestes ça à ce point ?

– Je pourrai quand même faire toutes ces choses, répondit Griffin d'un ton maussade. Je ne resterai pas coincé là toute ma vie. Quoi qu'il en soit, c'est toi qui cours après des chimères en allant voir des vans ridicules. Tu sembles plus prête à sauter le pas que moi, à mon avis.

Quand elle était revenue bredouille d'Écosse, Nina avait bien vu qu'il était soulagé, même s'il n'avait rien dit. Elle n'avait pas aimé ce que cela impliquait : il était inquiet, car, si une fille aussi pathétique qu'elle réussissait à partir, que devait-il en conclure sur lui ?

– Je sais, soupira-t-elle. C'était un rêve absurde.

Elle regarda autour d'elle.

– C'est juste que je ne sais pas… je veux dire, après ça…

Elle frissonna, se remémorant le sourire de Cathy Neeson et ses yeux loin d'être souriants tandis qu'elle se levait pour prendre congé, avant le temps alloué de l'entretien, mais après que toute cette histoire avait à l'évidence touché à sa fin.

Nina ne dormait pas bien depuis son retour d'Écosse. Le temps avait été moite et gris, l'oppressant sans relâche. Les choses qu'elle aimait autrefois – l'effervescence, la rumeur de la ville – lui donnaient désormais le sentiment d'étouffer, de ne pas pouvoir respirer. Elle avait lu tout un tas de livres sur des gens qui changeaient de vie, ce qui n'avait pas non plus amélioré son humeur ; elle se sentait de plus en plus prise au piège, coincée ici, comme si tous les autres réussissaient à s'en sortir et à faire des choses intéressantes, mais pas elle.

Elle avait parcouru tous les sites qui proposaient des emplois, mais il ne semblait plus y avoir de place nulle part pour les bibliothécaires. On cherchait des conseillers d'information. Des animateurs, des chargés de relations publiques auprès du conseil municipal, des consultants en marketing, mais rien qui ressemblait de près ou de loin à ce qu'elle avait fait toute sa vie, le seul travail qu'elle voulait : trouver le bon livre pour la bonne personne.

Elle regrettait l'air frais, les vastes panoramas, la lumière du soleil qui se réfléchissait sur les champs jaunes, les collines vallonnées d'un vert éclatant, et la mer du Nord qui chatoyait, dansait, envoûtait. Il était si étrange qu'un endroit où elle avait passé si peu de temps, et où les choses avaient si mal fini, l'ait tant marquée.

Elle fixa à nouveau son café. Une femme imposante passa tout à coup à côté d'elle, manquant de l'assommer avec son sac à main gigantesque, hors de prix et hypertendance.

– Je ne sais pas, répéta Nina.

– Oh, je suis sûr que tu vas avoir le poste, déclara Griffin avec une hypocrisie flagrante.

Elle se rendit alors subitement compte qu'il avait coupé sa queue-de-cheval.

Tout à coup, le téléphone de Nina sonna. Ils se regardèrent avant de se figer.

– Ils vont appeler les personnes retenues en premier, présuma aussitôt Griffin. Bien joué. Ce sera bel et bien toi.

Félicitations. Ils voulaient peut-être revenir à un style à l'ancienne depuis le début.

– Je ne reconnais pas le numéro, répondit-elle en regardant son portable comme s'il s'agissait d'un serpent vivant. Mais ce n'est pas un numéro de Birmingham.

– Ben non. C'est un numéro centralisé, d'un bureau de Swindon ou quelque chose comme ça.

Nina s'empara de son téléphone et appuya prudemment sur le bouton vert.

– Nina Redmond ?

*

La ligne grésillait, il y avait de la friture et, au début, Nina eut du mal à entendre quoi que ce soit dans le café bruyant.

– Allô ? Allô ?

– Voui, bonjour, fit la voix. Est-ce que c'est Nina ?

– Oui, c'est moi.

– Voui, bien. C'est Alasdair McRae.

Ce nom ne lui disait rien, mais l'accent écossais lui était familier. Elle fronça les sourcils.

– Allô ?

– Voui, le patron, vous savez. Du *Rob Roy*.

Nina ne put s'empêcher de sourire.

– Bonjour ! Est-ce que j'ai oublié quelque chose ? Vous pouvez garder le livre.

Elle n'avait pas eu le cœur de l'emmener, en fin de compte.

– Oh, il était génial, ce livre. Edwin me l'a passé quand il l'a eu fini.

– J'en suis ravie.

– Puis je l'ai passé à Wullie.

– Oh.

– Voui, eh bien, il était captivé, même s'il faisait une tête d'enterrement.

– Les livres sont pour tout le monde, répondit Nina en s'efforçant de se montrer indulgente.

– Bref, écoutez-moi. Avec les gars, on a réfléchi.

Il fallut quelques instants à Nina pour réaliser que, par « les gars », il voulait dire les deux vieux imbéciles toujours assis au bar.

– Ah oui ?

– Écoutez, ce Wullie, il ne sait pas de quoi il parle. Il a eu une vie bien triste, vous savez.

Eh bien, ma vie aussi est bien triste en ce moment, se surprit à songer Nina, stupéfaite que cette pensée lui ait traversé l'esprit.

– Mmm ?

– Alors, on s'est dit que nous trois… on pouvait le lui acheter, pour vous le revendre. Enfin, si vous voulez.

Il y eut un blanc. Nina ne savait pas quoi dire. C'était si inattendu.

– Pas pour faire un bénéfice, hein. Enfin, j'imagine qu'il nous le vendrait même probablement moins cher qu'à vous. C'est juste pour le faire changer d'avis sur le fait de le vendre à une jeune fille.

– Eh bien, c'est…

Nina était toujours sans voix.

– On s'est juste dit que vous aviez l'air d'une p'tite qui avait besoin d'un coup de main. Et on a vraiment beaucoup aimé le livre que vous nous avez laissé. Je veux dire, on ne serait pas contre le fait d'avoir plus de livres.

Nina avait parlé de son projet à Alasdair et, depuis, il n'avait cessé de la harceler à ce sujet.

– Et ce van est une vraie verrue dans le village, reprit-il. Wullie a eu tort de ne pas vous le vendre dès le début.

C'était à l'évidence un long discours pour le patron, qui sembla gêné. Nina s'empressa de le rassurer.

– Êtes-vous sûr ? Ce serait très…

– Enfin, seulement si vous n'en avez pas trouvé un autre à votre goût…

– Non. Non, je n'en ai pas encore trouvé d'autre.

Nina releva la tête. La pluie battait contre les vitres du café désormais ; à chaque fois que la porte s'ouvrait, le vent s'engouffrait à l'intérieur en hurlant. Le lieu était plein à craquer : une longue file d'attente au comptoir, des enfants qui pleuraient, des gens qui semblaient énervés et se gênaient les uns les autres. Elle regarda Griffin, qui vérifiait son téléphone. Soudain, il se leva d'un bond, fou de joie, en levant les bras en l'air.

Nina cligna des yeux.

– Écoutez, Alasdair, c'est très gentil de votre part. Je vais avoir besoin d'y réfléchir. Est-ce que je peux vous rappeler ?

– Voui, bien sûr.

Il lui communiqua le prix auquel il pensait pouvoir obtenir le van, bien inférieur à ce à quoi elle s'attendait, et elle reposa son téléphone.

– Je l'ai ! s'exclama Griffin, le visage rose d'émotion. YOUPI !

En regardant Nina, il baissa peu à peu les bras.

– Enfin, bredouilla-t-il. Enfin, je suis désolé. Je veux dire, ils ont probablement fait une erreur. Tu as sans doute été bien meilleure.

Nina jeta un œil à son téléphone. Elle avait reçu un e-mail. Elle n'eut même pas à l'ouvrir. « Je regrette de vous informer... » était la première phrase qui apparaissait sur l'écran d'accueil.

– Bien joué, lança-t-elle à Griffin en le pensant vraiment, ou presque.

– Je vais diriger une « équipe multifonctionnelle jeune et dynamique », lut-il, tout excité. Bien sûr, ça sera probablement horrible... Je suis sincèrement désolé, se reprit-il en voyant son visage.

– Ça va. Vraiment. Il fallait bien que quelqu'un l'ait. Je suis contente que ce soit toi. J'aurais été incapable de diriger une équipe multi-machin-chose.

– Oui, tu aurais détesté ça. Et je suis sûr que je vais détester ça, moi aussi.

Il agitait frénétiquement les doigts, et Nina réalisa qu'il avait déjà posté la nouvelle sur Facebook : elle entendait le ding des « J'aime ».

– Écoute, je ferais mieux d'y aller, dit-elle tout bas.

– Non. Allez, reste, s'il te plaît. Je te paie un verre quelque part.

– Non, merci. Honnêtement, ça va. Je vais bien.

Griffin jeta un nouveau coup d'œil à son téléphone.

– Allez, des copains à moi sont juste à côté. Viens boire une pinte avec nous. On réfléchira à la prochaine étape pour toi. Je connais sûrement quelqu'un qui peut t'aider.

Cela faisait des mois que Nina ne l'avait pas vu aussi dynamique. Elle avait désespérément envie d'une tasse de thé et de s'asseoir, au calme, pour penser à tout cela.

– Non, il faut vraiment que je rentre. Mais encore toutes mes félicitations.

Il se leva quand elle enfila son manteau, prête à partir. Elle lui fit un demi-sourire alors qu'ils attendaient, plantés là, qu'un défilé de poussettes se fraye un chemin devant eux.

– Nina, lança-t-il, subitement enhardi au moment où elle arrivait enfin à avancer.

Elle se retourna.

– Oui ?

– Maintenant qu'on ne travaille plus ensemble… maintenant qu'on n'est plus collègues et que j'ai rompu avec ma petite amie… est-ce que tu veux bien venir boire un verre avec moi ? Allez. Juste un ? S'il te plaît ?

Elle observa son visage pâle, anxieux, et se sentit soudain mal à l'aise, mais aussi un brin plus déterminée. L'espace d'une seconde, elle hésita, réfléchissant. Puis elle se décida.

– Je suis désolée… Je… je dois téléphoner à quelqu'un.

Elle passa devant les poussettes, les sacs de course, les fenêtres embuées, les écoliers qui se jetaient des trucs au visage, les sachets de sucre froissés, les assiettes pas finies et les verres graisseux, puis ouvrit la porte pour sortir dans la rue détrempée. Alors, relevant sa capuche, elle attrapa son téléphone, consciente que si elle ne le faisait pas tout de suite, elle ne le ferait jamais.

– Alasdair, dit-elle quand il décrocha. Merci pour cette offre d'une incroyable gentillesse. Ce sera avec plaisir.

Chapitre 7

L'enthousiasme de Surinder elle-même était retombé, maintenant que Nina avait appelé les autorités et qu'on l'avait prévenue qu'obtenir un permis pour vendre des livres dans un van serait difficile, voire impossible. Apparemment, cela serait beaucoup plus facile si elle se contentait d'écouler des burgers, des tasses de thé et de mauvais hot-dogs.

Elle avait fait remarquer à l'employé du conseil municipal qu'elle risquait sans doute plus de tuer un client par accident avec un hamburger pas frais qu'avec un livre, ce à quoi il avait répondu d'un ton assez brusque qu'elle n'avait à l'évidence pas lu *Le Capital.* Elle avait dû admettre qu'il avait raison, et la conversation avait tourné court.

N'empêchait qu'elle était de nouveau dans le car, armée de la trilogie *De Lark Rise à Candleford* et de toute la série des *Le Chardon et le Tartan* dans lesquelles se plonger pendant le voyage.

Plus ils se dirigeaient vers le nord, plus le temps se rafraîchissait, mais il faisait toujours jour, l'incomparable lumière de l'Est illuminant la ville d'Édimbourg à leur passage, lui donnant un air de Moscou. À nouveau, l'immense pont lui fit l'impression saisissante d'être une porte ouverte sur l'inconnu ; puis, comme ils continuaient d'aller vers le nord, toujours plus au nord, les villes, les villages, la circulation et les gens se firent de plus en plus rares. Ne restèrent plus que de longs trains rouges qui oscillaient paresseusement le long des routes sinueuses ; de minuscules hameaux, d'innombrables oiseaux qui s'envolaient dans les vallées, et, partout, des moutons qui paissaient sur l'herbe vert vif, sous les rayons allongés du soleil couchant tardif.

Elle mangea des tartelettes à la cerise achetées à la station-service en se perdant dans les pages de son livre et, quand elle arriva enfin à Kirrinfief, elle eut le sentiment de rentrer chez elle, sentiment confirmé par les visages souriants d'Edwin et d'Alasdair lorsqu'elle ouvrit la porte du pub.

– La grande lectrice ! s'exclamèrent-ils en chœur, ravis.

Sur ce, Alasdair lui servit un demi sans attendre sa commande. Il avait dû remarquer qu'elle avait du mal avec la bière locale la dernière fois.

– Qu'est-ce que vous nous avez apporté de beau ? l'interrogea-t-il.

Nina, bien sûr, avait tout prévu et ouvrit sa valise pour en sortir une sélection de thrillers et de romans policiers, sur lesquels les hommes se jetèrent avec joie.

– Alors comme ça, vous allez remplir le van de livres ? finit par lui demander Edwin.

Alasdair, tout joyeux, était en train de chercher les clés. Nina leur avait donné le chèque qui, une fois encaissé, représenterait peu ou prou la totalité de son indemnité de licenciement.

– C'est l'idée, oui.

Maintenant qu'elle avait un projet, aller au travail lui avait été moins pénible. Elle avait donné son préavis et effectué ses dernières semaines, mais tout le monde se fichait qu'elle prenne de longues pauses déjeuner, arrive tard ou reparte avec des livres plein son coffre tous les soirs, ce qu'elle avait fait en ayant l'impression de sauver des orphelins de la destruction.

Griffin s'était mis à porter une chemise et une cravate. Et il avait coupé sa barbe. Il arrivait tôt le matin, passait beaucoup de temps en réunions et n'avait plus l'air agacé, blasé, mais exténué. Un soir, il l'avait arrêtée pour lui dire qu'elle avait besoin d'un formulaire de réquisition pour tous les livres qu'elle emportait ; elle lui avait demandé s'il était sérieux, il avait paru peiné et, plus que jamais, elle avait été ravie de s'en aller.

– Oh, ça va être génial, lança Edwin. Il va falloir que vous alliez au village de Carnie. Et à Bonnie Banks. À Windygates aussi. Ma sœur y vit. Ils avaient un bibliobus dans le temps, mais, bien sûr, il a fermé. Alors, votre van, ce sera mieux que rien. Est-ce que vous pouvez en faire une bibliothèque ?

– J'ai bien peur que non. Il faut que je mange. Mais vous savez que je ne laisse pas le van ici, hein ? s'enquit-elle en se tournant vers eux. Je rentre à Birmingham.

Les deux hommes parurent désorientés.

– Mais il est pour ici ! s'écria Edwin. C'est pour ça que nous l'avons acheté !

– Non, je rentre dans le Sud, leur expliqua patiemment Nina. C'est là que je vis.

– Mais ils n'ont pas besoin de livres dans une ville du Sud, rétorqua Alasdair. Ils font de gros efforts pour les librairies, les bibliothèques, les universités et tout ça. Ils en ont autant qu'ils veulent ! C'est nous qui en avons besoin.

– Oui, mais je vis là-bas, répéta Nina. C'est chez moi. Il faut que je rentre.

Il y eut un blanc.

– Vous pourriez vous faire un chez-vous ici, dit Alasdair. Un peu de sang neuf ne nous ferait pas de mal.

– Je ne peux pas m'installer ici ! Je n'ai jamais vécu dans ce pays.

– Oui, mais vous n'avez jamais tenu de librairie dans un van non plus, répliqua Edwin avec une logique obstinée.

– Oh, je pensais qu'on vous donnait un coup de main pour que vous puissiez rester dans les parages, ajouta Alasdair. Je l'ai dit à tous mes habitués.

– Je croyais que vos habitués se résumaient à Edwin et Hugh.

– Voui, ben, ça montre que vous n'y connaissez pas grand-chose. Tout le monde était aux anges.

– J'aimerais beaucoup, mais, sincèrement, je ne peux pas. Je dois rentrer, m'installer et commencer à gagner ma vie.

Le silence se fit dans le bar. Nina s'en voulait terriblement de les avoir induits en erreur ; elle n'en avait jamais eu l'intention.

– Mais…, commença Edwin.

– Je suis désolée, le coupa Nina avec fermeté.

Elle avait prévu de passer prendre le van et de rentrer à Birmingham dans la soirée. Elle ne pouvait pas vraiment se permettre de rester, même dans un endroit aussi bon marché et gai que le pub. Sans oublier que Surinder avait été claire : si elle ne trouvait pas sans tarder une maison pour ses livres, le plancher allait s'effondrer… ou elle, d'ailleurs. Tout était donc organisé.

– Il faut que j'y aille, annonça-t-elle avec tristesse.

Tous les regards se dirigèrent vers les clés sur le comptoir.

– C'était très gentil, ce que vous avez fait pour moi, répéta-t-elle. Merci.

Les deux hommes répondirent d'un grognement avant de se détourner.

⋆

Dehors, la nuit était enfin tombée, les derniers rayons rosés mourant derrière les collines, à l'ouest. Dès que le soleil fut couché, il se mit à faire froid : Nina tremblait en avançant vers le van. Elle referma bien son manteau et regarda sa nouvelle acquisition, gigantesque sur la petite place pavée déserte. Elle prit une profonde inspiration. Elle ne se rappelait pas s'être déjà sentie aussi seule. Mais elle n'avait pas le choix. Elle s'était engagée. Elle trouverait bien un moyen d'y arriver.

Elle consulta son téléphone. Elle avait à l'évidence réussi à capter un réseau pendant qu'elle était à l'intérieur du pub, car elle avait reçu ses e-mails. Tout en haut s'en trouvait un du conseil de quartier.

Chère Madame Redmond,

Nous avons le regret de vous informer que votre demande d'autorisation de stationnement catégorie 2 (b) (commerce et vente, sans restauration) vous a été refusée, en raison de restrictions en matière de gabarit dans le quartier. Cette décision ne peut faire l'objet d'aucun recours.

Nina jura. Haut et fort.

Le mail continuait, contenant d'autres formalités, mais elle ne put le lire à travers ses larmes. Elle n'avait pas de chance, semblait-il. Quoi qu'elle fasse. S'il y avait bien une chose dont elle pensait qu'elle ne poserait pas de problème, c'était garer le van devant chez elle. Désormais, en le considérant dans le soleil déclinant, elle se rendait compte qu'il était énorme. Il empêcherait la lumière d'entrer par les fenêtres du rez-de-chaussée, chez elle, mais aussi chez les voisins. Mais qu'est-ce qu'elle croyait ?

Elle avait dépensé la totalité de son indemnité de licenciement et n'imaginait pas une seule seconde retourner à l'intérieur du pub pour dire aux hommes qu'elle avait changé d'avis. Elle était au chômage et elle savait qu'elle ne s'était pas préparée aussi bien qu'elle l'aurait dû pour l'entretien, parce qu'elle avait la tête ailleurs, à envisager d'autres possibilités. Et, là, elle venait de buter sur l'obstacle le plus élémentaire, le plus évident.

Elle allait devoir déménager. Dans un endroit où elle aurait le droit de se garer. Et avertir Surinder. Mais si elle n'avait pas les moyens de déménager ? Qui accepterait de louer un logement à une chômeuse ? Oh non, elle allait finir par devoir vivre dans son van.

Ses larmes coulaient, et elle sentait la panique monter. Elle regarda autour d'elle. Il n'y avait personne, bien sûr. Le village était complètement désert, et très froid. Nina se sentit totalement, absolument, seule.

Elle essaya d'imaginer ce que Nancy Drew aurait fait en pareil cas. Ou Elizabeth Bennett, ou Moll Flanders. Mais aucune d'elles ne semblait préparée à vivre un tel moment. Aucune des héroïnes auxquelles elle pensait ne s'était jamais retrouvée accroupie à côté d'un van invendable au milieu de nulle part, sans savoir où elle allait vivre, frissonnant dans le froid glacial.

Elle se redressa avec difficulté et précaution. Ses mains tremblaient. Elle ne savait tout bonnement pas où aller. Elle tenta de penser aux endroits où elle pourrait garer le van, se demandant si elle y serait en sécurité ou si elle pourrait se contenter de l'y abandonner.

Faute de meilleure idée, elle monta dans la cabine et tourna la clé.

★

On nous avertit souvent des dangers de la fatigue au volant, et Nina était d'ordinaire une conductrice prudente qui prenait garde à chacun d'eux. D'ordinaire.

Mais là, profondément bouleversée, inquiète, et conduisant un énorme véhicule auquel elle n'était pas habituée, elle était réellement terrifiée. Elle savait qu'elle devrait s'arrêter, mais où ? Elle ne pouvait pas se permettre de gaspiller son argent à l'hôtel, même si elle savait qu'il y en avait un dans ce coin perdu.

Elle n'avait pas de GPS ; son téléphone ne captait pas de réseau et, dans tous les cas, n'avait presque plus de batterie. Elle passa en pleins phares et poursuivit son chemin sur d'interminables routes de campagne, dont aucune ne semblait la conduire dans un endroit utile. Elle avait de l'essence dans le réservoir, suffisamment *a priori*. Elle essuya ses larmes de la main droite, s'efforçant de ne pas céder à la panique. Elle trouverait bien un endroit.

Elle vit les lumières du passage à niveau devant elle, mais ne s'arrêta pas : les barrières ne s'abaissaient pas encore, elle avait donc tout le temps de passer. Quand elle aperçut le cerf, il était déjà trop tard. Il sautait, fuyant les lumières rouges en bondissant, fonçant droit sur elle. Ses gros yeux noirs apparurent soudain devant elle, alarmés, beaux et terrifiés, et elle pila sans même réfléchir. Le van dérapa, avant de s'arrêter aussitôt en broutant au milieu des voies, en travers.

L'animal s'éloigna d'un bond, ses sabots effleurant le côté du véhicule, puis disparut dans les bois, sain et sauf. Alors que Nina reprenait son souffle, elle entendit une cloche sonner et leva les yeux, horrifiée : de l'autre côté des rails, la barrière était en train de descendre.

N'ayant pas les idées claires, elle tourna la clé de contact, mais, dans l'affolement, oublia de poser son pied sur l'embrayage, incapable de comprendre pourquoi elle n'arrivait pas à mettre le moteur en marche.

Les phares du train étaient clairement visibles désormais : ils se rapprochaient, de plus en plus vifs, de plus en plus menaçants. Nina savait qu'il fallait qu'elle sorte du véhicule, mais, pour une raison ou une autre, malgré ses efforts, la porte paraissait bloquée. Elle tripota le démarreur, essayant de rallumer le moteur, mais échoua à nouveau.

La radio refusait de s'éteindre. Ses mains refusaient de lui obéir. Son instinct, qui aurait dû lui dicter de lutter ou de fuir, l'avait complètement laissée tomber. Elle fixa à nouveau le train et, tandis qu'un grand bruit strident emplissait l'air, une pensée des plus étranges, parfaitement ridicule, lui traversa l'esprit : elle songea à la gêne de sa mère quand elle serait obligée d'annoncer aux gens que sa fille, diplômée de l'université, avait fait une chose aussi stupide que rester prisonnière sur un passage à niveau et se faire tuer par un train.

Un train.

Sa bouche s'ouvrit lentement pour laisser échapper un cri et, alors que le sol tremblait et que le train se rapprochait en grondant et en crissant, elle ferma les yeux pour attendre l'inévitable catastrophe.

Chapitre 8

Il y eut un silence opaque, sépulcral. La radio s'était éteinte, Nina ne savait comment. Les phares avaient eux aussi disparu. Nina cligna des yeux. Était-elle dans l'au-delà ? Elle n'avait rien senti : ni impact, ni douleur. Peut-être était-ce cela ; peut-être était-ce la fin de tout. L'obscurité la plus profonde régnait.

Mais non : elle était toujours dans le van. Elle voyait la poignée : elle tendit la main pour la tirer. La porte n'était pas bloquée. Elle ne l'avait jamais été. Mais qu'est-ce qui avait bien pu se passer ?

Elle mit doucement pied à terre. Puis elle s'écarta de la voie ferrée en trébuchant, ses jambes refusant de lui obéir, et vomit aussitôt dans une haie.

*

Elle trouva une bouteille d'eau minérale à moitié vide dans son sac et en but quelques gorgées, puis s'arrêta, de crainte d'avoir à nouveau la nausée. Elle ne parvenait pas à cesser de trembler. Peu à peu, après s'être efforcée de retrouver une respiration normale, elle osa lever la tête.

À quelques centimètres à peine du van intact au milieu des rails se trouvait la locomotive d'un gigantesque train de marchandises, qui soufflait comme une créature vivante. Nina crut qu'elle allait de nouveau être malade.

Un homme était appuyé contre le côté de la locomotive, respirant lui aussi péniblement. Quand il l'aperçut, il commença à s'approcher d'elle.

– Qu'est-ce..., commença-t-il.

Sa voix tremblait tant qu'il avait du mal à parler.

– Qu'est-ce qui s'est passé, put...

Il s'interrompit, faisant un gros effort pour ne pas jurer.

– Qu'est-ce... mais qu'est-ce qui s'est passé, bon sang ! tonna-t-il d'une voix rauque. QU'EST-CE QUI S'EST PASSÉ, BON SANG !

– Je...

Nina entendit sa voix se casser.

– Il y avait un cerf... et j'ai freiné...

– UN CERF ! Vous avez failli tous nous tuer pour un fichu CERF ! Espèce d'IDIOTE... Mais à quoi PENSIEZ-VOUS ?

– Je n'ai pas eu... pas eu le temps de penser...

– Ah çà, c'est bien vrai. Vous n'avez pas pensé du tout ! Mais REGARDEZ, il y a dix foutus mètres...

Tout à coup, elle entendit un bruit de pas : quelqu'un courait le long de la voie. Un autre homme parut, hors d'haleine, la fumée provoquée par l'arrêt brutal du train s'enroulant autour de lui comme du brouillard.

– Qu'est-ce qui s'est passé ? demanda-t-il.

Il avait un accent... d'un pays européen, se dit confusément Nina.

– Cette petite GAMINE STUPIDE a failli nous tuer : toi, moi, elle et toute la population locale si le combustible avait explosé ! hurla le premier homme, rouge de colère.

L'autre regarda Nina.

– Est-ce que vous allez bien ? l'interrogea-t-il.

– Est-ce qu'elle va bien ? Elle a failli nous tuer…

– Oui, Jim. Ça va, j'ai compris.

Jim secoua la tête, toujours tremblant.

– On est mal. On est mal.

Les lumières du passage à niveau s'étaient remises à clignoter, et les barrières se relevaient.

– Elles ne devraient pas faire ça, fit remarquer l'autre. On n'est pas passés. Est-ce que vous allez bien ? redemanda-t-il à Nina, qui se rendit compte qu'elle n'arrivait pas à se relever et s'écroula soudain contre le van.

– Je vais prévenir le centre de contrôle, annonça le premier homme.

Quand l'autre arriva au niveau de Nina, elle vit qu'il avait des cheveux bruns bouclés, un brin trop longs, et des yeux noirs fatigués, avec de longs cils. Il avait la peau mate, des pommettes hautes et saillantes. Il était de taille moyenne, costaud.

– Vous allez bien, oui ?

Nina cligna des yeux. Elle était trop choquée pour parler.

– Respirez à fond. Buvez encore de l'eau, oui ?

Elle but quelques gorgées en crachotant, puis posa les mains sur ses genoux jusqu'à reprendre son souffle.

– Je croyais…, dit-elle, ses dents claquant de manière incontrôlable. Je croyais que j'étais morte.

– Personne n'est mort, répondit l'homme. Personne. On a moi et on a Jim. Et on a laine, whisky, pétrole et gin. Personne ne va mourir.

Il la regarda.

– Vous êtes gelée. Venez, venez.

Il la poussa vers le train.

Le premier homme avait sauté dans la cabine et parlait à la radio. Il sortit la tête.

– Je ne sais pas quoi leur dire.

– Il n'y a rien à leur dire ! Tout le monde va bien. Gin, pétrole, laine : tout va bien. Personne n'est blessé.

– Si je leur dis, il va y avoir une grande enquête. La police. Ça va durer des mois. Elle aura de gros problèmes, ajouta-t-il en regardant Nina d'un air sévère.

– Ha ! Oui. Alors ne leur dis rien.

– Je ne… je ne…

Nina avait du mal à parler. Dans la cabine, le visage de Jim se radoucit.

– Je dois leur dire : ils ont déjà appelé. Personne ne va nulle part. Oh, bon sang, ajouta-t-il en posant les yeux sur elle. Vous feriez aussi bien de monter boire une tasse de thé.

– Oui, thé, renchérit l'autre en la poussant en douceur. Le thé est solution à tout. Montez dans cabine ! Maintenant ! Être au chaud, pas rester dans froid.

Nina, ne sachant que faire d'autre, avança en trébuchant vers la cabine, mais se rendit compte qu'elle n'arrivait pas à se hisser à l'intérieur. Elle avait les bras en coton.

L'homme bondit avec agilité, puis se retourna pour lui tendre la main.

– Venez, dit-il.

Il avait une barbe de trois jours, noire et rêche, et des bras velus, musclés, recouverts de pétrole. Il attrapa la petite main de Nina et la souleva comme si elle ne pesait rien.

Le minuscule espace était chaud et confortable. Jim était assis devant un large panneau de commande en plastique moulé gris, et l'autre homme fit signe à Nina de s'y asseoir aussi, mais, à la place, elle se laissa glisser au sol et éclata en sanglots.

Les deux hommes se regardèrent.

– Thé ? finit par lui proposer le second homme.

Jim se pencha en avant et sortit une bouteille thermos. Il servit une tasse, puis la tendit à Nina, qui l'accepta avec gratitude.

– Ne pleurez pas, ma p'tite, dit-il. Buvez-moi ça.

Le thé était chaud, très sucré, et Nina commença à se sentir mieux.

– Je suis désolée, dit-elle entre deux sanglots. Sincèrement désolée.

– Bon Dieu, lança Jim. La paperasse. La police doit déjà être en chemin. Il va y avoir des investigations et des dossiers à n'en plus finir.

– Mais personne blessé, intervint l'autre. Toi, héros, Jim.

Il y eut un long blanc. Le conducteur ne dit rien. Puis :

– Je n'avais pas vu les choses comme ça.

– C'est vrai, abonda Nina, se sentant revigorée. Vous êtes un vrai héros. Je croyais que j'étais morte. Je vous dois la vie. Vous êtes formidable. Vous vous êtes arrêté juste à temps.

La colère du conducteur semblait s'être presque entièrement envolée, tandis qu'il sirotait sa tasse de thé.

– Ce n'est que mon instinct qui a pris le dessus, répondit-il avec modestie.

– Tu vas être dans journal, ajouta l'autre avec un sourire et un clin d'œil à l'intention de Nina. Tu vas avoir photo dans journal.

– Tu crois ?

– Vous m'avez sauvé la vie, répéta Nina, tout simplement ravie qu'il ne soit plus fâché. Vous m'avez sauvée.

Jim but une autre gorgée de thé, puis sourit.

– Eh bien, dit-il. Eh bien, les accidents, ça arrive.

*

La police fit bel et bien son apparition pour recueillir les déclarations des personnes impliquées : le conducteur, Jim, qui s'était remis de ses émotions et décrivait avec enthousiasme son utilisation rapide, salvatrice, du frein à tous ceux qui voulaient l'entendre ; l'autre homme, le mécanicien, qui s'appelait Marek et essayait de faire avancer les choses ; et Nina, qui apprit, horrifiée, qu'elle risquait peut-être des poursuites pénales.

Marek prit sa défense en expliquant avec aisance que, vraiment, c'était le daim qui devrait risquer des poursuites et, après qu'ils eurent fait passer Nina à l'alcootest et appelé les secours pour l'examiner, ainsi que Jim, tous s'accordèrent à dire qu'il n'y avait rien à faire, si ce n'était enlever le van des rails et laisser tout le monde repartir, Dieu merci.

Le train de nuit en provenance d'Inverness était coincé derrière eux et commençait à s'impatienter, mais aucun conducteur de remplacement n'était disponible jusqu'à Darlington, aussi Marek se proposa-t-il de prendre le relais.

Il restait malgré tout un gros problème : Nina n'était absolument pas en état de reprendre le volant, et personne d'autre n'était assuré. L'un des policiers avait gentiment déplacé le van sur une aire de stationnement jouxtant un champ et y avait apposé un autocollant d'avertissement de la police afin que personne n'y touche, mais comment faire dans l'immédiat ?

Les policiers lui proposèrent de la ramener au pub – ils y conduisaient déjà un Jim toujours un peu secoué –, mais il était deux heures du matin, et Nina n'avait pas de gentil employeur pour lui payer l'hébergement et ne pouvait se permettre une nuit d'hôtel. Elle clignait frénétiquement des yeux, espérant ne pas éclater à nouveau en sanglots, souhaitant désespérément trouver une solution. Marek finit par se pencher vers elle.

– Vous savez, on passe par Birmingham, lui dit-il tout bas.

Elle le dévisagea. Les policiers échangèrent un regard, pas certains que cela soit autorisé, mais conscients que cela leur ôterait une épine du pied. Jim, lui, était déjà en train de leur faire au revoir de la main.

– Bien, finit par dire l'un des policiers en tendant le rapport d'incident à Nina. Ne vous amusez plus à traverser de passages à niveau, d'accord ?

– Plus jamais, répondit-elle en opinant du chef.

Sur ce, tout le monde partit, les gyrophares disparurent et, tout à coup, ils ne furent plus que tous les deux dans la cabine. Marek s'adressa au centre de contrôle, puis les barrières s'abaissèrent à nouveau et, cette fois, sans personne sur les voies, le train s'ébranla en douceur.

Marek avait insisté pour que Nina s'emmitoufle dans une couverture et s'installe sur le siège. Après tout ce qu'ils avaient traversé, elle avait presque sommeil, mais ne pouvait pas s'endormir. Elle ne s'était jamais assise à l'avant d'un train auparavant, sauf si l'on comptait le Docklands Light Railway, ce petit métro aérien qu'elle avait pris une fois, enfant, à Londres. Le pare-brise était grand et large, équipé d'essuie-glaces parfaitement normaux – ce qui la surprit, même s'il n'y avait de quoi, réalisa-t-elle. Alors que le grand train se mettait peu à peu en branle et prenait de la vitesse, elle se pencha en avant pour admirer la vue avec enthousiasme. Ils traversèrent des bois avant de déboucher dans des collines dégagées, et le ciel nocturne n'était pas tout noir : l'obscurité se nichait dans les courbes du paysage, mais le ciel lui-même était une palette de couleurs sombres et veloutées, parsemé d'étoiles, la lune presque pleine. Dans les buissons qui bordaient les voies, des yeux vigilants s'illuminèrent tout à coup ; s'ensuivit une débandade dans les haies ; ici et là, des petits lapins traversèrent les voies en bondissant si vite que Nina poussa une exclamation, mais ils s'en sortirent tous indemnes.

– Ils sont comme vous, hein ? commenta Marek d'une voix profonde, debout devant le volant, attentif, alors que le train fendait la nuit avec un bruit de ferraille.

– Ils m'ont fait peur !

– Je crois que vous avez failli tuer Jim. De peur.

– Ce n'était vraiment pas mon intention.

– Je sais, je sais.

La cabine était sombre, pour une meilleure visibilité à l'extérieur ; Nina ne distinguait que son profil, son menton mal rasé se détachant sur la lumière de la lune qui entrait par la fenêtre tandis qu'ils traversaient à toute vitesse villes et villages calfeutrés pour la nuit.

– Alors, qu'est-ce que vous faites dehors en pleine nuit, comme ça, hein ? Vous n'êtes pas écossaise, si ?

Nina secoua la tête.

– Birmingham ?

– Oui. Je suis de Chester, mais je vis à Birmingham. D'où venez-vous ? demanda-t-elle par curiosité.

– Lettonie, grommela-t-il.

– Alors, nous sommes tous les deux loin de chez nous.

Marek ne répondit rien.

– J'étais… j'étais en train de ramener le van chez moi, poursuivit Nina. Pour le travail.

– Quel travail faites-vous ? Vous conduisez van ?

– Pas très bien. J'étais… je voulais ouvrir une librairie.

Marek se tourna une seconde pour la regarder.

– Ah ! Librairie. Très bien. Les gens aiment librairies.

Nina hocha la tête.

– J'espère. Je voulais… vous savez. Apporter des livres aux gens. Trouver le bon livre pour chacun.

Marek sourit.

– Et où se trouve votre magasin ? À Birmingham ?

Nina secoua la tête.

– Non. Je pensais l'ouvrir… dans le van.

– À l'intérieur du van ? Un magasin dans un van ?

– Je sais. C'est peut-être une très mauvaise idée. La chance n'est pas vraiment de mon côté jusqu'à présent.

– Donc, vous conduisez et vous cherchez des gens qui ont besoin de livres ?

– Oui.

– De quel livre ai-je besoin, hein ? Pas de russes.

Elle le regarda en souriant.

– Eh bien, je vous recommanderais quelque chose sur les personnes qui travaillent de nuit. *La Chute d'Ovian*, par exemple. Ça parle d'un homme, pendant une guerre, qui monte la garde toute la nuit en attendant le signal pour avancer le matin venu ; ça raconte ce qui se passe dans sa tête avant de partir au combat. Il pense à sa famille et à son enfance. C'est drôle et triste, et il croit qu'un sniper est à ses trousses. Et le sniper est vraiment à ses trousses. C'est bien, émouvant et palpitant, comme si toute sa vie tenait en une nuit.

Marek opina du chef.

– J'ai cette impression parfois. Sauf que le sniper, c'est l'horloge. Pas vrai sniper. Ça semble être livre parfait pour moi. J'achèterai. Très bien.

– Vraiment ? s'enquit Nina avec un sourire.

– Oui, je pense. Vous m'avez convaincu. On devrait peut-être transformer ce train en librairie, hein ? Avoir un train à livres ?

– J'adore cette idée ! Mais, euh, il vaudrait sans doute mieux commencer petit.

– Mais vous allez être à Birmingham et votre van en Écosse.

– Oui, je sais. Je vais vite trouver une solution.

– Ça ne me semble pas bonne façon de tenir librairie.

Nina le regarda pour voir s'il la taquinait, mais son visage était impénétrable.

– Non, pas particulièrement, répondit-elle avec un soupir. Mais je ne peux pas le garer à Birmingham. Je ne sais pas vraiment où je vais aller. Ma vie n'est qu'une suite de problèmes.

Marek eut un sourire triste, et Nina vit ses dents blanches briller dans l'obscurité.

– Oh, vous croyez avoir problèmes ?

– Eh bien, je suis au chômage, tout mon argent est garé sur une aire de stationnement dans un endroit que je ne connais même pas, ma coloc va me mettre à la porte de peur que je ne fasse s'écrouler le plafond, et j'ai failli me faire écraser par un train. Alors, oui, je crois que j'ai des problèmes.

Il haussa les épaules.

– Quoi ? Vous croyez que j'ai mis toutes mes économies dans un van que je ne peux pas conduire pour m'amuser ? s'enquit-elle en se pelotonnant dans sa couverture. Comment pouvez-vous penser que je n'ai pas de problèmes ? insista-t-elle.

Marek haussa à nouveau les épaules.

– Vous êtes jeune. En bonne santé. Vous avez van. Dans mon pays, beaucoup de gens penseraient que vous êtes très chanceuse.

– J'imagine, répondit-elle tout bas.

Ils traversèrent un pont dans un boucan d'enfer, surprenant un groupe de hérons rassemblés autour d'un lac, qui prirent leur envol, leur silhouette se découpant sur le clair de lune.

– Ouah ! Regardez ça !

– On voit beaucoup de choses dans train de nuit. Regardez.

Il montra du doigt une minuscule bourgade, entièrement plongée dans le noir, à l'exception d'une unique lumière allumée dans une chambre.

– La plupart des nuits, pas toutes, cette lumière brille. Qui est là ? Ils n'arrivent pas à dormir ? Y a-t-il bébé ? À chaque fois, je me pose la question. Qui sont toutes ces vies, là, les unes après les autres ? Et comme c'est gentil à eux de nous laisser jeter un œil à l'intérieur, comme c'est généreux.

– Je ne crois pas que les gens aiment vraiment vivre près de la voie ferrée, fit remarquer Nina en souriant.

– Oh, alors, ils sont encore plus gentils.

Tous deux se turent.

Quand ils s'arrêtèrent à Newcastle, Marek lui demanda de s'asseoir par terre et de se cacher : elle n'était pas vraiment censée être là. Un grand fracas et des bruits métalliques retentirent dans la gare de triage, qui brillait comme un sapin de Noël, si éclairée qu'on se serait cru en plein jour. Des hommes criaient en attachant des grues et des poulies aux conteneurs sur le train : de la laine, lui avait appris Marek, à destination des Pays-Bas et de la Belgique ; du whisky, bien sûr ; du pétrole ; du gin. Et chargées à bord, des marchandises arrivant de Chine, destinées aux bazars et aux boutiques d'art culinaire : jouets, salières et poivrières, cadres photo ; bananes, yaourts, courrier, et tout ce qu'on pouvait imaginer, débarqués sur les docks de Gateshead pour être chargés sur des camions et des trains qui se répandraient sur l'ensemble du territoire dans la nuit, tel un réseau de vaisseaux sanguins ; un monde nocturne et obscur auquel Nina pensait rarement quand elle achetait une touillette à café, un pot de miel ou une brosse à ongles. Les bruits métalliques et les cris continuèrent, et elle s'assoupit dans le coin de la cabine. La journée et la nuit avaient été particulièrement longues.

Elle se réveilla en sursaut alors qu'ils filaient à travers les montagnes du Peak District. Elle était déboussolée, assoiffée. Marek sourit.

– Ah, je croyais que vous ne vous réveilleriez pas du reste du trajet. Vous n'êtes peut-être pas faite pour travail de nuit, hein ? Une librairie de nuit, ce n'est pas pour vous.

– C'est une bonne idée pourtant, répondit Nina d'un air songeur.

Elle n'avait pas dormi à poings fermés, mais avait plutôt été détachée de la réalité, sentant le train comme s'il circulait sur des rails dans le ciel.

– On pourrait échanger les livres des enfants pendant la nuit, quand ils dorment. Ils se réveilleraient avec une nouvelle histoire, poursuivit-elle avant de se frotter les yeux et de regarder autour d'elle. Pardon, je raconte n'importe quoi.

Le thé dans la bouteille thermos était froid, mais Marek lui en proposa, et elle le but quand même.

– Quel est votre rêve ? l'interrogea Marek tandis qu'ils poursuivaient leur chemin à vive allure, le moteur cliquetant, la radio se réveillant par spasmes.

– Oh, je ne dormais pas vraiment.

– Non, je veux dire pour ce que vous faites. Qu'est-ce que vous voulez faire ? Pour toujours. Quel est votre rêve dans la vie ?

Nina se redressa.

– Eh bien, je suppose… je veux être en présence de livres, en être entourée. Et les recommander aux autres : des livres pour les cœurs brisés, pour les gens heureux, ceux qui sont tout excités de partir en vacances, et ceux qui ont besoin de savoir qu'ils ne sont pas seuls dans l'univers, et des livres pour les enfants qui raffolent des singes et… enfin, de tout, en fait. Et aller dans des endroits où on a besoin de moi.

– On n'a pas besoin de vous là-haut ? Où on était ? En Écosse ?

– Eh bien, oui, sans doute, mais je n'y ai jamais vécu et…

– Est-ce que ce sera mieux à Birmingham ?

– Non, pas vraiment. Enfin, pas du tout. C'est très embouteillé, et on ne peut se garer nulle part, et ils ont des bibliothèques, des librairies et tout ça… pas autant qu'avant, mais ils en ont toujours.

– Hmm. Et vous n'aimez pas l'Écosse ?

Nina se revit au sommet de la colline, contemplant les champs, les vieux murets de pierre, le soleil qui se couchait dans un dégradé de couleurs, sa lumière vacillante apparaissant de temps à autre à travers les nuages les plus sombres, dessinant de formidables rayures sur la vaste et longue terre désolée.

– Si. J'aime beaucoup ce pays, mais je n'y connais personne.

– Vous auriez vos livres. Et vous me connaîtriez, moi. Je passe un peu de temps en Écosse. La plupart de mes nuits.

*

Les premières lueurs de l'aube – des étoiles pâlissantes, un minuscule filet de lumière estivale dorée – apparaissaient à mesure que le train allait vers le sud. Désormais, les villes étaient plus grosses, plus longues, elles s'étalaient sur des kilomètres, avec le seul nom de leur gare pour les différencier les unes des autres ; il y avait de plus en plus de circulation, comme le pays commençait tout doucement à s'éveiller et à s'étirer.

– Où est-ce que vous vivez, Marek ?

– Oh, comme vous. Birmingham !

Son intonation était si britannique qu'elle ne put réprimer un sourire.

– Je l'aurais deviné, le taquina-t-elle tout en s'étonnant de la coïncidence : ils avaient tous les deux atterri dans la même ville.

– Je n'aime pas cette ville. C'est cher pour moi et trop animé, trop rapide. J'aime où c'est calme, libre, où on peut penser et respirer bon air, comme chez moi. J'aime l'Écosse. L'Écosse me rappelle mon pays. C'est beau et pas trop chaud.

– Alors, pourquoi ne vous y installez-vous pas ?

– Je n'y connais personne, moi non plus, répondit-il avec un sourire.

⋆

Une fois à Birmingham, il l'aida à descendre et lui indiqua la sortie. Il était cinq heures du matin, mais il faisait un peu jour, et un vrai froid de canard.

Nina le regarda.

– Merci mille fois.

– Remerciez Jim, répondit simplement Marek. De ne pas vous avoir renversée pour vous transformer en bouillie sur les voies. Et soyez prudente ici. Si vous vous transformez en bouillie sur les voies ici, eh bien, tout ça n'aura servi à rien.

– Je serai prudente, promis, répondit-elle en souriant.

Ils se regardèrent.

– Bon, dit Nina.

Les poils sur les joues de Marek étaient plus visibles dans la lumière du matin, c'était presque une barbe, et il passa délicatement sa main dedans, comme s'il lisait dans ses pensées. Ses yeux noirs pétillaient au milieu de son visage aux pommettes saillantes.

– Bonne chance, mademoiselle la lectrice.

Elle sentait qu'elle avait besoin d'une douche chaude et de faire un long somme. Le soleil se reflétait sur l'acier du train, qui portait un nom, remarqua-t-elle : *La Dame d'Argyll*. Elle se retourna et entreprit de contourner les voies jusqu'au bout : elle y arriva vite, une simple barrière de bois signalant de ne pas aller plus loin.

– Mademoiselle la lectrice, attendez ! lança tout à coup une voix derrière elle.

Elle fit volte-face. C'était Marek, un bout de papier à la main. Elle fronça les yeux. Il semblait plutôt rouge, comme un gros ours pataud. Il regarda le sol, timide.

– Euh, si vous voulez… je peux peut-être vous ramener jusqu'à van. Une nuit. Nous ne sommes pas toujours deux à bord. Souvent, juste un. Et je sais où se trouve van.

Nina écarquilla les yeux.

– Est-ce que vous avez le droit de faire ça ?

– Absolument pas.

– Oh ! Alors, probablement… enfin, merci pour la proposition, c'est super gentil, mais je vais sans doute… enfin, je… je ne veux pas vous attirer d'ennuis.

– Ne vous inquiétez pas, répondit Marek, plus rouge que jamais, avant de lui tendre le bout de papier, sur lequel figurait une adresse e-mail totalement incompréhensible. En tout cas, vous savez, ajouta-t-il.

Nina le prit en souriant.

– Merci.

Un autre train activa son sifflet, très fort, et elle se dépêcha de partir en courant, d'un pas léger, jusqu'au bout de la voie ferrée – la toute fin de la ligne, songea-t-elle –, avant de passer par un portail dans la clôture grillagée. Elle déboucha dans une rue banale d'une partie de Birmingham où elle n'avait jamais mis les pieds. Elle trouva un petit café d'ouvriers juste au coin, la condensation embuant les fenêtres, et, ravie, dépensa ses dernières cinq livres pour acheter un sandwich au bacon et une tasse de thé fumante tout en regardant *La Dame d'Argyll*, délestée de quelques charges, reculer lentement pour sortir de la gare et continuer sa route jusqu'à Londres.

Chapitre 9

Surinder n'arborait pas son sourire le plus avenant lorsqu'elle ouvrit la porte d'un air endormi.

– Est-ce que tu as fait bon voyage ? Comment se fait-il que tu sois rentrée si tôt ?

Nina envisagea de le lui dire, puis se ravisa.

– C'est une longue histoire.

– Entre, dans ce cas. Je n'ai rien prévu aujourd'hui pour pouvoir déménager ces satanés bouquins. Est-ce qu'on peut s'y mettre ?

– Eh bien, répondit Nina en se demandant si elle avait le temps d'aller préparer un café avant de se lancer dans cette discussion. Je dois te dire quelque chose. Il y a un… enfin. Voilà : je ne peux pas me garer ici.

– Qu'est-ce que tu veux dire ?

– L'autorisation de stationnement m'a été refusée. Le van est trop gros pour Edgbaston, *a priori*.

– Ah, c'est pour ça que tu es rentrée si vite. Tu as pris l'avion !

– Pas exactement.

– Bon, au moins, tu n'as pas acheté le van, commenta Surinder en posant sa tasse de café vide sur une pile branlante de romances historiques, qui ne manqua pas de s'écrouler sur-le-champ. Mais, dis-moi, qu'est-ce que tu vas faire de tout ça ?

Nina, dans un éclair de lucidité, répondit exactement en même temps :

– Mais je l'ai acheté.

– Tu n'as pas… Tu quoi ?!

Désorientée, Surinder regarda autour d'elle, éparpillant au passage une série de romans de George Orwell en parfait état.

– Fais attention à George ! lança Nina avec une grimace.

– Fais attention à George ?! Nina, mais qu'est-ce qui CLOCHE chez toi ? Où avais-tu la tête ? Pourquoi est-ce que tu n'as pas attendu d'avoir la réponse pour le parking avant d'acheter ce fichu engin ?

– Je ne sais pas. Je me suis juste dit que ça ne poserait pas de problème.

– Pourquoi est-ce que tu l'as acheté sans savoir ce que tu allais faire ?

– Je ne sais pas non plus. J'ai juste… j'ai pensé que je n'irais pas au bout si j'attendais trop longtemps.

– Nina…

Nina n'avait jamais vu son amie aussi énervée. Elle aurait aimé ne pas être aussi épuisée ; elle sentait les larmes lui monter aux yeux.

– Nina, j'ai essayé d'être patiente. J'ai essayé de t'aider quand tu allais mal et que tu t'achetais un livre, quand tu allais bien et que tu t'achetais un livre, quand il pleuvait et que tu ramenais des livres à la maison, et quand il faisait beau et que tu allais t'acheter des livres. Mais…

Ce fut peut-être la voix haut perchée de Surinder qui mit un point final à toute cette histoire, se dit Nina en y repensant plus tard. Tout n'était peut-être pas entièrement sa faute – du moins, l'espérait-elle.

Ce n'était pourtant pas l'impression qu'elle avait dans l'immédiat. Surinder gesticulait, dépitée, et se cogna contre la rampe de l'escalier un brin bringuebalante, qui se mit aussitôt à bringuebaler de plus belle, délogeant une pile de livres en haut des marches. Fatalement, comme dans un mauvais film au ralenti, ces livres heurtèrent à leur tour la pile suivante, puis la suivante, envoyant valser le tout en bas des escaliers, où ils touchèrent un grand vase décoratif, qui tomba si fort sur le sol de l'entrée qu'une petite fissure se forma dans le plafond, libérant un petit nuage de poussière.

Tout semblait s'être passé si lentement. Nina regarda le tourbillon de poussière dégringoler, tremblotant, ondoyant dans la lumière : un minuscule nuage blanc, rien de plus. Mais c'était, elle le savait, suffisant. Elle jeta un coup d'œil à Surinder.

C'était la goutte de trop. Celle qui fit déborder le vase. Elles savaient toutes les deux que cela finirait par arriver.

– D'accord, d'accord. Je m'en vais, dit Nina.

⋆

Une fois la décision prise – ou, plutôt, une fois l'annonce faite et le calme revenu entre les deux amies –, Surinder fut sincèrement triste. Elles étaient colocataires depuis quatre ans, et cela se passait bien, dans l'ensemble. Au lieu de demander à Nina de faire réparer la fissure au plafond, elle lui fit payer le loyer jusqu'à la fin du mois, puis se dépêcha de dépenser une partie de la somme pour acheter deux bouteilles de Prosecco et un énorme sac de bonbons Haribo. Elles passèrent la soirée du lendemain à discuter dans le salon.

– Où est-ce que tu vas habiter ? s'enquit Surinder.

– Je ne sais pas. Je ne pense pas que cela soit si cher là-haut. Moins cher qu'ici, en tout cas. Ce qui peut être pratique, vu que je n'aurai pas d'argent.

– Combien vas-tu facturer les livres ?

– Ça dépend. Je crois que je fixerai les prix en voyant les gens.

– Je ne crois pas que tu aies le droit de faire ça. Es-tu sûre que tu ne vas pas oublier que tu n'es plus bibliothécaire et que tu ne vas pas te mettre à distribuer gratuitement des livres aux gens ?

– Pas après avoir sauté deux repas, répondit Nina en prenant une autre poignée de Haribo.

– Est-ce que tu as averti ta mère ?

Nina fit la grimace. Sa mère se faisait du souci pour tout. En général, pour Ant, son frère cadet, ce qui était bien commode.

– Je lui enverrai un e-mail dès que j'aurai une nouvelle adresse.

– Tu ne vas pas lui dire que tu quittes le pays ?

– Dit comme ça, ce n'est pas terrible, effectivement.

– Mmh mmh, fit Surinder, qui faisait un saut chez sa mère presque tous les jours, rentrant rarement sans un Tupperware rempli d'un bon petit plat, et pour qui la relation de Nina avec sa mère était vraiment très louche.

– D'accord, d'accord, je vais lui dire. Laisse-moi le temps de m'installer. Tout est allé si vite.

Surinder se pencha vers elle sur le canapé et remplit à nouveau leur verre.

– Tu sais quel genre de personnes tu vas trouver là-haut ? l'interrogea-t-elle avec un air de conspiratrice.

– Des vieux schnocks, répondit Nina du tac au tac. Je le sais, je les ai rencontrés.

– Non ! Non, non, non, non, non. Ce n'est pas du tout ce que je veux dire. Là-haut, il n'y a que des mecs, tu sais.

– Vraiment ?

– Bien sûr ! Au milieu de nulle part. Qui y a-t-il là-bas ? Des agriculteurs. Des vétérinaires. Probablement une base militaire pas loin. Des randonneurs. Des vététistes.

– Je ne suis pas sûre que je m'entendrais bien avec un vététiste. Je ne suis pas fan des sensations fortes en anorak. Et puis, je n'aime pas être dehors.

– C'est juste un concept. Des géologues. Des étudiants en agriculture. Des élagueurs. Des hommes, des hommes, des hommes ! Des hommes en pagaille. Tu vas être en infériorité numérique, c'est obligé.

– Tu le crois vraiment ?

À la bibliothèque, il y avait seulement deux hommes (Griffin et le vieux Mo Singh), pour huit femmes. Et à la médiathèque, il y avait environ quarante femmes, la plupart jeunes, avait appris Nina au détour d'un e-mail très enthousiaste de Griffin.

– Bien sûr ! Et il n'y en a aucun ici.

– Tu ne t'en sors pas si mal.

Surinder leva les yeux au ciel. Des hommes l'invitaient constamment à sortir, mais aucun d'eux, ou presque, ne l'intéressait : elle les trouvait trop citadins et n'aimait pas les barbes.

– Bref, dit-elle avec un geste de la main. Tu verras. Des garçons partout.

– Je n'y vais pas pour les garçons. J'y vais pour les livres.

– Mais si un garçon ou deux pointaient le bout de leur nez, tu ne serais pas trop déçue, si ?

– Je te l'ai dit. Ils ont tous cent deux ans et vivent dans un pub. Et arrête de siffloter *The Skye Boat Song* !

Chapitre 10

Il pleuvait. Vivant à Birmingham, Nina croyait en connaître un rayon en pluie. Il s'avéra qu'elle avait tort. Vraiment tort. À Birmingham, quand il pleuvait, on entrait dans le premier café venu, on restait chez soi, dans sa confortable maison équipée du chauffage central, ou on allait au centre commercial, le *Bull Ring*, pour déambuler en toute sérénité.

Ici, dans les Highlands, il pleuvait, pleuvait, pleuvait, jusqu'à avoir l'impression que le ciel vous tombait sur la tête : de gros nuages noirs déferlaient, descendant vers vous, déversant sans cesse leurs implacables averses.

D'ordinaire, cela n'aurait pas dérangé Nina, mais il fallait absolument qu'elle aille récupérer le van : il l'attendait là-bas depuis déjà cinq jours. Elle avait mis tout ce qu'elle pouvait dans sa plus grande valise, puis avait entassé des cartons de livres dans son Austin Metro, tant et si bien qu'elle ne voyait presque plus rien par la vitre arrière – cela ne représentait malgré tout qu'une infime quantité des tas dans la maison, heureusement, Surinder avait la gueule de bois et était d'humeur généreuse. Elle s'était ensuite éclipsée, après moult câlins et embrassades, et avec un dernier Tupperware pour la route et la promesse d'une visite dès qu'elle serait installée, à savoir dès qu'elle aurait vendu sa voiture et trouvé un toit.

Mais elle devait d'abord aller chercher son van. Dès son arrivée, elle avait demandé à Alasdair s'il y avait une société de taxi dans le coin. Question grotesque. Il avait paru décontenancé et lui avait demandé si elle voulait que Hugh l'y conduise en tracteur, mais elle lui avait dit de ne pas se déranger. Il lui avait alors gentiment proposé de lui prêter un vieux vélo qui traînait dans le jardin, derrière le pub.

C'était un très vieux vélo en réalité, une grosse bécane en métal, lourde, avec un cadre massif, trois vitesses et un panier marron tout décati à l'avant. Il avait cependant une chose pour lui : rouler avec était si difficile qu'elle ne sentit bientôt plus le froid, à force de pédaler avec acharnement sous la pluie en direction du lieu où elle pensait trouver le van.

En approchant du sommet de la colline, pantelante, elle aperçut une trouée dans les nuages qui glissaient dans le ciel. Soudain, et pour un instant seulement, un grand rayon de lumière dorée s'y déversa, et elle leva la tête vers lui, attirée, tel un tournesol. Une fois sur la crête, elle s'arrêta pour admirer les nuées. Elle ne les voyait jamais avant, du verre et de l'acier ayant tendance à dissimuler le ciel : elle gardait donc les yeux rivés au sol ou sur son téléphone et poursuivait son chemin. Alors qu'elle essuyait les gouttes qu'elle avait dans les yeux et secouait ses cheveux dans son dos (ils allaient frisotter comme des fous, pensa-t-elle, mais qui pourrait bien le remarquer ou s'en offusquer ?), elle fut soudain récompensée : la pluie cessa, comme si elle en avait donné l'ordre, et la lumière dorée du soleil l'éclaboussa à nouveau, illuminant chaque goutte d'eau cristalline, chaque feuille humide, chaque champ de colza éclatant, jusqu'à la petite crique tout en bas, un immense arc-en-ciel apparaissant dans les percées. Les nuages continuèrent leur course folle, semblant accélérer la cadence, leurs ombres dessinant un patchwork sur les champs.

Nina inspira profondément cet air si frais, puis jeta un coup d'œil à droite, où un train rouge passait parallèlement à la route. Elle savait que Marek n'était pas à bord (c'était un train de voyageurs), mais elle se remit malgré tout en selle et dévala l'autre versant de la colline en roue libre, essayant de le rattraper, le regardant poursuivre son chemin à toute allure : Perth, Dundee… Édimbourg peut-être, Glasgow et au-delà. Pour une fois, la Grande-Bretagne ne lui semblait pas être aussi petite, aussi exiguë, aussi encombrée qu'elle l'avait toujours pensé, la région de Londres et le Sud-Est empiétant sans cesse sur le monde alentour, essayant de tout avaler ; bétonnant la totalité du territoire pour le transformer en vaste étendue urbaine, sombre et crasseuse, avec un café à tous les coins de rue et tous les habitants enfermés dans de minuscules appartements en forme de boîtes, hors de prix, scotchés à leur wi-fi, vivant à travers leur écran, alors même que neuf nouveaux gratte-ciel se construisaient à côté, bloquant un peu plus la lumière, les nuages, l'air et la vue, dans l'indifférence générale, tout le monde y voyant une preuve de progrès.

Elle décolla ses pieds des pédales et descendit en roue libre, de plus en plus vite, regardant le train filer, curieusement consciente, bien qu'elle n'ait ni travail, ni assurance vieillesse, ni compagnon, rien excepté un vieux van vrombissant, de ne s'être jamais sentie aussi libre de toute sa vie.

★

Pas du tout là où elle le pensait (et plus loin : le temps d'arriver, elle mourait de faim), elle tomba sur le passage à niveau. Sur l'aire de stationnement voisine trônait le gros van totalement intact – mis à part l'autocollant de la police que, à Birmingham, elle aurait été tentée de ne pas retirer, au cas où il lui aurait permis de se garer gratuitement. Il lui parut beaucoup moins intimidant dans la lumière du soleil que la dernière fois où elle l'avait vu, au beau milieu de la nuit.

Au moment où elle mettait pied à terre, les lumières rouges se mirent à clignoter et les barrières à rayures commencèrent à descendre. Elle se tendit aussitôt ; elle avait failli se retrouver coincée ici, prisonnière. C'était si terrible. Le sentiment d'impuissance et de panique qu'elle avait ressenti en bataillant avec la portière l'envahit à nouveau, mais elle se força à regarder passer le train – un petit train de proximité, mais qui lui sembla malgré tout énorme et bruyant. Un nuage cacha à nouveau le soleil, et elle frissonna, avant de s'appuyer contre un arbre. Tout allait bien. Tout allait bien. Tout s'était bien fini. Il fallait qu'elle s'en convainque, qu'elle ne laisse pas libre cours à son imagination. C'était un accident improbable. Le train s'était arrêté ; cela n'arriverait plus.

Elle se demanda si une autre route permettait d'éviter le passage à niveau. Il y en avait forcément une. À partir de maintenant, elle n'emprunterait plus que celle-ci, juste au cas où. Et puis non : elle ne pouvait pas faire cela. Elle allait devoir faire face et s'en accommoder, point final.

Les barrières ne s'étaient pas relevées. Elle suivit prudemment la voie des yeux. Bien sûr, un long train de marchandises arrivait, beaucoup plus lentement que le train de passagers – Dieu merci, Dieu merci. Elle se demanda s'il ralentissait à cause de ce qui s'était passé.

Soudain, sur un coup de tête, elle se rapprocha de la barrière. Elle n'avait pas envoyé d'e-mail à Marek (elle n'avait pas réussi à déchiffrer les étranges hiéroglyphes de l'adresse), mais elle avait pensé à lui. Il avait été si gentil avec elle, là où il aurait légitimement pu être très en colère, et il l'avait déposée à Birmingham, mais, à l'évidence, c'était par simple gentillesse. Il était beaucoup plus âgé qu'elle et avait sans doute une femme et une famille, ici ou en Lettonie. Malgré tout, quand elle avait lu un roman avec un héros romantique aux yeux noirs, elle avait laissé ses pensées vagabonder – un peu, juste un peu – vers ses yeux noirs, gentils et tombants.

Elle s'appuya sur le dessus de la barrière de façon à voir dans la cabine. C'était vrai, le train ralentissait. Ils avaient dû recevoir de nouvelles instructions. Tendant le cou, elle distingua une tête chauve et une silhouette râblée en bleu de travail. Elle fut surprise de voir que c'était Jim : il devait travailler de jour. Elle leva la main pour lui faire signe.

Le train ralentit davantage, et Jim passa la tête par la fenêtre, tout sourire, constata Nina avec un grand soulagement. Elle arriva à peine à entendre ce qu'il lui disait à cause du bruit du moteur, mais elle eut l'impression que c'était quelque chose comme : « On doit ralentir à cause des gens comme vous ! » Il garda pourtant le sourire et, comme les nombreux wagons du train commençaient à passer devant elle dans un bruit de ferraille, il donna trois brefs coups de sifflet.

Nina attendit que le train passe en entier – cinquante-cinq wagons, compta-t-elle –, mais ne vit aucune trace de Marek. Il n'y avait pas toujours deux membres d'équipage : cela dépendait de leur chargement, lui avait-il dit. Malgré tout, elle avait espéré qu'il serait peut-être à l'arrière, à lui faire un petit coucou. Le dernier wagon était doté d'une plateforme extérieure, comme un balcon. On pouvait s'y tenir debout si on voulait voir défiler le paysage. Mais il n'y était pas. Nina ouvrit alors le van. Elle avait trouvé dans un fossé une vieille pancarte d'agent immobilier en carton, toujours équipée d'un clou, et avait décidé de la garder. Sans réfléchir, elle chercha un stylo dans son sac (elle en avait toujours un sur elle ; elle achetait des fournitures de bureau comme les autres femmes achetaient du rouge à lèvres), puis écrivit sur la pancarte, en grosses lettres noires : BONJOUR JIM ET MAREK ! MERCI INFINIMENT. NINA

Elle savait que l'encre noire coulerait à la seconde où il se remettrait à pleuvoir – sans doute d'ici cinq minutes –, mais enfonça quand même le clou dans l'arbre. Puis, fouillant à nouveau dans son sac, elle trouva le livre qu'elle avait mis de côté (une histoire des pays baltes épuisée, passionnante, écrite par un gentleman explorateur anglais) et l'enveloppa dans un sac plastique, qu'elle accrocha lui aussi au clou. Enfin, elle donna une petite tape sur le côté du van, dit une courte mais fervente prière, et sortit ses clés.

Chapitre 11

Par chance – et cela faisait longtemps que cela ne lui était pas arrivé –, la personne qui acheta l'Austin Metro, après que Nina eut sorti tous les cartons pour les mettre dans le van (où ils disparurent aussitôt, paraissant minuscules ; elle allait avoir besoin de plus de stock, bien plus), était une femme d'agriculteur très élégante qui cherchait une petite citadine pour courir à droite et à gauche et qui lui recommanda d'aller voir un logement à louer où elle pourrait *a priori* garer son van gigantesque sans déranger.

Nina était inquiète, cela ne faisait pas un pli. La somme qu'elle pouvait consacrer à son loyer était négligeable ; même Surinder lui faisait payer un prix inférieur au marché, parce qu'elles étaient devenues si bonnes copines (quand sa maison ne menaçait pas de s'écrouler sous le poids des livres). Il lui restait un peu d'argent de la vente de sa voiture et les dernières miettes de son indemnité de licenciement ; elle avait aussi essayé de ne pas dépenser trop vite son salaire, qui durait en général jusqu'à sa prochaine razzia dans une librairie, mais elle allait devoir se débrouiller au jour le jour en fonction de ses ventes.

Elle avait téléphoné au conseil municipal, qui avait paru parfaitement à l'aise avec l'idée qu'elle se gare un matin par semaine ici, un autre là, et, mieux encore, lui avait promis de lui envoyer par e-mail la liste des marchés de producteurs et des vide-greniers où elle pourrait louer un emplacement. Cela paraissait être une bonne idée. Mais avant, il fallait que tout soit prêt et, pour ce faire, elle avait besoin d'un endroit où habiter.

La ferme des Lennox se trouvait à la lisière du village, un peu en retrait de la route. Elle était magnifique, nichée au cœur de collines, peinte dans un orange profond qui, loin de jurer, la sublimait, même au printemps ; elle devait être absolument superbe à l'automne, songea Nina.

À en croire l'acheteuse de l'Austin Metro, l'épouse de l'agriculteur avait prévu de transformer le petit cottage accolé à la ferme en gîte touristique, mais, apparemment, n'était plus dans les parages (« un vrai scandale », avait commenté cette femme sans élaborer), alors le cottage était disponible à la location pour du plus long terme. « Il est plus ou moins à l'abandon », avait-elle ajouté. Les choses avaient visiblement mal tourné, se dit Nina en espérant qu'il n'était pas trop délabré. Mais avait-elle le choix ?

Personne n'était là quand elle arriva, après avoir suivi des indications assez vagues. Elle s'était imaginée que les gens remarqueraient vite le van, étant donné que a) il tendait à plonger dans l'ombre tout ce qui se trouvait sur son passage, et b) elle avait pris l'habitude de conduire à trente kilomètres-heure, par simple précaution. Mais en entrant dans la propriété, elle ne vit qu'une poule isolée qui traversait l'avant-cour en picorant de bon cœur, la surveillant de ses yeux perçants tandis qu'elle se garait et descendait du véhicule.

– Il y a quelqu'un ? cria-t-elle, terriblement mal à l'aise tout à coup.

Elle avait essayé de chercher la ferme sur Google, mais n'avait trouvé qu'un vieux site décati, sur lequel les photos ne se chargeaient plus et la plupart des liens étaient morts. Comme c'était triste, un site internet inactif, songea-t-elle. Plein d'espoir quand il avait été mis en ligne et, désormais, dérivant dans les poubelles de Google, tombant doucement en déliquescence. *Comme le cottage lui-même*, pensa-t-elle, morose. Une idée à demi exécutée, puis abandonnée. D'un autre côté, elle ne pouvait pas dormir dans le van.

– Il y a quelqu'un ? répéta-t-elle avant d'aller frapper à la porte.

Il n'y avait personne à l'intérieur, elle le vit tout de suite. Avec un soupir, elle regarda par la fenêtre de la cuisine. C'était bien tenu, propret et très, très dépouillé. Il n'y avait pas de photos au mur, ni de piles de courrier ou de tasses sales. Cela donnait l'impression d'être le gîte, mais c'était à l'évidence la ferme. De l'autre côté de la cour pavée où se promenait la poule se trouvait un garage. Elle ne voyait rien qui ressemblait à un cottage. Elle vérifia l'adresse en poussant un nouveau soupir. Elle était bien au bon endroit.

Elle regarda autour d'elle. Elle n'y connaissait rien en fermes. Elle croyait se souvenir en avoir visité une, une fois, lors d'une sortie scolaire. C'était tout. Elle savait qu'il fallait laisser les portails comme on les trouvait, qu'on ne devait pas y laisser entrer son chien, et qu'il y avait du fumier partout, ainsi que des clôtures électrifiées. Toutes ces choses concouraient à lui faire penser que ces endroits étaient effrayants. D'un autre côté, elle ne savait pas où elle pourrait trouver un autre logement. Elle ne pouvait même pas se permettre de séjourner plus longtemps au pub.

En face, les montagnes étincelaient sous le soleil, bien qu'il fasse un froid glacial. Nina avait cherché son anorak d'hiver avant de venir, et s'en félicitait désormais, bien que, techniquement, le printemps soit déjà là. Elle s'emmitoufla bien dedans et essaya de déterminer quoi faire.

Une demi-heure plus tard, assise à l'avant du van, la radio allumée, elle était plongée dans la lecture de *L'Aviateur anglais*, de H. E. Bates, quand un coup violent frappé à la fenêtre du conducteur la fit sursauter. Elle releva la tête en clignant des yeux, comme elle le faisait souvent quand elle était captivée par un livre, ne sachant pas vraiment où elle était.

Près du van se tenait un homme à l'air bourru, une casquette posée sur des cheveux châtains bouclés. Il ne souriait pas. Nina baissa sa vitre.

– Euh, bonjour, dit-elle, timide tout à coup.

– Vous ne pouvez pas vous garer ici ! Ce n'est pas un camping, aboya l'homme.

Nina le dévisagea, stupéfaite.

– Oui, je le sais.

Elle tira la poignée pour ouvrir la portière, et l'homme recula bien malgré lui. Quand elle posa pied à terre, elle se rendit compte qu'il était très grand. Il avait un long bâton à la main. Il en imposait, en réalité.

– Et je n'attends aucune livraison. Est-ce que vous êtes perdue ?

Nina s'apprêtait à lui répondre qu'il n'avait pas idée d'à quel point sa question était pertinente à ce moment de sa vie, mais, à la place, leva le menton.

– On m'a dit de venir voir le cottage. Je pensais que vous étiez au courant.

Il y eut un blanc, puis il porta la main à son front.

– Oh, répondit-il sèchement. C'est vrai. J'avais complètement oublié.

Il y eut un autre blanc, Nina attendant des excuses qui ne vinrent jamais.

– Est-ce que les gens essaient souvent de venir camper ici ? l'interrogea-t-elle en donnant un coup de pied dans un caillou.

– Voui. Ça ne me dérange pas d'habitude, s'ils me demandent avant. Enfin, ça dépend.

– De si leur tête vous revient ou pas ? lança Nina, essayant de lui arracher un sourire.

L'homme ne répondit pas, se contentant de pousser un petit soupir.

– Est-ce que vous voulez le voir, alors ?

– Euh, oui, s'il vous plaît, répondit-elle en lui tendant la main. Nina Redmond.

L'homme la regarda, puis prit sa main dans la sienne, qui était puissante, large et tannée : une main de travailleur. Elle se rendit compte qu'il était plus jeune qu'elle ne l'avait cru au premier abord.

– Lennox, répondit-il sèchement.

– Comme Lewis, le boxeur ? ne put s'empêcher de dire Nina.

Il fronça encore plus les sourcils, à supposer que cela soit possible.

– Si vous voulez, rétorqua-t-il avec un accent prononcé, chantant, et Nina regretta aussitôt ses paroles.

– Bien, suivez-moi.

Et il se mit en route, traversant la cour à grandes enjambées, dispersant les poules venues à sa rencontre.

À une vingtaine de mètres de la ferme, niché au bout d'un chemin que Nina examina prudemment avant de se dire qu'elle réussirait sans doute à le gravir avec le van, se trouvait un bâtiment en pierre.

– Êtes-vous sûr que cela ne vous dérange pas que je gare le van ici ? s'enquit-elle, nerveuse.

– Mais pourquoi donc avez-vous besoin d'un van, d'abord ? Vous êtes toute petite.

– Pourquoi les petits n'auraient-ils pas le droit de conduire des vans ? répliqua Nina avec colère. Quoi qu'il en soit, je suis d'une taille tout à fait normale. C'est vous qui êtes trop grand.

– Eh bien, au moins, je n'ai pas besoin d'une échelle pour monter dans mon van.

– Eh bien, au moins, je n'ai pas besoin de me mettre un oreiller sur la tête pour passer sous une porte.

C'était, trouva-t-elle, curieusement libérateur d'être grossière avec quelqu'un qui l'avait été en premier. Elle était loin d'être aussi impertinente en temps normal.

– Hum, ronchonna-t-il. Vous pouvez le garer ici. Si vous arrivez à le manœuvrer.

– J'espère que vous ne vous apprêtiez pas à être sexiste ?

– Non. Enfin, euh… pas sûr. C'est difficile à dire ces temps-ci.

Nina considéra la pente boueuse qui jouxtait le cottage.

– Je suis certaine que ça ira très bien, dit-elle, tentant d'afficher une confiance insouciante.

– Alors, laissez peut-être une vitesse. Ce que vous savez déjà, puisque vous êtes pleinement compétente en tout, glissa Lennox.

Nina s'approcha pour inspecter le bâtiment. On aurait dit une simple grange.

– Avez-vous la clé ?

– Oh oui, la clé, répondit confusément Lennox. Je n'y avais pas pensé. On ne ferme pas beaucoup à clé par ici.

– Parce que, vous savez, si je le loue, j'aurai sans doute besoin d'une clé.

Lennox plissa les yeux à cause du soleil.

– Je suis sûr que je sais où elle est… Elle est forcément quelque part.

La porte était en bois massif. Le lieu tout entier semblait menaçant. Nina eut peur tout à coup que cette grange n'ait pas été convertie en habitation ; que ce ne soit qu'une vieille grange remplie de paille, avec des trous dans le toit et des couverts pour une personne (ce qui lui avait toujours donné l'impression d'être un véritable paradis quand cela se passait dans *Heidi*, mais dont elle n'était vraiment pas certaine que cela lui conviendrait aujourd'hui). Elle prit une profonde inspiration quand Lennox ouvrit la porte et chercha à tâtons la lumière, qui s'alluma.

– Ah, Dieu merci ! lança-t-il. Je n'arrivais pas à me rappeler si on avait installé l'électricité. À l'évidence, oui.

Nina le suivit à l'intérieur. Cela sentait un peu le renfermé et l'humidité, comme un endroit inhabité depuis longtemps, et il faisait froid. Mais elle n'y fit pas attention. Pas du tout.

Au lieu de cela, en pénétrant dans la pièce, elle regarda droit devant elle. Quelqu'un avait installé, sans doute à grands frais, de grandes baies vitrées sur le mur sud de la grange, en face de l'entrée, si bien qu'on ne voyait ni la ferme ni, par-delà, la route et les montagnes au nord. On se serait cru dans une publicité pour du pain : des kilomètres de collines vallonnées, traversées de paisibles murets de pierre ; des moutons aux formes indistinctes, des champs de fleurs sauvages et une longue rivière en contrebas, surmontée d'un pont en dos d'âne.

Le double vitrage ne laissait passer qu'un léger caquètement, alors qu'une poule grattait dans le petit coin de pelouse devant la maison.

– Oh là là ! C'est magnifique ! s'exclama-t-elle avant de se rappeler qu'elle n'avait pas un gros budget pour le loyer. Enfin, c'est assez... Ça a dû être un sacré boulot, ajouta-t-elle plus sévèrement.

Elle avança de quelques pas. La lumière était inutile : le soleil, actuellement de sortie, inondait la pièce, lui donnant envie de s'y prélasser, comme un chat, à l'abri du vent cinglant du dehors.

Ce n'était pas immense. Il y avait un chaleureux poêle à bois à un bout de la pièce et un ensemble d'éléments de cuisine très classieux sur le mur du fond. Un étroit escalier en colimaçon conduisait à une mezzanine, qui accueillait un coin nuit avec un grand lit double, ainsi qu'une salle de bains, tous deux ayant une immense fenêtre avec vue sur la campagne vallonnée. Des étagères agrémentaient le mur du fond et sa pierre grise d'origine.

C'était magnifique. Un vrai sanctuaire, au-delà de ses attentes, proche de la perfection. Elle n'avait jamais eu autant envie de vivre quelque part. Quelqu'un avait pensé et transformé cette grange avec le plus grand soin et attention. Et, suite à leur bref échange, elle n'aurait pas imaginé Lennox en féru de décoration intérieure.

– Euh…, commença-t-elle prudemment en redescendant l'escalier de bois à la hâte. Est-ce que vous louez souvent cet endroit ?

Lennox regarda autour de lui comme s'il n'avait pas mis un pied ici depuis un an (ce qui était bel et bien le cas).

– Oh non. Non, je… je ne l'ai jamais loué. Je n'ai pas vraiment le temps pour ces bêtises. Non, c'était…, commença-t-il avant de se taire une seconde. Enfin. C'est ma femme qui a fait tout ça. Mon ex-femme, bientôt.

Sa peine en prononçant ces simples mots était si perceptible que Nina se garda bien d'en dire plus.

– D'accord, répondit-elle tout bas. Je vois.

Lennox tourna le dos au magnifique appartement.

– Bon, dit-il en faisant un geste de son bras large, manquant renverser une lampe posée sur une console. Bref. Le voilà, si vous le voulez.

– Euh… Combien…

– Oh, bon sang ! Je n'en ai aucune idée, répondit-il avec un soupir avant de donner une somme inférieure à ce que Nina aurait pu espérer.

Elle eut du mal à cacher sa joie, mais se sentit soudain coupable d'avoir le cottage pour un prix aussi bas. À Birmingham, cette somme ne lui aurait même pas permis de louer une chambre d'étudiant dans une maison en colocation. Puis elle regarda autour d'elle et se rendit compte qu'il avait au moins quarante mille moutons et tant de poules qu'il ne vérifiait même pas où elles se trouvaient dans la propriété : il s'en sortait sans doute très bien tout seul. Et puis, qu'est-ce qu'il pourrait bien s'acheter, une nouvelle casquette ?

– Euh, ça ira, dit-elle avec prudence, se remémorant tout à coup la dernière fois où elle s'était mise en quête d'un logement à Birmingham : des tas d'endroits horribles avec des taches d'humidité sur les murs qui s'arrachaient à prix d'or, et des gens bizarres jusqu'à ce qu'elle ait la chance de tomber sur Surinder. Oui, je le prends, ajouta-t-elle avec plus d'ardeur.

– D'accord, répondit Lennox en haussant les épaules. Je vous donnerai les clés dès que je les aurai retrouvées.

– J'en aurai besoin, oui.

– Allumez l'eau et tout le reste..., poursuivit-il avec un vague mouvement de la main. Et tout ce dont vous avez besoin. Avez-vous besoin de draps ou de couvertures ? On en a des tonnes. Kate... Elle voulait transformer toutes les dépendances comme celle-ci. Elle s'est prise de passion pour ça, dit-il avant de déglutir difficilement. Et pour le décorateur d'intérieur aussi. Je ne pensais même pas qu'il aimait les femmes. Bref.

Nina remarqua un beau tableau accroché au mur. Il était sombre et lugubre, lourd, pas vraiment en accord avec le reste de la pièce délicate. Elle l'examina.

– Je suis désolée pour vous, répondit-elle en se posant des questions au sujet de cette toile.

– Oh, il est temps de passer à autre chose apparemment. C'est du moins ce qu'en pense cette satanée Marilyn Frears, du village. Elle n'arrête pas de blablater à ce sujet, elle m'appelle pour me dire de tourner la page, de prendre un locataire...

Il se reprit.

– Vous, en l'occurrence, bien sûr.

– Merci, je vous promets d'en prendre soin.

Lennox jeta soudain un œil par la porte et plissa les yeux, portant la main à son front.

– Est-ce que c'est votre van qui est en train de dévaler la colline ?

– Quoi ? s'écria Nina. Non, j'ai mis le frein à main. Je l'ai fait ! J'en suis sûre, je l'ai fait !

– Vaudrait mieux qu'il n'écrase aucune de mes poules, bon sang !

– Mon VAN ! hurla Nina en descendant la colline au pas de charge, aussi vite que ses bottes en caoutchouc le lui permettaient.

– Écartez-vous de là ! cria Lennox en s'élançant derrière elle, la dépassant facilement avec ses longues jambes. Écartez-vous !

Le van prenait de plus en plus de vitesse, fonçant vers un fossé au bout du champ. D'un bond, et sans faire de manières, Lennox se hissa dans la cabine (heureusement, elle ne l'avait pas fermé à clé, songea-t-elle), retomba avec grâce et tira si fort sur le frein à main que Nina sentit une odeur de brûlé depuis l'autre bout de la cour. Le temps sembla se figer, alors qu'une poule se hâtait de sauter sur le côté. Personne ne pipa mot.

Puis Nina s'approcha.

– Je crois que mon van a une pulsion suicidaire, commenta-t-elle, toute piteuse. Il essaie de se tuer. Parfois, je suis dedans ; d'autres fois, il est tout seul. Il est peut-être hanté.

Lennox descendit les marches, sourcils froncés.

– Vous allez devoir en prendre soin mieux que ça. Ce qui implique de mettre le frein à main.

– Pardon, répondit-elle en virant au rouge vif. J'ai eu un accident… j'ai failli en avoir un, plutôt… et je n'arrivais pas à desserrer le frein à main. C'est pour ça que je n'aime pas trop le mettre.

– Je ne suis pas certain que votre aversion pour les freins à main ait grand-chose à voir là-dedans. Si vous voulez garer ce truc ici, vous le garez comme il faut.

– D'accord. Oui. Pardon.

Lennox se retourna pour jeter un coup d'œil dans la cabine.

– Qu'est-ce que vous avez là, derrière ? Des livres ?

– Oui, oui.

– Vous avez un van plein de livres ?

– Pas encore plein, mais c'est bien mon intention, oui. Est-ce que vous lisez ?

– Je ne vois pas l'intérêt, répondit-il en haussant les épaules.

– Vraiment ? rétorqua Nina avec étonnement.

– Enfin, j'achète mon magazine, *Farmers Weekly*, et je le lis. Je sais lire, vous savez, ajouta-t-il comme si elle l'avait accusé d'être analphabète.

– Oui, je m'en doutais bien. Mais vous ne lisez jamais pour le plaisir ?

Il la dévisagea. Ses yeux bleus, entourés de petites rides, ressortaient sur sa peau bronzée ; il avait l'air sombre. Nina se demanda si le fait de lui avoir montré la maison, construite avec tant de soin et d'amour en des jours plus heureux, lui avait fait du mal. Il ne semblait pas homme à faire quoi que ce soit pour le plaisir.

Il secoua la tête.

– Je n'arrive pas à comprendre pourquoi quelqu'un prendrait la peine d'inventer de nouvelles personnes, alors que ce monde est déjà peuplé de milliards d'abrutis dont je me moque complètement.

*

Nina passa le reste de la journée à emménager, ayant versé un mois de loyer à Lennox. Il avait pris l'enveloppe d'un air bourru, avant de repartir travailler, disparaissant à l'horizon, laissant Nina se demander jusqu'où s'étendait la ferme.

Elle défit ses maigres bagages pour les ranger dans la petite penderie encastrée – bien trop chic pour un humble gîte touristique, en y réfléchissant. Les Lennox ne pouvaient pas avoir espéré rentabiliser leur investissement avant une bonne centaine d'années. Nina se demanda si la mystérieuse ex-Mme Lennox ne s'était tout bonnement pas cherché des excuses pour rappeler le décorateur d'intérieur.

Elle toucha les lourds rideaux doublés et promena son regard sur les magnifiques champs à l'extérieur, se demandant à quoi ressemblait l'épouse de Lennox. Peut-être s'était-elle languie de la ville, tout comme Nina, assise près de la fenêtre dans sa minuscule chambre d'Edgbaston avec vue sur la longue rue de maisons mitoyennes en face, s'était mise à rêver de grands espaces et d'air pur. Peut-être s'étaient-elles toutes les deux trompées de vie dès le départ. C'était une pensée étrange. Elle examina la qualité du plancher en chêne clair, l'assemblage à rainure et languette dans la salle de bains, la baignoire à pattes de lion et l'immense lit, presque aussi large que long, et eut un petit sourire amusé. Oui, Mme Lennox et elle étaient presque à coup sûr très, très différentes. Mais, pour une fois, la chance était du côté de Nina.

Chapitre 12

Après avoir déballé ses affaires, Nina ne sut plus trop quoi faire de sa peau. Puis elle vit le van et se rendit compte qu'il aurait bien besoin d'un grand nettoyage. Or, quand on avait été habitué à se promener dans une minuscule Austin Metro, il y avait un problème, réalisa-t-elle : si elle voulait aller quelque part, le van devait y aller aussi, tel un énorme éléphant pataud, trop large pour la moitié des rues de la ville. Elle le toisa avec sévérité, envisageant de prolonger sa location du vélo d'Edwin.

Malgré tout, elle se prépara mentalement et se traîna jusqu'au village à quinze kilomètres-heure – elle n'était pas encore certaine que le van et elle se fassent suffisamment confiance à ce stade. Au volant, elle réfléchit à l'autre problème qui se posait : comment allait-elle faire venir le reste de ses livres de Birmingham ? Elle devrait se contenter de conduire jusque là-bas pour aller les récupérer, mais c'était tellement loin, et elle n'était pas encore sûre à cent pour cent d'en avoir le courage, surtout après avoir frôlé la mort la dernière fois qu'elle s'était mise en route pour l'Angleterre.

Le village abritait une petite épicerie, peinte dans un joli bleu pâle. Une femme lui adressa un « bonjour » sec quand elle y entra, la cloche tintant au-dessus de sa tête. Bien que la boutique soit minuscule, on y trouvait absolument tout.

Nina lorgna des côtes d'agneau enroulées dans du papier. Elles portaient une étiquette : « Ferme Lennox ». À Birmingham, la viande qu'elle achetait au supermarché était en général dans une boîte en plastique. C'était nouveau pour elle. Il y avait aussi du poulet. Elle repensa à la drôle de cocotte qui grattait le sol devant sa fenêtre. Bien sûr, elle avait une bien meilleure vie que les poulets qu'elle achetait d'habitude, songea-t-elle. Quand bien même, elle préféra porter son choix sur du chou-fleur, pour faire un gratin. Il y avait aussi toute une panoplie de fromages locaux qu'elle n'avait jamais vus avant. La femme remarqua qu'elle les regardait.

– Est-ce que je peux vous aider ? Je sais que c'est un peu déroutant.

– Je suis nouvelle ici, répondit Nina avec un sourire.

– Oh, je sais ! Je m'appelle Lesley. Vous avez acheté le van de Wullie, pour une raison farfelue ou une autre, mais vous ne savez pas le conduire, et vous avez emménagé dans le mystérieux palace de Lennox.

Elle eut un sourire satisfait. Elle était petite, soignée, avec des joues hâlées et un air pincé.

– Le mystérieux palace ? répéta Nina.

– Oh oui, personne n'a vu cet endroit depuis que Kate est partie. À quoi ça ressemble ? J'ai entendu dire qu'elle avait dépensé une fortune et fait venir des gens d'Édimbourg ; même Inverness n'était pas assez bien pour elle !

– Je vois.

– Alors ?

Lesley croisa les bras. À l'évidence, quoi qu'on achète ici, les ragots allaient avec.

– C'est très beau. Tout vitré sur l'avant, avec une petite mezzanine pour le couchage et une belle vue.

– Ça a l'air chouette, soupira Lesley. Est-ce que c'est isolé ?

– Je n'ai pas posé la question.

Lesley la dévisagea.

– Vous avez loué une maison sans demander si elle était isolée ? Pas de doute, vous êtes bien une étrangère.

Nina ne s'était jamais considérée comme une étrangère avant.

– Il y a un poêle à bois, précisa-t-elle avec espoir.

Lesley continua de la fixer.

– Ah, dans ce cas ! répondit-elle avant de rire d'une façon qui mit Nina un peu mal à l'aise.

Nina prit autant de produits nettoyants qu'elle le pouvait.

– C'est pour quoi faire, tout ça ?

Nina s'était juré de soutenir les commerces locaux et les gens qui travaillaient dans la région, mais cette idée commençait déjà à lui passer.

– C'est pour mon van.

– Qu'est-ce que vous allez faire d'un van, d'ailleurs ? Vous n'avez pas la carrure d'un déménageur.

– En fait…, commença Nina, timide, se forçant à parler un peu plus fort.

C'était sa vie désormais ; il allait bien falloir qu'elle l'assume, même si être questionnée de la sorte la contrariait, comme une enfant qu'on met face à ses responsabilités. Elle prit une profonde inspiration.

– En fait, je vais ouvrir une librairie ambulante. J'irai dans les villes qui n'en ont pas, comme ici.

– Vraiment ? s'enquit Lesley, sourcils levés.

– Euh, oui, répondit Nina en balayant anxieusement la pièce du regard au cas où Lesley abriterait déjà toute une librairie dans le fond de sa petite boutique bleue et ne verrait pas la concurrence d'un bon œil.

– Est-ce que vous avez le nouveau E. L. James ?

– J'ai bien peur que non, répondit Nina, d'un air désolé. Mais je peux l'avoir ! Et puis, j'ai quelque chose qui pourrait encore plus vous plaire.

– J'en doute, répliqua Lesley avec suspicion.

– Vous devriez me faire confiance sur ce coup.

– Je connais mes goûts.

Nina baissa les yeux et fouilla dans son porte-monnaie.

– Eh bien, euh, j'espère vous y voir quand même !

⋆

Une fois dehors, elle trouva un groupe de personnes attroupées autour du van, qui jetèrent des coups d'œil à l'intérieur pendant qu'elle ouvrait la porte arrière. Les livres étaient toujours dans leurs cartons, par terre, mais les gens tendaient déjà les bras pour les attraper et les regarder.

– Euh, bonjour, tout le monde, lança-t-elle timidement, ses propres bras chargés de produits ménagers.

– Est-ce la nouvelle bibliothèque ? demanda une vieille dame avec un caddie à roulettes. Nous avons besoin d'une nouvelle bibliothèque.

Toute une ribambelle de petites mamies opina du chef, d'un air approbateur.

– J'ai bien peur que non. Cela sera un magasin.

– C'est un van.

– Je sais. Ce sera une librairie installée dans un van.

– Cette bibliothèque me manque.

– À moi aussi.

Nina fit la grimace.

– Eh bien, dès que nous serons prêts, nous aurons plein de beaux livres à vous proposer.

Une jeune femme avec une poussette s'arrêta à côté du van.

– Bonjour ! Est-ce que vous vendez des livres ? l'interrogea-t-elle d'un ton enjoué. En avez-vous pour enfants ?

– Bien sûr ! répondit Nina en se penchant au-dessus de la poussette. Bonjour, toi.

– Voici Aonghus, dit la femme. Je sais qu'on est censés leur faire la lecture, mais il s'ennuie vite, alors il s'en va en tout, chancelant, et essaie de mordiller quelque chose, ajouta-t-elle, les yeux plissés. Il adore mordiller.

Aonghus sourit de toutes ses dents, qui n'étaient pas nombreuses.

– Tous nos livres sont en lambeaux, poursuivit la maman. Quelqu'un m'a demandé si on avait un chien, et j'ai failli répondre oui.

– Avez-vous essayé les livres en tissu ?

– Oui, répondit-elle d'un air abattu. Ceux-là, il les avale carrément. Alors, on est repassés au carton. Au moins, ils contiennent des fibres.

Cela fit sourire Nina.

– Attendez, dit-elle. Je connais quelqu'un qui avait exactement le même problème.

Elle sauta dans le van pour en ressortir avec un exemplaire de *Ne me mords pas* en parfait état. C'était un livre cartonné très populaire sur différents animaux avec des dents, qui encourageait les enfants à montrer du doigt leurs propres dents plutôt qu'à les utiliser.

– Qu'est-ce que c'est ?

– Eh bien, il faut pointer du doigt tout un tas de choses. S'il montre le livre du doigt, peut-être qu'il le mordillera moins.

– Ou il mordillera son doigt ! lança la femme, pleine d'espoir. C'est un bon entraînement. Merci ! Je le prends ! Je m'appelle Moira, au fait.

– Ravie de vous rencontrer, Moira et Aonghus, répondit Nina, se rendant compte qu'elle allait devoir indiquer le prix des livres sur leur couverture. Et votre chien invisible, aussi.

Moira la paya, la mine réjouie en tendant le livre au petit, qui le fourra aussitôt dans sa bouche avec avidité.

– Vous feriez peut-être mieux de le laisser dans votre sac, le temps de pratiquer un peu, lui suggéra Nina.

Elle regarda Moira s'éloigner, le sourire aux lèvres, puis, comme si les vannes étaient ouvertes, vendit tout son stock de Georgette Heyer et de Norah Lofts à la troupe de petites mamies qui bourdonnait autour d'elle, sans cesser de déplorer la fermeture de la bibliothèque, cette tragédie. Le temps qu'elle rentre à la ferme pour préparer son gratin de chou-fleur (se disant aussitôt que, tant qu'elle n'aurait pas de cuisine séparée ou qu'il ne ferait pas assez chaud pour ouvrir grand portes et fenêtres, il ne fallait plus qu'elle cuisine de chou-fleur) et se mette à récurer le van, elle se rendit compte qu'elle devait trouver un moyen de rapatrier le reste de ses livres, et en vitesse. Parce que sa librairie pourrait bien marcher.

*

Le lendemain, Nina se retourna pour regarder par la fenêtre de la grange : des poules d'eau, et même quelques crécerelles, descendaient en piqué sur les champs. Cet endroit était plein d'oiseaux. Et le ciel était si vaste. Un amoncellement de nuages gris était suspendu au-dessus de la mer, approchant vite, se poursuivant les uns les autres. Un grand rayon de soleil perça entre eux. Au loin, il pleuvait, un rideau brume se formait au-dessus du champ d'un autre fermier, et, plus tard dans la soirée, une ligne rose pâle illumina le bout des près multicolores à l'horizon. À chaque fois qu'elle atteignait le sommet de Kirrin Hill, elle voyait apparaître les champs de colza étincelants, d'un jaune presque trop vif sur les coins de ciel bleu. Elle avait l'impression que le temps prenait forme devant elle, que le ciel était un immense écran de mouvements fluides et circulaires.

Ce qui signifiait qu'il fallait en général s'équiper d'un deuxième pull, réalisa-t-elle. Et d'un blouson. Mais cela valait le coup.

Il était temps de repasser le passage à niveau. Surinder s'était montrée catégorique à ce sujet lors de leur dernière discussion avinée : il fallait qu'elle vainque sa peur et reparte de zéro ; elle avait eu un choc, mais il fallait qu'elle le surmonte. Et puis, Nina était curieuse – pas plus que cela, essaya-t-elle de se convaincre – de savoir si Marek et Jim avaient pris son sac accroché à l'arbre.

C'était une idée stupide, et il ne fallait pas qu'elle s'appesantisse là-dessus. N'importe qui aurait pu le prendre. Et, de toute façon, ils feraient mieux de ne pas se pencher à la fenêtre du train. Elle avait causé suffisamment de dégâts comme cela. Elle ralentit néanmoins avec prudence pour se garer sur l'aire de stationnement juste avant le passage à niveau. Le sac n'était plus là. Mais cela ne voulait rien dire. Il y en avait toutefois un autre à la place, remarqua-t-elle tout à coup, jaune vif, accroché à une branche plus haute.

Le sourire aux lèvres, elle grimpa à l'arbre, se rappelant l'époque où elle se cachait dans le pommier pour lire en toute tranquillité. Elle monta doucement le long du tronc jusqu'à pouvoir attraper une des branches les plus basses, puis se hissa légèrement vers le haut pour ramper vers le sac. En approchant, elle constata qu'il portait l'inscription « *Nina* » en grosses lettres carrées. Elle se pencha, sentant son cœur s'emballer, et l'ouvrit.

Il contenait un petit livre de poésie bilingue, en russe et en anglais, d'un auteur dont elle n'avait jamais entendu parler : Fiodor Tiouttchev. Elle sourit de joie. C'était un vieux livre relié, toilé, à l'évidence lu et relu. Il ne comportait pas de dédicace.

Un petit mot succinct de Jim était glissé dans la couverture : *J'espère que vous allez bien après tout ça. Encore pardon d'avoir crié. Je me suis fait une frayeur. Marek dit qu'on pourrait se faire pardonner en vous montant quelques affaires. Dites-nous.* Dessous figurait une adresse mail.

Tout à coup, le soleil sortit de derrière un nuage qui glissait dans le ciel pour venir éclairer l'arbre. Sentir sa chaleur dans son dos était un vrai régal. Elle fit marche arrière en se tortillant, le livre à la main, et s'installa confortablement contre le tronc – elle excellait à ce petit jeu –, puis se mit à lire.

Tais-toi et cache obstinément
Tes rêves et tes sentiments ;
Qu'au secret de l'âme ils s'élancent
Et puis s'éteignent en silence,
Étoiles dans la nuit sans fond :
Contemple-les – et tais-toi donc[1].

Elle regarda longtemps ce premier poème, frottant distraitement la page entre ses doigts. Comme il était étrange qu'une personne avec laquelle elle avait passé si peu de temps, dans des circonstances aussi extraordinaires, s'avère capable d'appréhender aussi bien ce qu'elle ressentait et même de la faire se sentir mieux à ce sujet.

Les vers de l'original russe semblaient tout aussi envoûtants, quoique parfaitement incompréhensibles.

Молчи, скрывайся и таи
И чувства и мечты свои –
Пускай в душевной глубине
Встают и заходят оне
Безмолвно, как звезды в ночи –
Любуйся ими – и молчи.

Elle relut le poème, se sentant partir, confortablement installée, au chaud, dans le refuge du grand chêne. Il ne fallait pas qu'elle s'endorme, se dit-elle, pour ne pas tomber, mais il

1. Traduction de Henri Abril (NdT).

régnait un tel calme : elle n'entendait que le bourdonnement des abeilles dans les jacinthes des bois en dessous et le cri occasionnel d'une hirondelle de mer à la cime des arbres, et elle ressentit un grand sentiment de paix intérieure.

TUT TUT !

Le bruit d'un klaxon de voiture la fit sursauter, manquant de la faire tomber de sa branche.

TUT TUT !

Sous elle se trouvait une grosse Land Rover, arrogante, qui occupait plus de la moitié de la route à elle seule. Elle avait laissé suffisamment de place pour qu'elle puisse passer, non ? Alors, où était le problème ?

– C'est bon, cria-t-elle en pure perte.

La Land Rover klaxonna à nouveau. Désormais furieuse, Nina fut tentée de lui jeter quelque chose – un gland, peut-être, mais ce n'était pas la saison. Les oiseaux pépièrent avant de s'envoler à cause de cet affreux bruit de klaxon, la paix et la tranquillité de l'instant gâchées parce qu'un conducteur stupide avait peur d'abîmer son rétroviseur extérieur.

Elle se laissa glisser en bas de l'arbre, en colère.

– C'est bon, répéta-t-elle haut et fort à la fenêtre ouverte. Vous pouvez passer ! Il n'est pas si gros que ça.

Le visage qui l'accueillit était austère.

– Eh bien, *primo*, si, il est si gros que ça. Il est énorme.

Nina se rendit compte, trop tard, que c'était Lennox, son nouveau propriétaire, dans la Land Rover. Cela la rendit paradoxalement encore plus furieuse. C'était sa campagne, après tout : pourquoi tenait-il tant à la gâcher ?

– Et, *deuzio*, cette branche sur laquelle vous étiez en train de vous relaxer avec indolence est complètement pourrie, vous ne le voyez pas ?

Nina leva les yeux : sous la branche, des bouts d'écorce s'effritaient et des spores vertes se développaient sur le bois nu.

– Elle est en train de mourir, ajouta Lennox, le visage toujours fermé.

– Oh, je ne m'en étais pas rendu compte.

– Je vois ça, répondit-il en faisant la moue. Si vous tombez et atterrissez à nouveau sur la voie ferrée, vous remporterez la palme de l'imprudence. Bref, qu'est-ce que vous fichiez là-haut, d'ailleurs ?

Nina haussa les épaules en serrant son livre contre elle.

– Rien du tout.

– Je veux dire, on ne manque pas d'arbres par ici.

– Eh bien, c'était peut-être celui-là qui me plaisait.

Il y eut un petit blanc. Lennox parut mal à l'aise. Il se frotta la nuque.

– Alors, vous êtes bien installée ?

Nina regarda le livre dans ses mains.

– Oh, répondit-elle, gênée. Je devrais travailler plus. Enfin… je peux payer mon loyer !

– Ce n'est pas ce que je voulais dire, dit-il en devenant rouge jusqu'aux oreilles. J'ai entendu dire que votre arrivée mettait les femmes du village dans tous leurs états. Il n'y a que moi qui trouve cette idée débile.

– Est-ce que vous pensez que la lecture est réservée aux filles ? rétorqua Nina, toujours énervée. Vous savez, les femmes trouvent les hommes qui lisent terriblement sexy.

Elle eut tout de suite peur d'être allée trop loin, puisqu'il sortit de la Land Rover pour se mettre à côté d'elle, sans la regarder. Puis il poussa un soupir et claqua des doigts. Aussitôt, un chien noir et blanc bondit hors de la voiture pour venir se poster à ses côtés. Lennox baissa machinalement la main pour lui caresser les oreilles. Comme il devait être pratique d'avoir à disposition une telle source de réconfort, se surprit à songer Nina. Le chien avait l'air gentil.

– Vraiment ? répliqua Lennox en se renfrognant.

– J'aime bien votre chien. Il est très mignon.

L'animal déambula jusqu'à elle pour lui renifler la main.

– Et intelligent. Oh, tu es un bon chien-chien, toi, non ? Un bon chien-chien.

– C'est un chien de ferme, répondit sèchement Lennox. Ce n'est pas un bon chien-chien. Et lui et moi, il faut qu'on retourne travailler.

Nina regarda la Land Rover démarrer sur les chapeaux de roues, ses pneus projetant de la boue partout avant de disparaître à l'horizon. Elle poussa un soupir. Mettre en rogne son propriétaire ne comptait pas vraiment parmi ses priorités. Elle regarda à nouveau son livre et le petit bout de papier qu'elle avait toujours à la main. D'un autre côté, la journée n'avait pas été perdue. Loin de là.

Sur le chemin du retour, elle se laissa aller à rêver : le bel étranger aux yeux tristes et au cœur romantique filant dans la nuit sur son fidèle destrier – enfin, sur un gros train. Elle savait qu'elle ne devrait pas nourrir de telles pensées, mais ne pouvait s'en empêcher. C'était sa nature. Et, désormais, elle avait une adresse mail qu'elle arrivait à déchiffrer.

Chapitre 13

Rester debout jusqu'à minuit pour aller à la rencontre du train fut très excitant.

Dans un e-mail, Jim avait souligné à plusieurs reprises que ce qu'ils faisaient était contraire à toutes les règles, et illégal par-dessus le marché : elle ne devait donc en parler à personne. Elle leur en avait fait la promesse solennelle, en ayant l'impression électrisante d'être l'héroïne d'un roman d'espionnage.

Elle devait se trouver au passage à niveau à minuit dix, précisément. Jim commencerait par conduire plus vite (ce qu'il ne faisait jamais, lui avait-il gravement assuré), puis avertirait le centre de contrôle de leur arrêt, étant en avance sur l'horaire. Mais elle devrait faire vite.

À fond dans son rôle, Nina s'habilla tout en noir, allant même jusqu'à s'enrouler une écharpe autour du cou, puis twitta une photo d'elle à Surinder, regrettant un peu que sa copine ne soit pas là pour vivre cette aventure avec elle. Cette dernière ne prit même pas la peine de lui répondre, ce qu'elle trouva légèrement blessant. En plus, le Facebook de

Griffin était plein à craquer des bons moments qu'il passait dans sa super nouvelle médiathèque ; Nina se demandait si c'était vrai ou si cela signifiait en réalité que ses nouveaux patrons le surveillaient sur les réseaux sociaux, si bien qu'il était difficile de savoir où il voulait en venir. Et ses autres amis lui passaient le bonjour, bien sûr, mais cela n'allait pas plus loin. Tout le monde était occupé, se dit-elle. Chacun allait son petit bonhomme de chemin. Et, dans son cas, c'était assurément une nouveauté.

Elle se dirigea vers la porte d'un pas déterminé, puis éteignit la lumière. Dans la ferme, qu'elle voyait en contrebas, une lampe brillait toujours. Nina pensait que les fermiers se couchaient tôt en général. Lennox était peut-être une exception. C'était sans doute pour cela qu'il était tout le temps aussi bougon. Peut-être feuilletait-il son album de mariage et devenait-il sentimental en buvant un verre de whisky. Elle eut soudain pitié de lui. Mais elle ne voulait pas ressentir de pitié à son égard ; ni à celui de personne, d'ailleurs. C'était dur. Elle s'efforça de longer discrètement la ferme, même si, bien sûr, le van démarra en faisant un bruit à réveiller les morts.

En s'arrêtant devant le passage à niveau désormais familier et en éteignant les phares, elle eut la sensation d'être le seul être humain à des kilomètres à la ronde. Puis, réalisant que c'était bel et bien le cas, elle remonta son écharpe et sortit du véhicule.

Dehors, il faisait froid. Des hiboux hululaient dans les arbres ; les battements d'ailes se mêlaient au bruissement des feuilles dans le vent. Curieusement, bien que ce soit le milieu de la nuit, l'obscurité n'était pas totale. La lune et les étoiles projetaient leur éclat sur le paysage bigarré, d'une manière impossible dans un ciel urbain, délimité par ses violents éclairages halogènes. Nina happa l'air frais, le retenant dans sa gorge, et le monde lui parut très étrange.

Soudain, au loin, elle l'entendit : un tremblement d'abord, puis le léger cliquetis des roues sur les rails, ralentissant ; enfin, à la sortie du virage, une lumière éblouissante. Elle se revit un instant coincée au milieu des voies et, troublée, se surprit à regarder instinctivement vers le van, afin de s'assurer qu'il était toujours là, bien en sécurité de l'autre côté de la barrière.

Le train paraissait gigantesque dans la nuit, très long et très sombre, tel un grand dragon de métal – pas étonnant que l'arrivée du chemin de fer ait fait peur aux gens au début. Il ralentit, encore et encore, sa silhouette sombre et sinistre se découpant sur les champs gris, jusqu'à ce qu'une lumière s'allume dans la cabine et qu'elle voie le visage enjoué de Jim, quelqu'un étant assis à côté de lui.

Elle entendit alors un bruit de pas remonter le long des rails et se demanda qui pouvait bien être la deuxième personne dans la cabine, car, soudain, Marek surgit, tout sourire, la lumière du train dévoilant ses dents blanches au-dessus de sa petite barbe. En le voyant, elle rougit, comme elle le faisait toujours quand, emportée par l'enthousiasme (ce qui lui arrivait souvent), elle se construisait une image de quelqu'un dans sa tête, nourrie par ses lectures, à la hauteur de ses rêves de romantisme. Elle se sentit aussitôt idiote. Mais le sourire de Marek était sincère : il était réellement ravi de la voir. Et ses cheveux noirs bouclés tombaient toujours sur ses yeux aux paupières lourdes.

– Viens ! Viens déballer !

Nina eut un si large sourire que son visage se fendit presque.

– J'arrive !

– EH ! cria-t-il, tout excité, en accélérant la cadence. Viens voir !

Jim descendit de la locomotive.

– Vite ! Vite ! s'exclama-t-il. Il ne faut pas qu'on traîne. Le train de nuit va nous étriper, sinon.

– Le train de nuit arrive trop tôt à destination de toute façon, grommela Marek. Ils devraient être contents de passer quelques minutes de plus au lit. Et puis, regarde !

Derrière Jim, la silhouette que Nina avait aperçue dans la cabine descendit à son tour. Nina eut la surprise de constater qu'il s'agissait de Surinder.

– SURINDER ! s'écria-t-elle en courant vers son amie pour la prendre dans ses bras. Tu es ici ! Pourquoi est-ce que tu es ici ? Tu m'as tellement manqué.

– C'était l'idée de Marek, répondit Surinder avec un grand sourire. Quand ils sont venus chercher les livres. D'ailleurs, peux-tu me dire comment tu as réussi à persuader ces deux beaux gosses gigantesques de faire tout le sale travail pour toi ?

– C'est grâce à la confiance et à la fierté fraîchement acquises de l'Écosse en tant que nation, répondit Nina.

Elle était stupéfaite d'être aussi contente de voir un visage amical – enfin, trois visages amicaux, plutôt. Elle n'était là que depuis une semaine. Elle se rendit compte tout à coup que, en dépit de tous les sentiments nouveaux qu'elle éprouvait depuis son arrivée (l'autonomie, la liberté), une chose toute simple lui manquait : la familiarité qui allait de pair avec… eh bien, avec quelqu'un qu'on comprenait, supposa-t-elle.

– Venez ! lança Marek. Au boulot !

Ils se précipitèrent tous vers le premier wagon, puis Jim en déclaveta les chevilles, après avoir jeté un coup d'œil furtif alentour. Heureusement, il n'y avait pas âme qui vive en vue. Sous la bâche de protection se cachaient plus de soixante-dix cartons de livres, Nina le savait. Elle les examina, l'air coupable.

– Je ne savais pas qu'il y en avait autant, mentit-elle.

– Vraiment ? la reprit Surinder en soulevant deux cartons à la fois. C'est vrai, comment aurais-tu pu le savoir ? Ce n'est pas comme si je t'avais demandé à de nombreuses reprises de déplacer ces maudits livres !

Nina se sentit très mal.

– J'ai dû être la pire coloc au monde.

Surinder leva les yeux au ciel.

– En fait, j'en ai pris une nouvelle trop vite. Elle crie beaucoup dans la salle de bains. Du coup, je lui demande si elle va bien, et elle me répond : « Ça va, mais pourquoi y a-t-il tous ces livres ici ? »

– Ça a l'air horrible, répondit Nina en fronçant les sourcils. Elle est sans doute déprimée. J'ai deux ou trois très bons livres à lui recommander.

Surinder lâcha ses cartons dans le van.

– D'accord, je te paierai en partant.

– Hors de question, dit Nina pendant que les deux hommes sortaient de gros cartons du wagon. Oh, je suis si contente de te voir ! Comment vous êtes-vous retrouvés ?

– J'ai pris l'avion jusqu'à Inverness et ils m'ont prise en stop. C'était plutôt excitant en réalité. Et j'ai plein de congés.

Le bureau peut bien s'écrouler. Ce qui va arriver, c'est sûr. J'ai besoin de prendre l'air.

Surinder regarda Marek se pencher pour charger une grosse pile de cartons, sans peine et avec soin, dans le van.

– Belle vue ici, cependant.

– Surinder ! la reprit Nina, choquée.

Sa vision des choses était un peu plus romantique.

Surinder la dévisagea.

– Allez, ne me dis pas que tu n'avais pas remarqué, lança-t-elle malicieusement.

Nina repensa subitement au poème et se surprit à rougir.

– Ne sois pas bête. C'est un homme très gentil qui nous fait une faveur à toutes les deux.

– Une sacrée faveur, en effet : ils risquent de perdre leur job. Tu ne trouves pas qu'il ressemble un peu à Mark Ruffalo ? l'interrogea son amie en jetant un œil en arrière.

– Arrête.

– C'est une simple question.

– Est-ce que je trouve qu'un conducteur de train letton ressemble à Mark Ruffalo ?

– Un peu.

– Hé, vous deux, on se dépêche, hein ? Je ne veux pas me faire renvoyer pour trafic illégal sur le chemin de fer britannique.

Les filles se redressèrent en gloussant.

– Et j'ai du thé, ajouta Jim avec obligeance en leur montrant sa bouteille thermos. Alors, déchargez les cartons si vous ne voulez pas le boire froid.

Ils retournèrent vite au train pour aller chercher d'autres livres.

– Ça doit arriver souvent ce genre de choses, non ? s'enquit subitement Nina, comme cette idée lui traversait l'esprit. Plein de trucs illégaux qui voyagent sur les rails ? De la contrebande, tout ça ?

Jim et Marek sourirent.

– Pas avec nous, répondit Jim. J'ai vu les ravages qu'a causés la drogue là où j'ai grandi. Je ne veux avoir affaire à rien de ce genre. Hors de question. Ça… Ça, c'est différent.

– Vous savez, quand mes parents étaient petits, les livres dans ma langue maternelle étaient interdits, intervint Marek, les sourcils froncés. C'est pourquoi, hélas, j'ai su lire en russe avant de savoir lire dans belle musique de mon pays natal. Donc. Tout ce qui répand livres, tout ce qui apporte plus de livres, d'après moi, c'est bien. Bon remède, pas mauvais.

Ils s'assirent sur les marches et parlèrent de livres dans le clair de lune en se passant le thé, chaud et très sucré. Nina aurait facilement pu rester là jusqu'à l'aube, mais ils entendirent une sonnerie de téléphone dans la cabine et, en même temps, un énorme coup de sifflet quelque part derrière eux (le train de nuit impatient, en déduisit Nina), et il fut temps pour les garçons de repartir.

Jim grimpa donc dans la cabine et alluma le moteur, qui vrombit à en faire trembler le sol. Surinder, déclarant qu'elle mourait de froid, alla s'installer dans le van pour se réchauffer. Quant à Marek, il sauta d'un pas léger sur la plateforme extérieure, et Nina lui sourit.

– Je ne vous remercierai jamais assez.

– Mais si, répondit-il avec douceur. Laisse-moi livre de temps en temps, quand tu penses à nous.

– Je penserai à vous tous les jours, répondit-elle en s'empourprant légèrement.

– Eh bien, tous les jours, ce sera bien aussi, dit-il en rougissant un peu, lui aussi.

– J'ai aimé ton livre de poésie. Je l'ai beaucoup aimé.

– La poésie est bonne pour les personnes sur terre inconnue.

– Oui. Oui, c'est vrai.

Puis le train siffla longuement avant de s'ébranler sans hâte, avec grâce, sous le ciel étoilé.

Nina se retourna pour voir que Surinder, à l'évidence épuisée par sa longue journée, s'était pelotonnée à l'avant du van, où elle s'était profondément endormie. Nina, elle, resta près des voies, écoutant le train s'éloigner. Puis elle regarda passer le suivant, bordeaux et bleu marine, beau et long, avec son bar animé rempli d'inconnus qui s'y croisaient ou y faisaient connaissance ; ses sièges inclinables rêches où les personnes désargentées et les factionnaires essayaient de faire un petit somme ; et ses fenêtres des voitures de première classe, tamisées, mystérieuses. Comme ce train de nuit ralentissait pour franchir sans heurt le passage à niveau, personne à bord ne se rendit compte qu'une jeune fille était là, toute seule dans le noir, le regard perdu dans le vague.

Et puis, enfin, la voie ferrée cessa de bourdonner. Tout redevint silencieux. Cette vallée de montagne, large et sombre, était à nouveau le domaine des hiboux, des biches tranquilles, des écureuils qui se carapataient, du vent qui bruissait dans les branches, de la lune qui brillait dans le ciel, donnant le sentiment d'un monde parfaitement, profondément, en paix. Bien que transie de froid, Nina était très touchée, reconnaissante de sa bonne fortune ; et elle aurait été bien incapable de dire quand elle avait ressenti cela pour la dernière fois.

Chapitre 14

Surinder dormit tout le long du trajet jusqu'à la ferme, se réveillant juste une seconde quand elles entrèrent dans la grange pour piailler : « Tu es sérieuse ? Tu as tout ça ? Juste pour toi ? Il n'y a personne dans la salle de bains, ni rien ? Ce n'est pas juste ! », avant de s'écrouler sur le canapé et de se rendormir.

Mais Nina n'avait pas du tout sommeil, bien qu'il soit une heure du matin passée. Elle regarda par la petite fenêtre arrière et remarqua qu'une lumière était toujours allumée dans la ferme. Quelqu'un d'autre ne dormait pas. Au même moment, elle vit une autre lumière s'allumer, puis encore une autre, et la porte s'ouvrit d'un coup comme Lennox sortait de la maison d'un pas raide. Il jurait. Nina, se levant d'un bond, remit son manteau et ses bottes avant de sortir sans un bruit.

*

– Bon DIEU !

Elle n'avait jamais voulu s'approcher aussi discrètement de Lennox et lui causer une telle frayeur, mais c'était raté.

Il fit volte-face comme si elle tenait une bêche à la main et s'apprêtait à lui donner un coup sur la tête.

– Pardon ! Pardon !

– Qu'est… Mais qu'est-ce que vous faites là, bon sang ? C'est le milieu de la nuit, bon Dieu !

– Je sais ! Je sais ! Je suis désolée ! Je me demandais ce que vous faisiez.

– Non, mais vous vous imaginez que je fais quoi, là ?

Il s'agissait peut-être d'une question rhétorique, se dit Nina, parce qu'elle n'en avait pas la moindre idée.

– Euh, je ne sais pas. Je me disais que vous aviez peut-être entendu un rôdeur.

– C'est le cas, répliqua-t-il sèchement. Il s'est avéré que c'était vous.

– Oh.

Lennox poussa un soupir.

– Vous êtes une fille de la ville, hein ? Qu'est-ce que vous croyez ? Que dans l'agriculture, on est aux trente-cinq heures ? Eh bien, ce n'est pas le cas. Si vous tenez absolument à le savoir, Ruaridh pense qu'un agnelage se passe mal dans le champ du haut, et je vais vérifier pour voir s'il faut qu'on appelle Kyle. C'est le véto. Les vétérinaires sont des médecins pour les animaux malades.

– Oui, oui, ça va, j'ai compris.

Il s'était arrêté à côté de la Land Rover.

– Vous êtes encore là ?

Nina ne sut que répondre, mais se sentait enhardie par son aventure nocturne et n'était pas du tout prête à aller au lit. Elle répondit d'un simple haussement d'épaules.

Lennox marqua un temps d'arrêt.

– Est-ce que vous voulez venir ? Des petites mains pourraient nous être utiles.

– Bien sûr, se surprit-elle à répondre, se reconnaissant à peine.

En sautant dans la Land Rover, elle fut surprise (enfin pas tant que cela, en réalité) de trouver le chien à l'intérieur. Il lui lécha la main.

– Comment s'appelle votre toutou ?

Lennox parut consterné.

– C'est un chien, pas un toutou. C'est un chien de ferme professionnel. Et il est très précieux.

– Alors, il n'a pas de nom ? Juste un code-barres ?

La main de Lennox se dirigea vers la tête de l'animal, comme souvent, sans même qu'il s'en rende compte apparemment.

– Persil.

C'était si inattendu (elle s'était dit que ce chien s'appellerait Bob ou Rex, un nom de ce genre) que cela la fit sourire.

– Coucou, Persil. Quel joli nom !

Le chien la renifla avant de lui lécher la main.

– C'est débile, comme nom.

– Eh bien, moi, je trouve ça joli. Un joli nom pour un joli toutou. Chien, je veux dire.

Pour une fois, alors que la Land Rover bringuebalait sur le sentier boueux qui escaladait la colline, Nina n'eut pas peur de dire ce qu'il ne fallait pas, ne se sentit pas mal à l'aise. En un sens, la grossièreté de Lennox était très libératrice. Elle voyait bien qu'il traitait tout le monde de la même manière, ce qui l'autorisait à se montrer un peu plus téméraire qu'à l'habitude. Elle se tourna pour le regarder. Il avait une mâchoire carrée, des yeux bleus, ridés à force d'être plissés dans les champs, un nez et un menton prononcés, une petite barbe de trois jours sur les joues, un peu rêche, et des cheveux épais qui dépassaient de sa casquette. Il donnait l'impression de n'avoir jamais été enfermé à l'intérieur ; même la voiture paraissait trop confinée pour lui. Il était fait pour parcourir les landes à grands pas, sur ses longues jambes, le vent dans le dos. Il n'avait aucune rondeur ; tout faisait saillie chez lui.

Tout à coup, comme au milieu de nulle part (il n'y avait pas une lumière en vue), Lennox arrêta la Land Rover. Il prit une lampe-tempête sur le siège arrière et l'alluma à pleine puissance.

– Ruaridh ? murmura-t-il dans l'obscurité.

– Voui, ici, patron, répondit une voix derrière lui.

– Où es-tu ?

– Dans l'appentis. Elle passe un sale quart d'heure. Des jumeaux, on dirait. C'est un vrai puzzle là-dedans.

Lennox jura, puis s'approcha, Nina le suivant en trébuchant.

– Est-ce que tu as appelé Kyle ?

– Voui, il est à un vêlage sur l'aut' versant.

– Oh, génial, lâcha Lennox en posant sa lampe.

L'appentis, attenant à une grange, n'était pas confortable, mais était à l'abri du vent, ce qui faisait une grande différence. Une brebis en détresse, allongée sur son flanc, bêlait pitoyablement.

– Je sais, je sais, mémère, dit Lennox.

C'était la première fois que Nina entendait de la douceur dans sa voix.

– Là, là.

Un gros pot d'une mixture qui ressemblait à de la vaseline était posé par terre, et Lennox commença à retrousser ses manches et à se laver les mains dans un seau. Nina repensa d'un coup à un livre du vétérinaire-écrivain James Herriot.

– Vous n'allez pas... vous n'allez pas fourrer votre bras dans la foufoune de cette bête, si ? demanda-t-elle, nerveuse. On n'est pas dans *Toutes les créatures du Bon Dieu*.

Ruaridh, avec ses cheveux roux, lui jeta un coup d'œil.

– Ne fais pas attention à elle, lui dit Lennox.

– C'est qui, une stagiaire ? s'enquit le jeune homme avec un accent que Nina eut du mal à comprendre.

Puis il ajouta quelque chose en gaélique, qu'elle ne comprit pas du tout, mais qui fit rire Lennox : elle trouva cela profondément injuste compte tenu des circonstances. Lennox secoua la tête.

– Nan, essayons.

Ruaridh tint les pattes de la brebis pour éviter qu'elle ne se débatte, et Nina ne put s'empêcher de détourner le regard quand Lennox glissa son bras à l'intérieur.

– Oh, bon sang ! lança Lennox, énervé, mais amusé par sa réaction. Franchement, vous êtes bien une fille de la ville, vous. Vous vivez dans le déni le plus complet. Vous voulez que cette brebis ait ses agneaux, oui ou non ?

– Je sais. C'est juste que je n'ai jamais rien vu de tel avant.

– Ce n'est pas dans vos livres que vous verrez ça, la taquina-t-il avant de froncer les sourcils. Ah, je n'arrive pas à l'attraper. Mes mains sont trop grosses, bon sang. Allez. Allez, mon petit.

La brebis bêla à nouveau de douleur.

– Je sais, je sais. Pardon, dit Lennox en se démenant. Nom d'un chien. Et toi ? interrogea-t-il Ruaridh.

– Les miennes sont pareilles, répondit le jeune homme en montrant ses grosses mains rugueuses. Je n'arrivais pas à extraire ma main et les pattes en même temps.

– Non, je sais.

Il y eut un blanc, puis Lennox fixa Nina du regard.

– Je voulais voir si vous pouviez nous aider, mais vous semblez bien trop timorée pour ça.

La gorge de Nina se serra. Elle avait lu des tonnes d'histoires sur les animaux, pas par préférence, mais parce qu'elle lisait tout ce qui lui passait sous la main quand elle était petite. La calligraphie, le décodage, la ventriloquie : elle avait dévoré tous les ouvrages de la minuscule bibliothèque pour enfants, n'était passée à côté d'aucun.

Mais l'idée de devoir s'occuper de vrais animaux, dans la nature, ne l'avait jamais effleurée. Elle ne s'était jamais approchée d'un agneau ; enfin, elle en avait déjà vu dans son assiette, lors du repas de Pâques, ou dans les champs, si elle levait le nez de son livre pendant un voyage en train. Mais cette énorme créature devant elle, paniquée, qui sentait fort, n'avait rien à voir avec cela, et elle n'était pas certaine de pouvoir gérer.

Nerveuse, elle s'approcha un peu. Elle sentait le regard de Lennox sur elle : il était persuadé qu'elle ne gérerait pas du tout, se rendit-elle compte. Cela lui donna du courage. Il pensait déjà qu'elle n'était qu'une citadine inutile ; il était hors de question qu'elle le conforte dans son opinion.

– Je pourrais… je pourrais essayer, dit-elle avec prudence.

Les sourcils de Lennox se froncèrent légèrement.

– Est-ce que vous êtes sûre ?

– Est-ce que je peux aggraver la situation ?

– Peut-être. Des nouvelles de Kyle ?

Ruaridh consulta son téléphone.

– Toujours au vêlage.

Lennox poussa un soupir d'exaspération, puis regarda à nouveau Nina.

– Hum.

– Est-ce que vous voulez que j'essaie, oui ou non ? l'interrogea-t-elle, en colère, tendue.

– Eh bien, cette brebis a un peu plus de valeur que vous, c'est tout.

La bête poussa alors un cri de douleur qui les fit tous tressaillir.

– Oh, bon sang, d'accord. Entrez, dit-il en s'agenouillant à côté de l'animal. Et tâchez de ne pas aggraver la situation.

*

Nina se lava soigneusement les mains dans une bassine d'eau savonneuse avant de les recouvrir de vaseline, essayant de s'habituer à l'odeur. Puis elle toucha la brebis, non sans hésitation.

Lennox éclata de rire.

– Ce n'est qu'une brebis. Elle ne va pas vous mordre.

– Il y a un animal vivant là-dedans, fit-elle remarquer. Il peut carrément me mordre.

– Mais il ne sera pas vivant longtemps si vous ne vous y mettez pas, répliqua-t-il, alors que la pauvre bête forçait et se tordait de douleur.

Nina prit une profonde inspiration, puis plongea la main à l'intérieur. Comme elle était gauchère, Lennox passa de l'autre côté d'un bond.

– Bien. Que sentez-vous ?

– Un gros truc visqueux, répondit Nina, légèrement paniquée, sentant sa main et son bras se faire écraser. Je n'arrive pas…

– D'accord, d'accord. Détendez-vous, il faut vous habituer. Ce n'est pas tous les jours qu'on met sa main dans une brebis.

– Non, c'est vrai, abonda Nina.

– Essayez de fermer les yeux, lui suggéra-t-il. Vous sentirez mieux ce que vous cherchez.

Elle obtempéra, et cela fit une grande différence. Sous ses doigts, elle commença à sentir l'agnelet : un petit nez, des oreilles et un enchevêtrement de pattes.

– Il est tout emmêlé ! s'écria-t-elle. Il a trop de pattes ! Oh non !

– D'accord, dit Lennox, sa bouche se contractant.

– Pourquoi a-t-il trop de pattes ?

Nina était au bord de l'hystérie. On aurait dit une sorte d'araignée extraterrestre.

– Eh bien, supposons juste un instant qu'il y ait plus d'un agneau là-dedans.

– Oh oui, fit Nina, soulagée. Des jumeaux. Bien sûr. Vous l'avez dit. C'est logique.

Ruaridh ricana dans son coin, mais Lennox l'arrêta d'un regard avant d'aller chercher de l'eau fraîche, l'air toujours très sceptique.

– Maintenant, il faut que vous attrapiez quatre pattes qui appartiennent toutes au même animal. Vous comprenez ?

Nina acquiesça. Elle les sentait désormais, toutes emmêlées, telles les pièces d'un puzzle, comme l'avait dit Ruaridh. Elle entreprit vite, avec précaution et diligence, de décroiser les pattes de chaque agneau, jusqu'à ce qu'elle réussisse à tenir quatre sabots dans une main. *Un peu comme quand on change une couette, se dit-elle.*

– J'en ai un !

– C'est super. Maintenant, tirez-le un peu. Doucement. Pas trop fort.

Le petit animal avança de quelques centimètres, puis s'arrêta.

– Il est coincé, lança Nina alors que la brebis poussait un autre hurlement de douleur. Il est coincé ! Je n'arrive plus à le tirer !

– Pas d'inquiétude, la rassura Lennox en sortant un bout de corde. Tenez. Sortez votre main, puis enroulez ça autour des sabots.

Nina le dévisagea.

– Vous allez sortir un agneau avec une corde ?

– Sauf si vous préférez pratiquer une césarienne, marmonna-t-il.

Il fit un nœud coulant à la hâte avant de lui passer la corde. Elle avait les mains parfaitement dégoûtantes et, bien qu'il fasse horriblement chaud à l'intérieur de la brebis, il régnait toujours un froid glacial dans l'appentis, or elle avait dû retirer sa veste et remonter ses manches, ce qui ne la faisait pas rire du tout. Elle s'empara de la corde et remit la main à l'intérieur en tremblant, mais, après quelques faux départs, réussit tant bien que mal à l'enrouler autour des sabots.

– Bien, dit Lennox. Est-ce que vous êtes prête ? Parce que je vais tirer, mais, si vous n'êtes pas prête, il faudra tout recommencer.

– L'agriculture, c'est très différent de ce que je pensais, lança Nina en considérant avec inquiétude la corde dans les mains de Lennox.

– Il y a des choses qu'on ne peut pas apprendre dans les livres, vous savez, ronchonna-t-il. Est-ce que vous êtes prête, oui ou non ?

– Faites-le maintenant, s'il vous plaît. Je meurs de froid.

– D'accord. Un… Deux… Trois…

Nina ôta sa main. Délicatement, sans forcer, Lennox tira alors sur la corde d'un geste expert – lentement d'abord, puis plus vite – et, soudain, un petit agnelet fut éjecté, tout trempé, innocent, clignant des yeux.

– OH ! s'exclama Nina. OH, mon Dieu !

Lennox la dévisagea, les yeux plissés.

– Mais vous pensiez qu'il allait sortir quoi, au juste ? Un truc emballé sous film plastique à la coopérative ?

Puis, avec un regain d'énergie bienvenu, la brebis se souleva, et le second petit agneau sortit d'un coup sur le foin avant de lever les yeux et de regarder autour de lui, ébloui, désorienté. Nina poussa un cri de surprise.

– Oh, OUAH !

★

Nina se nettoya bien les mains pendant que Lennox frictionnait les nouveau-nés avec du foin frais, vérifiant leur gueule et leur naseau, et que la mère expulsait le placenta. Et puis, chose incroyable, comme si leur arrivée sur terre n'avait pas été traumatisante, les minuscules créatures prirent leurs marques et se levèrent, à l'aveuglette, chancelantes, en poussant des petits bêlements. Elles étaient absolument, parfaitement, ravissantes. Nina ne pouvait en détacher les yeux.

– Oh mon Dieu ! Regardez-les ! C'est extraordinaire ! EXTRAORDINAIRE !

Elle observa, fascinée, les agneaux se frayer un chemin, d'instinct, jusqu'à leur mère, toujours couchée sur le flanc, épuisée, et trouver l'endroit précis où se rendre pour commencer à téter. Nina se rendit compte, ébahie, qu'elle était au bord des larmes. La brebis, qui avait tant souffert et était exténuée, reprit alors suffisamment de force pour se redresser maladroitement et se mettre à lécher ses bébés.

– Bien joué, ma belle, lança Nina. Bien joué, maman.

Cela fit sourire Lennox.

– Vous pouvez vous moquer de moi, je m'en fiche. C'est vraiment génial.

– Je ne me moque pas de vous. Je suis d'accord avec vous. Ce n'est pas parce que j'assiste à de nombreuses naissances que je ne trouve pas ça prodigieux. À chaque fois. Mais ce sont aussi d'adorables petits casse-pieds.

Il les caressa sans ménagement.

– Venez, dit-il. Thé.

Quand Nina se leva, elle se rendit compte qu'elle était toujours frigorifiée. Dehors, les premiers rayons de soleil apparaissaient déjà dans un coin du ciel, ce qui la laissa bouche bée.

– Nous ne sommes pas restés là-dedans aussi longtemps, si ?

Lennox hocha la tête.

– Si, c'était une naissance plutôt délicate. Il est trois heures passées.

– Il est trois heures passées, et le jour se lève ? C'est ridicule. En gros, vous vivez au-dessus du cercle polaire, quoi. C'est le pays du soleil de minuit.

⋆

Dans la ferme, le poêle à bois avait été couvert, et le feu se consumait lentement, joyeusement ; la pièce était douillette, et Lennox raviva les flammes avant de mettre en route la bouilloire pour le thé. Nina en profita pour faire un brin de toilette supplémentaire, tout en se résignant : elle sentirait à l'évidence le mouton jusqu'à la fin de sa vie.

La salle de bains de la ferme l'intrigua : elle était flambant neuve, ultramoderne, toute de marbre poli, avec douche à l'italienne et baignoire balnéo. D'épaisses serviettes blanches étaient accrochées un peu partout. On se serait cru dans un hôtel de luxe.

– Jolie salle de bains, commenta-t-elle en sortant.

Lennox répondit d'un petit signe de tête, et Nina réalisa (ce qu'elle aurait réalisé bien plus vite si elle n'avait pas été aussi épuisée) que, bien sûr, c'était Kate qui devait l'avoir décorée. Bien sûr que c'était elle.

La pièce principale n'était pas du tout typique d'une ferme, elle non plus : elle était minimaliste, à la mode scandinave, avec meubles et plancher en bois. Elle ne ressemblait pas vraiment à Lennox, songea Nina, dont les vêtements, bien que propres, étaient si vieux et délavés qu'on aurait dit qu'il en avait hérité. Il semblait trop grand, trop carré, pour ce cadre – la décoration était certes austère, mais elle avait été conçue pour ce faire, elle était si calculée, avec ses bouquets de branchettes artistiques et ses faux bois de cerfs aux murs, qu'elle finissait par en paraître surfaite.

Nina chercha une bibliothèque du regard, mais n'en vit aucune. À la place, il y avait une corbeille à magazines (blanche, bien sûr), pleine à craquer d'exemplaires de *Farmers Weekly*. Cachés en dessous se trouvaient quelques vieux numéros d'un magazine de déco, *Interiors*. Elle se demanda si Lennox les avait gardés par erreur ou s'il ne s'en était vraiment pas rendu compte.

Elle s'approcha du feu. Persil était déjà installé confortablement devant, au chaud, étalé de tout son long. Nina le poussa un peu pour s'asseoir à côté de lui et admirer les flammes. Lennox lui tendit une tasse de thé agrémentée, elle s'en rendit vite compte, de whisky.

– Qu'est-ce que c'est ? demanda-t-elle en toussant.

– Un grog. Ça va vous réchauffer.

Elle en but une autre gorgée et laissa la douce chaleur tourbée l'envahir.

– Oh oui, c'est très agréable.

– Vous avez l'air fière de vous.

– Oui, je le suis, répondit-elle en le regardant. J'ai sauvé ces agneaux et, maintenant, je suis confortablement installée devant un feu, à boire du whisky avec un gentil chien. Je considère que c'est une très belle nuit !

Elle posa sa tasse. Lennox lui fit un grand sourire.

– Je vous l'accorde. Mais ne vous endormez pas devant le feu.

Or il était trop tard. La tête de Nina venait de lui tomber sur la poitrine et, en moins de temps qu'il n'en fallait pour le dire, elle dormait à poings fermés.

– Bien joué ce soir, ajouta Lennox, mais elle ne l'entendit pas.

Chapitre 15

Nina finit par dormir chez Lennox jusqu'à près de midi.

Elle se réveilla sur le canapé tendance en velours côtelé couleur crème, recouverte d'une couverture en cashmere, couleur crème elle aussi, le soleil entrant à flots par les fenêtres, sans savoir où elle se trouvait. Peu à peu, la nuit précédente lui revint en mémoire et, même si elle se sentait toujours un peu vaseuse, elle réalisa qu'il fallait qu'elle se lève avant que Surinder ne sorte en trombe de la grange en hurlant son nom.

Lennox et Persil n'étaient pas là. Nina se demanda s'ils avaient pu dormir un peu. Elle eut un petit sourire en imaginant ce grincheux de Lennox en train de la recouvrir d'une couverture. Et puis, cela l'embarrassa : une gorgée de whisky, et elle tombait comme une souche. Manifestement pas faite pour la campagne, devait-il se dire.

Le soleil inondait tant la pièce qu'elle eut la sensation d'être dans un pays chaud, comme l'Espagne, jusqu'à ce qu'elle ouvre la porte et que le vent froid s'engouffre à l'intérieur, la saisissant, les nuages filant dans le ciel comme s'ils se rendaient à un rendez-vous important. Cela la fit sourire.

– Bonjour, l'Écosse ! dit-elle à voix haute.

Elle avait laissé ses bottes près de la porte de derrière ; elle les enfila et traversa la cour en saluant les poules qui picoraient ici et là et en se demandant comment se portaient ses agneaux. Elle se demanda aussi si elle aurait le droit de leur donner un nom, jusqu'à ce qu'elle se rappelle à quoi ils étaient destinés – à quoi les fermes servaient – et se reprocha sa naïveté et son sentimentalisme.

Un petit panier était posé devant la porte de la grange. Elle se pencha. Il était plein d'œufs, encore chauds. Certains étaient tout biscornus ; pas du tout comme ceux qu'on trouvait au supermarché. Elle sourit sans s'en rendre compte et les ramassa. Lennox devait les avoir laissés là.

Surinder somnolait sur le canapé, ce qui donnait le sentiment d'avoir gâché l'agréable lit en mezzanine, ainsi que cette belle matinée. Nina se mit à préparer le café.

– Est-ce que tu es déjà sortie ? l'interrogea Surinder d'un air endormi. Cela ne te ressemble pas. Normalement, le week-end, tu dois lire au moins trois heures avant de pouvoir aller ne serait-ce qu'au magasin du coin pour acheter du bacon.

– Euh, premièrement, il est onze heures passées. Et, deuxièmement, en fait, je ne suis pas rentrée hier soir.

Surinder se redressa d'un bond.

– RACONTE-MOI TOUT. Tu as couru après le train et tu l'as rattrapé à Édimbourg ?

Nina fit non de la tête, appuya sur la cafetière à piston et coupa du pain. Elle avait une faim de loup.

– Des œufs brouillés ? demanda-t-elle avec entrain, surprise de ne pas se sentir plus fatiguée. Ils viennent des poulettes dans la cour.

Surinder plissa les yeux en regardant un spécimen particulièrement dodu qui marchait d'un pas décidé devant la baie vitrée.

– Tu veux me faire manger un truc qui vient tout juste de sortir des fesses de cette poule ?

– Mais tu manges des œufs ! Tu en manges tout le temps !

– Mais celui-là est chaud ! Parce qu'il sort des fesses d'une poule !

– Il n'est pas sorti de ses fesses. Il est sorti de…

– Sa foufoune, l'interrompit Surinder d'un air sombre. C'est encore pire, ma vieille.

Nina éclata de rire.

– Sans blague ! Tu es trop bizarre. Tu croyais qu'elles les fabriquaient où ? Dans une pâtisserie ?

– Non.

– Et si j'enlevais les coquilles ? Pour qu'il n'y ait aucune trace de foufoune dessus.

– Oui, fais ça. Et ne me force pas à te regarder les cuisiner, ajouta Surinder en fermant à nouveau les yeux.

Nina jeta quelques tranches de bacon local dans une poêle (l'odeur était exquise), mit du pain à griller dans le toaster design hors de prix, et finit par poser deux assiettes de petit déjeuner remplies à ras bord sur la table en bois toute propre. Surinder, oubliant son aversion pour les œufs frais, se mit à piocher dans son assiette.

– Mon Dieu ! s'exclama-t-elle tout à coup, s'arrêtant net. Mais qu'est-ce que j'ai mangé pendant toutes ces années ?

Nina rajouta un peu de lait local bien crémeux dans son café.

– Qu'est-ce que tu veux dire ?

– Ces œufs ! Ce bacon ! Je veux dire, c'est trop bon ! On ne trouve pas ça à la supérette du coin.

– C'est vrai, répondit Nina.

Elle regarda son assiette avec regret. Elle avait une telle faim qu'elle avait comme aspiré son petit déjeuner, sans même en profiter.

– C'est vrai que c'est bon, ajouta-t-elle.

– C'est plus que bon ! Ils feraient payer ça un million de livres au resto bio ! Est-ce que tout est produit dans le coin ?

– Bien sûr. Puisque c'est ce qu'ils font, « dans le coin ».

Surinder la regarda en clignant des yeux.

– Tu sais, quand tu as décidé de venir ici, tout le monde te prenait pour une dingue, une vraie folle, lui avoua-t-elle tout bas.

– Et c'est maintenant que tu me le dis ? Vraiment ? Tout le monde ? Je croyais qu'ils disaient tous que j'étais géniale, si courageuse de partir et de changer de vie, tout ça, tout ça.

– Oui, bon, il fallait bien qu'ils te disent quelque chose, répondit Surinder en levant les yeux au ciel. Tu te rappelles quand Kelly a épousé ce Français qu'elle avait rencontré au marché ?

– Oh oui. Oui, on a carrément fait semblant de le trouver génial.

– Eh oui.

Elles mastiquèrent en silence un moment.

– Tu sais, il n'était même pas vraiment français, en fait.

– OH LÀ LÀ, j'avais oublié cette partie de l'histoire ! s'exclama Nina en souriant de toutes ses dents.

Surinder attrapa un autre toast et fit un geste en direction des grandes baies vitrées.

– Mais maintenant… regarde ça. Je veux dire, je crois bien que tu es un génie, en fait.

– Il fait beau aujourd'hui. Mais ce n'est pas souvent le cas. Enfin, ça arrive toutes les dix minutes. Après il pleut, et puis il neige, et il grêle, et puis il refait beau.

– Sensationnel ! Maintenant, dis-moi ce que tu as fait cette nuit, sinon je te tue.

– J'ai mis au monde deux agneaux ! répondit Nina avec un sourire. Enfin, j'ai aidé. Non, je l'ai fait. Avec de l'aide.

Et elle raconta sa nuit à son amie.

– Oh, nom d'un chien, je le savais. Pas un seul mec ne t'approche pendant quatre ans, et puis tu emménages ici et, cinq secondes plus tard, ça grouille d'hommes. Je le SAVAIS ! Alors, tu es retournée à la ferme… Est-ce que le fermier est bien foutu, au fait ? Dans ma tête, ils ont tous des joues rondes et rouges, des bottes, un bâton de berger et l'air enjoué.

– C'est à un dessin de fermier que tu penses. Tiré d'un livre pour enfants.

– Oh oui. D'accord, surprends-moi. Il porte un chignon ? Des dreadlocks ? Des sandales ?

– Non. Non, tu as raison, rien de ce genre. Il est toujours mal luné. En plein divorce. Il est plutôt grand, sec et anguleux. Un peu triste.

– Oh, je vois, répondit Surinder avant d'y réfléchir un instant. Est-ce qu'il ressemble au fermier dans *Babe* ?

– Non ! Il faut que tu arrêtes de penser aux fermiers que tu as vus à la télé ! C'est un homme réel. Jeune. Qui se trouve seulement être agriculteur.

– Enfin, il n'est pas si réel que ça. Tous les mecs réels que je connais sont obsédés par les voitures ; ils se sont mis à faire du vélo le week-end et en parlent à longueur de temps ; ils me bassinent avec leur montre connectée, se laissent pousser des barbes ridicules et parlent sans honte de leur Tinder. C'est à ça que ressemblent les hommes réels aujourd'hui. Ils sont nazes, conclut-elle en baissant la voix.

– Mais tu sembles pourtant les trouver à ton goût.

Surinder ne tint pas compte de cette remarque.

– Et puis, tu t'es endormie sur son canapé, et il n'a rien tenté avec toi. Ça non plus, ça ne ressemble pas beaucoup aux mecs que je connais, fit-elle remarquer avec un soupir. Bon. Qu'est-ce qu'on fait aujourd'hui ? S'il faut déballer les livres, ne compte pas sur moi. J'ai aidé Marek à les empaqueter.

– D'accord. Mais attends-toi à ce que je me mette au travail en faisant beaucoup, beaucoup de bruit et en poussant de gros soupirs, pendant que tu restes allongée sur le canapé.

– Je m'en fiche. C'est le canapé le plus confortable sur lequel je n'ai jamais posé mes fesses de toute ma vie. Je ne crois pas que ce soit le genre de canapé dont on vante les mérites et le petit prix à la télé, le week-end.

– Je ne crois pas non plus. Je ne crois pas qu'il y ait de pub pour ce genre de canapé. D'après moi, c'est un canapé qu'on doit supplier de venir vivre chez soi en échange d'une grosse somme d'argent et en offrant son sang en sacrifice.

– Et si le canapé pense qu'on ne vaut pas le coup, il n'en fera pas grand cas. Il restera juste dans son palais. Oups !

– Est-ce que tu viens de renverser du café dessus ?

– Tes meubles me rendent très nerveuse.

– Moi aussi, répondit Nina en regardant autour d'elle. On y va ?

– Mais je reste ici, moi, allongée sur le canapé ! J'ai pris des congés pour ça.

Nina ne répondit rien. Elle se contenta d'enfiler ses bottes avec un air de martyr, de remplir sa tasse à café et de sortir dans la froide lumière du soleil pour se mettre à aménager le van.

Elle avait réussi à installer sans trop de difficulté les étagères qu'elle avait commandées à Inverness (il y avait des rainures à cette fin dans les parois, ce qui était bien pratique), alors elle alluma la radio à fond et se mit au travail avec détermination, récurant murs et sols jusqu'à ce qu'ils soient immaculés, puis entreprit avec plaisir d'épousseter les livres, se demandant où les ranger.

La fiction sur la droite en entrant, décida-t-elle, puisque ce serait ce que la plupart de ses clients rechercheraient ; les ouvrages généraux sur la gauche, et les livres pour enfants dans le fond, afin que les petits puissent entrer dans le van et rester près d'elle. Elle avait acheté plusieurs fauteuils poires bon marché très colorés pour qu'ils puissent s'asseoir à l'heure du conte. Son immatriculation au Registre du commerce était fièrement exposée sur la face intérieure d'une vitre. À Birmingham, on avait tergiversé, secoué la tête, mais, ici, on la lui avait accordée avec un grand sourire.

Elle reprenait en chœur les titres qui passaient à la radio, exécutant toutes ses tâches avec minutie, et, même si cela lui prit tout l'après-midi, le temps sembla filer, jusqu'à ce qu'elle ouvre le tout dernier carton avec une exclamation de surprise. Il ne contenait pas de livres, mais tous les petits objets qu'elle avait collectionnés au fil des ans pour accompagner les livres et les mettre en valeur. Elle s'était toujours demandé pourquoi elle avait gardé toutes ces babioles (ces « camelotes », comme les appelait Surinder). Mais, maintenant, en examinant les murs propres et dépouillés du van, elle comprenait précisément pourquoi elle les avait stockés pendant tout ce temps, sans savoir elle-même ce qu'elle était en train de faire.

Elle accrocha ici et là des guirlandes lumineuses en forme de fleurs, puis ajouta des serre-livres rigolos (un phare, un Gruffalo pour les petits) ; un ensemble d'énormes lettres en bronze éclairées de l'intérieur, qui formaient le mot « L-I-V-R-E-S » et qu'elle pourrait placer devant le van à chacune de ses tournées ; de beaux carnets ornés qui lui serviraient de livres de compte ; des reproductions encadrées des *Contes de ma mère l'Oye* pour créer un alphabet rétro autour du coin des enfants ; et quelques banderoles imprimées avec les pages d'un livre ancien.

– Ce van va faire un bruit d'enfer, fit observer Surinder, son thé débordant de sa tasse tandis qu'elle traversait la cour en prenant garde aux poules.

– Mais non. Il ne dépasse pas les trente kilomètres-heure. Jamais. Tant pis s'il y a quelqu'un derrière moi. Ils devront attendre.

Elle sortit un pot de peinture bleue.

– Bon, j'ai une tâche à te confier.

– Noooonnn, je suis toujours fatiguée. Je vais tout rater.

– Dans ce cas, on repeindra par-dessus. Allez, tu es si douée pour ça.

Surinder fit la moue, mais Nina savait qu'elle avait une très belle écriture. Les gens la convainquaient sans arrêt d'écrire leurs invitations de mariage. Elle passait son temps à se lamenter à ce sujet, mais finissait toujours par accepter.

– Vraiment ?

– Je te préparerai le petit déjeuner demain matin. Attends de goûter les saucisses qu'ils font ici.

– Tu parles ! maugréa Surinder.

– Tu n'as jamais rien mangé de tel. Oh, et je crois que j'ai des biscuits fabriqués localement à l'intérieur.

– À quoi est-ce qu'ils ressemblent ?

– C'est une surprise, répondit Nina, qui n'avait pas encore goûté ces petits gâteaux ronds à rayures rouges et argentées de la marque Tunnock's. Tu t'y mets, et je vais les chercher.

Surinder fronça les sourcils.

– Tu sais, le dernier mariage que j'ai fait, ils m'ont donné du champagne et tout le tralala.

– Biscuits et saucisses : je te gâte.

Elle partit vers la grange à grandes enjambées.

– Attends ! cria Surinder dans son dos. C'est quoi, son nom ?

Nina se retourna.

– Oh ! Je n'y avais pas pensé. Est-ce que tu peux juste mettre *Le Van à livres* ?

– Non, ça fait bibliothèque.

– Hum. *La Foire aux livres* ?

– On dirait un camion de livraison. Pour des livres qui vont ailleurs.

– *Achetez vos livres ici* ?

– C'est le nom de ta boutique ?

– *Le Van à livres de Nina* ?

– Tu n'es pas un programme télé éducatif. Même si tes vêtements pourraient laisser penser le contraire.

Nina soupira.

– Quoi ? Allez, tu en rêves depuis des années, c'est évident. Je veux dire, regarde toutes les cochonneries que tu as mises de côté pour ça. Je refuse de croire qu'une fille comme toi, obsédée par les livres et les mots, n'a pas pensé à un nom.

– Eh bien, commença Nina, l'air embarrassé, en regardant ses pieds.

Elle ne l'avait jamais dit à personne avant. Se l'était à peine avoué à elle-même.

– Je le savais. Je le SAVAIS ! Continue. Dis tout à tata Surinder.

– Tu vas trouver ça débile…, rétorqua Nina avec un haussement d'épaules.

– Tu as déménagé dans un autre pays avec tout un tas de livres dans un van. Je te trouve déjà complètement débile.

– Ah oui, j'imagine.

Elle tergiversa un peu.

– Eh bien, je me suis toujours dit que si j'avais un jour une petite boutique (et j'en ai toujours voulu une petite), je pourrais l'appeler… *La Librairie des jours heureux*.

Surinder la dévisagea un moment. Nina sentit qu'elle virait au rouge vif. Il y eut un long blanc.

Puis son amie s'approcha du van pour jeter un coup d'œil à l'intérieur. Nina avait même réussi à accrocher une lampe dans un coin ; il y avait aussi un tapis, collé avec des ventouses, ainsi qu'une table et un fauteuil confortable, qui formaient un petit coin lecture. En se retournant, Surinder sourit de toutes ses dents.

– Oui. Oui, j'aime bien. J'aime vraiment bien. Je peux le faire.

– Vraiment ?

– Oui. Regarde cette table et cette chaise. C'est juste trop mignon. C'est un peu mièvre, comme nom. Mais je crois qu'il convient. Je crois qu'il est parfait, même.

Elle s'empara de la peinture et d'un pinceau, et un grand sourire s'épanouit sur le visage de Nina.

– Cela dit, ça donne l'impression qu'on peut passer toute la journée assis là, fit remarquer Surinder. Et si quelqu'un le faisait ?

– Eh bien, c'est que cette personne n'aurait pas le choix, de toute évidence. Mais on ne restera jamais toute la journée au même endroit. On sera comme les pays qui flottent au-dessus de l'Arbre de Tous les Ailleurs, dans *La Forêt enchantée*, d'Enid Blyton : on arrivera et on repartira sans prévenir.

– Bon, alors, évite les accidents à partir de maintenant, dit Surinder, espiègle, en retroussant ses manches.

– Hum, fit Nina, craignant d'avoir abusé des guirlandes lumineuses. En ce moment, j'ai plutôt peur de faire sauter les plombs.

Après être allée chercher deux bières, elle se tint à l'écart pour regarder son amie commencer par tracer le contour grossier des lettres à la craie, puis, avec des petits coups de pinceau nets et précis, et une jolie main, écrire *La Librairie des jours heureux* sur le côté. Nina se dit qu'elle n'avait jamais été aussi heureuse de toute sa vie.

Surinder finit par se déclarer satisfaite. Elles reculèrent toutes les deux, et Nina leva timidement sa bière pour trinquer avec sa copine.

– On aurait dû mettre un ruban, fit remarquer Surinder. Pour le couper.

Nina admirait sa petite boutique. Elle était belle, bien plus grande à l'intérieur qu'on n'aurait pu le penser, avec ses rangées de livres bien ordonnées, ses fauteuils poires et même une petite échelle de bibliothèque que Nina avait rachetée quand le nouveau responsable du développement avait demandé à quoi elle pourrait bien servir dans la médiathèque flambant neuve.

Elles ouvrirent les portes arrière en grand, comptèrent jusqu'à trois et mirent le contact.

Les guirlandes lumineuses et les grosses lettres de bronze s'illuminèrent comme un arbre de Noël, les banderoles claquant au vent.

– HOURRA ! s'exclama Surinder sans pouvoir s'empêcher d'applaudir.

Nina, émerveillée, gardait les yeux rivés sur le van. C'était comme si son rêve était devenu réalité, qu'il était là, devant elle, avec les champs en toile de fond, les papillons voltigeant au milieu des pâquerettes et un hibou hululant quelque part, au loin. Elle arrivait à peine à le croire et ne pouvait se départir de son sourire.

– Allons vendre des livres ! s'écria-t-elle. Où est-ce qu'on commence ?

Pile au même moment, une Land Rover arriva devant le portail en klaxonnant énergiquement. Nina consulta sa montre : il était près de dix-huit heures. Et il faisait toujours jour, bien sûr. Elle se retourna. D'ordinaire, les gens ne klaxonnaient pas dans la ferme ; cela rendait les poules dingues. Abritant ses yeux de sa main, elle vit un groupe de jeunes hommes, dont la plupart avaient les joues roses et le sourire.

– LENNOX ! criait l'un d'eux.

Ils parurent surpris de trouver les filles dans la cour au moment où ils y entrèrent pour se garer. Nina fut stupéfaite de voir qu'ils portaient tous un kilt.

– Dites donc ! Regardez-moi ça ! lança Surinder.

– Regardez-vous, plutôt, répliqua l'un d'eux du tac au tac, avec l'accent chantant de la région. C'est nous qui avons la classe. Vous êtes recouvertes de peinture.

– Qu'est-ce que c'est ? s'enquit un autre. Ça a l'air cool.

– C'est notre van à livres, répondit Surinder sur-le-champ.

Le jeune homme descendit de voiture.

– Qu'est-ce que vous avez ?

Les autres éclatèrent de rire et le sifflèrent.

– Voui, est-ce que vous avez des *Oui-Oui* pour lui ?

– Taisez-vous ! Au moins, je sais lire. Vous, tout ce que vous savez faire, c'est regarder des photos de filles toutes nues sur Internet, espèce de gros malins.

– On a pas mal de choses, dit Nina. Euh, est-ce que vous voulez entrer ?

Ils entendirent d'autres sifflets derrière eux, mais le jeune homme monta volontiers et commença à parcourir les rayons. La curiosité finit par avoir raison des autres, qui s'approchèrent pour jeter un œil eux aussi.

– C'est sympa, admit celui qui s'était montré grossier juste avant en frottant ses pieds par terre.

Nina n'osa pas leur demander s'ils se rendaient à un événement en particulier, de peur qu'ils ne s'habillent toujours ainsi. Mais certains portaient une tenue de soirée sur le haut du corps, alors ils allaient forcément quelque part. Les kilts étaient ravissants, tous ensemble. Elle savait que les tartans désignaient les familles et les clans ; elle préférait les plus anciens, en laine peignée, rouge et vert pâle, bien que les pourpres profonds et les noirs soient aussi très chic, portés avec des chaussettes couleur crème sur des mollets bien faits. Tous ces hommes semblaient solides, en bonne santé et, comme ils continuaient à parler, il devint évident qu'ils étaient agriculteurs.

– Allez chercher Lennox, bon sang ! Qu'est-ce qu'il fabrique ?

– Il est resté debout toute la nuit à cause d'un agnelage, dit Nina pour prendre sa défense.

Cela les fit tous éclater de rire.

– Oh voui, contrairement à nous autres, qui dormons toute la nuit comme des souches à cette époque de l'année, ironisa l'un d'eux.

– Où est-ce que vous allez ? leur demanda Surinder.

– Au bal des jeunes fermiers, répondit un autre, qui avait des cheveux roux flamboyants et des yeux verts. Vous ne venez pas ? Je pensais que vous étiez là pour ça. Il n'y a jamais assez de filles.

– Le bal des quoi ? s'exclama Surinder. On est en quelle année, là, 1932 ?

Nina se laissa distraire une seconde : Lennox, l'air un peu gêné d'être ainsi endimanché, sortait de la maison, accompagné d'un concert d'approbations et de quelques éclats de rire bon enfant.

Il portait une veste en tweed vert pâle sur une chemise unie couleur crème. Son kilt était lui aussi vert pâle, orné d'un fin liseré rouge ; un ruban de tartan assorti dépassait du revers de ses chaussettes, et il avait de grosses brogues aux pieds. Il s'était aplati les cheveux, sans grand succès *a priori*, puisque quelques boucles rebelles apparaissaient déjà ici et là.

– Dépêche-toi, vieux !

Nina était un peu vexée que Lennox ne lui ait pas parlé du bal. Et puis non, il avait raison, songea-t-elle. Elle n'avait rien à y faire. Il était son propriétaire ; elle était sa locataire. Il n'allait certainement pas commencer à l'inviter à sortir. C'était sa vie sociale à lui, après tout. Elle était nouvelle ici. Il faudrait qu'elle se construise la sienne.

– Tu n'as pas invité les filles ? lança une voix.

– Je ne m'étais pas rendu compte qu'il y avait deux filles, répondit Lennox en s'approchant pour serrer la main de Surinder. Ravi de vous rencontrer.

– Ooh ! fit Surinder en regardant Nina.

Elle était manifestement impressionnée.

– Je n'ai jamais rencontré d'homme en kilt avant. Ravie de vous rencontrer, moi aussi. Euh… monsieur.

Nina se retint de glousser, et Surinder la fusilla du regard.

Lennox parut surpris, puis remarqua le van, à côté duquel Nina s'attardait, timide.

– Ouah ! fit-il en prenant du recul pour l'inspecter. La classe !

Il semblait sincèrement impressionné.

Le jeune homme qui était à l'intérieur ressortit triomphalement en agitant trois livres sur la Seconde Guerre mondiale.

– Regardez ce que j'ai trouvé ! Je les prends.

– Il préférerait lire qu'inviter une fille à danser, le taquina l'un des garçons.

– Je ne suis pas sûr de le lui reprocher, vu les filles qui viennent, commença l'un d'eux, les autres le faisant taire aussitôt. Oh ! Elles sont toutes jolies et charmantes, c'est ce que je veux dire, se reprit-il, en devenant tout rouge.

Nina, ravie, prit l'argent des livres – de splendides livres reliés, flambant neufs eux aussi, brillants et fraîchement déballés. Ils lui plairaient, d'après elle.

– Bien, dit le garçon aux cheveux roux, qui s'appelait Hamish. On ferait bien de se dépêcher. Vous savez que c'est la cohue après. Alors, est-ce que vous êtes partantes ? demanda-t-il en faisant un signe de tête aux filles.

Nina regarda instinctivement Lennox.

– Vous... vous pouvez venir si ça vous tente, dit-il, comme si cela ne lui faisait ni chaud ni froid. Il n'y a jamais assez de filles à ces trucs.

– Vous devriez venir à Birmingham, intervint Surinder. Il y a des filles partout. Bien trop.

Il y eut un silence gêné. Ils restaient tous plantés dans la cour, nerveux.

– Bien sûr qu'on vient, finit par décréter Surinder.

– Vraiment ? demanda Nina, tendue.

L'idée d'un grand bal bruyant où elle ne connaissait personne la mettait profondément mal à l'aise. Elle préférerait mille fois décompresser en buvant une bière avec Surinder, puis passer la soirée à lire un roman historique, si cela convenait à tout le monde.

– Allez, Nina, espèce d'intello coincée ! Je n'ai pas fait tout ce chemin pour rester à l'intérieur et te regarder lire toute la soirée.

Hamish jeta un œil à sa montre.

– Est-ce que vous pouvez être prêtes rapidement ?

– Deux heures, trois au maximum, répondit Surinder. Oh, ça va, je RIGOLE !

★

– Wouhou ! fit Surinder. Qu'est-ce que tu ferais sans moi ?

Elles étaient en train de mettre du rouge à lèvres dans la salle de bains, côte à côte.

– Je ne sais pas. Garder ma dignité ?

Son amie fit semblant de ne pas l'entendre.

– Je me demande à quel point ils sont en manque de sexe.

– Surinder !

– Arrête un peu ! Il n'y a que des hommes ici. Tous ces charmants garçons de ferme bien foutus... Je veux dire, c'est fou. Je ne crois pas avoir vu une autre femme depuis que je suis arrivée. Et certainement aucune d'aussi canon que nous.

– Surinder, s'il te plaît... Je viens juste d'emménager.

– Oui, mais, moi, je suis en vacances. Je me demande s'ils servent de la piña colada.

– J'en doute fort.

*

S'il y avait bien une chose que Nina n'avait pas pensé à apporter, c'était une robe de soirée. Elle était loin d'imaginer qu'elle pourrait en avoir besoin.

À la place, elle opta pour un joli fourreau fleuri. Cette tenue n'était pas du tout habillée, et Nina n'avait aucun bijou. Mais elle découvrit, un peu surprise, que ses jambes étaient hâlées, à force de passer son temps dehors, au soleil, aussi cette robe ferait-elle l'affaire.

Elle enroula ses cheveux en arrière pour dégager son visage, un peu comme dans les années 1940, ajouta une touche de rouge à lèvres rouge vif sur les conseils de Surinder, puis se dit qu'elle n'avait plus qu'à faire de son mieux.

Surinder, elle, était toujours prête à parer à toutes les éventualités : elle enfila un top en strass, comme si elle s'était toujours attendue à se rendre à une importante soirée mondaine.

Quand elles reparurent vingt minutes plus tard, les garçons ne se montrèrent pas avares en compliments, puis ils leur firent de la place sur le siège arrière de la Land Rover.

Lennox resta peu loquace, et Nina le soupçonna de regretter de les avoir invitées. Eh bien, tant pis pour lui. Le soleil était toujours haut dans le ciel, les champs dorés, le vent plus frais que mordant, et tout allait pour le mieux dans le meilleur des mondes. Elle tourna la tête pour regarder une dernière fois *La Librairie des jours heureux* et ne put réprimer un sourire de satisfaction.

– Vous en êtes fière, pas vrai ? lui dit-il en la voyant faire.

– Ça vous surprend tant que ça ?

– Non, non, fit-il avant de retomber dans le silence.

Ils empruntèrent des chemins de campagne tortueux et franchirent plusieurs sommets ensoleillés, une mosaïque d'ombres et de lumières s'étendant sur des kilomètres et des kilomètres, jusqu'à la mer. De grandes armées d'éoliennes étaient postées sur les collines, telles des sentinelles.

– Je n'en reviens pas que tu ne m'aies pas dit de prendre un blouson, lui reprocha Surinder. Ce n'est pas comme s'il y avait des KILOMÈTRES DE PARCS ÉOLIENS pour nous le rappeler.

– C'est vrai, répondit Nina d'un air presque suffisant. C'est tellement plus vilain que des kilomètres et des kilomètres de maisons mitoyennes et de magasins discounts parfaitement identiques.

Ils entendirent le bal avant de le voir. Des rangées de tracteurs, ainsi que des Land Rover couvertes de boue, étaient garées en bas d'un petit sentier terreux et pentu, devant une immense grange ornée de fleurs. Une foule de gens en sortait pour aller s'asseoir sur des ballots de foin ; de jeunes hommes, tous en kilt bien sûr, se défoulaient en buvant des bières.

– Autrefois, c'est là qu'on était censé rencontrer sa future femme, expliqua Hamish, ses yeux verts pétillant.

– Vraiment ? s'enquit Surinder avec intérêt.

– Bien sûr, ce n'est plus comme ça aujourd'hui. Ce n'est pas du tout un marché aux bestiaux.

– Donc, plus personne n'y rencontre l'amour de nos jours ?

On s'agita nerveusement dans la Land Rover.

– Oh, si. Enfin. Ça arrive.

– Je crois que je vais aimer l'année 1932, commenta Surinder, toute guillerette.

*

À l'intérieur de la grange, du simple fait de la foule de corps, il faisait une chaleur infernale, et cela ne sentait pas du tout la vache ; non, de lourds effluves de déodorant, d'after-shave et de parfum, mais aussi de bière et de tabac à pipe, flottaient dans l'air.

Il y avait aussi un bruit infernal. Dans un coin, un quatuor – un violon, un *bodhrán*, un sifflet et un accordéon – jouait à mille à l'heure. Le long d'un des murs était érigé un bar de fortune, fait de barriques en bois et de tréteaux : des adolescents y distribuaient des pintes de la bière locale, la 80 Shilling Ale, à la vitesse de l'éclair, et posaient sans modération d'immenses verres de gin tonic et de vin sur le comptoir. La monnaie était tout simplement déposée dans un grand pot. Il y avait une longue file d'attente. Dans l'autre moitié de la pièce, les gens étaient… eh bien, au départ, Nina ne fut pas vraiment sûre de ce qu'ils étaient en train de faire. Cela lui sembla n'avoir aucun sens, jusqu'à ce qu'elle commence à se concentrer. Les hommes faisaient tournoyer les femmes à toute allure, et il lui fallut un moment pour se rendre compte qu'ils dansaient. Cela lui parut extrêmement brutal.

– Ouah ! fit-elle.

Cela faisait beaucoup de choses à assimiler. Il y avait manifestement beaucoup plus d'hommes que de femmes, mais, quand Nina examina celles qui étaient présentes, elle remarqua aussitôt que sa tenue n'était pas assez sophistiquée. Elles arboraient des coiffures élaborées et des robes de soirée dignes de ce nom, dont certaines étaient longues et guindées ; de la dentelle noire était ajustée sur des bustes musculeux. Elles n'avaient pas lésiné sur le maquillage et portaient toutes des talons hauts.

Comparée à elles, Nina faisait pâle figure. Mais, en réalité, sachant qu'elle ne souhaitait pas se faire remarquer (ce qui pouvait parfois la rendre nerveuse en soirée), elle se sentait légère, à l'aise, dans la pièce chaude et embaumée. Même quand Surinder la regarda pour lui dire : « Ouah, on dirait une vraie petite campagnarde », cela ne lui fit ni chaud ni froid, c'était à l'évidence un genre de compliment, réalisa-t-elle.

Elles sirotèrent leur verre en discutant avec les garçons, dont la tête pivotait, les yeux exorbités, à chaque fois que des filles passaient devant eux en se pavanant dans leurs plus beaux atours capiteux. Nina était ravie de se contenter de les écouter, essayant de les suivre alors qu'ils discutaient de marques d'engrais, de pièces de tracteurs, de viande à vendre et d'une poignée d'autres concepts incompréhensibles.

Après quelques verres, ils furent prêts à danser. Nina et Surinder déclinèrent plusieurs invitations, en partie parce qu'elles ne cherchaient pas à draguer, au contraire des garçons (enfin, Nina ne le cherchait pas ; Surinder était partagée), et en partie parce qu'elles n'avaient aucune idée de ce qu'il fallait faire.

De loin, cette danse paraissait toujours aussi terrifiante. Les garçons faisaient voltiger les filles et, de temps à autre, quelqu'un s'effondrait sur une table ou s'écroulait par terre. C'était pourtant très bon enfant : tout le monde s'amusait et riait, alors que le niveau sonore continuait de grimper et que la surface occupée par les danseurs qui tournaient à toute vitesse était de plus en plus conséquente. On commençait à se débarrasser de ses talons hauts ici et là.

Lennox, remarqua Nina, était résolu à rester au bord de la piste de danse. Elle essaya de lui sourire et s'apprêtait à aller lui demander comment se portaient les agneaux quand il interpella une connaissance à l'autre bout de la pièce, un homme plus âgé qui portait un pantalon en tartan peu flatteur. Ils engagèrent aussitôt la conversation.

Les garçons s'étaient mis à discuter d'aliments composés pour animaux et, quelque peu enhardie par son gin tonic très fort, Nina alla à la rencontre de Lennox et de son ami.

– Salut ! Je voulais vous demander comment se portaient les agneaux ?

Les deux hommes la fixèrent du regard, d'une façon désobligeante.

– Oui, bien, répondit Lennox avec dédain avant de se retourner vers son ami.

Cela blessa Nina. Elle avait passé la nuit à aider ce type et, d'abord, il n'avait pas voulu qu'elles viennent au bal, et maintenant, il l'ignorait royalement.

– Vous ne dansez pas ? l'interrogea-t-elle d'un air effronté.

Il fronça les sourcils.

– Non, merci, répondit-il sèchement.

L'autre homme regarda au loin.

– Ce n'était pas une proposition, répliqua Nina, contrariée et gênée. Je me posais juste la question.

– Non. Ce n'est pas pour moi, ajouta-t-il sans tarder.

Le silence devint gênant, et Nina envisageait de battre en retraite quand, Dieu merci, un jeune homme vint lui demander, un brin nerveux, si elle voulait danser. Elle s'apprêtait à refuser poliment quand elle eut la surprise de voir Surinder se diriger vers la piste d'un pas désinvolte, au bras d'un autre garçon.

– Qu'est-ce que tu fais ? l'interrogea Nina.

– Allez ! cria Surinder. Bon sang, on n'est pas là pour longtemps ! Autant essayer.

Nina secoua la tête.

– Tu es folle, dit-elle avant de réaliser que le jeune homme qui l'avait invitée, et qui s'appelait Archie, paraissait déçu et se sentait visiblement un peu idiot.

Elle était consciente que tous ses copains, en rang d'oignons, les observaient depuis l'autre bout de la salle : aussi, après avoir jeté un coup d'œil sur la gauche, où Lennox était replongé en grande conversation, lui tendit-elle la main.

– Bien sûr, j'aimerais beaucoup, répondit-elle tout haut, le visage d'Archie prenant la couleur de ses cheveux.

Comme il la conduisait vers la piste (ou ce qui, aux yeux de Nina, avait des airs d'arène de gladiateurs), elle lui murmura :

– Il va falloir que tu me dises quoi faire. Je n'ai aucune idée de ce qui se passe.

Ces mots semblèrent rassurer Archie, qui bomba un peu le torse.

– Ne t'en fais pas. Tu es avec moi maintenant ! Contente-toi de me suivre.

*

Au départ, Nina ne réussit à suivre personne. Elle avait comme l'impression d'être sur un manège Waltzer de fête foraine, où il fallait crier pour aller plus vite. On s'égosillait, on hurlait à tout-va, et les hommes rivalisaient de force devant ces dames. De prime abord, cela ne ressemblait à rien d'autre qu'une mêlée : une partie de rugby sur une piste de danse.

Puis, comme Archie lui montrait patiemment les pas qui se répétaient, elle parvint peu à peu à reconnaître les enchaînements : quand il fallait se baisser, tournoyer et taper des mains. En un rien de temps, le jeune homme la faisait voltiger à toute allure, tandis qu'elle tournait sur elle-même. Elle se sentit entraînée par la musique, riant d'excitation, mais, juste au moment où elle avait pris le pli, le groupe cessa de jouer, et elle dut s'arrêter, hors d'haleine, déçue.

Elle comprit tout de suite la deuxième danse, puisque toute la salle dansait en rond sur huit temps, avant de repartir dans l'autre sens. Archie, tout sourire, la fit tourbillonner hors du cercle ; quand elle le réintégra, elle vit que son cavalier avait changé de place et que, désormais, un jeune homme avec une grosse barbe lui souriait tout aussi jovialement, se préparant à la faire tournoyer.

Portée par cette ambiance grisante, par l'alcool, par le sentiment d'être incroyablement loin de chez elle et d'être quelqu'un d'autre, Nina se jeta à corps perdu dans la danse. Elle avait toujours été gracieuse, mais n'avait jamais eu assez d'assurance pour danser en public. Or ici, tout le monde s'en fichait, personne ne vous remarquait. L'important n'était pas d'être belle ou sexy, ni de sortir du lot ; c'était de se lancer et de danser comme si on se moquait de tout, comme si on n'avait aucun problème et ne pensait à rien ; la danse était une catharsis, et Nina se rendit vite compte qu'elle adorait cela.

L'atmosphère qui régnait dans la grange lui donnait le tournis ; elle entendait Surinder rire aux éclats, rebondissant contre les tables de quelques couples plus loin, et, alors qu'elle alternait les pas, la musique, toujours plus forte, lui brûlant les oreilles, elle eut le sentiment d'appartenir à quelque chose de plus vaste, de ne plus être un individu, ou presque.

À la fin de la danse, elle se joignit à la salve d'applaudissements, puis se pencha pour faire la révérence, avant de boire goulûment à la bouteille de cidre local bien frais qu'Archie lui tendit.

– Et maintenant, annonça l'un des membres du groupe, il est temps de passer au *Dashing White Sergeant*.

Nina, perplexe, jeta un coup d'œil à Archie, qui opina du chef avec enthousiasme. Tout autour d'eux, on se dépêchait de changer de partenaire, les couples de danseurs se séparant pour se reformer.

– Qu'est-ce qui se passe ?

– Celle-ci se danse à trois. Il nous faut une autre fille ou un autre garçon, lui expliqua Archie.

Ils balayèrent la salle du regard. Tous les danseurs avaient déjà formé leur groupe, et il n'y avait plus de fille disponible. Des types baraqués restaient plantés dans le fond de la pièce, n'ayant manifestement pas envie de danser, préférant se concentrer sur leur pinte. Ils avaient le visage très rouge.

Nina regarda autour d'elle. Il n'y avait personne. Excepté… Elle chercha Lennox des yeux, mais il était occupé. Très bien. Elle ne le cherchait pas de toute façon, se dit-elle. Archie parvint à rameuter le Gros Tam, qui était dans la Land Rover avec eux, et ils se joignirent à un autre groupe qui avait deux filles pour former un groupe paritaire de six danseurs.

Archie expliqua en vitesse ce quadrille à Nina. Ils commencèrent par danser en cercle dans un sens, puis dans l'autre. Ensuite, Nina, au milieu, dut danser avec chacun des garçons qui l'entouraient, puis avec le garçon qui se trouvait en face d'elle. Ils firent un pas chassé et tournèrent les uns autour des autres, avant de reculer et d'avancer à nouveau. Enfin, ils passèrent sous les bras levés de l'autre groupe, avant de recommencer avec les trois prochaines personnes qu'ils trouvèrent face à eux.

Nina fronça les sourcils. Cela paraissait compliqué. Mais en s'appliquant, elle commença à voir le motif que cela dessinait, la beauté toute simple des cercles qui se rejoignaient, les danseurs se faisant la révérence avant de se séparer à nouveau. Vu d'en haut, cela devait ressembler aux pétales d'une fleur en train de s'ouvrir.

Sa robe légère était parfaite pour tournoyer, les hommes la faisant virevolter à toute vitesse, et ses ballerines étaient idéales. Elle avait les joues roses, ce qui donnait des couleurs à son visage d'ordinaire pâle, et ses cheveux rebondissaient, tournoyant autour de sa tête tandis qu'elle dansait, parfaitement à l'aise pour la première fois depuis si longtemps.

(Quand elles se retrouvèrent dans le même cercle, Surinder l'aperçut et se dit que, si l'Écosse pouvait faire autant de bien à cette grande timide de Nina, c'était que ce pays avait sans doute plus à offrir qu'elle ne le pensait.)

Alors que la danse touchait presque à sa fin, Nina plongea sous de nouveaux bras pour aller à la rencontre d'un autre groupe et se retrouva face à face avec Lennox. Les deux filles qui dansaient à côté de lui (il était au milieu, comme elle) étaient un peu pompettes : elles riaient sottement et flirtaient avec lui, mais il ne se rendait compte de rien. Il était bon danseur, remarqua Nina. Il glissait hors du cercle avec aise, en rythme ; faisait tournoyer et rattrapait sans peine les filles qui poussaient des cris perçants. Maître de lui.

Quand ce fut son tour de danser avec lui, elle lui lança un regard noir.

– Je croyais que vous ne dansiez pas, lâcha-t-elle, même si elle le regretta d'emblée, énervée contre elle-même de donner l'air d'en avoir quelque chose à faire que ce vieux fermier stupide et bougon accepte volontiers de danser avec une cruche blonde mais pas avec elle.

Il l'attrapa alors subitement par la taille pour la faire tourner sur elle-même, et elle se rendit compte que ses pieds avaient décollé du sol. Elle eut l'impression d'être légère comme une plume tandis qu'elle voltigeait dans les airs, ses cheveux voletant dans son dos, sa robe flottant derrière elle. En atterrissant, elle leva les yeux vers lui, mais il se contenta de la soulever à nouveau comme si elle ne pesait rien : elle s'envola une fois de plus pour retomber parfaitement sur ses pieds, exactement au même endroit, et elle ne put rien faire d'autre que sourire, faire la révérence et avancer ; bien qu'elle se rende compte qu'elle hésitait, juste un peu, et qu'elle essayait de croiser son regard, mais il était déjà parti, et elle ne le revit plus de toute la soirée.

⋆

Nina et Surinder prirent place à l'arrière du fourgon que quelqu'un avait réquisitionné pour les raccompagner chez elles. Il progressait lentement dans la brume matinale en direction du village, des rayons de soleil roses et dorés embrasant les champs, la rosée transformant le paysage en toile d'araignée étincelante. Il était plus de quatre heures quand les derniers violons avaient été rangés et que toutes les filles s'étaient mises à chercher leurs chaussures dans le foin. Nina, étonnée, était épuisée, mais heureuse ; c'était une bonne fatigue, agréable, après avoir dansé et ri jusqu'à l'épuisement.

Elle réalisa vite que Surinder voulait s'asseoir à côté du Gros Tam, alors elle s'enfonça plus profondément dans le véhicule où trois hommes hirsutes dormaient à poings fermés.

– Ils retournent directement travailler, lui expliqua Archie, toujours éveillé, la chemise ouverte, son visage amical, parsemé de taches de rousseur, lui faisant un grand sourire. Moi aussi.

– Vraiment ?

– Voui. Pas de grasse matinée pour les fermiers.

Ils approchaient de la route pavée qui menait à la ferme de Lennox. Archie la regarda.

– Je m'arrête là, dit-elle. Merci. Merci, sincèrement, pour cette merveilleuse soirée. J'en avais vraiment besoin.

Le jeune homme se pencha vers elle.

– Est-ce que je peux… Je pourrais peut-être…

– Non. Merci. Cette soirée, c'était exactement ce dont j'avais besoin. Mais je crois… Je crois que je vais en rester là. Mais tu es un merveilleux prof de danse.

– Merci, répondit-il en souriant avant de la dévisager. Tu n'es pas d'ici.

– Tu viens juste de le remarquer ?

– Non, non. Je voulais juste dire… Je sais que tu n'es pas d'ici, mais on dirait que tu t'es très bien intégrée. Ce n'est pas le cas de tout le monde.

Nina rayonna de joie.

– Merci !

Archie donna un petit coup sur le côté du fourgon, qui s'arrêta. Nina, elle, donna un petit coup à Surinder, qui s'arrêta aussi.

– Oh non ! fit le Gros Tam.

– Une autre fois, dit Nina en descendant avant de tendre la main à Surinder.

Son amie avait bu plus de cidre qu'elle.

– Cet endroit est super, dit Surinder. C'est juste… c'est bien. J'aime bien le Gros Tam.

– Il t'aime bien, lui aussi. Il se jetait sur toi comme sur son petit déjeuner.

– Ah oui ? demanda Surinder, ses chaussures à la main. Est-ce que tu crois qu'il avait seulement faim ? C'est possible ? Et est-ce que tu veux bien me préparer un petit déjeuner maintenant ?

Chapitre 16

Le lendemain matin, les deux filles dormirent longtemps, très tard. Nina se réveilla vers onze heures alors que Surinder préparait le café, et elles examinèrent ensemble une denrée qu'avait achetée Nina : des « scones à la pomme de terre ». Elles finirent par décider de les toaster, puis de les enduire de beurre, ce qui s'avéra meilleur qu'elles ne pouvaient l'espérer. Elles les dégustèrent en admirant le paysage lumineux et venteux.

– Quelle belle journée ! s'exclama Nina.

– Ça souffle, lui fit remarquer Surinder.

– Oui, lui expliqua patiemment Nina. Ça t'évite d'avoir trop chaud.

– Tu t'es déjà parfaitement intégrée.

– Pas autant que toi. Je n'ai échangé mon ADN avec personne, moi.

– Quand es-tu devenue si impertinente ? l'interrogea son amie en engloutissant un autre scone à la pomme de terre. Oh là là, ils sont trop bons.

– Je ne sais pas, répondit Nina en réfléchissant sérieusement à la question.

Elle l'avait remarqué, elle aussi. Elle ouvrit la porte et resta un moment sur le seuil, à profiter de la chaleur du soleil et de la fraîcheur de la brise.

– Je crois… Je crois que c'est quand on a déménagé les livres. Qu'on leur a trouvé une maison.

Surinder opina du chef.

– Tu as raison, je crois. Psychologiquement, tu as été soulagée d'un poids.

– Et littéralement aussi, fit observer Nina. Mais oui. C'est comme si on pouvait à nouveau être des amies normales, sans que tu me reprennes à longueur de temps.

– Parce que tu t'apprêtais à faire tomber mon plafond.

– Oui, exactement : soulagée d'un poids.

– J'ai remarqué autre chose.

– Quoi ?

– Tu n'as pas de livre à la main.

– Eh bien… je m'apprête à aller dans mon van. Entourée de tous mes jolis livres. Et puis, je vais aller vendre des livres.

– Je sais. Mais tu ne bouquinais pas en prenant le petit déjeuner.

– J'étais en train de te parler.

– Tu n'as pas pris de livre au lit.

– On était soûles, et il était quatre heures du matin.

– Tu as arrêté d'en trimballer un partout avec toi pour te rassurer.

– Je n'ai jamais fait ça.

– Mouais.

– Bref, en quoi c'est mal de lire ?

– Ce n'est pas mal de lire, comme je te l'ai déjà répété un bon milliard de fois. Mais on dirait que tu arrives enfin à faire les deux : lire/vivre, lire/vivre. Et ainsi de suite.

Nina contempla les fleurs sauvages qui poussaient dans la prairie à gauche du champ du bas. Elles ondoyaient doucement sous la brise. Le vent lui portait l'odeur légère des jacinthes qui poussaient plus haut, dans les bois.

– Hum hum.

– Tu sais que j'ai raison. Tu es heureuse. Je le vois.

– Ce n'est pas ça. Je veux juste un autre scone à la pomme de terre.

– Et tu as meilleur appétit. Et ça aussi, je peux te le dire, c'est très, très bon signe.

– Arrête ! BON SANG, je vais au travail. Oui, tu peux rester allongée ici à traîner.

– C'est bien mon intention. Tu as quelque chose à lire ?

– Arrête ! À nouveau. Et si monsieur le fermier mal luné passe…

– Oui ?

– Non, ne lui dis rien. C'est un gros nul.

– Bien reçu.

Chapitre 17

Il y avait du vent, mais beaucoup de soleil, aussi Nina enfila-t-elle un pull-over sur une robe grise et un legging. *La Librairie des jours heureux*, délestée de ses livres sur la Seconde Guerre mondiale, avait toujours aussi fière allure dans la lumière de ce nouveau jour que dans son souvenir. Nina s'assura que les sangles en toile étaient bien tendues pour empêcher les livres de tomber, puis s'assit derrière le volant, vérifiant trois fois, comme elle en avait pris l'habitude, que le frein à main était serré et que le van était au point mort avant même de penser à démarrer. Elle prit une profonde inspiration et mit le contact.

C'était jour de marché dans la ville voisine d'Auchterdub – elle s'était renseignée avant de se mettre en route et avait décidé de suivre la foule : elle s'y rendit donc directement. Sans surprise, les clients affluaient autour des étals où les gens vendaient leurs fromages maison (et, à l'occasion, si on demandait gentiment, un peu de lait non pasteurisé sous le manteau), des poupées de paille, des œufs frais et d'énormes gâteaux extravagants, de grosses douceurs mousseuses remplies d'ingrédients savoureux. Nina lorgnait d'ailleurs une grosse génoise au gingembre pour plus tard.

On trouvait aussi des saucisses artisanales : de chevreuil, de bœuf, et même d'autruche. Ainsi que des récoltes précoces de pommes de terre et d'artichauts, encore recouverts de terre noire ; de gros choux d'un vert profond et de jeunes laitues bien fraîches ; quelques tomates prématurées, encore petites et avec de drôles de formes, mais les choux-fleurs et les carottes étaient déjà splendides. On avait aussi parlé à Nina de la saison des fraises, quand les fruits menaçaient de déborder des paniers tant il en poussait.

Des Land Rover, des jeeps et toutes sortes de voitures boueuses étaient garées le long des étroites ruelles pavées et des murs en pierre gris pâle, mais Nina trouva facilement l'emplacement qu'elle avait réservé et s'installa avec entrain. Avant même qu'elle n'ait sorti les grosses lettres illuminées, les chalands accoururent. Et quand elle ouvrit grand les portes, les femmes, surtout, se précipitèrent presque à l'intérieur pour jeter un coup d'œil.

Nina, toute fière, regarda derrière elle. Son stock était bien rangé, coquet, tentant ; elle avait tourné certaines des plus belles couvertures afin qu'elles soient visibles. Le matin même, sur un coup de tête, elle avait suspendu un lustre au domino installé dans le plafond, mais, désormais, en le voyant se balancer doucement dans le vent, elle s'en félicitait.

Une femme regarda autour d'elle.

– Mince alors ! Je ne sais même pas par où commencer.

– Je comprends, répondit Nina.

La femme regarda son bambin turbulent, qui, même tenu en laisse, était en train de mâchouiller les fauteuils poires avec délectation.

– J'ai… Je n'ai lu que des livres sur les enfants pendant ma grossesse, et maintenant, j'ai perdu l'habitude.

Le cœur de Nina bondit dans sa poitrine, et elle passa à l'action.

– Eh bien, ça vous fera peut-être du bien.

Elle sortit un beau livre traduit du russe, intitulé *Nous sommes toutes des grandes filles maintenant.* Il contenait une série de courts chapitres sur l'expérience de la maternité, accompagnés de splendides illustrations colorées qui rappelaient les livres d'heures du Moyen Âge. Ces récits abordaient des sujets tantôt profonds (la transmission de mère en fille), tantôt effrayants, comme dans les contes de la baba Yaga que la grand-mère de l'auteure lui racontait pour lui faire peur, et d'autres fois plus pragmatiques, comme les problèmes logistiques posés par un tout-petit qui refuse de garder sa combinaison rembourrée en plein mois de janvier à Saint-Pétersbourg. Cet ouvrage avait profondément éveillé l'instinct maternel de Nina alors qu'elle n'avait même jamais songé à la maternité avant, et toutes les jeunes mamans à qui elle l'avait conseillé l'avaient adoré.

Le visage de cette femme s'éclaira quand son regard se posa sur les magnifiques illustrations.

– Parfait, dit-elle. Thomas, arrête ça ! Arrête ça tout de suite !

Mais Thomas n'avait pas l'intention d'arrêter : il avait repéré et attrapé le livre le plus gros et reluisant consacré aux bus, camions, pelleteuses et autres chariots élévateurs que Nina avait sur ses étagères.

Nina détourna le regard, mal à l'aise ; elle n'était pas du tout habituée à faire payer les livres aux gens, sauf s'ils les rendaient en retard, auquel cas, s'ils lui semblaient suffisamment pauvres et/ou bouleversés, elle leur faisait toujours grâce des pénalités.

La femme regarda le livre, puis dit :

– Vous savez quoi ? Ça le calmera peut-être pendant que j'essaie de faire les courses ; ça lui évitera d'essayer d'attraper les brioches au sucre.

Elle le prit aussi, et Nina se rendit compte qu'accepter l'argent et rendre la monnaie ne lui posait en réalité aucun problème.

Une vieille dame entra ensuite. Elle soupira en disant qu'elle n'avait pas réalisé que tous les livres étaient si récents, parce que plus personne n'écrivait de romans à la mode d'autrefois, si Nina voyait ce qu'elle voulait dire, ce qui était vraiment dommage, parce que tout ce qu'elle souhaitait, c'était un roman moderne avec des valeurs passées. En l'occurrence, Nina voyait très bien ce qu'elle voulait dire. Elle sortit une série savoureuse intitulée *Saint Swithin*, qui racontait les aventures d'une jeune infirmière. Agréablement prénommée Margaret, cette infirmière prenait un nouveau poste dans un hôpital, mais, au lieu de crouler sous la paperasse et les réorganisations, elle réussissait à exister dans un monde contemporain multiracial en se contentant de s'occuper de ses patients et de tous les aimer, d'où qu'ils viennent. Pleine d'audace, elle prenait aussi régulièrement le temps de sortir pour voler au secours des autres. Sans oublier qu'elle était plongée dans les affres d'une histoire d'amour naissante terriblement excitante (mais aussi terriblement chaste) avec le Dr Rachel Melchitt, chirurgienne splendide, par ailleurs formidablement courageuse et téméraire.

– Essayez ça, lui conseilla Nina avec un sourire. Si ça ne vous plaît pas, vous pourrez l'échanger, mais, dans le cas contraire, il y en a au moins quarante-sept autres à lire.

Les yeux de cette femme s'illuminèrent rien qu'en lisant la quatrième de couverture.

– Non, je crois que ça fera très bien l'affaire. L'avez-vous en grand format ?

Nina pesta intérieurement. Le problème, c'était que les exemplaires grand format étaient si demandés et si souvent empruntés à la bibliothèque qu'aucun n'avait été en assez bon état pour qu'elle puisse les racheter.

– Non, mais je vous promets de m'en procurer dans le prochain lot.

⋆

Le flot de visiteurs ne désemplit pas de la journée. Certaines personnes souhaitaient simplement jeter un coup d'œil ; d'autres avaient des titres précis en tête. Si les clients ne cherchaient rien en particulier, Nina essayait de cerner leurs goûts, puis les dirigeait vers l'article approprié. Alors qu'elle mettait les livres dans des sacs et prenait la monnaie (mais aussi les cartes de crédit, grâce à un petit terminal de paiement incroyablement malin que Surinder lui avait dit de connecter à son smartphone), elle remarqua qu'une jeune fille hésitait à entrer. Elle semblait avoir environ seize ans et être mal à l'aise, avec ses lunettes et encore quelques rondeurs adolescentes. Elle portait un cardigan, dont les manches longues, tirées sur ses poings, étaient trouées pour laisser passer ses pouces.

– Bonjour, lui dit gentiment Nina.

La jeune fille la regarda, surprise, avant de reculer.

– C'est bon, ajouta Nina avec son plus beau sourire. Tu peux entrer, ça ne me dérange pas. Entre jeter un œil, tu n'es pas obligée d'acheter.

– Nan, ça va, répondit la jeune fille avant de s'éloigner, la tête baissée.

★

L'ouverture de la librairie avait été plus réussie que Nina n'aurait pu l'imaginer. En fin d'après-midi, elle rentra donc à la maison remplie de joie, armée d'une bouteille de Prosecco que les deux copines ouvrirent pour fêter leur énorme succès, bien que relatif (« J'ai quand même peint le nom », décréta Surinder). Puis elles s'assirent dans le salon, et Nina se mit à faire les comptes et à réfléchir à ses prochaines commandes.

– C'est l'aspect le moins glamour quand on est à la tête de sa propre entreprise, souligna Surinder.

– Attends qu'un de mes pneus crève. Oh là là, je meurs de fatigue.

– Alors, va te coucher.

– Je voulais… Je voulais peut-être faire un saut au passage à niveau. Pour faire coucou à Marek.

– Tu es sérieuse ? Tu te crois dans le film *Les Enfants du chemin de fer* ?

– Non. Je… j'ai trouvé un livre qui pourrait lui plaire.

C'était un exemplaire très ancien, mais en parfait état, de *David, c'est moi*, de Anne Holm. Elle ne savait pas du tout si Marek l'avait déjà lu ou non, mais elle pensait qu'il lui plairait. Après tout, les longs périples, il connaissait.

Surinder la regarda sévèrement.

– Est-ce que tu es sûre que c'est une bonne idée ?

Nina vira au rouge. Elle ne voulait pas reconnaître qu'elle avait beaucoup pensé à lui, à sa nature douce, mélancolique et poétique. Il paraissait si exotique, si triste.

– C'était juste une idée en l'air.

– Eh bien, c'est peut-être une idée à reconsidérer quand tu te seras un peu reposée, lui répondit son amie.

Chapitre 18

Après quelques journées plus remplies qu'elle ne l'aurait cru possible, Nina décida qu'il était temps de lancer « l'heure du conte ». Le ciel était couvert, gris : elle n'eut donc pas à laisser le tableau noir dehors très longtemps avant que de nombreuses familles ne viennent s'entasser dans le van.

Elle leur lut l'histoire des neuf princes acrobates qui avaient tissé la toile du ciel : les petits restèrent assis, totalement captivés, de la morve plein le nez, un sifflement s'échappant à l'occasion du trou laissé par une dent manquante. Elle vendit ensuite des tonnes de livres, mais les enfants laissèrent un bazar pas possible, surtout s'ils avaient des petits frères ou des petites sœurs qui crapahutaient un peu partout. Elle relevait les yeux pour servir d'autres clients, un chiffon encore à la main, quand elle vit à nouveau la jeune fille.

Cette dernière avait un air que Nina connaissait bien. Elle semblait insatiable ; avide de livres, cherchant désespérément quelque chose à se mettre sous la dent.

– Encore toi ! lança gaiement Nina. Je vais me mettre à te faire payer un loyer. Entre. Viens jeter un œil.

Maladroitement (elle se tenait affreusement mal), la jeune fille monta les deux petites marches qui menaient à l'intérieur, où son visage s'illumina. Elle n'était plus la même ; elle avait un sourire magnifique.

– C'est chouette, dit-elle si bas que Nina eut du mal à l'entendre.

Elle s'approcha des rayonnages, fascinée, et laissa courir ses doigts sur les tranches : en voyant certains titres, elle souriait, comme si elle retrouvait de vieux amis.

– Qu'est-ce que tu cherches ?

– Oh, répondit la jeune fille, la mine déconfite. Je n'ai pas vraiment les moyens d'acheter de livres. Hé ! celui-ci est mal classé.

Elle sortit un Daniel Clowes qui s'était glissé entre deux Frank Darabont.

– Merci, répondit Nina, surprise.

La jeune fille lui tendit le livre avant de se remettre à parcourir les rayons d'un œil expert.

– Est-ce que tu aimes lire ?

La jeune fille fit oui de la tête.

– Plus que tout. C'est vraiment nul qu'ils aient fermé la bibliothèque. Je n'ai pas… Il n'y a pas de livres chez moi.

– Aucun ?

– Nan. Ma mère les vendrait. Si elle savait ce que c'est.

Elle ne s'apitoyait pas sur son sort : elle faisait un simple constat.

Nina remarqua que ses vêtements étaient bas de gamme, et pas assez chauds pour ce temps, puis examina d'un œil songeur le désordre qui régnait dans le van après l'heure du conte.

– Eh bien, tu sais, je pourrais avoir besoin d'un coup de main de temps à autre, mais je ne pourrai pas vraiment me permettre de te payer pour le moment.

À ce stade, après avoir mis quelques litres d'essence dans le van, économisé un peu d'argent pour renouveler son stock et s'être acheté un sandwich à l'occasion, elle ne pouvait pas se permettre de se payer elle-même.

– Ce ne serait que pour une demi-heure par-ci, par-là, reprit-elle. Et tu pourrais emporter un livre en échange. Est-ce que ça te conviendrait ?

– Vraiment ? s'enquit la jeune fille, le visage radieux.

– Ce n'est pas un travail, se dépêcha de préciser Nina. Je ne veux pas t'exploiter, ni rien de ce genre. C'est juste pour faire un brin de rangement.

Mais la jeune fille s'était déjà mise à classer les livres pour enfants, avec soin et par taille, de façon que les tout-petits puissent accéder facilement aux couleurs les plus vives et aux créatures les plus gaies.

– Euh, comment t'appelles-tu ?

– Ainslee, répondit la jeune fille sans même la regarder.

– Alors, merci, Ainslee, dit Nina avant de retourner aux marches du van, où elle vendit une série entière de mauvais romans historiques à une femme du village accompagnée d'un énorme labrador, vêtue d'une robe en tweed et s'exprimant avec un accent vraiment bizarre.

Ce ne fut que lorsque cette dame sortit un gros chéquier (Nina lui aurait bien dit qu'elle n'acceptait pas les chèques, mais elle achetait beaucoup de livres, et, en plus, faisait un peu peur) que Nina vit qu'il s'agissait de Lady Kinross : elle ne sut alors plus où se mettre.

– C'est la femme bon chic bon genre qui vit plus haut, lui apprit Ainslee une fois cette cliente partie. Il y a une centaine de pièces dans sa maison. Elle n'est même jamais entrée dans certaines.

Au bout de vingt minutes, Ainslee avait tout remis en ordre et s'était mise à balayer le sol. Nina, gênée, insista pour lui payer un café, puis entreprit de lui choisir un livre.

Elle finit par trouver exactement celui qu'il lui fallait, même s'il était hors de prix : *Une nana d'enfer*, un roman graphique écrit par une jeune Sud-Américaine, dans lequel une super-héroïne prenait aux immensément riches pour donner aux pauvres des favelas de Rio. C'était marrant, glamour et audacieux. Les yeux d'Ainslee se mirent à briller comme une ampoule. Son air affligé, abattu, était de l'histoire ancienne.

– Est-ce que je peux revenir ? murmura-t-elle.

– Oui. Viens samedi, c'est jour de marché.

Ainslee trembla presque de plaisir. Nina remarqua qu'elle cachait son livre avec un soin particulier, le mettant tout au fond de son sac, au milieu de papiers chiffonnés et de devoirs écornés. Elle craignit qu'elle ne le mette à l'abri des regards indiscrets. La jeune fille s'en aperçut, devint toute rouge et déguerpit. Nina la regarda s'éloigner, pleine d'interrogations.

*

– Il faut que je fasse passer un message à Marek, dit Nina. Sérieusement, il le faut. Ce n'est pas pour m'amuser. C'est pour le travail.

– Qu'est-ce que tu veux dire ? Pour te lancer dans la contrebande de livres ? l'interrogea Surinder, qui avait la gentillesse de faire les comptes en échange du gîte et du couvert, comme les deux amies exploraient avec gourmandise les excellents poissons frais, fromages, et fruits et légumes de la région. Tu sais, je ne suis pas sûre que ce soit bien, ajouta-t-elle.

Nina poussa un soupir.

– Mais je ne savais pas… je ne savais pas qu'il y aurait autant de monde.

C'était vrai. Partout où s'était rendue *La Librairie des jours heureux*, dans tous les marchés où elle s'était arrêtée, elle avait été envahie de gens qui n'avaient vu ni librairie ni bibliothèque dans leur commune depuis très longtemps.

– Je sais. Est-ce que tu te rappelles quand tu sortais du travail à seize heures ?

– Seulement le MERCREDI, protesta Nina. Pas tous les jours. Juste un jour par semaine. Bref, quand est-ce que tu retournes travailler, toi ?

– Oh, j'ai plein de congés en stock, répondit Surinder en haussant les épaules.

– Oui, mais je croyais que tu allais à Las Vegas, à Los Angeles ou à Miami : un endroit plus approprié à la personne sensationnelle que tu es. C'est ce que tu m'as dit, mot pour mot. Tu ne m'as pas dit : « Je vais dans le fin fond de la campagne écossaise pour jouer à la comptable. »

– Je sais, mais…

Surinder, un peu mal à l'aise, regarda ses pieds. Elle portait…

– Est-ce que ce sont de nouvelles bottes ?

En effet, elle arborait une paire de nouvelles bottes en caoutchouc à fleurs très chic.

– Parce que, tu sais, de nouvelles bottes ne te serviront pas à grand-chose à Vegas.

– Et comment le saurais-tu ?

Nina dut admettre que cette remarque était juste, mais regarda malgré tout son amie en plissant les yeux.

– Est-ce que tu as appelé le Gros Tam ?

– Ce ne sont pas tes oignons.

Elles étaient dans une impasse : Nina savait d'expérience qu'il valait mieux changer de sujet.

– Bref, je me demandais, commença-t-elle, nerveuse. Qu'est-ce que tu en penserais si j'appelais Marek...

– J'en penserais que tu vas lui attirer des ennuis, la prévint Surinder en faisant les gros yeux.

– C'est juste que Griffin m'a parlé d'une autre bibliothèque qui essaie de se débarrasser de son fonds avant fermeture. Ils me le vendraient pour pas cher.

Nina n'en avait pas encore parlé à Marek, mais elle avait donné son adresse mail à Griffin pour déménager le stock.

– Ils n'arrêtent pas de fermer les bibliothèques, ajouta-t-elle tristement.

– Oh, c'est dur.

– Je sais !

– Mais tu ne peux pas prendre le risque d'attirer des ennuis à Marek ! Je croyais que tu l'aimais bien.

– J'aime voir ça comme une évacuation de livres, histoire de les mettre en sécurité. Pour qu'ils parcourent le monde, tu vois ? C'est une bonne chose.

– Sauf que c'est illégal. Et si Marek transportait de la dynamite en cachette ?

– Les livres ne sont pas de la dynamite.

– Ah non, et *Mein Kampf*, alors ?

– Surinder !

– Quoi ? Je dis ça comme ça. Tu lui demandes de faire quelque chose de mal.

– Je ne crois pas que ça le dérangerait.

– Ça ne le dérangerait pas parce que c'est toi qui le lui demandes. C'est pire.

– D'accord, d'accord. Tu as sans doute raison.

– J'ai raison !

– Je voulais juste lui poser la question. Je pensais qu'il serait content de le faire.

– Bien sûr, mais tu ne peux malgré tout pas lui demander ça. Nina ! Je sais que tu es une femme d'affaires accomplie maintenant, mais, je te le dis, c'est mal.

Nina resta silencieuse un moment.

– D'accord. D'accord. Je ne le ferai pas. Je vais essayer de trouver un autre moyen.

– Bien.

– Qu'est-ce que tu fais, ce soir ?

Surinder se détourna, l'air un peu gêné.

– En fait… En fait, je sors. J'ai un genre de… un genre de rendez-vous.

Nina se leva.

– Sans blague ! Je le savais ! Je le savais !

– Pourquoi ? Personne ne voudrait m'inviter à sortir, d'après toi ?

– Mais bien sûr que si, espèce d'idiote. Qui est-ce ? Le Gros Tam, j'espère.

– Non. Lui, ce n'était qu'une initiation aux Highlands. C'est Angus. Ou Fergus. Enfin, un des Gus, quoi.

– Tu ne te rappelles même pas lequel ?

– De gros avant-bras costauds. Un buste large et viril. Des cheveux épais et bouclés.

– On dirait que tu as un rencard avec un arbre ! Qu'est-ce qui n'allait pas avec le Gros Tam ?

– Oh, c'était juste pour m'échauffer. Non, c'est un autre gentil garçon du bal. Je ne comprends pas un mot de ce qu'il dit, même pas son prénom, mais bon, ce n'est pas si important que ça.

– Où est-ce que vous allez ?

– Dans un restaurant étoilé, puis à un spectacle dans un théâtre du West End. Je RIGOLE ! On va au pub, bien sûr. Où est-ce qu'on pourrait aller, sinon ?

Pendant que Surinder se préparait, Nina était un brin jalouse. Elle serait bien allée ranger les livres, mais Ainslee l'avait déjà fait pour elle, et son stock n'était pas loin d'être épuisé, de toute façon. À la place, elle décida de se faire chauffer de la soupe et de relire un roman (n'importe lequel) se déroulant dans un internat : cela ne manquait jamais de lui remonter le moral.

– Je suis sérieuse. Ne va pas voir Marek. Ne fais rien de mal, lui dit Surinder quand elle fut prête.

– Mais je n'allais rien faire de mal ! Et toi, ne fais rien de mal avec quelqu'un DONT TU NE CONNAIS MÊME PAS LE PRÉNOM !

– Je ne parlais pas de ça. Je parlais de la livraison de livres. Ce n'est pas parce que tu t'en es bien sortie quand tu as perdu ton travail que ce sera pareil pour tout le monde.

– Je ne le ferai pas.

Sur ce, des phares apparurent sur l'allée en gravier, et une grosse voiture s'arrêta.

– Oh, voilà le *Poudlard Express* ! lança Surinder, tout excitée.

Elle embrassa Nina sur les deux joues avant de sortir en dansant, alors même qu'une grande silhouette descendait du SUV pour lui ouvrir la porte. Puis tous deux s'éloignèrent dans la brume du soir et la lumière toujours éclatante, même à vingt heures.

★

Nina essaya de lire, mais, pour une fois, n'arriva pas à se concentrer. Les mots glissaient devant ses yeux, et elle se laissait distraire par le bêlement des agneaux dans les champs, se demandant s'il s'agissait de ses agnelets. Puis elle pensa au stock de sa librairie. Rien en Écosse ne semblait correspondre à ses besoins : elle avait fait des recherches sur Internet et avait failli se laisser tenter par une vraie caverne d'Ali Baba à Édimbourg, qui vendait des premières éditions et d'anciens manuscrits.

Mais non. Elle savait où se procurer de très bons livres, vendables et presque gratuits, qui raviraient ses clients et lui permettraient de faire décoller ses affaires. Et elle savait comment les transporter jusqu'ici. Tout ce qu'elle avait à faire, c'était…

Pour se changer les idées, elle décida de préparer des sablés. Rien que du beurre, du sucre et de la farine, battus ensemble : simples, délicieux et faciles à préparer. Elle en fit bien trop. Ne sachant quoi en faire, elle décida d'en envelopper quelques-uns dans un joli sac qu'elle avait sous la main. Puis elle les mit dans une boîte cadeau que Surinder lui avait offerte. Il n'était que vingt et une heures quinze, et il faisait toujours jour dehors. Elle irait seulement faire une petite promenade. Elle ne croiserait pas le train : il ne passerait pas avant des heures. Juste une petite promenade.

Elle enfila ses bottes et longea le champ, contemplant les éoliennes qui tournaient lentement dans le lointain et les agneaux qui sautillaient à côté de la clôture, jouant les uns avec les autres, caracolant.

Elle cueillit une poignée de reine-des-prés pour la tendre à une brebis à l'air indolent, qui s'approcha et brouta tranquillement pendant que, sous elle, ses petits n'arrêtaient pas de téter. Cette scène était si paisible que cela la fit sourire. Puis elle passa son chemin, progressant difficilement. Elle avait besoin d'exercice après avoir passé toute la journée assise dans le van ; il faisait frisquet, alors elle s'emmitoufla bien dans son blouson.

Elle avait tant envie que *La Librairie des jours heureux* marche que cela la stupéfiait, sincèrement. Mais elle savait que c'était possible à présent, elle savait que d'autres personnes (partout) aimaient autant lire qu'elle. Ne restait qu'une question : comment allait-elle bien pouvoir ramener son stock jusqu'ici ?

⋆

Elle le vit sur l'arbre avant même de l'atteindre. Il était haut ; si elle ne l'avait pas cherché du regard et si elle n'avait pas su dans quel arbre, un peu malade, il se trouvait, elle aurait tout à fait pu ne pas le voir, même si ses pieds l'avaient conduite jusqu'au passage à niveau presque à son insu.

C'était un sac en laine peignée couleur pierre, rêche, avec un fond carré : il avait été soigneusement lancé sur une branche à l'aide d'une corde pour faire contrepoids ; le train avait à peine dû ralentir.

Elle grimpa avec prudence à l'arbre, se rappelant la mise en garde de Lennox, et jeta un œil dans le sac. Il débordait de fleurs sauvages : des ajoncs d'un jaune vif, des jacinthes des bois et des jonquilles, du muguet et des gypsophiles. C'était splendide. Sans prendre le temps de réfléchir à ce qu'elle faisait, elle accrocha le sac qui contenait les sablés et un livre au bout de la branche. S'ils ralentissaient le train, ils devraient être capables de le récupérer simplement en le soulevant.

Puis elle se laissa glisser le long du tronc. Il faisait beaucoup plus sombre désormais. Elle enfouit son visage dans le sac de fleurs et inspira profondément. Il y avait de la lavande dans le fond, ainsi que de la bruyère, à l'odeur riche et profonde, qui se mêlait à celle, plus légère et plus douce, des jacinthes. C'était un enchantement, et elle rentra en balançant le sac d'avant en arrière sur tout le chemin.

Lennox était assis sur un banc devant la ferme, dans la lumière déclinante du jour. Elle ne comprit pas immédiatement ce qu'il était en train de faire, et le salua à peine. Il lui répondit d'un grognement. En s'approchant, elle le regarda mieux. Il semblait… Elle sourit, incapable de s'en empêcher.

– Il vous ressemble, lança-t-elle.

Lennox leva la tête : il était en train de donner le biberon à un minuscule agneau.

– Ça vous fait rire, les agneaux morts ? grommela-t-il en réponse.

Nina leva les yeux au ciel.

– C'est vous qui n'arrêtez pas de me dire d'ouvrir les yeux sur les réalités du monde agricole. Qu'est-ce qui lui arrive ?

Lennox regarda l'animal avec une tendresse inhabituelle.

– Sa mère n'a pas voulu de lui. Ça arrive parfois.

– Pourquoi ? Elle a eu un autre agneau ?

– Non, que lui, mais elle l'a rejeté. Toutes les mères ne veulent pas de leur petit.

– Du coup, vous l'avez adopté ?

– Nan, je m'occupe de lui cette nuit, pendant que les garçons sont rentrés chez eux, répondit Lennox avec un haussement d'épaules.

– Pas de répit pour les fermiers, commenta Nina, sincèrement impressionnée.

– Non, c'est vrai. Alors, vous êtes allée voir quelqu'un ?

Un instant, Nina s'autorisa à penser aux longs cils noirs de Marek sur ses pommettes hautes.

– Non, il est trop tôt.

Lennox reposa l'agnelet, qui courut se réfugier dans la niche où il dormait visiblement avec Persil.

– Pas pour moi, annonça-t-il sèchement. Je crois que je vais aller me coucher. Bonne nuit.

Nina poursuivit donc son chemin vers la grange et se réveilla à peine quand Surinder rentra, très tard et un peu pompette, riant sottement, fort, intimant à quelqu'un de ne pas faire de bruit.

Chapitre 19

– Tu as la tête dans les nuages, lui fit remarquer Surinder.

– Eh bien, tu as ton popotin dans mon lit, alors il faut bien que je regarde ailleurs.

À un moment ou à un autre, le petit break de Surinder s'était transformé en très long congé. Le temps, de façon inhabituelle pour l'Écosse (si on se fiait aux blousons que les gens trimballaient partout avec eux), était passé au beau fixe ; de grands ciels bleus, traversés, de temps à autre, de hauts nuages blancs qui filaient tels des agneaux au galop.

Nina avait tenu parole : elle n'avait rien fait, n'avait pas contacté Marek et ne lui avait demandé aucun service.

Mais les livres étaient quand même arrivés.

Griffin s'était arrangé tout seul avec Marek pour lui envoyer le stock de la dernière bibliothèque à avoir fermé, joignant une facture pour les petits frais et un mot poignant disant à Nina de le contacter si elle manquait un jour de personnel, car ses ados attardés de collègues le rendaient tous dingue. Il avait vraiment envie de travailler à nouveau avec des livres, au lieu de s'évertuer à empêcher des gamins de contourner le dispositif de sécurité de la bibliothèque pour accéder à des contenus pornographiques, ce qui semblait l'occuper à plein temps.

Marek s'était contenté de poser les livres près de la voie ferrée, Jim l'avait alertée par e-mail, et elle était allée les chercher le matin venu.

– Tu es une vraie trafiquante de livres maintenant, avait souligné Surinder. Ce n'est pas bien. Si la police s'en rend compte… Et qu'est-ce qui se passera quand la compagnie de chemin de fer réalisera que le train s'arrête à tout bout de champ ? Et si Marek perdait son emploi ? Ce ne serait plus aussi amusant, si ?

Chaque carton contenait un petit cadeau de Marek : une blague, un poème, et même un joli dessin de chien. Et chaque jour, quand Nina avait fini de s'occuper de ses clients avides de livres à Lanchish Down, Felbright Water, Louwithness, Cardenbie, Braefoot, Tewkes, Donibristle ou Balwearie (partout où elle pouvait garer le van pour distribuer les romans d'amour les plus brûlants, les polars les plus macabres ou les nouveautés manga les plus gores – comme toujours, aux personnes les plus discrètes ; Nina savait d'expérience que plus une personne avait l'air sage, plus ses goûts en matière de fiction étaient dépravés ; il ne faisait aucun doute qu'il y avait une sorte d'équilibre cosmique là-dedans), elle en ouvrait un.

Elle vendit aussi de nombreux exemplaires du *Livre de recettes d'Hamlet*, écrit par une femme qui s'était installée sur une minuscule île des Hébrides et ne mangeait que des herbes locales comestibles. Il fallait les faire bouillir, mais on maigrissait rapidement. Surinder avait beau exprimer sa désapprobation, elle ne pouvait nier que Nina était en passe d'en faire un succès.

En ouvrant le dernier carton, Ainslee, l'air aussi timide que d'habitude, poussa une exclamation de joie.

– Quoi ? s'enquit Nina en se penchant par-dessus son épaule.

– C'est un carton entier de *Sur les toits*, répondit la jeune fille. Tout un carton ! C'est un vrai trésor.

– Ce ne sont pas les originaux, si ?

– Je ne… enfin, il y en avait un exemplaire dans mon ancienne école, mais je n'avais pas le droit d'y toucher.

– Oh là là ! s'exclama Nina. Oh là là, ils ne devaient pas savoir ce qu'ils avaient entre les mains. Sinon, ils les auraient vendus.

– Mais tu les as achetés.

– J'ai acheté une centaine de cartons à l'aveuglette, lors de la liquidation du stock d'une bibliothèque. On ne sait pas vraiment sur quoi on va tomber. Mais ça… ça, c'est inestimable.

Il s'agissait d'un lot de premières éditions du célèbre roman pour enfants. Il contait les aventures d'une fratrie qui devait traverser tout Londres sans mettre pied à terre ; ces exemplaires arboraient une reliure incrustée, une couverture dorée et contenaient de nombreux dessins au trait, magnifiques.

– Ça alors, lança Nina en se baissant. Qu'est-ce qu'on fait ? On ferme les portes et on reste là à se lire nos passages préférés tout l'après-midi ?

– AINSLEE ? fit une voix devant le van.

Les deux filles se retournèrent.

– Qui est-ce ?

– Personne, répondit la jeune fille en se renfrognant. Est-ce qu'on peut fermer les portes ?

– Pas vraiment, dit Nina en allant voir.

– AINSLEE !

– PAS MAINTENANT, BEN ! hurla soudain l'adolescente, plus fort que Nina ne s'y attendait. JE SUIS OCCUPÉE. VA-T'EN.

Nina descendit les marches à la hâte. En bas se tenait le petit garçon le plus dégoûtant qu'elle n'avait jamais vu de sa vie. Ses cheveux avaient manifestement été coupés avec une paire de ciseaux de cuisine. Il avait les joues poisseuses et les ongles noirs.

– Bonjour, dit-elle.

L'enfant, qui semblait avoir environ huit ans, lui jeta un regard mauvais.

– AINSLEE ! JE VEUX MON PETIT DÉJEUNER !

La jeune fille sortit du van, sourcils froncés.

– Je t'ai dit de ne pas venir ici.

– Y a pas de petit déjeuner !

– J'ai laissé des biscuits fourrés à la vanille dans le placard, sur le côté.

– Je les ai mangés hier.

– Dans ce cas, c'est de ta faute, non ?

Le petit garçon fit une grimace, comme s'il allait se mettre à pleurer.

– Est-ce que c'est... ton frère ? lui demanda Nina en essayant de ne pas avoir l'air indiscrète, ni de se mêler de ce qui ne la regardait pas.

Ainslee avait pris l'habitude de venir le matin avant l'école, et Nina avait commencé à lui verser un petit salaire.

– Voui, répondit la jeune fille avant de sortir à contrecœur l'argent que Nina lui avait donné la veille.

– Est-ce que je peux aller à la boulangerie ?

– Voui, mais ne reviens pas.

Nina resta muette, pour ne pas dire de bêtise, mais cette histoire ne lui disait rien qui vaille.

– Où est votre mère ? les interrogea-t-elle doucement.

Ben la regarda avec impolitesse.

– Tais-toi, lança-t-il avant d'arracher l'argent des mains de sa sœur.

Ainslee se remit à déballer les livres, le visage fermé, impénétrable, défiant Nina de dire quoi que ce soit, ce dont elle s'abstint, préférant se concentrer sur un de ses habitués qui ne lisait que des romans situés dans un univers postapocalyptique. Zombies, grippe, bombe nucléaire : peu lui importait ce qui avait tué tout le monde tant qu'il ne restait presque plus personne sur terre.

Nina laissa ses yeux vagabonder à l'extérieur. Le garçonnet traînait toujours sur la place (ils étaient à Kirrinfief, où vivait Ainslee) : il mangeait un friand à la saucisse en les dévisageant. Elle lui sourit d'un air encourageant. Quand son client partit, elle retourna aider Ainslee avec les belles éditions dorées de *Sur les toits*.

Soudain, le petit réapparut, regardant par-dessus l'épaule de sa sœur.

– Qu'est-ce que c'est ?

– Va-t'en, siffla Ainslee. Je t'ai dit de ne pas venir ici.

– Tu peux venir, intervint Nina, même si Ainslee la fusillait du regard.

– Ça a l'air barbant, commenta-t-il.

Mais il fixait malgré tout la couverture : les trois enfants et Robert le pigeon voyageur, avec son haut-de-forme, qui se découpait contre le dôme de la cathédrale Saint-Paul.

– « En route pour Gallions Reach... pour rencontrer la reine de l'au-delà », récita Ainslee d'un air songeur. Oh, comme j'aimerais lire ce livre pour la première fois !

Nina opina du chef avec emphase.

– À chaque fois que je stoppais ma lecture, je n'arrivais pas à croire que je ne savais pas voler.

La jeune fille acquiesça.

– Tu vas avoir tout un village d'enfants qui ne l'ont jamais lu.

– Mais tous les enfants le lisent encore, non ? répondit Nina. Sinon, comment feraient-ils pour savoir comment voler ?

– Personne sait voler, rétorqua Ben avec dédain.

Il avait sorti un paquet de chips, qu'il mangeait comme un cochon, des miettes tombant partout dans le van. Ainslee lui fit les gros yeux.

– Ils savent voler dans ce livre. C'est ça que tu ne comprends pas avec la lecture, espèce d'idiot.

– Quoi ? Que c'est un tas de mensonges ?

– Tu peux le regarder si tu veux, dit Nina, bien que les doigts collants du petit la rendent nerveuse.

Ces livres étaient de grande valeur.

Il haussa les épaules avant de détourner le visage.

– Ça a l'air nul.

– Qu'est-ce que ça peut bien te faire ? dit Ainslee. Il refuse d'aller à l'école.

– Ne peux-tu pas le forcer ? Ou ta mère ?

– Ah ! Il refuse de nous écouter !

– Lire, c'est pour les bébés, éructa-t-il soudain, les oreilles toutes rouges. C'est débile. Je m'en fiche.

Sur ce, il jeta son paquet de chips par terre et sortit du van, avant de traverser la place en courant.

Ainslee haussa les épaules, puis poussa un soupir.

– Il ne sait faire que ça. Je ne peux rien y faire.

Nina le regarda s'éloigner.

– Mais l'école ne peut-elle pas intervenir ? Ce n'est pas normal.

– Ils se moquent de lui. Il ne veut pas y aller. Ma mère s'en fiche. L'école s'en fiche : c'est un « élément perturbateur ».

Elle baissa la tête. Elle n'avait pas l'habitude de se confier ainsi.

– Et la prochaine école est à au moins huit kilomètres d'ici. Je crois que tout le monde s'en fiche.

– Est-ce que tu veux que j'appelle les services sociaux ?

Ainslee se leva d'un bond, le désarroi se lisant sur son visage.

– Non ! S'il te plaît, non ! Ne fais pas ça ! Ils vont nous séparer !

– Ils sont très bons maintenant, tu sais, la rassura Nina, qui avait souvent eu affaire à eux à la bibliothèque. Ils sont très gentils et serviables. Promis.

Ainslee fit non de la tête, des larmes perlant aux coins de ses yeux.

– S'il te plaît, non, répéta-t-elle. S'il te plaît, ne fais rien, s'il te plaît. On s'en sort, vraiment. On va bien. Tout va bien.

Elle semblait si désespérée que Nina ne sut plus quoi faire.

Une autre enfant entra alors, bien habillée, soignée, accompagnée de sa mère.

– Oh, regarde ! s'exclama cette maman. Je n'ai pas vu ce livre depuis des années ! *Sur les toits* ! Ouah !

Son visage pincé s'adoucit soudain.

– J'aimais tant ce livre, reprit-elle. Il me donnait l'impression de savoir voler.

La petite fille leva les yeux, curieuse.

– Est-ce que je peux l'avoir ?

– Bien sûr, ma chérie. Nous le lirons ensemble. Je crois que tu vas l'adorer !

Le visage d'Ainslee resta de marbre pendant que Nina prenait l'argent, sa plus grosse vente à ce jour.

Chapitre 20

Une routine commença à s'installer. Après le travail, Nina faisait sa caisse, puis réfléchissait à ce qu'elle allait laisser à Marek sur leur arbre. Leur histoire tenait désormais du vrai flirt. Certains jours, elle se voulait drôle ; d'autres, plus sérieuse. Parfois, elle lui racontait simplement ce qu'elle avait dans la tête, et il lui écrivait en retour. Elle se rendit compte que cela faisait des années qu'elle n'avait pas écrit de lettre ; qu'elle ne s'était pas assise pour coucher ses pensées sur le papier, au lieu de les envoyer par e-mail. Elle prenait le temps d'écrire et de ressentir.

Elle pensait sans cesse aux grands yeux tristes de Marek ; à l'attention qu'il lui portait. Il lui parlait de ce qui lui manquait chez lui, des choses drôles qu'il avait aperçues par la fenêtre des gens. Son anglais était approximatif, son orthographe pouvait être aléatoire, mais il avait une façon charmante de s'exprimer, souvent curieuse, et elle le comprenait à la perfection.

Surinder avait beau lui répéter que cette histoire n'était pas réelle, que ce n'était qu'un fantasme, c'était plus fort qu'elle. Car, même avec sa meilleure amie à la maison et les personnes qu'elle rencontrait tous les jours à la librairie, elle se sentait toujours un peu isolée : nouvelle, toute seule ici, dans ce petit coin de verdure juché tout en haut du monde. Rêver de Marek lui réchauffait le cœur ; elle chérissait cette idée toute la journée, pensait aux choses qu'il aimerait, à celles qui le feraient rire, celles qui feraient un joli cadeau dans un sac. Un soir, c'était une petite sculpture d'ours qu'elle avait achetée pour quelques pennies au marché ; un autre, un ouvrage dédié à l'art de la gravure sur bois dont personne ne voulait ; une mini-bouteille de whisky qu'on lui avait donnée à titre promotionnel dans l'une des plus grandes villes ; de la bruyère odorante. Et lui lui laissait des bonbons de son pays natal ; un crayon à papier dont elle pensa qu'il l'avait sculpté lui-même ; du papier à lettres fait main, qu'elle conserva précieusement.

Et puis, un jour, alors qu'elle descendait le chemin qui longeait la prairie en se demandant comment il était possible qu'il fasse encore jour à vingt-deux heures trente, elle ouvrit son dernier petit mot, avec son écriture noire et familière qui donnait l'impression que le stylo était trop petit pour ses grands doigts.

Il disait simplement : *Samedi. Pas de train de nuit.*

Le cœur de Nina se mit aussitôt à battre plus vite. Ce qui avait jusque-là été léger, une petite cour insolite, venait subitement de prendre une tournure beaucoup plus concrète.

Chaque nuit, elle était allée se coucher en pensant à Marek, à ses manières douces et étranges ; à son caractère imperturbable. Et à cette relation inattendue qui avait vu le jour entre eux. Elle savait que l'arbre au bord de la voie ferrée, aussi mal en point soit-il, était tout aussi important à ses yeux qu'aux siens. Ses petits mots, empreints de poésie et, à l'occasion, de bribes de sa langue natale, lui semblaient profonds et romantiques, et elle les avait tous conservés, chacun d'eux.

Les nuits où il ne travaillait pas ou ne laissait rien dans leur arbre étaient toujours une grande déception. Celles où un sac se balançait doucement dans le vent la remplissaient profondément de joie.

Mais maintenant… se voir. Se voir à nouveau en personne. Son cœur s'emballa sous le coup de l'excitation.

Comme on pouvait s'y attendre, Surinder ne fut pas le moins du monde impressionnée.

– Qu'est-ce que vous allez faire ? Vous galocher dans un train ? Et si tu te retrouves couverte de charbon ?

La gorge de Nina se serra.

– Bien sûr que non. C'est juste… c'est juste une occasion de discuter, c'est tout.

Son amie eut un petit rire amusé.

– Oh, arrête un peu, Surinder. C'est juste… ça fait si longtemps.

– Et Ferdie ?

– Ferdie ne compte pas.

Dans les faits, Ferdie, le dernier petit ami de Nina, était un poète un peu cadavérique qui s'était attardé un soir dans la bibliothèque après un événement, parce que Nina était la seule personne qui voulait bien l'écouter. Ils avaient plus ou moins fini par sortir ensemble, même s'il s'emportait quand il ne la sentait pas assez attentive à sa poésie, qui était objectivement très mauvaise, dans la veine : « Le corbeau est mort/ Papa, je te hais. » D'un autre côté, cela l'avait aidée à rompre avec lui : elle lui avait seulement dit qu'elle n'avait pas saisi les métaphores dans sa dernière œuvre, intitulée *Tout est noir (17)*, et il était devenu fou de rage, la traitant de béotienne. Elle avait entendu dire qu'après cela, il avait laissé tomber la poésie, s'était coupé les cheveux et avait pris un poste dans une banque à Aston, mais ne savait pas si c'était vrai.

– Enfin, il a quand même traîné assez longtemps dans ma cuisine.

– Ce n'était pas une vraie relation, si ? Pas comme Damien, à l'université.

– Oui, Damien, que tu as quitté parce que tu voulais conquérir le monde, sortir et faire plein de trucs, pour passer les huit années suivantes à lire dans ta chambre.

– Exactement. Et maintenant, je suis ici, c'est excitant et plein de possibilités ! C'est toi qui me dis toujours de sortir et de faire plus de choses.

– Oui, mais pas avec un type que tu as rencontré dans un train.

– Pourquoi pas ? Les gens se rencontrent dans toutes sortes d'endroits. Tu as rencontré le Gus dans une grange !

– Oui, mais, après, on a passé du temps ensemble et on s'est bien entendus.

– Vous vous servez de mon appart de luxe pour vos galipettes !

– C'est ça, sortir ensemble ! On ne reste pas là à rêvasser, à se laisser des poèmes à la cime des arbres, et à se comporter comme des ados ou de drôles de petits personnages dans un conte, ou quelque chose du genre.

– Justement, c'est bien de cela qu'il s'agit : on va passer du temps ensemble. Apprendre à se connaître.

– Pourquoi ne vient-il pas pendant la journée alors, tout simplement ?

Nina fut incapable de répondre à cela.

– Tu vois ? Parce qu'il est accro à toute cette histoire, comme toi. À cette petite vie fantasmée entre vous, dans laquelle il t'envoie de jolies fleurs, ce qu'il peut faire aussi longtemps que ça lui chante, parce que tout se passe dans ta tête. Je suis certaine que c'est amusant et tout, mais ce n'est pas réel. Pas plus que de se voir à minuit dans un hangar à marchandises.

– Ce n'est pas un hangar à marchandises. C'est un passage à niveau. C'est… romantique.

Surinder leva les yeux au ciel.

– Eh bien, tant mieux pour toi. De mon côté, le Gus passe me prendre. On va se chercher un truc à grignoter (c'est comme si on allait se chercher un plat à emporter, sauf que ça n'existe pas ici) et on se fera un plateau-télé devant un film.

– Attends un peu, est-ce que tu as emménagé ici ? Avec le Gus ?

– Je suis en vacances, répondit sévèrement Surinder, avec le même ton de voix que celui qu'elle utilisait tous les matins quand le bureau l'appelait pour lui demander poliment si elle envisageait de revenir un jour.

– Est-ce que tu vas découvrir la première partie de son prénom ?

– Je ne crois pas que cela soit très important à ce stade.

– D'accord, mais essaie de le découvrir avant de te marier avec lui !

⋆

Le plus fort de l'été approchait. Même s'il fallait encore porter un blouson à la nuit tombée, les champs étaient tout simplement splendides : des fleurs sauvages, des récoltes en train de mûrir ; de hautes herbes ondoyantes, trempées pendant le long hiver et qui jaillissaient désormais en abondance dans les haies, partout où elles le pouvaient ; une profusion de fleurs et de jeunes pousses qui recouvrait toute la campagne.

Nina ressentait la même chose : après un très long hiver, elle était elle aussi prête à émerger, à se débarrasser crânement de ses vieux habits, de ses livres protecteurs, de ses collants de bonne qualité et de sa tête baissée. Elle était terriblement nerveuse ; elle ne pouvait s'en empêcher. Et elle en voulait à Surinder, aussi : n'était-ce pas elle qui lui répétait à longueur de temps qu'il fallait qu'elle vive plus ? Qu'elle sorte la tête de ses bouquins ? Eh bien, c'était ce qu'elle était en train de faire. Elle sortait. Elle embrassait la vie. Et une vie palpitante en plus, pas des plateaux-repas devant la télé. Pas avec quelqu'un qu'elle devait écouter se plaindre du manque d'opportunités pour les poètes à Birmingham et de combien il était incompris. Non, là, c'étaient de grandes brassées de fleurs ; de la poésie, de la vraie poésie ; des sentiments profonds, elle en était sincèrement convaincue. Il était temps pour elle de prendre le train de nuit.

Chapitre 21

Exceptionnellement, la soirée était suffisamment chaude pour que Nina puisse attendre, assise sur une barrière, les jambes ballantes, prenant plaisir à écouter le grincement du bois, qui se mêlait aux autres bruits de la nuit. Elle avait l'impression d'être dans *L'Arbre de tous les ailleurs*, avec la forêt qui chuchotait.

Elle ferma les yeux et fit un vœu, un sourire se dessinant sur ses lèvres, son cœur battant fébrilement dans sa poitrine, le paysage comme vivant autour d'elle. Quand elle s'éveilla de ce qui avait en réalité été un demi-rêve, les lumières du grand train, avec ses essieux grinçants et son lourd chargement, étaient là, au loin.

Le cœur de Nina s'emballa comme le train ralentissait. Elle vérifia. Maquillage, OK. Sous-vêtements assortis… Le fait qu'elle soit venue préparée était un peu déconcertant. Mais d'un autre côté. Enfin. C'était un rendez-vous. D'un genre nouveau. Mais un rendez-vous malgré tout. Cela arrivait enfin. Elle ne se contentait pas de lire cela dans une histoire : elle le faisait. Elle s'essuya les mains sur sa jupe. C'était une jupe ample, d'inspiration 1950, avec une ceinture, qu'elle portait avec un haut tout simple et un cardigan.

Le train ralentit davantage, progressant lentement sur la voie, ses freins dégageant cette étrange odeur d'amiante, pénétrante, qu'elle n'avait jamais aimée, mais qui lui rappelait désormais la nuit de sa rencontre avec Marek. Enfin, il s'arrêta dans une grande secousse. Il donnait l'impression d'expirer lentement.

Puis la nuit, l'air, se figèrent, et Nina ressentit une décharge d'adrénaline. Elle porta sa main à sa bouche. Le train était très silencieux. Personne ne vint à sa rencontre.

Elle avait retenu leur emploi du temps et en avait déduit que Jim ne serait pas là ce soir ; il n'y aurait que Marek à bord. Pas de train de nuit. Pas d'horaires ; ou des horaires pas trop stricts. Rien qu'eux, au milieu des Highlands, tout seuls.

La porte de la cabine s'ouvrit doucement, et Nina avança d'un pas. Puis d'un autre. Sa respiration était lourde, sous le coup de la nervosité et de l'excitation.

Marek n'en sortit pas, et elle paniqua un instant, craignant qu'il ne soit pas là finalement ; que ce soit quelqu'un d'autre venu lui dire combien il était dangereux de traîner sur la voie ferrée…

Toujours personne. S'armant de courage, elle passa sous la barrière fermée. Il n'y avait jamais âme qui vive ici la nuit ; ce serait sans doute pareil ce soir. Sinon, ce serait un cruel coup du sort. Mais les routes, comme toujours, étaient vides, les fermiers et les travailleurs dormant enfin d'un repos bien mérité.

Elle se dirigea vers la locomotive, le train immensément long serpentant derrière elle. Elle se concentra, progressant à petits pas. Quand elle l'atteignit enfin, elle leva les yeux.

Marek était appuyé contre la porte de la cabine. Ses yeux noirs tombants étaient un peu timides ; ses cheveux bouclés en bataille, comme d'habitude. En l'apercevant, il lui fit un grand sourire.

– Je ne... je n'étais pas sûr que tu viendrais, dit-il en clignant des yeux.

Il semblait toujours ébahi de la voir là, comme si elle sortait d'un rêve.

– Tu m'as invitée.

– Oui, c'est vrai.

Ils se regardèrent encore une seconde. Puis, dans le silence de cette grande nuit, Marek tendit la main, lentement, prudemment, pour l'aider à monter, et Nina s'en saisit.

⋆

Dans la cabine minuscule, aucun d'eux ne sut quoi dire ou faire.

– J'ai... j'ai un pique-nique, l'informa Marek en battant frénétiquement des paupières.

Nina sourit. Elle n'avait rien apporté, sachant qu'elle le verrait enfin.

– Ça a l'air génial. Est-ce qu'on a le temps ?

Marek haussa les épaules.

– Je crois... je crois qu'elle ira bien, dit-il en donnant une petite tape amicale à la console. Ça ira. J'ai informé le centre de contrôle qu'il fallait qu'on s'arrête pour raison technique. Ils sont d'accord.

– Ouah, c'est super.

Ils descendirent de la cabine et trouvèrent un coin d'herbe tendre, le grand train cachant le paysage derrière eux et les protégeant du vent, puis s'assirent sur une couverture que Marek déplia avec cérémonie.

– Ouah, répéta Nina, ravie. Un pique-nique de minuit !

Marek ouvrit solennellement un panier en osier pour en sortir des mets que Nina n'avait encore jamais vus : des petites ravioles de viande, des crêpes fourrées et des légumes marinés. Elle en goûta plusieurs, y compris des radis frais et acides. Il sortit aussi une minuscule bouteille de champagne, accompagnée d'une paille. Nina poussa une exclamation.

– Je ne peux pas boire quand je travaille, lui expliqua-t-il timidement. Mais je me suis dit que toi, tu…

Il la lui ouvrit avec grand soin, et cette petite attention, toute bête, mais si délicate, la fit rire. Il en but aussi une gorgée, ce qui le fit grimacer, puis insista pour qu'elle goûte d'autres plats dans les petites boîtes qu'il avait déballées : elle trouva tout savoureux, et ils bavardèrent de choses et d'autres.

Après avoir mangé, ils se turent tous les deux, et Nina se surprit à fixer ses grandes mains tannées, couvertes de poils noirs, et à penser à ses petits mots, aux poèmes, aux brassées de fleurs sauvages. Il était tout à coup si près, et elle se demanda ce qu'il se passerait si elle tendait simplement la main pour prendre la sienne…

Elle jeta un coup d'œil dans sa direction. Il la regardait de ses yeux noirs, rêveurs, pleins d'espoir. Il essayait d'avoir l'air décontracté, mais ne l'était manifestement pas. Il semblait sérieux et, tout à coup, irrésistiblement attirant. Nina laissa sa main glisser vers la sienne, mine de rien.

Sur ce, Marek avança lui aussi sa main, qui recouvrit subitement celle de Nina, entièrement, et se mit à la caresser. Elle se rapprocha de lui, juste un peu, et il lui attrapa le poignet pour l'attirer doucement vers lui, jusqu'à ce qu'elle se retrouve presque sur ses genoux ; il prit alors son visage entre ses mains et le tourna vers le sien, vers sa bouche large et douce et ses grands yeux noirs, et il l'embrassa. Nina réalisa tout à coup que ce qu'elle avait imaginé, construit dans sa tête, se produisait ; se produisait vraiment. Ce fut sa dernière pensée avant que ses bras forts ne l'enveloppent et qu'elle ne se laisse aller complètement ; pressée contre lui, sa bouche sur la sienne, le reste du monde n'existant plus.

Une chose terrible se produisit alors : sans crier gare, une lumière vive apparut au sommet de la colline, et une Land Rover descendit en vrombissant vers le passage à niveau. Voyant que les barrières étaient abaissées, elle se mit à klaxonner bruyamment, frustrée de devoir ralentir. Nina et Marek se séparèrent d'un bond, tous les deux surpris, pantelants. Nina fixa le véhicule. La voix qui en sortit, forte et familière, déchira le silence.

– Mais qu'est-ce qui se passe, bon sang ? Bougez ce fichu train.

Marek se leva pour se diriger vers la barrière, où Lennox se tenait devant la Land Rover, l'air furieux, comme à son habitude.

– Pardon, nous faisons des...

– BOUGEZ CE SATANÉ TRAIN !

Quand Nina rejoignit Marek, Lennox poussa un soupir d'exaspération.

– Oh, j'aurais dû me douter que je vous trouverais là. Qu'est-ce qui se passe, bon sang ?

– Pourquoi êtes-vous si énervé ? lui demanda-t-elle avec audace. On est au beau milieu de la nuit. Où êtes-vous si pressé de vous rendre ?

Elle vit alors qu'il portait un agneau dans ses bras. Son blouson était taché de sang.

– Qu'est-ce qui lui arrive ? demanda-t-elle, horrifiée.

– Un chien errant, marmonna Lennox. Les enflures. Ils ont dû oublier de l'attacher. J'aurais dû abattre cette sale bestiole.

– Vous abattriez un chien ?

– S'il s'en prend à mes moutons, oui. Allez, bougez ce fichu train.

Marek avait déjà repris place dans la locomotive et démarré le moteur. Il regarda Nina d'un air désespéré.

– Viens avec moi, l'implora-t-il.

Nina le dévisagea en retour. Lennox la fixait d'un air furieux. Elle était écartelée. Les grands yeux noirs de Marek la suppliaient. Lennox grognait, s'impatientant.

– Je... je ne peux pas.

Marek battit des paupières et opina du chef. Ils se regardèrent un long moment.

– Et moi, il faut que...

– Je sais, dit Nina sans le quitter des yeux.

Elle perçut l'agitation et la frustration de Lennox quand le train commença à s'ébranler, tout doucement.

Subitement, à peine consciente de ce qu'elle faisait, et se surprenant elle-même, elle courut vers les marches et sauta sur le marchepied de la locomotive, où elle embrassa un Marek très surpris sur la bouche, fermement, à travers la fenêtre, en lui caressant le visage. Ses lèvres étaient douces et chaudes, et elle ne voulait qu'une chose : rester avec lui, mais elle savait qu'elle ne le pouvait pas, et, comme il ôtait sa main du dispositif de veille automatique pour ralentir le train, elle remit pied à terre.

Lennox était retourné près de la Land Rover ; il regardait le train prendre de plus en plus de vitesse en crachotant, avançant de plus en plus vite. Une fois qu'il eut franchi le passage à niveau, Lennox lança un regard méprisant à Nina et ouvrit sa portière.

Elle lui courut après.

– Je ne peux pas vous emmener, lança-t-il avec colère. Je vais chez Kyle, vous vous rappelez ?

L'agneau, elle le voyait désormais, avait une grande entaille dans le flanc. Il gémissait.

– Oh ! Est-ce que je peux le tenir ? Pauvre petite bête.

– Non, répondit Lennox d'un ton sec. Vous ne devez pas vous faire tuer sur une voie ferrée, plutôt ?

– Pourquoi êtes-vous toujours aussi méchant ?

– Parce que j'essaie de sauver la vie d'un animal. Désolé que cela interfère avec votre vie amoureuse parfaitement grotesque.

– Vous n'avez pas besoin de faire ça, répliqua Nina, blême de colère. Vous êtes mon propriétaire, pas policier.

Lennox démarra la Land Rover d'un air furibond.

– Vous arrêtez des trains n'importe où pour faire Dieu sait quoi en public à des heures pas possibles, alors je crois que j'ai le droit d'avoir une opinion.

Les phares de la Land Rover éclairèrent les vestiges de leur pique-nique, la bouteille de champagne piteusement allongée dans l'herbe humide. Ils la fixèrent tous les deux du regard.

Lennox se retourna une dernière fois pour considérer Nina, qui tremblait de colère et de froid dans le vent nocturne.

– Qu'est-ce que vous savez de lui, hein ? l'interrogea-t-il. Parce que je connais les hommes qui font de longs voyages et qui travaillent dur. Et c'est toujours… c'est toujours pour leur famille.

Sur ce, la Land Rover disparut avec une embardée, laissant Nina seule et furieuse derrière elle.

*

Nina regarda les feux rouges disparaître à l'horizon. Quel vieux divorcé aigri et détestable. Comment osait-il ? En quoi cela pouvait-il bien le regarder ? Et qu'en savait-il, au juste ?

Oui, elle n'avait pas posé beaucoup de questions personnelles à Marek, mais il avait été si agréable, si délicieux, de se laisser aller au charme romantique de cette idylle. Il ne parlait jamais de la Lettonie, alors elle ne l'interrogeait pas à ce sujet, c'était aussi simple que cela. Elle ne voulait pas… elle ne voulait pas y penser : que quelque part sur une plaine froide et enneigée, dans un petit village ou dans un immeuble d'habitation soviétique, des gens puissent l'attendre. Compter sur lui.

Elle s'apprêtait à rentrer à la ferme d'un pas lourd quand la Land Rover refit son apparition. La portière s'ouvrit.

– Je ne peux pas vous laisser ici toute seule dans le noir, même si lui le peut, visiblement.

– Je suis très bien comme ça.

– Oui, mais vous trouvez aussi très bien d'escalader des arbres mourants et de danser sur les voies ferrées, alors pardonnez-moi de ne pas être sûr de me fier à votre jugement.

Lennox la reconduisit en vitesse à la maison, sans un mot, avant de se remettre en route, l'agneau toujours dans son blouson. Elle le remercia à peine.

*

Nina n'arrivait pas à trouver le sommeil. Elle repensait à la sensation des lèvres de Marek sur les siennes. Sa belle bouche, toute douce ; ses grandes mains, fermes. Elle savait qu'un poète se cachait en lui. Elle en était certaine. Ils ne pouvaient pas beaucoup communiquer, mais elle était certaine de le comprendre intérieurement. Non ?

Vers quatre heures du matin, les phares de la Land Rover effleurèrent le toit, et elle sut que Lennox devait être rentré, mais cela ne fit que redoubler sa colère. Au moment où la portière s'ouvrit, elle entendit un petit bêlement, suivi d'un doux murmure, ce qui l'agaça de plus belle, voyant qu'il pouvait manifestement être gentil et tendre, à condition qu'on ait quatre fichues pattes.

Elle était toujours énervée quand elle entendit les poules se mettre à piailler deux heures plus tard, comme Lennox commençait sa journée de travail, et elle se rendit compte qu'elle n'avait pas fermé l'œil de la nuit. Ses épaules étaient comme nouées autour de ses oreilles ; elle était si tendue, c'était pire que si elle était rentrée en ville. Elle se força à sortir du lit et resta une éternité sous la douche, mais cela lui donna encore plus envie de se recoucher. Non. Elle avait un travail désormais. Les choses étaient ainsi.

Surinder dormait seule sur le canapé, paisiblement, quand Nina alla tripatouiller la cafetière hors de prix dans la cuisine, avant de sortir d'un pas lourd et colérique pour rejoindre le van. Le temps refusait catégoriquement de refléter son humeur : la lumière du jour était plus vive que jamais. Plissant les yeux, Nina enfila ses lunettes de soleil pour la première fois, ou presque, depuis son arrivée.

Chapitre 22

Le Livre pour les verts de rage : Nina manqua éclater de rire quand elle vit ce titre, car c'était exactement ce qu'il lui fallait. Cet énorme volume rassemblait des histoires de vengeance, qui consistaient par exemple à verser de l'argent fondu dans les yeux d'un voleur ou encore à lancer une flotte de bateaux pirates contre son ennemi.

Je m'en fiche, pensa-t-elle. *Je me fiche de son avis.* Mais elle voulait revoir Marek ; l'embrasser à nouveau sous le clair de lune.

Elle soupira et consulta sa montre. Edwin et Hugh traversaient la place pavée pour aller boire une pinte au soleil, et elle leur fit coucou. Ils la saluèrent à leur tour et lui demandèrent si elle souhaitait se joindre à eux, et elle ne sut pas comment leur expliquer qu'elle ne pouvait pas boire, parce que a) elle conduisait un van, et b) il était à peine huit heures du matin. Mais elle savait ce qu'ils voulaient vraiment et le leur sortit : la dernière saga labyrinthique venue du sous-continent indien ; Hugh s'était pris de passion pour le genre. C'était sa manière de les remercier, sincèrement, pour tout ce qu'ils avaient fait pour elle en l'aidant à acheter le van. Hugh insistait toujours pour payer, alors Nina s'assurait qu'aucun prix n'était indiqué sur le livre, faisait la moue et lui disait : « Je suis vraiment désolée, Hugh, celui-là coûte une livre cinquante. » Il prenait un air affligé, et elle lui proposait une réduction, qu'il refusait galamment. Du coup, ils avaient des livres pour une bouchée de pain, et elle avait l'occasion de les remercier, si bien que tout le monde était content.

En général, à cette heure-ci, Ainslee se faufilait à l'intérieur ; Nina avait beau lui réserver un accueil chaleureux chaque jour, la jeune fille se comportait toujours comme si elle n'était pas la bienvenue, se traînant jusqu'au van en donnant l'impression de se cacher, le dos courbé. Mais aujourd'hui, elle n'était pas là.

Quelqu'un d'autre était là en revanche. Une silhouette crasseuse et insolente, vêtue d'un tee-shirt en lambeaux et d'un short qui dévoilait des genoux tout écorchés : le petit frère d'Ainslee.

– Ben ?

Le garçonnet renifla. La morve formait une croûte sur son nez et de longues traînées de saleté ornaient son sweat. Il se dirigea vers elle d'un air de défi.

– Ainslee vient pas aujourd'hui.

– Pourquoi ?

– Elle a… chais pas.

Nina fronça les sourcils.

– Est-ce que ça a quelque chose à voir avec l'école ?

– Voui.

– Est-ce qu'elle a des examens ?

Ben secoua la tête.

– Non. Non, on lui a dit qu'elle ne pouvait pas passer ses examens. Elle est toute triste. Les examens, ça a l'air nul.

Nina regarda alentour. Il n'y avait pas encore grand monde au marché ; de mauvaise humeur, elle s'était levée bien trop tôt après sa nuit difficile. Elle bâilla. Seuls quelques vieux messieurs promenaient leur chien, et une petite poignée de femmes sentait les fruits et légumes frais sur les étals.

– Pourquoi ne peut-elle pas passer ses examens ? C'est terrible. Elle est si intelligente.

– Chais pas, répondit Ben avec un haussement d'épaules.

Nina était interloquée.

– D'accord, finit-elle par dire, se rappelant la terreur d'Ainslee quand elle avait essayé d'en découvrir plus au sujet de leur vie de famille. D'accord, merci beaucoup d'être venu me prévenir.

Le petit s'attarda. Elle voyait qu'il jetait des coups d'œil à l'intérieur, lorgnant les fauteuils poire jaunes et rouges. Elle attendit un instant.

– Est-ce que tu voudrais entrer ?

– Nan.

Elle marqua une pause.

– D'accord.

Ben n'avait toujours pas l'air pressé de partir.

– Je crois que je vais m'asseoir sur cette marche, dit-elle doucement. Pour profiter du soleil. Et peut-être lire un peu.

– Hmm, fit-il avec une moue.

Nina s'apprêtait à lui demander s'il n'avait pas école, mais préféra s'abstenir : il devait souvent entendre cette phrase. À la place, elle alla chercher un exemplaire de *Sur les toits* (elle les avait tous vendus, à part deux, dont un qu'elle gardait pour elle) et le sortit sur les marches, se rappelant ce qu'elle avait éprouvé en lisant ce livre enfant : elle avait acquis l'intime conviction que si elle rencontrait le bon pigeon magique, gardait la cathédrale Saint-Paul comme boussole et n'oubliait pas la formule : « Le Nord pour la vérité ; l'Ouest pour la nouveauté ; le Sud pour l'identité, mais cap à l'Est, toujours l'Est », les choses finiraient toujours bien.

– « Cap à l'Est, toujours à l'Est », récita-t-elle tout haut en observant Ben avec attention.

Il feignait l'indifférence, mais n'avait toujours pas bougé.

Hattie, une femme du village dont Nina avait fait la connaissance, qui avait quatre enfants de moins de cinq ans et une expression qui disait parfois : « Achevez-moi, achevez-moi tout de suite », arriva en cahotant.

– Oh là là, vous êtes là tôt ! lança-t-elle, ravie.

– Vous aussi, lui fit remarquer Nina.

– Vous rigolez ? Il est près de huit heures trente ; ça fait quatre heures que je suis débout. En ce qui me concerne, c'est l'heure du déjeuner... Euan ! Arrête ça ! Laisse ce chien tranquille ! Tildie ! Tildie !

Dans leur poussette, les jumeaux se mirent à pousser des hurlements cacophoniques. Partout où elle allait, Hattie laissait des miettes dans son sillage, et l'extérieur du van ne fit pas exception.

– Faites-vous l'heure du conte aujourd'hui ?

Cette maman essayait constamment de la convaincre de faire une séance d'histoires pour pouvoir y laisser tous ses enfants, mais Nina refusait énergiquement, invoquant les mesures de santé et de sécurité pour y couper, ce à quoi Hattie avait une fois répondu, toute triste : « Eh bien, je m'en fiche si vous en perdez un, j'en ai plein d'autres », avant de rire de sa plaisanterie d'une voix un peu trop aiguë.

Nina cligna des yeux.

– Si vous voulez, mais vous devez rester.

– Rien qu'une toute petite pause spa ? C'est tout ce que je demande. Juste un petit break de rien du tout, comme deux jours à New York, par exemple ?

– J'aimerais avoir ce pouvoir magique… En revanche, je peux vous recommander le best-seller d'un globe-trotter bien bling-bling, si vous voulez. Ça vous aidera à vous évader.

– Oui ! Je le lirai pendant les deux secondes de temps libre que j'ai par jour. En général, juste avant qu'ils ne découvrent que je me suis enfermée dans la salle de bains.

Nina s'installa confortablement et commença à lire *Sur les toits* à voix haute. Les jumeaux se calmèrent aussitôt – non pas parce qu'ils pouvaient suivre l'histoire, mais parce que la cadence apaisante d'une personne en train de lire avait toujours un effet profond sur les bébés. Griffin avait d'ailleurs une théorie à ce sujet : l'évolution avait conçu les enfants pour écouter des histoires, parce que cela les empêchait de s'aventurer dans les bois et de se faire dévorer par de dangereux mammouths.

Quand les trois enfants du récit se retrouvèrent coincés sur le toit de leur immeuble après avoir gravi les mille marches, elle ne put s'empêcher de remarquer que le petit Ben mal fagoté se rapprochait de plus en plus, tout doucement, jusqu'à finir assis en tailleur juste devant elle, en bas des marches.

À la fin du chapitre, elle referma le livre, provoquant de profonds soupirs, en particulier de la part de Hattie.

– J'adore ce roman, dit-elle. Merci. Dix minutes de calme et de tranquillité. C'est mon record de la décennie.

Nina sourit, et les enfants se mirent à en réclamer davantage.

– Oh, super, la boulangerie est ouverte. Je vais aller y faire un tour, histoire de les rendre tout collants. Comme ça, ils prendront un bain. Ça m'occupera sûrement jusqu'à neuf heures et demie. Juste par curiosité, et sans aucun rapport : à quelle heure a-t-on le droit d'ouvrir une bouteille de vin le soir, déjà ? Midi tapant, c'est ça ?

– À plus tard, lança Nina, le sourire aux lèvres, décollant avec précaution des petits doigts poisseux du livre.

– J'en prends un, annonça Hattie.

Il ne lui restait plus qu'un exemplaire après celui-ci. Nina la considéra.

– J'en ai besoin.

– D'accord, répondit Nina, le vendant à regret.

Elle regarda la petite troupe s'éloigner sur les pavés en cliquetant, l'un des enfants pleurant à chaudes larmes.

– Mais qu'est-ce qui se passe ? s'enquit une petite voix à ses pieds. Qu'est-ce qui se passe après ?

Nina baissa les yeux.

– Eh bien, tout un tas de choses.

Le visage de Ben se fit boudeur.

– Je voudrais savoir. Est-ce qu'ils en ont fait un film ?

– Oui, mais le film est très mauvais.

– Pourquoi ?

– Ce n'est pas vraiment de la faute du film. Mais, tu sais, quand tu regardes un film, tu as l'impression de pouvoir voir ce qui se passe, non ?

Le petit acquiesça.

– Eh bien, c'est une chose. Mais quand on lit un livre, on a l'impression d'être dans l'histoire.

– Comme dans un jeu vidéo ?

– Non, pas comme dans un jeu vidéo. Les jeux vidéo, c'est marrant, mais on ne fait toujours que regarder des images et appuyer sur des boutons. Lire, c'est être plongé dans l'histoire.

– Comme si on était vraiment dedans ? lui demanda Ben en plissant les yeux.

– Comme si tu étais vraiment dedans, oui. Tu te branches directement au cerveau de l'auteur. Il n'y a que lui et toi. Tu ressens ce qu'il ressent.

Ben la dévisagea un moment, puis érafla ses baskets sur le pavé. Il y eut un long blanc.

– Ça a l'air pas trop mal.

Nina, qui avait besoin de davantage de café, alla s'en servir un à sa bouteille thermos. Puis elle sortit *La Chasse à l'ours*, de Micheal Rosen, et regarda Ben.

– Est-ce que tu veux jeter un œil ?

Ben balaya la place du regard pour s'assurer que personne ne le voyait et qu'il n'y avait pas d'autres garçons dans les parages. Puis il haussa les épaules.

– D'accord.

– Dans ce cas, viens t'asseoir près de moi.

Ils s'installèrent tous deux sur les marches, dans la lumière du matin, et progressèrent lentement dans leur lecture, avec difficulté, Ben ne cessant de grogner.

Ils finirent par se lever. Le garçonnet parut presque sur le point de dire merci.

– Où vas-tu maintenant ? lui demanda prudemment Nina. Est-ce que tu rentres chez toi ?

Il haussa les épaules.

– Peut-être.

Mon Dieu. Il fallait vraiment qu'elle appelle les services sociaux. Quelqu'un. Mais Ainslee l'avait tant suppliée.

– Tu pourrais aller à l'école, lui dit-elle aussi gentiment que possible, comme si Ben était un animal craintif qui risquait de s'emballer à son contact. Tu sais, si tu en avais envie.

– Les autres sont méchants. Ils disent que je suis sale.

Il était sale, c'était indéniable. Nina poussa un soupir. Elle donnerait un peu plus d'argent à Ainslee, lui suggérerait de lui acheter une nouvelle chemise.

– Tu pourrais te laver au café, ils seraient d'accord. Et aller à l'école. Ne tiens pas compte des autres enfants. On s'en fiche, non ?

– Je déteste l'école. Il n'y a que des gens débiles qui te disent des trucs débiles et te forcent à manger des légumes et des trucs comme ça.

– Je sais.

Elle regarda la petite silhouette traverser la place à pas feutrés (il entra bel et bien dans le café, remarqua-t-elle), puis son prochain client arriva. M. McNab, un agriculteur, venait une fois par semaine lui acheter quatre « space western » – par chance, il y en avait beaucoup dans les cartons, car ce genre n'intéressait pas grand monde et qu'aucune nouvelle publication n'était prévue pour l'instant. Elle avait essayé de le faire passer aux vrais westerns et aux space opéras, mais il ne voulait rien entendre, alors elle avait envoyé un e-mail à Griffin et tentait désespérément de trouver quelque chose en ligne qui aurait la photo d'un cow-boy affublé d'un casque d'astronaute sur la couverture. Le temps de répondre aux questions de M. McNab sur la façon d'apprivoiser un cheval martien (avec des rênes en neutrons, bien sûr), elle avait perdu Ben de vue.

Elle se fit du souci pour lui toute la matinée, tout en servant un grand nombre de clients, dont beaucoup étaient maintenant des habitués, remarqua-t-elle avec plaisir.

– C'est votre faute, l'accusa Mme Gardiner.

Elle brandissait un roman-fleuve sur une Amérindienne qui remontait le temps comme par magie, pour être renvoyée à la cour du roi Henri VIII, qui entreprenait aussitôt d'en faire sa septième épouse, avec des conséquences palpitantes.

– Vous m'avez rendue accro à ces livres, poursuivit-elle.

– Tant mieux, répondit Nina, qui pensait toujours à Ben quand Surinder arriva pour l'emmener manger un morceau.

– Tu sais ce qu'il y a de bien…, commença son amie en voyant ses paupières tombantes.

Assises dans le petit jardin du pub, elles dégustaient du *cullen skink* (une soupe de poisson crémeuse à laquelle elles étaient toutes les deux devenues accros), accompagné de pain complet naturel et de saumon fumé localement, qui avait une saveur si différente du truc huileux et caoutchouteux que Nina avait l'habitude d'acheter au supermarché (quand elle pouvait se le permettre) que cela aurait tout à fait pu être un autre mets.

Dans la lumière du soleil, un panaché devant elle, Nina sentit sa mauvaise humeur se dissiper un peu.

– Qu'est-ce qu'il y a de bien ? la coupa-t-elle. Parce que là, franchement, je ne vois pas.

– Eh bien, tu pourrais t'arrêter là pour aujourd'hui, non ? Tu as vendu pas mal de livres. Tu peux rentrer faire une sieste.

Cela n'était jamais venu à l'esprit de Nina, qui avait tendance à faire des journées entières par habitude, sans oublier qu'elle était incapable de fermer boutique si elle avait la moindre chance de faire une dernière vente. Après avoir travaillé dans la fonction publique pendant des années, elle avait été surprise de constater que gérer une entreprise l'intéressait vraiment : voir ce qui marchait, vérifier les stocks et, bien sûr, trouver le bon livre pour chacun. Cela lui procurait la même joie qu'à la bibliothèque, mais, d'un certain côté, voir les gens repartir avec des ouvrages qu'ils pourraient conserver toute leur vie rendait cette joie encore plus profonde.

– Oh oui.

– Alors, tu ne peux pas ? Tu gagnes assez, non ?

Fronçant les sourcils, Nina lui parla d'Ainslee et de Ben.

– Mon Dieu ! Tu devrais le signaler.

– Mais Ainslee m'a suppliée de ne pas le faire.

– Oui, mais tu n'as aucune idée de ce qui se passe. La situation est peut-être vraiment horrible à la maison. Ils ont peut-être un affreux beau-père qui fait des choses épouvantables. Elle souffre peut-être du syndrome de Stockholm ou d'un machin comme ça. Les enfants font des trucs bizarres comme ça : ils défendent toujours leur famille, même si elle est complètement cinglée.

– Je sais, je sais.

– Et sinon, la nuit dernière..., commença Surinder, laissant sa phrase en suspens.

– Argh, répondit Nina en baissant la tête. Bon SANG.

Et elle raconta tout à son amie.

– Oh, eh bien, Lennox a peut-être raison. Je veux dire, pourquoi Marek ne t'a-t-il pas invitée dans un endroit normal ?

– Lennox est un gros nul moralisateur.

– Ou Marek envoie tout son argent à sa famille.

Nina ne répondit pas.

– Oh, arrête ! Tu pensais qu'il se passerait quoi ? Que Marek allait te prendre dans ses bras forts et virils ?

Nina ne voulait pas répondre à cela non plus.

– Quoi ? Qu'il allait t'allonger sur le sol et te faire l'amour par terre, dans la cabine ?

– Tu n'as pas besoin d'être aussi explicite.

– Mais c'est ce que tu t'imaginais.

– Ça fait une ÉTERNITÉ ! UNE ÉTERNITÉ !

Surinder éclata de rire, avant de secouer la tête.

– Ta vie imaginaire est hors de contrôle, ma vieille.

Nina se sentit devenir toute rouge.

– Je sais.

– Enfin, cette histoire n'est pas réelle, si ?

Nina repensa aux lèvres douces de Marek sur les siennes, à la surprise sur son visage.

– Si. Si, elle l'est. Je veux juste un peu d'amour dans ma vie, c'est mal ?

Surinder haussa les épaules.

– L'amour est partout autour de toi. Il y a cinq fois plus de garçons que de filles ici. Tu peux choisir parmi un million d'hommes. Il n'y a que toi pour t'amouracher d'un type sans espoir qui traverse la ville à minuit sans pouvoir s'arrêter. Il ne s'agit pas de Marek. Il s'agit de toi.

Le visage de Nina prit un air provocateur.

– Ah ! Tu aimes te faire passer pour une nana qui n'a pas de caractère, mais, à l'intérieur, tu es inflexible, commenta son amie.

– Les apparences sont toujours trompeuses.

– Non, pas dans mon cas.

Et Nina fut forcée d'admettre qu'elle avait sans doute raison.

★

– Écoute, dit Surinder.

Le ton de sa voix fit relever la tête à Nina : son amie n'eut pas besoin d'en dire plus pour qu'elle comprenne.

– Écoute, répéta-t-elle. Je dois partir. Ils vont vraiment me virer, cette fois.

Elles venaient de quitter le pub et déambulaient dans les rues en direction du van. Nina se sentit soudain accablée de fatigue. Elle s'arrêta au beau milieu de la rue.

– Non ! s'écria-t-elle. Est-ce que tu es obligée ?

– Euh, tout ce que j'ai fait depuis mon arrivée ici, c'est manger des toasts et t'asticoter, lui fit remarquer Surinder, ce qui n'était pas faux. Il faut que je retourne travailler. Et puis, quand je vois comme tu te donnes de la peine, je culpabilise.

– C'était génial de t'avoir ici. Et le Gus ?

Surinder laissa un sourire se dessiner sur ses lèvres.

– Eh bien, c'est bien de savoir qu'il est là. Mais aussi de savoir que j'en suis capable, tu vois ? C'est agréable d'attirer des hommes qui me plaisent vraiment.

Une fois dans le van, au moment où elles atteignirent le sommet de la colline, la ferme apparut en contrebas, ses vieux murs de pierre dorés dans la lumière du soleil.

– Cet endroit va vraiment me manquer. Tu as beaucoup de chance, tu sais.

– Tu crois ?

– Oui. Je crois que tu as trouvé ta voie, et l'endroit qu'il te fallait. Ça n'arrive pas à tout le monde. La plupart des gens n'ont pas cette chance.

– Mais je me sens seule.

– Tu te fais des amis tous les jours. Mais ne compte pas sur les mecs imaginaires, d'accord ? Essaie d'en rencontrer des vrais. Ça ne manque pas ici.

Elles virent alors Lennox traverser un champ à grandes enjambées, pas loin de l'endroit où elles se trouvaient.

– Tu pourrais même essayer de fricoter avec ton proprio sexy.

– Il n'est pas sexy !

– Voyons voir. Près d'un mètre quatre-vingt-dix, cheveux bouclés, corps fin et élancé (comme tu les aimes, je le sais), musclé, yeux bleus, une mâchoire d'Action Man…

Surinder comptait sur ses doigts en parlant.

– Il sauve les bébés animaux, a une démarche virile et une grange de luxe, reprit-elle. Non, c'est vrai, ce mec n'a absolument rien de sexy.

– Il n'est pas sexy, parce que c'est un blaireau.

– Eh bien, comme le garçon sur lequel tu craquais à l'école, lui rappela Surinder.

– Déjà, j'étais jeune. Et puis, il est en prison maintenant.

– C'est bien ce que je dis.

De retour à la maison, Nina regarda Surinder faire ses valises.

– Est-ce que… Est-ce que Marek te dépose ? ne put-elle s'empêcher de lui demander au bout d'un moment.

– Va faire ta sieste ! Et non, parce que, moi, je sais me débrouiller toute seule. Je prends l'avion à Inverness.

– Invernish, la corrigea Nina distraitement.

Un groupe d'habitants des îles écossaises étaient passés au van : ils lui avaient acheté tous ses romans grand public, et elle avait pris leur accent.

– As-tu besoin que je te dépose ?

Mais un coup de klaxon retentit alors dans la cour. C'était le Gus. Surinder sortit en courant pour lui sauter au cou, enroulant ses jambes autour de sa taille tandis qu'il l'embrassait passionnément. Nina poussa un soupir. Elle ne pouvait s'en empêcher : c'était ce qu'elle voulait. Juste une jolie histoire d'amour. Quelqu'un content de la voir. Pourquoi cela ne pouvait-il pas être Marek ?

– Ne pars pas ! l'implorait le Gus.

– Viens à Birmingham, répondit Surinder en jetant son sac dans le coffre du SUV.

– Oh, ça ne me dit rien. Je ne me sens pas très bien en ville. Et ils ne me laisseront pas emmener mon chien.

– Dans toute la ville ? l'interrogea Surinder.

– Oui. Et je ne peux pas marcher. Il y a trop de monde en travers de mon chemin.

Ils s'embrassaient à nouveau quand Nina s'approcha pour dire au revoir.

– Force-la à revenir, lui dit le Gus, ses drôles de taches de rousseur plus visibles que jamais après avoir pris le soleil. Vite ! Et pour toujours !

– Je ne peux la forcer à rien, rétorqua Nina avec un sourire.

– Euh, excuse-moi, mais c'est celui qui dit qui y est ! rétorqua Surinder en se penchant à la fenêtre.

Elle posa sa main sur le bras de Nina.

– Cet endroit est fait pour toi. Sincèrement. Je crois que ta place est ici.

– Alors, je ne remettrai plus jamais les pieds chez toi ? l'interrogea Nina en souriant de toutes ses dents.

– Oh là là, oui, il faut qu'on s'occupe de ça. On n'en a pas encore fini de TOUS CES FICHUS LIVRES !

Chapitre 23

Les vacances d'été rimèrent avec livres d'enfants en pagaille et lectures de plage : des histoires d'amour, mais aussi des romans sérieux, puisque les gens avaient enfin le temps de dévorer des ouvrages qu'ils souhaitaient lire depuis des années. Nina écoula donc un grand nombre de classiques.

Dans tous les villages où elle se rendait, ses clients venaient lui dire où ils partaient en vacances et ce qu'ils pensaient lire, et elle leur faisait des recommandations ou leur donnait des conseils. On lui demanda tant de fois si elle allait à la fête du solstice d'été qu'elle l'envisagea presque. Elle avait aussi appelé les services sociaux au sujet d'Ainslee et de Ben – se sentant horriblement coupable. Ils avaient soupiré, puis disaient qu'ils les ajouteraient à leur liste, mais qu'ils étaient débordés et ne viendraient donc pas tout de suite. Nina avait tenté d'interroger Ainslee à propos de ses examens d'une manière détournée, mais son masque d'adolescente maussade était aussitôt retombé, et elle n'était pas revenue au van pendant quatre jours. Nina ne pouvait supporter l'idée que la jeune fille perde aussi cela, alors elle n'en reparla plus ; elle se contenta de lui donner autant d'argent qu'elle le pouvait.

Elle avait aussi d'autres choses en tête. En particulier un petit mot laissé dans une magnifique boîte en bois sculptée, accrochée à une branche du vieil arbre, qui disait simplement : « Viens, s'il te plaît. »

Elle était partagée. Elle ne voulait pas rater ses habitués ; rater ses grosses journées de vente.

D'un autre côté, elle avait envie de retourner à Birmingham pour voir si elle se sentait différente ou si son ancienne ville avait changé ; et pour voir Surinder, bien sûr – au village, tout le monde demandait de ses nouvelles ; elle avait à l'évidence marqué les esprits, et le Gus, en mal d'amour, tout triste, achetait des tas de romans sur des marginaux esseulés qui menaient des vies de solitude à élucider des crimes en taillant la route. En plus, Griffin l'avait informée qu'un stock allait être mis aux enchères, et elle se sentait enfin suffisamment courageuse pour effectuer ce long périple en van.

Mais, plus que tout, elle avait envie de revoir Marek. Elle en avait tellement envie. Elle ne pensait qu'à lui.

Elle se força donc à franchir le pas. Elle comptait prévenir Lennox qu'elle s'absentait quelques jours, mais elle ne l'avait pas croisé et estima donc que cela ne servait absolument à rien, non pas qu'il en aurait quelque chose à faire de toute façon. En revanche, elle acheta un os à Persil, pour que ce bon vieux toutou sache qu'il allait lui manquer.

⋆

Être de retour en ville lui fit tout drôle. Nina se rendit compte qu'elle s'était habituée à ce que tous les habitants du village la reconnaissent, à ce qu'ils sachent tout d'elle et de sa librairie. La vitesse à laquelle cela s'était produit avait été à la fois surprenante et profondément touchante ; elle trouvait très agréable d'être appelée par son prénom quand elle arrivait au bureau de poste ou à la banque et de pouvoir rendre service de temps à autre.

Surinder, après l'avoir prise dans ses bras, se renfrogna.

– C'est horrible, dit-elle. L'air est moite, il fait trop chaud et les moindres carrés d'herbe sont occupés par d'affreux gros messieurs, vautrés sur d'affreux gros bras, qui ont l'air d'avoir enfilé des vêtements de bébé. Des pantacourts. Des sandales ! Des orteils poilus ! C'est dégoûtant. L'Écosse me manque TELLEMENT. Au moins, là-bas, on peut dormir la nuit.

– Ça sent bizarre, ici, commenta Nina. Est-ce que je ne l'avais vraiment jamais remarqué avant ?

– Non, je l'ai remarqué, moi aussi. Quand je suis rentrée. Ce sont les poubelles, des aliments en putréfaction et l'air vicié.

Les deux copines se mirent bientôt en route. Le bitume était collant ; il miroitait sous l'effet de la chaleur. L'air était chaud, immobile. Les gens restaient assis à ne rien faire sur leur perron. Les clients du pub au coin de la rue se déversaient à l'extérieur, criant et parlant fort. Tous les lieux étaient pris d'assaut, chauds, pleins à craquer.

– J'ai perdu l'habitude de voir autant de monde, commenta Nina, sourcils froncés. Il y a trop de monde ici.

– Oui, je sais, je sais. Est-ce que tu pourrais les convaincre d'ouvrir une succursale de ma boîte à Kirrinfief, s'il te plaît ? Je ne crois pas pouvoir faire la navette jusque là-bas tous les jours.

– Oui, c'est vrai, tout ce dont on a besoin là-haut, c'est qu'une grande ville fasse son apparition en plein milieu, répondit Nina avec un sourire. Tu pourrais déménager à Perth.

– Je ne crois pas, la contredit Surinder en soupirant.

Le ton de sa voix changea.

– Je ne suis pas aussi courageuse que toi, Nina. Je ne serais pas capable de jouer ma vie à pile ou face, comme tu l'as fait. Et ma mère dans tout ça ?

– C'est toi qui m'y as encouragée, lui fit remarquer Nina.

– Oui, mais je ne croyais pas que tu le ferais pour de vrai ! Je croyais que ce n'était qu'un levier pour récupérer mon entrée.

Griffin, déjà au pub noir de monde, les interpella en leur faisant de grands signes. Il n'était plus le même sans sa barbe, et il portait un tee-shirt ridicule, qui arborait un dessin de raton laveur, ainsi qu'un bonnet bizarroïde.

– Griffin ?

Il vint à leur rencontre avec trois bouteilles de cidre, puis leur fit un câlin à chacune.

– Oh, merci, des adultes. Merci.

– Qu'est-ce qui t'arrive ?

Griffin tint Nina à bout de bras pour la regarder.

– Qu'est-ce qui t'arrive, à TOI ? Tu as changé.

– Non. Sauf que je prends le soleil maintenant.

– Non, ce n'est pas ça, répondit-il en secouant la tête. Tu as l'air… Tu as de bonnes joues.

– Tu veux dire que j'ai grossi, c'est ça ?

– Non ! Mais tu as l'air… plus robuste.

– Va te faire voir, Griffin !

– Je ne voulais pas dire ça comme ça. Tu as l'air… plus forte. Plus substantielle. Moins évanescente.

– Je ne suis pas une photo tirée de *Retour vers le futur* !

– Je raconte n'importe quoi, ne fais pas attention à moi. Mon travail me prend la tête. Crois-moi, tu as l'air en forme. Mieux que ça, même.

Et Nina vit à son regard qu'il le pensait.

– Toi aussi, répondit-elle, bien qu'il ait l'air un peu bêta.

Il essayait visiblement de s'intégrer à son équipe jeune et cool. Il s'était même fait percer les oreilles.

– Comment est-ce que ça se passe au travail ?

Il fit une grimace, puis but une grande gorgée de cidre.

– Ne commence pas, répondit-il. C'est tellement chouette de te voir, mais si tu te mets à me raconter que ta vie est géniale maintenant, que tu travailles quand tu veux et que tu as une jolie librairie qui se balade dans la campagne, je vais devoir me suicider.

– D'accord : c'est horrible.

– Non, ça ne l'est pas. Surinder m'a tout raconté. Elle dit que c'est génial, et magnifique, et qu'elle y retourne dès qu'elle a de nouveau des vacances.

– Ou je pourrais peut-être juste me faire porter pâle ? ajouta Surinder.

– Pourquoi est-ce que tu ne viendrais pas aussi ? l'interrogea Nina.

Il secoua la tête.

– Non. Je ne pourrai pas le supporter, si c'est sympa. Je ne le pourrai vraiment pas. Je dois pointer tous les matins à sept heures pour me mettre à éplucher toute la paperasse des ressources humaines, puis je dois me rendre à des réunions locales sur l'accès au développement, puis revenir pour réparer tous les ordinateurs qui sont tombés en panne, parce qu'ils tombent en panne tous les jours, et puis je dois montrer à des personnes de quatre-vingt-dix ans comment s'en servir, parce qu'ils ont fermé toutes les banques en milieu rural et qu'elles ne peuvent plus faire leurs opérations. C'est comme si toute une génération avait été jetée dans un monde qu'elle ne comprend pas et où rien n'a de sens pour elle, et qu'on leur avait simplement dit « pas de chance, apprenez à taper à l'ordinateur ou vous pouvez mourir de faim ».

Il but une autre gorgée de cidre.

– Est-ce que tu te rappelles comme c'était sympa quand les enfants venaient ?

– Tu détestais quand les enfants venaient ! rétorqua Nina, outrée. Ils mettaient leurs doigts tout collants sur tes Frank Miller.

– Oui, j'ai dit que je détestais ça.

– C'est vrai ! Tu détestais ça !

– Eh bien, c'était le paradis comparé à aujourd'hui. C'était charmant. Les gens venaient pour partager des histoires, des livres ou des choses qu'ils aimaient. Maintenant, ils viennent parce qu'ils sont désespérés. Ils sont coupés du monde parce qu'ils n'ont pas Internet ou que leurs allocations leur ont été sucrées et qu'ils n'arrivent plus à joindre les deux bouts. Et il n'y a plus personne pour s'en soucier, parce qu'ils font des coupes budgétaires, encore et encore. Je suis bibliothécaire, et maintenant je me retrouve informaticien, doublé d'un psychologue, d'un conseiller en dépendance et d'un travailleur social. Sans oublier que j'ai la plupart du temps un membre du personnel âgé de dix-neuf ans en train de pleurer dans les toilettes parce qu'il ne se sent pas assez accompli.

Nina se tut. Elle ne savait pas vraiment quoi répondre.

– Tu devrais déménager là-bas, lui conseilla Surinder.

– Toi aussi ! répliqua Griffin du tac au tac. Nous ne sommes pas tous aussi cool que Nina.

Nina était tout sauf cool, mais n'eut pas le courage de le leur faire remarquer. Ils sortirent du pub. Sur le côté, le long du mur, une bagarre se préparait, et une fille avec des extensions de cheveux très blondes tournait autour, tout excitée de participer.

Un groupe d'adolescents faisaient les malins dans un coin, criant fort, avec enthousiasme, ne s'écoutant pas les uns les autres, l'air insolent et anxieux. Les gens poussaient, jouaient des coudes, pour entrer dans le pub. Nina se rendit compte qu'elle était stressée. Son rythme cardiaque s'emballa, et elle se sentit oppressée par la foule autour d'elle ; par l'odeur des pots d'échappement ; par les klaxons de voiture, le tintement des verres et les cris perçants ; par toute cette soirée qui battait son plein un vendredi soir, un week-end d'été, en ville.

Elle pensa à la manière dont la nuit allait finir – des filles sans chaussures, des braillements dans la rue, des sirènes d'ambulance hurlantes – et se demanda, en traître, quand Surinder aurait envie de rentrer.

Au bout du compte, elle n'eut pas à attendre longtemps. Griffin, un peu soûl, devint sentimental. Il donnait l'impression d'être sur le point d'éclater en sanglots quand, tout à coup, arriva un groupe de délicieux jeunes gens, bruyants, pleins d'espoir et riant bêtement. Il s'avéra que l'un d'eux travaillait avec Griffin : il le héla.

Griffin se transforma aussitôt : il devint subitement enjoué, plein d'entrain, et se mit à employer des expressions comme « daronne » et « c'est le seum ». Surinder et Nina échangèrent un regard avant de s'éclipser discrètement, d'un commun accord.

Elles rentrèrent à pied, lentement, dans la moiteur de la nuit, l'obscurité commençant à les envelopper.

– Il fait encore jour…

Nina se rendit compte qu'elle s'apprêtait à dire « à la maison ».

– Au nord, se hâta-t-elle de finir.

Elles passèrent devant deux chats qui se battaient sur un mur, pendant que quelqu'un leur criait de la fermer d'un étage supérieur. De l'immeuble voisin sortait de la *dance music* à plein volume : quelqu'un leur criait aussi de la fermer. Une voiture décapotée, la radio à fond la caisse, déboucha bien trop vite dans la rue en crissant des pneus. Nina et Surinder sursautèrent. Les passagers éclatèrent de rire, avant de se mettre à siffler un groupe de filles qui arrivait en sens inverse.

Surinder poussa un soupir.

– Alors, tu meurs d'envie de revenir, non ?

Nina secoua la tête.

– Je vais remplir le van une bonne fois pour toutes, et fini. Je crois… je crois que j'ai fait mon temps ici. Je viens tout juste d'acheter tout un stock aux enchères.

Surinder opina du chef.

– Je ne… Je ne sais pas pourquoi. Je pensais que ce serait juste un genre de *no man's land* où il ferait un froid de canard ; je pensais que je viendrais te rendre visite et que je me moquerais des hommes en jupe, demanderais ce qu'était le haggis et chanterais des chansons des Proclaimers !

– Les Proclaimers sont géniaux !

– Oh là là, tu es une parfaite petite Écossaise maintenant, c'est ridicule.

– Mais ils sont BEL ET BIEN géniaux.

Il était évident que Surinder n'avait pas terminé.

– Mais ce n'est pas... ce n'est pas du tout comme ça, ajouta-t-elle lentement alors qu'un hélicoptère de la police fendait l'obscurité et emplissait l'air de bruit. C'est... C'est spécial, là-haut. Un endroit de cœur. Je veux dire, ça vous prend aux tripes. Ces champs interminables, le soleil qui ne se couche jamais, et la manière dont les gens prennent soin les uns des autres.

– Eh bien, nous n'avons pas le choix : le service d'urgence le plus proche est à près de cent kilomètres, souligna Nina.

– C'est juste qu'on a l'impression de pouvoir respirer là-haut ; comme si les problèmes et les préoccupations absurdes du quotidien n'étaient plus si importants. On a le temps de penser à sa vie et à ce qu'on veut en faire, au lieu de courir dans tous les sens : du travail au bar, aux rendez-vous, à la salle de gym, en passant par d'autres trucs débiles.

– Et puis, il y a tous ces hommes sexy, ajouta Nina, espiègle.

– Oui, aussi, répondit Surinder avec un sourire. Si on aime les taches de rousseur. Ce qui est mon cas.

– Reviens avec moi. Je ne manque pas de place.

Surinder secoua la tête de manière dramatique au moment où elles passaient le portail de la petite maison mitoyenne. Quelqu'un avait laissé un sac de crottes soigneusement noué sur le muret. À sa vue, elles poussèrent toutes les deux un soupir.

– À propos, as-tu fixé un rendez-vous à ton bel étranger aux yeux noirs ?

Nina haussa les épaules, nerveuse.

– Je lui ai laissé un mot. Avec un peu de chance, je le verrai demain soir. J'attends qu'il me contacte *via* un moyen de communication moderne, ajouta-t-elle en sortant son téléphone.

– Ah ! Regarde-toi, tu ne sais pas gérer les histoires qui ne sont pas écrites sur du parchemin ! la titilla Surinder avec un grand sourire.

– Ce n'est pas comme ça, répondit Nina, même si, en réalité, elle avait eu du mal à renoncer à leur lieu secret et à leurs petits messages ; au frisson et au charme romantique de l'arbre. Et puis, il ne m'a pas envoyé de texto, ajouta-t-elle.

– Peut-être qu'il l'a fait, mais que tu ne sais plus faire marcher ton téléphone, comme tu vis au Moyen Âge.

Nina lui tira la langue.

– Reviens juste vivre avec moi.

– Impossible. Je suis trop lâche. Je ne pourrais pas quitter mon boulot ; je ne pourrais pas laisser mon prêt immobilier et tout le reste. Et puis, qu'est-ce que je ferais ? Être un génie du travail administratif n'est pas suffisant, si ?

– Je suis sûre que tu trouverais quelque chose.

– Et si ce n'était pas le cas ? Je me coltinerais un job que je détesterais, sans gagner d'argent. Je déteste mon job aujourd'hui, mais je gagne bien ma vie. Combien est-ce que tu gagnes, toi ?

Nina grimaça.

– Oui, pas beaucoup.

– Non. Tu ne pourras jamais t'acheter de maison, ni prendre de vacances ou changer de voiture.

– J'ai le van !

– Oui, si tu veux. Mais tu adores ça. Tu es douée. Je ne serais pas capable de faire la même chose.

Surinder fixa le minuscule bout de jardin à la végétation rabougrie, les pots d'échappement pétaradant au bout de la rue.

– Une tasse de thé ?

*

Nina avait supplié ses fidèles amis de l'aider, et, une fois de plus, ils avaient gentiment répondu à son appel. Quand Griffin arriva le lendemain matin, il semblait avoir une grosse gueule de bois et être un peu honteux et, remarquèrent les deux filles, il portait le même tee-shirt que la veille au soir. Il s'avéra qu'il avait fini par séduire l'une des petites minettes du groupe et qu'il était partagé entre la gêne et une immense fierté. Nina était elle aussi partagée : d'un côté, elle désapprouvait, mais, de l'autre, elle était contente de voir qu'il semble avoir repris du poil de la bête.

– Mais je ne sais pas comment la recontacter, maintenant, dit-il, affectant un air penaud, pendant que Nina commandait des cafés et de bons petits déjeuners pour tout le monde. Je veux dire, est-ce que je dois le faire sur Tinder ? Par texto ? Quoi ?

Marek ne lui avait toujours pas envoyé de message, songea Nina. Peut-être avait-il changé d'avis. L'avait complètement oubliée. S'était dit qu'ils étaient allés trop loin. Ses doigts la démangeaient : elle avait envie d'attraper son téléphone toutes les deux secondes, mais s'efforçait de s'en empêcher.

– Envoie-lui la photo d'une tasse de café sur Instagram, lui suggéra Surinder. Même elle devrait être capable d'interpréter ce que ça veut dire.

Griffin parut ravi.

– C'est ce que je vais faire.

★

La société de vente aux enchères était un lieu froid et humide, niché sous les arcs d'une gare abandonnée.

Le responsable, un homme carré, marmonna quelque chose, avant d'opiner du chef, quand Nina lui montra ses documents. À l'intérieur se trouvaient de grandes piles de livres, qui provenaient de la vente d'une bibliothèque de particulier. Il y avait des cartons en pagaille. Nina aurait aimé pouvoir s'installer pour les passer en revue sur-le-champ, mais n'en avait tout bonnement pas le temps ; il fallait qu'elle retourne travailler. Toutefois, quand Griffin lui avait parlé de cette vente, avant de faire une offre, elle avait parcouru avec attention la liste sur Internet, et elle correspondait en tout point à ce qu'elle recherchait. Dans ce genre de cas, de nombreux acheteurs briguaient des premières éditions rares, mais pas elle : elle voulait des livres contemporains en bon état pour pouvoir les revendre, et cette collection était à la hauteur de ses attentes. Celle-ci comportait des tas d'ouvrages récents, de fiction et de non-fiction, choisis par un lecteur soigneux et assidu. Elle avait assurément eu de la chance.

La journée était à nouveau chaude et moite ; le goudron fondait presque sur les routes. Sortir sans blouson lui faisait un drôle d'effet. Cela ne lui était pas arrivé depuis si longtemps qu'elle avait l'impression d'avoir oublié quelque chose.

Elle sentit comme un picotement sur sa nuque, avant de le voir. Elle tourna la tête alors que Surinder et Griffin se chamaillaient gentiment dans la pénombre, sous les arcs. Au départ, il n'était qu'une silhouette sombre qui remontait la rue en traînant des pieds. Mais, peu à peu, il prit forme, et elle se leva d'un bond.

– Marek ?

Il sourit lentement, de son sourire triste et indolent, et tendit les mains.

– Je suis là.

– Comment as-tu… ?

– Ton amie, Surinder, elle a dit que tu avais besoin d'aide aujourd'hui. Elle m'a trouvé. À chaque fois que Nina a besoin d'aide, je suis là, ajouta-t-il d'une voix plus douce.

Elle était éberluée. Elle se remémora leur baiser ; comme ses lèvres étaient douces sur les siennes ; comme elle avait eu envie de se rapprocher de son grand corps d'ours. Elle se surprit à rougir.

– C'est si bon de te voir…

Il voulut l'embrasser, mais visa mal et déposa délicatement un baiser sur son oreille, ce qui n'était pas l'idéal, surtout que Griffin et Surinder sortirent de l'ombre pile à ce moment-là. Surinder donna une petite tape dans le dos de Marek, et Griffin le salua avec suspicion, ce qui, si Nina avait fait attention, l'aurait aidée à comprendre que, malgré les jeunes filles qu'il rencontrait dans les bars, il s'intéressait toujours de près à ses fréquentations.

– Comment va Jim ? demanda Nina, mais Marek répondit d'un simple haussement d'épaules et d'un sourire, et ils se mirent à traîner de grandes caisses à thé pleines de romans jusqu'au van, dans lequel Nina avait déjà chargé les derniers livres entreposés dans la maison de Surinder.

Nina se fit une joie de regarder à l'intérieur : elle remarqua de vieux volumes de contes pour enfants qui avaient du papier de soie pour protéger les illustrations intérieures et des feuilles d'or travaillées à la main sur les couvertures, ainsi que des livres reliés comme neufs – tout donnait à penser que le propriétaire, qui que ce soit, s'était contenté d'acheter le tout, sans se soucier de savoir s'il lirait un jour ces ouvrages. Nina se demanda ce qu'on pouvait bien ressentir quand on avait autant d'argent ; quand on achetait autant de livres sans se poser de questions.

De temps à autre, elle en repérait un dans lequel elle aurait voulu se plonger sans délai, mais elle réussit à se contrôler jusqu'à ce qu'ils aient fait le plus gros du travail. Retourner en Écosse avec tous ces livres à l'arrière du van allait être un vrai travail de routier longue distance, mais, une fois qu'ils seraient tous là-haut, elle serait tranquille pendant des mois.

Ils flânèrent ensuite jusqu'à un petit parc, où ils trouvèrent une place libre non sans difficulté : après avoir jeté les déchets et les mégots de cigarettes laissés par d'autres, ils purent s'asseoir pour déguster les glaces achetées au camion à l'entrée, qui avait mis la radio à fond pour attirer le chaland. Partout autour d'eux, les hommes étaient torse nu ; l'espace était une denrée si rare que Nina sentait leur aftershave. Le soleil qui lui cognait sur la tête l'incommodait, et elle regrettait qu'il n'y ait pas le moindre courant d'air.

Griffin était allongé sur le ventre, échangeant des messages sur son téléphone avec sa nouvelle copine, riant comme une baleine, sans doute un peu trop fort, songea Nina. Il finit par se lever d'un bond et annoncer, en faisant semblant de lever les yeux au ciel :

– Pardon, le devoir m'appelle… ou, plutôt, *Judi* m'appelle.

Les autres sourirent par politesse.

Surinder regarda alors Nina et lui demanda :

– Est-ce que tu as toujours tes clés ?

Nina opina du chef.

– Bien, je ne vais pas tenir la chandelle… À plus tard. MAIS PAS TROP TARD.

Nina l'embrassa sur la joue et la regarda s'éloigner avec grâce, fendant la foule et les immenses tas d'ordures qui se formaient à chaque belle journée, le soleil commençant à décliner dans le ciel. Elle sentit son cœur s'emballer et jeta un regard en coin à Marek, qui avait la tête baissée et ne la regardait pas. Il avait la nuque toute rose. Le silence s'installa.

– Euh, finit-elle par dire, sentant qu'il fallait vraiment qu'elle brise la glace. Euh… comment vas-tu ?

Marek tourna vers elle ses yeux noirs intenses.

– Nina, viens te promener avec moi.

Elle se leva. Elle voyait bien qu'il était aussi nerveux qu'elle, mais cette pensée ne la réconforta pas, loin de là. Ils marchèrent à l'ombre des arbres, puis sortirent du parc en direction du canal. De petites péniches le remontaient et le descendaient lentement dans la lumière de ce début de soirée ; des gens étaient assis aux terrasses des bars et des restaurants, parlant fort ; d'autres promenaient leur chien ou hurlaient dans leur téléphone sans regarder où ils allaient : le cours normal des choses par une chaude journée d'été.

Mais Nina se concentrait sur la main de Marek, qui se balançait à côté d'elle, se demandant si elle devait la prendre.

C'était bizarre de se retrouver tous les deux, en plein jour, comme une fille et un garçon normaux lors d'un rendez-vous. Elle lui jeta un coup d'œil. Il la regarda aussi, et elle lui sourit.

– Par ici, dit-il tout bas, et, surprise, elle le suivit.

Ils quittèrent la route pour emprunter une rue transversale. Nina se sentit tout à coup nerveuse, mais Marek lui fit un sourire qui la rassura. Puis elle poussa un petit cri de surprise : la rue débouchait sur un petit jardin public des plus charmants, que Nina n'avait encore jamais vu. En réalité, à moins de savoir où il se trouvait, il était absolument impossible de tomber dessus. Il était entouré de grilles, et son petit portail passait sous une tonnelle. Une pancarte disait : *Jardin communautaire de Craighart.* L'inscription, décorée de papillons et de fleurs, était peinte de façon exquise, de la main de plusieurs enfants.

À l'intérieur se trouvaient des rangées et des rangées de carottes et de choux. Une grand-mère et ses petits-enfants binaient la terre, formant des sillons réguliers, leur petit bavardage agréable à l'oreille en ce début de soirée, mais, à part eux, il y avait très peu de monde. L'air était empli du bourdonnement des insectes qui voletaient en tous sens et de l'odeur du chèvrefeuille tardif que quelqu'un avait planté dans l'une des plates-bandes bordant le jardin.

– Oh ! s'exclama Nina. Je ne savais même pas que ce parc existait ! C'est magnifique ! Si beau.

– Comme toi, répondit simplement Marek en l'entraînant à l'écart, loin de la famille qui jardinait.

Nina plongea ses yeux dans les siens. La soirée se terminait en beauté.

– Oh Nina ! poursuivit-il en lui prenant la main. Depuis que je suis venu dans ce pays… je suis venu ici, si loin, et tout est si étrange. Et je te rencontre, et tu es si gentille, si douce, et si intelligente, ma Nina. Et comme j'aime recevoir tes messages et t'envoyer des choses.

Elle se rapprocha de lui.

– J'ai failli… Je partage une chambre avec d'autres hommes. C'est si dur. Je travaille toute la nuit et je n'arrive pas à dormir la journée, car il y a trop de bruit. Et je suis triste, et mon pays, oh mon pays me manque tellement, et mon petit garçon me manque aussi, il me manque tant. C'est dur ici ; personne n'est gentil, et tout est si cher, et, Nina, tu en as fait plus pour moi que tu ne le soupçonnes ; tu as tant fait pour me rendre heureux…

Il l'attira près de lui, mais Nina se figea tout à coup. Elle retira sa main comme si on venait de la mordre.

– Tu as un petit garçon ? l'interrogea-t-elle, repensant aussitôt à ce satané Lennox, ce prétentieux, qui avait évoqué une telle possibilité.

– Oh oui, soupira Marek, incapable de décrypter le ton de sa voix. Laisse-moi te montrer photo.

– Est-ce qu'il vit avec sa mère ?

Elle espérait toujours qu'il puisse être divorcé ou séparé. C'était normal, non ?

Il sortit un vieux portefeuille râpé.

– Regarde, dit-il en lui tendant une photo.

Le petit garçon était le portrait craché de son père, avec des yeux très grands, un regard liquide, et de longs cils noirs. À côté de lui était assise une belle fille blonde, svelte, qui souriait timidement devant l'objectif.

– Qui est-ce ?

Nina sentait son cœur cogner dans sa poitrine.

– Eh bien, c'est mon fils, Aras, répondit Marek, visiblement au bord des larmes. Et c'est Bronia.

Elle plissa les yeux en regardant la photo.

– Ta femme ?

– Non, non, non… ma petite amie. C'est la maman d'Aras. Elle vit avec ma mère.

Il baissa un instant les yeux.

– Mais est-ce que vous êtes toujours ensemble ?

– Qu'est-ce que tu veux dire ? demanda-t-il, perplexe.

– Êtes-vous toujours en couple ?

– Oui. Mais ça fait un an que je suis là. Si loin de chez moi. Et je me sens si seul, Nina. Si seul. Et je t'ai rencontrée et soudain… c'est comme un rayon de soleil ! J'ai quelqu'un à qui parler, à qui écrire, à qui penser…

– Mais est-ce que tu écris à ta famille ?

– Oui, j'appelle tous les jours. Mais pour dire quoi ? Je gagne de l'argent. Je suis triste. Ils sont tristes. Ma mère et ma petite amie se disputent. Aras progresse, et je ne suis pas là. Il commence à parler, et je ne suis pas là. J'appelle, ils sont tous là, et ils sont tous tristes, en colère contre Marek, et, moi, je suis dans ma chambre avec les autres hommes, et les miens me demandent : « Oh Marek, est-ce que tu traînes dans les bars à longueur de temps ? Est-ce que tu sors tous les soirs ? Oh Marek, est-ce que tu t'amuses ? Oh Marek, on est coincés ici, on a besoin de plus d'argent… »

Sa voix se fit moins audible.

– C'est si dur, Nina.

La gorge de Nina se serra. Ses émotions avaient fait un virage à cent quatre-vingts degrés, passant de la colère et de la confusion à une immense pitié.

– Mais ne savais-tu pas… ne pensais-tu pas que je ne voudrais peut-être pas d'un homme qui a une petite amie et un bébé ? Tu as une famille, Marek. Comment est-ce que je pourrais m'interposer ?

– Je ne sais pas, répondit-il en haussant les épaules. C'est peut-être différent, ici ? Les choses sont différentes, ici ?

Sa voix se cassa, pleine d'espoir.

Nina secoua la tête, au bord des larmes.

– Non. Elles ne sont pas aussi différentes. Je ne ferais… Je ne suis pas ce genre de…

– Mais je ne pensais pas ça de toi ! la coupa-t-il. Je n'ai jamais pensé ça de toi ! Tu as toujours été spéciale pour moi, Nina ! Si spéciale ! Pas comme les autres filles !

Il avait les joues toutes roses désormais, son portefeuille toujours ouvert dans sa main. Nina lui effleura délicatement le bras sous l'arbre d'un vert éclatant.

– Oh, Marek.

Il la regarda longuement, l'espoir mourant peu à peu dans ses yeux.

– Je suis tellement désolé. Tellement désolé. Je n'aurais pas dû penser…

– Oh non, dit Nina en s'efforçant de ne pas pleurer. Oh non. Tu pouvais le penser. Tu le pouvais tout à fait.

– Quand tu m'as embrassé dans le train, j'étais si heureux, dit-il, les yeux rivés sur elle.

Elle secoua la tête.

– Je crois qu'il faut que tu rentres chez toi, Marek. Pour trouver le bonheur. Chez toi.

– Quand j'aurai gagné plus d'argent. Quand je pourrai veiller sur ma famille, trouver bon travail et que j'aurai obtenu qualifications… Je dois faire ce que j'ai à faire. C'est ça, être homme bien.

Nina le prit dans ses bras et l'étreignit avec précaution.

– Je pense que tu es un homme très bien. Et je crois que tout ira bien pour toi.

– Je ne suis pas homme bien, rétorqua-t-il avec tristesse.

– Mais pense à Aras. Pense à quel point il a besoin de toi, besoin que tu sois là.

– Je sais, répondit-il en opinant du chef. Et bientôt, je serai apte à conduire trains en Lettonie et je pourrai rentrer…

Ils s'étaient remis à marcher, sans but précis, passant devant la vieille dame qui jouait avec ses petits-enfants pour ressortir dans les rues bruyantes et poisseuses.

– Mais ça va me manquer, ajouta-t-il. Pas ici. Birmingham ne va pas me manquer. Les hommes et la chambre et… non. Rien de tout ça. Mais l'Écosse va me manquer. Où ça sent comme chez moi ; de la pluie dans l'atmosphère, du vent dans les herbes et des étoiles dans le ciel. Ça va me manquer. Et tu vas me manquer.

Il paraissait si malheureux que Nina eut envie de glisser son bras sous le sien. Mais ils approchaient de l'endroit où elle avait garé le van plein de livres.

– Il faut que j'y aille.

Il acquiesça, puis baissa la tête ; tout son corps semblait lourd et triste.

– Est-ce que tu veux que je t'apporte quand même d'autres livres ?

– Non. Il faut… Tu m'as été d'une grande aide. Mais cela pourrait t'attirer des ennuis. Tu as pris de gros risques pour moi. Trop de risques. Et j'ai été égoïste, j'ai eu tort de ne pas le voir ; comme j'ai été égoïste, j'ai eu tort de ne pas te demander avant si tu avais une famille. On m'avait dit de le faire, mais je n'ai pas écouté. C'est ma faute.

Marek haussa les épaules.

– Ce n'était pas ta faute. Ça a été un privilège pour moi.

*

Surinder était allongée sur le canapé quand Nina rentra, de grosses larmes lui roulant sur les joues.

– Je t'avais prévenue.

– Je sais. Je sais que tu m'as prévenue. J'ai juste... Je l'ai tellement fantasmé.

– Tu lis trop.

– Dans ma tête, il était un genre de héros romantique. Un peu perdu.

– Il ne peut pas se perdre : il conduit des trains.

– Tu sais très bien ce que je veux dire. Je... je voulais juste. Pour une fois. Qu'il se passe quelque chose. Quelque chose de bien.

Surinder se redressa.

– Je suis sincèrement désolée, tu sais. Je sais que tu l'aimais bien. Moi aussi, je l'aimais bien.

– J'aimais l'image que j'avais de lui.

– Et il t'aimait bien, lui aussi, cela ne fait aucun doute. Franchement. En général, les gens ne mettent pas en danger de gigantesques trains de marchandises sans raison.

– Je crois qu'il se serait accroché à n'importe quelle fille gentille avec lui.

– Pas moi. Il est très beau, tu sais. Il pourrait entrer dans le premier bar venu et en ressortir avec des femmes accrochées à lui comme des bardanes. Je crois qu'il avait lui aussi une âme romantique. Je crois que vous étiez deux rêveurs.

Nina poussa un soupir.

– Eh bien, c'est trop tard. Il a un enfant, une petite amie et tout le tintouin.

– Je suis désolée. Sincèrement, lui dit Surinder en lui faisant un gros câlin. Ça aurait été chouette que ça marche.

– Je sais. Je sais.

– Mais regarde les choses sous cet angle : quelqu'un d'autre craquait pour toi ! Ce qui nous fait Griffin ET Marek. Tu dégages des ondes positives, Nina.

– Griffin craquait pour moi parce qu'il n'y avait personne d'autre dans les parages. Faute de mieux. Et je crois que Marek pensait que j'étais une fille facile, qui écarterait vite les cuisses.

– Non, il ne pensait pas ça. Même si tu l'aurais fait.

– Oui, enfin, bon, tais-toi.

Surinder jeta un œil à l'horloge.

– Est-ce que tu dois vraiment t'en aller ce soir ? Allez, tu es ta propre patronne maintenant.

– Je dois y aller, parce qu'il n'y aura pas trop de circulation et que j'ai un million de kilomètres à parcourir. Et puis, il faut que je reprenne le travail et que je gagne de l'argent pour pouvoir payer mon essence et une bouteille de pinot gris à l'occasion. DONC.

Surinder la supplia du regard.

– Non. Ça ne sert à rien que je reste là à m'apitoyer sur mon sort.

– J'achèterai les snacks !

Nina secoua la tête.

– Non, répéta-t-elle. Je ne veux pas y penser. Je veux rentrer chez moi, mettre la radio à fond, et ne plus jamais voir un train de toute ma vie.

Elle fit un bisou à son amie, puis l'étreignit longuement, lui disant de revenir dans le Nord en vitesse. Surinder l'étreignit à son tour, promettant de lui rendre visite quand il arrêterait de faire chaud à Birmingham, parce qu'à ce moment-là elle pourrait aussi bien avoir froid ici que là-bas, et lui conseillant de cesser ses idioties si elle le pouvait.

– Contente-toi de chercher quelque chose de réel, lui murmura-t-elle. Quelque chose de réel.

Quand Nina passa devant la gare en ce samedi soir bruyant, elle avisa les longs trains sur les voies de garage et, bien malgré elle, éclata en sanglots. Cela ne lui arriverait-il donc jamais ? Tous les autres rencontraient quelqu'un, mais, quand c'était enfin son tour, elle se retrouvait avec le petit ami d'une autre ou avec l'idée qu'elle se faisait d'une personne, mais pas avec la personne elle-même.

« Cherche quelque chose de réel », lui avait dit Surinder, mais comment le pouvait-elle, alors qu'elle ne savait même pas ce que c'était ?

Chapitre 24

– Êtes-vous prête ? l'interrogea Lesley.

Au début, l'épicière du village avait dédaigné la librairie : elle n'aimait pas les recommandations de Nina et émettait des doutes sur la viabilité de toute cette entreprise. Même s'il devenait évident que ses prophéties de malheur n'étaient pas en passe de se réaliser, elle aimait malgré tout venir parcourir les rayons en exprimant sa déception par toutes sortes de petits bruits. Or, pour une raison ou une autre, Nina était déterminée à trouver un livre qui lui plairait.

Jusque-là, les romans historiques, ceux à l'eau de rose, les comédies et les auteurs spécialisés dans les rapts d'enfants n'avaient pas fait mouche. Les récits basés sur des faits divers réels avaient éveillé son intérêt, mais rien n'avait poussé Lesley à s'exclamer : « Oh oui ! Voilà le livre que je cherchais et qui va changer ma vie. » Très peu de choses semblaient la contenter.

– Prête pour quoi ?

À Birmingham, dans le fond de la société de vente aux enchères, sous les arcs où avaient été entreposés les livres, il y avait un grand rouleau de papier kraft. Nina avait interrogé le responsable à son sujet, qui lui avait répondu que ce n'était pas son affaire, alors ils l'avaient pris aussi. À présent, elle excellait dans l'art d'emballer les livres : que ce soit pour des cadeaux ou simplement pour les ramener chez soi, elle les nouait avec de la ficelle en sisal bon marché qu'on trouvait en abondance autour du village.

Lesley la considéra, les yeux plissés.

– Pour dimanche, bien sûr !

– Non. Je ne suis pas plus avancée.

– Depuis combien de temps habitez-vous le village ?

– Dix minutes.

– Eh bien, c'est le solstice d'été, espèce de rosbif ! La Saint-Jean. La fête.

– Tout le monde n'arrête pas de me parler de cette fête !

– Mais vous êtes une sauvage, ou quoi ? Chaque année, le jour le plus long, on organise une fête, tout le monde sait ça. S'il ne pleut pas, il y a un bal, une fête et d'autres réjouissances. Et, s'il pleut, on fait quand même tout ça, mais dans la grange de Lennox.

– Eh bien, je ferais mieux d'y aller, alors. Je vis là-bas.

– Voui, je sais, rétorqua Lesley avec une petite moue. Tout le monde le sait. Comment va-t-il, le pauvre homme ?

– Le pauvre homme ? bredouilla Nina. Il... enfin, il est très grossier et plutôt odieux, si vous tenez à le savoir.

– Voui, mais il en a vu des vertes et des pas mûres avec cette Kate.

– Comment était-elle ?

– Prétentieuse. Distinguée. Pas comme vous.

– Eh bien, merci beaucoup.

– Les choses n'étaient jamais assez bien pour elle, ici. Elle se plaignait du pub et de tous les vieux messieurs qui traînaient devant à longueur de temps.

Elle a peut-être raison sur ce point, songea Nina.

– Elle se plaignait de la ville, disait qu'il n'y avait rien à y faire.

– Mais il y a plein de choses à faire ! s'exclama Nina.

C'était vrai. Il était presque impossible de marcher dans la rue sans se faire entraîner dans une activité ou une autre. Il y avait des festivals, des chorales, des fêtes de l'école et des matchs de *shinty*, le hockey sur gazon local. Les activités ne manquaient pas, pour une ville aussi petite. Avec le temps, Nina avait fini par comprendre : comme ils étaient si éloignés des attractions des grandes villes, et comme le temps était le plus souvent contre eux, ils devaient compter les uns sur les autres pendant les longues soirées d'hiver et les jours difficiles. C'était une vraie communauté, pas une simple rangée de maisons mitoyennes remplies de gens qui se trouvaient être voisins. Cela faisait toute la différence, et elle ne l'avait tout bonnement pas réalisé avant.

– Voui, enfin, bref. Vous n'aimeriez sans doute pas la fête, de toute façon. Quant à moi, je crois que je ne trouverai rien ici.

Nina déballa alors un livre qu'elle connaissait bien et se redressa. Elle considéra Lesley, qui travaillait comme une folle, vivait au-dessus de son magasin, seule *a priori*, et paraissait toujours aigrie de la tournure qu'avait prise sa vie. Elle s'interrogea.

– Essayez ça, lui proposa-t-elle gentiment en lui tendant un exemplaire du *Cœur en bris de verre*.

Lesley examina la couverture avec méfiance.

– Je ne crois pas, non.

– Faites un essai et dites-moi ce que vous en pensez.

Nina baissa la voix pour que personne ne l'entende.

– Si vous n'aimez pas, je ne vous le facturerai pas.

Trouver quelque chose qui conviendrait à Lesley était devenu une question de fierté professionnelle pour elle. Cette femme semblait avoir désespérément besoin du bon livre. Et il y en avait un pour chacun, Nina en avait l'intime conviction. Si seulement cela pouvait être vrai pour tout dans la vie.

*

– Je hais le solstice d'été, déclara Ainslee, qui s'était jetée sur les nouveaux livres avec empressement et les déballait avec une révérence profonde, poussant des exclamations devant chaque grand format tout neuf, chaque première édition inestimable, et chaque tranche intacte.

Cette collection était merveilleuse. Nina lui avait promis qu'elle pourrait en emprunter, tant qu'elle en prenait soin.

– Pourquoi, qu'est-ce qui se passe ?

Ainslee poussa un soupir.

– Oh, tout le monde met des vêtements ridicules et court dans tous les sens en chantant, en dansant et en faisant les idiots toute la nuit. C'est naze.

– Vraiment ? Parce que, dis comme ça, ça a l'air plutôt chouette.

– Eh bien, ça ne l'est pas. Je ne comprends pas pourquoi les gens ne pourraient pas rester tout seuls chez eux, si ça leur dit, à écouter la musique qu'ils aiment au lieu de cors énervants et de trucs tintinnabulants.

– Des cors ?

– Oui, d'énormes cors. Et des tambours, des trucs du genre. Et ils allument un énorme feu. C'est grotesque.

– Tu ferais mieux d'y aller, intervint le Dr MacFarlane, le généraliste, qui attendait, se léchant presque les babines, qu'Ainslee déballe les plus gros cartons, au cas où ils contiendraient d'obscurs romans de gangster des années 1920 qu'il n'avait pas encore lus. Tout le monde y va !

– Oh, c'est une très bonne raison, ça ! rétorqua Ainslee en levant les yeux au ciel.

Nina remarqua du coin de l'œil que Ben était entré sans bruit. Elle gardait son dernier exemplaire de *Sur les toits* près de la caisse, pour qu'il puisse se servir, et elle le vit s'en emparer, s'asseoir délicatement, puis lire les mots sur la quatrième de couverture en détachant les syllabes, bougeant les lèvres en déplaçant lentement son doigt. Cela la fit sourire, et elle décida de le laisser tranquille pour l'instant.

– Quel genre de vêtements ? s'enquit-elle.

– Oh, vous savez, les garçons sont en kilt, pour sûr, mais les filles sont bien avenantes, répondit le Dr MacFarlane.

Nina habitait en Écosse depuis suffisamment longtemps pour comprendre que c'était un compliment. Depuis qu'Ainslee avait commencé à travailler pour la librairie, son style vestimentaire tout simple avait changé. Nina la regarda : ce jour-là, son eye-liner était d'un violet surprenant, qui jurait avec ses cheveux verts. Elle ressemblait au logo du tournoi de Wimbledon. Nina, supposant que c'était bon signe qu'elle commence à s'exprimer, choisit de ne pas le mentionner. Elle avait tenté de lui reparler de ses examens, mais la jeune fille s'était aussitôt fermée comme une huître, et cette tentative n'avait pas été concluante.

– Ça va être super, poursuivit le médecin, qui tomba à pic, dénichant un livre dont la couverture montrait une garçonne tenue en joue par un extraterrestre armé d'un pistolet laser. Argh, ça fera l'affaire.

– Ouah, je n'ai même pas encore fixé le prix de ces livres ! dit Nina. Vous êtes un rapide.

Il lui tendit de la monnaie malgré tout, en ajoutant :

– J'espère vous voir à la fête, ce soir.

– Est-ce que je peux y aller, moi aussi ? demanda Ben en geignant, tandis que sa sœur le faisait sortir.

– Non, asséna-t-elle.

*

Côté travail, Nina maîtrisait la situation, mais rentrer le soir à la grange vide, sans Surinder pour lui redonner le sourire, sans balade nocturne à attendre avec impatience, sans penser aux poèmes, aux petites blagues ou aux dessins à griffonner et à placer dans l'arbre, était vraiment dur.

Pendant la journée, elle voyait des tas de gens, mais, le soir, alors que les interminables nuits blanches n'en finissaient pas de rallonger et qu'elle devait se forcer à aller au lit à vingt-deux heures trente, qu'il fasse encore jour ou non, elle trouvait les heures pesantes.

Elle n'avait pas eu de nouvelles de Marek et n'était pas retournée au passage à niveau pour vérifier s'il lui avait laissé quelque chose. Elle ne voulait pas savoir. Mais elle sentait également qu'il savait lui aussi qu'ils étaient allés trop loin, qu'ils avaient été très près de commettre une terrible erreur.

Ou peut-être ne le savait-il pas, songea-t-elle un soir où elle s'apitoyait sur son sort en reniflant, après avoir mangé la moitié d'un pot de glace Mackie's. Peut-être pensait-il qu'elle n'était qu'une Anglaise facile qui l'avait éconduit et était-il déjà passé à la suivante. Peut-être ne pensait-il jamais à elle. Elle poussa un soupir. C'était encore plus difficile avec Griffin et Surinder qui croyaient qu'elle s'en sortait super bien, qu'elle avait la belle vie. Elle avait l'impression de ne plus pouvoir faire marche arrière, même si elle le voulait. Ce qui n'était pas le cas. Mais, oh, elle se sentait si seule.

Soupirant à nouveau, elle alluma son ordinateur, avec sa connexion internet très lente, et se rendit sur sa page Facebook. Surinder lui avait conseillé d'en créer une pour la librairie. Elle avait d'abord trouvé cette idée idiote, mais cela s'était avéré très utile : pour commencer, cela permettait à tout le monde de savoir où elle allait en fonction des jours et de pouvoir la trouver.

En outre, elle avait reçu un e-mail de quelqu'un qui s'appelait « Bibliothèque des Orcades » – cela ne pouvait pas être son vrai nom, avait-elle tranché – lui indiquant que, si elle souhaitait diversifier son activité ou s'installer ailleurs, leurs habitués ruraux adoreraient avoir une librairie ambulante en complément de la petite librairie indépendante de Kirkwall. Elle avait regardé le message, tout sourire. Elle se sentait déjà isolée du reste du monde ; les Orcades seraient sans doute les confins de la terre. Si elle trouvait un jour la vie dans les Highlands trop rapide et spectaculaire…, pensa-t-elle, et elle archiva le message, juste au cas où.

On frappa à la porte de la grange. Nina regarda autour d'elle, déconcertée. Elle n'avait pas beaucoup de visiteurs, excepté des enfants, à l'occasion, qui avaient un besoin désespéré, urgent, du nouveau *Harry Potter*/*Malory School*/

Narnia, et à qui elle réussissait en général à faire plaisir, se rappelant ce sentiment.

Elle alla ouvrir, dans l'expectative, puis eut la surprise de se trouver face à Lesley, de l'épicerie.

– Bonjour. Euh… salut. Est-ce que je peux vous aider ? Le van n'est pas vraiment ouvert maintenant, mais si vous avez besoin de quelque chose…

– Non, répondit Lesley. Écoutez, je voulais juste vous dire… j'ai fini le livre que vous m'avez recommandé.

Des larmes ruisselaient sur ses joues.

– Ouah, vous avez fait vite ! s'exclama Nina en consultant sa montre.

Le Cœur en bris de verre était le courageux cri du cœur d'une femme abandonnée par son mari, écrit en quatre jours au bord d'un précipice dans lequel elle lançait l'un après l'autre tous ses biens matériels, en méditant sur leur signification. Sa sincérité et son humour avaient séduit le monde entier. Le fait que l'auteure soit par la suite tombée follement amoureuse de son attachée de presse et l'ait épousée avait certes nourri son succès, mais ce livre méritait vraiment sa renommée internationale.

– C'était… Elle a parfaitement saisi… ce que ça fait.

Nina dévisagea cette femme coincée, guindée, avec laquelle elle avait eu du mal à s'entendre, et s'étonna, encore une fois, des émotions qui pouvaient bouillonner sous les dehors les plus réservés. Vue de l'extérieur, Lesley n'était qu'une commerçante entre deux âges qui vaquait discrètement à ses occupations.

Le fait qu'elle s'identifie autant à une Américaine angoissée qui avait laissé couler son sang le long d'une montagne, avait changé de sexualité et hurlé à la lune avec une meute de loups, en était la preuve. Chaque être humain renfermait un univers aussi vaste que l'univers physique. Les livres étaient le meilleur moyen que connaissait Nina – excepté la musique, parfois – de faire tomber la barrière qui les séparait ; de relier le monde intérieur et le monde extérieur, les mots servant d'intermédiaires entre les deux.

Elle lui sourit chaudement.

– C'est fantastique. Je suis vraiment ravie. Est-ce que vous voulez entrer boire une tasse de thé ?

Lesley secoua la tête.

– Non, non, il faut que je file. C'est à cause de ce que j'ai dit plus tôt…

– À quel propos ?

– Sur le fait que vous n'aimeriez pas la fête. Je crois que j'ai eu tort. Je crois qu'il faut que vous y alliez.

– Non, j'ai vraiment besoin d'une bonne nuit de sommeil ! répondit Nina en secouant la tête. J'ai du mal à dormir, comme il fait toujours jour.

Lesley la dévisagea sévèrement.

– Ne soyez pas ridicule. C'est une fois par an. Vous êtes jeune et célibataire. Tous les célibataires doivent y aller, c'est la règle.

– C'est vrai ? Sincèrement ?

L'épisode Marek l'avait tant blessée qu'elle ne se sentait pas du tout prête à être par monts et par vaux et à interagir à nouveau avec des gens.

– Je ne suis pas sûre d'en être capable.

Lesley fronça les sourcils.

– Vous savez, j'ai gâché ma jeunesse avec cet homme. On s'est mariés à vingt et un ans ; on était ensemble depuis le lycée. Jusqu'à mes cinquante ans. Je n'ai même jamais pensé à un autre homme. Oh, Bob avait un caractère de cochon, mais je supposais que tout le monde était comme ça. Je n'y pensais même pas, je croyais juste que les choses étaient ainsi. Et devinez quoi : il est parti quand même ! Et c'était trop tard pour moi.

– Ce n'est pas trop tard pour vous ! protesta Nina.

Lesley leva les yeux au ciel.

– J'ai des rides du sommet du crâne jusqu'à mes vieux doigts de pied poilus et je passe tout mon temps à travailler. C'est sans doute la chose la plus cruelle qu'il m'ait faite, de ne pas m'avoir quittée quand j'avais encore une chance de rencontrer quelqu'un d'autre, quand j'avais encore un peu de peps. Cette femme qui a écrit le livre et moi… on sait toutes les deux qu'on vaut mieux que ça. Mais même moi, je sais que je ne serai pas sacrée reine de la fête en portant une robe débile. Vous, en revanche…

Elle sortit une housse à vêtements en plastique qu'elle cachait dans son dos.

– Tenez. Elle devrait vous aller. Moi aussi, j'étais maigrichonne.

– Mais je ne suis pas maigrichonne ! se récria Nina.

– Lennox dit que si vous étiez l'un de ses agneaux, il vous abandonnerait à flanc de coteau.

– Il a dit QUOI ? s'exclama Nina, scandalisée, mais Lesley continuait de pousser la housse vers elle sans l'écouter.

Nina fixa le plastique froissé.

– Honnêtement, je ne crois pas… je ne crois pas pouvoir.

– Écoutez, poursuivit Lesley, les sourcils froncés. Vous êtes venue dans cette ville. Et ça s'est mieux goupillé que je ne le pensais, je l'admets volontiers. Mais vous n'êtes pas seulement là pour qu'on vous donne de l'argent en échange de livres. Vous êtes dans les Highlands maintenant. Il faut se serrer les coudes. C'est ce qu'on fait. Vous ne pouvez pas vous contenter de prendre : il faut donner en retour. Tout un tas de gens ont travaillé dur pour que cette soirée soit un succès, et vous leur devez d'y aller pour les soutenir.

– Je ne voyais pas les choses comme cela, répondit Nina avec sincérité.

Lesley agita une dernière fois la housse dans sa direction.

– Prenez-la. Cette soirée sera merveilleuse. Savourez-en chaque seconde. Montrez-leur à tous que vous êtes des nôtres.

– Je n'en reviens pas qu'on me fasse chanter pour aller à une fête, grommela Nina, sans pouvoir s'empêcher de ressentir malgré tout un certain enthousiasme.

*

Après le départ de Lesley, Nina retira délicatement la housse en plastique. Elle marqua alors un temps d'arrêt.

La robe était blanche, mais ne ressemblait pas à une tenue de mariée. Elle était toute simple, en mousseline de soie, à col haut, ajustée à la taille, avec une jupe évasée qui arrivait aux genoux. Une fine écharpe en tartan vert pâle s'accrochait à l'épaule et à la hanche. Mais ce qui fit vraiment s'arrêter Nina était le corset en velours d'un vert profond, qui se laçait sur le devant et était à l'évidence fait pour être porté par-dessus la robe.

Elle était plutôt belle, en réalité. Elle rappelait quelque chose à Nina, mais elle n'arrivait pas à mettre le doigt dessus, jusqu'à ce qu'elle se souvienne des illustrations de

Blanche-Neige et de Rose-Rouge dans ses vieux livres pour enfants. Elle l'étendit sur le lit, le sourire aux lèvres.

Elle aurait plus que tout aimé que Surinder soit là : elle aurait trouvé cela hilarant. Elle consulta sa montre. Il était dix-neuf heures. La fête commençait à vingt heures. Elle se mordit la lèvre. Eh bien, si elle était obligée d'y assister (et elle sut directement que, maintenant que Lesley lui avait donné la robe, elle et probablement son affaire auraient de gros problèmes si ce n'était pas le cas), elle allait devoir penser à se préparer.

Il s'avéra que Lesley avait vu juste pour la taille. Nina prit une douche rapide et se lava les cheveux, les laissant libres au lieu de les attacher comme à son habitude. Ils allaient être volumineux et broussailleux, mais elle ne pouvait pas faire grand-chose à ce sujet. Puis elle enfila la robe par en haut : elle se déposa sur ses hanches comme si elle avait été cousue sur elle. Elle était plus légère et plus extensible qu'elle ne le pensait ; faite pour danser, à l'évidence. Puis elle passa le corset en se tortillant. Il lui recouvrait la taille et la cage thoracique ; ses seins, en revanche, passaient par-dessus.

Elle se regarda dans le miroir, quelque peu étonnée. Elle préférait en général les vêtements informes, dans lesquels elle se sentait à l'aise. Cette robe, associée à ses ballerines, était confortable à souhait. Mais elle était aussi extrêmement provocante, comparée à ce qu'elle portait au quotidien.

Elle eut subitement peur que personne d'autre ne soit affublé d'une telle tenue, que ce soit une farce cruelle visant à mettre la petite nouvelle dans l'embarras. Puis elle se rappela que le Dr MacFarlane avait évoqué les jolies filles et décida que ce n'était pas possible. Si ?

En s'admirant dans le miroir, elle rougit. Ce corset lui faisait une taille de guêpe et gonflait sa poitrine, d'ordinaire petite et peu impressionnante, la faisant ressortir de manière avantageuse. Il n'était pas étonnant que cet atour ait été si populaire jadis, songea-t-elle. Elle s'aventura à tournoyer et souriait toute seule quand, soudain, elle sentit la présence de quelqu'un dans l'embrasure de la porte.

Elle fit alors volte-face, haletante, horrifiée, tardant à réaliser qu'il s'agissait de Lennox.

Pendant une fraction de seconde, il la fixa du regard, sans vergogne. Puis il se ressaisit.

– Pardon ! Pardon ! s'écria-t-il en levant les mains et en reculant. La porte était ouverte…

Nina ne l'avait pas refermée après le départ de Lesley pour laisser entrer la douce brise estivale dans le salon.

– Vous m'avez fait une de ces peurs !

– Je suis désolé, désolé, je ne suis pas ce genre de propriétaire… Bon Dieu, est-ce déjà l'heure ?

Nina sourit.

– Ça va. Je suis juste gênée d'avoir été surprise en train de me pavaner.

Il la regarda à nouveau, un brin nerveux, comme si c'était mal.

– Alors comme ça, vous allez à la fête ?

– Non, répondit-elle aussi sec. Je m'habille comme ça quand j'ai besoin de me détendre.

Lennox éclata subitement de rire, comme malgré lui.

– En fait, ça vous va bien, je trouve.

– Ne dites pas de bêtises.

– Ce n'est pas le cas. Vous êtes ravissante. C'est comme si vous aviez enlevé votre gilet de laine, pour une fois.

– Je ne porte pas de gilet de laine !

– Votre gilet au sens métaphorique. Votre gilet de bibliothécaire. C'est comme si…

C'était une longue tirade pour lui, et il semblait chercher ses mots.

– On dirait que vous vous entourez de quelque chose pour vous faire paraître plus petite et plus insignifiante… que vous ne l'êtes vraiment.

Nina en resta éberluée.

– Comme si vous ne vouliez pas qu'on vous remarque.

– Au cas où on voudrait m'abandonner à flanc de coteau.

Lennox parut déconcerté.

– Pardon ?

– Laissez tomber.

Il tourna les talons et se redirigea vers la ferme. Arrivé à mi-chemin, il s'arrêta près du van et se tourna à nouveau.

– Vous ne pouvez pas y aller dans ce piège à rats. Est-ce que vous voulez que je vous dépose ?

– Vous y allez ? répondit Nina, surprise.

– Oui, si je veux que les gens de cette ville continuent de m'acheter de la laine, grogna Lennox. Je n'ai pas vraiment le choix, si ?

– Alors d'accord, répondit-elle avec un sourire. Peut-être que cette fois vous commencerez à danser plus tôt.

Il fronça les sourcils, l'air confus : il avait manifestement complètement oublié le bal dans la grange.

– Je ne compterais pas trop dessus, dit-il en rentrant chez lui. On se retrouve dans vingt minutes.

⋆

– Vous avez deux kilts ? lança Nina avec étonnement en le voyant arriver vingt minutes plus tard.

Elle avait essayé de dompter sa chevelure, en vain, et fini par simplement entortiller deux mèches de l'avant vers l'arrière, comme une couronne. Et elle avait renoncé à l'écharpe en tartan, n'ayant pas la moindre idée de ce qu'elle devait en faire. Elle remarqua alors que le tissu était de la même couleur que le kilt de Lennox : un gris-vert pâle.

– Et vous, est-ce que vous avez deux paires de jeans ? grommela Lennox.

Il s'était lavé les cheveux ; ils formaient de belles boucles et n'étaient pas cachés sous une casquette, comme d'habitude. De même, sans son ciré sur le dos, Nina remarqua à nouveau ses larges épaules ; sa carrure fine, mais athlétique. Il n'était ni trop musclé (elle ne pouvait se le figurer en train de faire de la musculation, on n'avait pas besoin de faire une activité physique artificielle quand on était agriculteur) ni trop maigre ; juste bien proportionné. Le gris-vert du tartan faisait ressortir le bleu vif de ses yeux.

– Oui, mais…

Elle se ravisa, estimant cette conversation stérile.

– Où est votre écharpe ?

– Euh, je ne savais pas quoi en faire.

– Alors, vous n'avez même pas essayé ? Apportez-la-moi.

*

Debout près de la Land Rover, il lui épingla l'écharpe à la hanche et à l'épaule avec solennité et précaution. Comme il l'arrangeait, ils se retrouvèrent soudain inconfortablement près l'un de l'autre, et Nina se rendit compte qu'elle retenait son souffle. Elle se le reprocha aussitôt et se dépêcha de sauter dans la voiture, mais dut vite en ressortir : Persil occupait déjà le siège avant.

– Est-ce que Persil danse beaucoup ?

– Il aime les fêtes, répondit Lennox avec un haussement d'épaules. Plus que moi, en tout cas.

– Est-ce que je m'assois derrière, du coup ?

– Ne soyez pas ridicule. Allez, mon grand. Allez.

Le chien passa aussi sec sur le siège arrière.

Nina se retourna pour lui caresser affectueusement les oreilles.

– Oh, c'est un beau chien, ça.

Persil lui lécha la main. Lennox les observait.

– Ce chien vous rend gnangnan.

– Parce qu'il est très mignon.

Plus que vous ne le méritez, songea-t-elle sans le dire.

– Kate disait toujours qu'il était trop gentil pour moi, poursuivit Lennox, lisant dans ses pensées.

En silence, ils cahotèrent sur le sentier plein d'ornières. Il y avait davantage de voitures que d'habitude sur la route, en partie parce que, normalement, il n'y en avait aucune, et également parce que la plupart se dirigeaient vers Coran Mhor, pleines de gens joyeux et excités, parmi lesquels (Dieu merci) de nombreuses filles en robe blanche au profond décolleté. Nina regardait par la fenêtre, puisque, Lennox, égal à lui-même, ne semblait pas avoir envie de discuter. La soirée était magnifique, claire, avec seuls quelques petits nuages qui se déposaient ici et là ; le soleil ne semblait pas prêt à se coucher.

– Comment va le conducteur de train ? demanda Lennox à brûle-pourpoint, d'un ton embarrassé.

Nina le dévisagea, sous le choc.

– Pardon ?

– Je veux dire, est-ce qu'il va venir ?

– Euh, non. NON, bien sûr que non. Non. Ce n'était pas… Ça n'a pas…

Lennox lui jeta un petit regard.

– Ce n'était pas ce à quoi vous vous attendiez, hein ?

Un ange passa dans la voiture.

– Il avait… Il s'est avéré qu'il avait déjà une famille.

Nina détesta avoir à l'admettre, à le dire tout haut.

– Non pas que ça vous regarde.

Lennox marqua un temps d'arrêt et caressa le chien, qui avait mis sa tête entre leurs deux sièges.

– Désolé, finit-il par dire. Je n'aurais pas dû vous poser la question. J'avais un mauvais pressentiment à son sujet. Il évitait de croiser mon regard.

– Il vous a peut-être simplement trouvé grincheux et effrayant.

Lennox parut surpris.

– Je ne suis pas du tout comme ça.

– Oui, d'accord, c'est ça, s'offusqua Nina.

– Je travaille dur, c'est tout. Les gens s'imaginent que ce n'est pas bien difficile de faire marcher une grosse ferme, mais c'est un sacré boulot…

Il vit l'expression sur le visage de Nina.

– Quoi ?

– Rien.

– Quoi ?

– Eh bien, qui a dit que l'agriculture n'était pas un travail difficile ? Mais je vois tout le temps le Gros Tam s'amuser au pub et d'autres agriculteurs en train de bien rigoler. Des tas de gens ont un boulot difficile, mais cela ne les rend pas pour autant malheureux en permanence.

Lennox se tut un instant.

– Non, finit-il par dire. Non, je suppose que non. Je suppose que… ces dernières années…

Il s'interrompit à nouveau et contempla les collines vert vif qui ondoyaient de l'autre côté du pare-brise.

– Ces dernières années… ont été difficiles. Et c'est comme si… Je ne sais pas si vous comprendrez ce que je veux dire, mais c'est comme si, en un sens, ne pas avoir le moral était… C'est comme si c'était devenu une habitude. Mais je suis de sortie, ce soir, n'est-ce pas ? ajouta-t-il en regardant son kilt.

Nina le considéra d'un air taquin.

– Je ne sais pas. Allez-vous rester accoudé au comptoir toute la nuit en ayant l'air furieux ?

– Je ne fais pas ça.

– Vous l'avez fait au bal dans la grange ! Vous avez passé la plus grande partie de la soirée à parler avec ce type-là et à ignorer royalement tous les autres.

Lennox poussa un soupir.

– Oh voui, cette nuit-là.

– Oh voui, cette nuit-là, le singea Nina. C'est vrai, compte tenu du nombre de soirées mondaines qu'il y a dans le coin, je ne sais pas comment font les gens pour suivre.

Lennox plissa les yeux et se concentra sur la route devant lui.

– Voui, je m'en souviens.

Nina le regarda, attendant qu'il développe. Ce qu'il finit par faire.

– C'était… c'était Ranald, mon avocat, dit-il avec un soupir. Il voulait me parler, en personne.

Ses mains se serrèrent sur le volant.

– Oh non. Désolé, Nina. Je ne voulais pas vous en parler pour le moment… pas avant d'en être certain. J'ai essayé de trouver une solution, mais je ne crois pas pouvoir y arriver. Je suis désolé d'avoir à vous le dire, surtout ce soir, mais j'étais… enfin, tout à l'heure, en fait, je venais vous dire…

Nina le regarda. Il avait le visage rouge.

– Je… Kate veut la ferme. Ou elle veut que je la vende.

– Quoi ?

Nina pensa aux rideaux doublés hors de prix, aux beaux objets choisis si méticuleusement, au soin apporté au moindre détail. Il était évident que quelqu'un qui avait si bon goût, un tel sens du beau, ne pourrait jamais débarquer et tout ruiner, non ?

Elle se rendit alors compte de son égoïsme. Elle ne faisait que louer un logement dans cette ferme : ce n'était rien du tout comparé à ce qui allait arriver à Lennox.

– Mon Dieu ! s'exclama-t-elle. Elle ne peut pas vous prendre votre ferme !

– Elle essaie.

– Mais c'est une ferme familiale, non ?

– Ça n'a pas vraiment d'importance. Enfin, Kate a été ma famille… pendant un temps.

Il se tut.

– Mais est-ce qu'elle ne travaille pas ?

– Ça ne semble pas avoir d'importance, répondit-il en haussant les épaules.

– Mais c'est elle qui est partie, n'est-ce pas ?

– Ça non plus.

– Qu'est-ce que vous allez faire si vous n'avez plus de ferme ?

Lennox cligna des yeux à toute allure.

– Je ne sais pas, répondit-il lentement. Repartir de zéro, je suppose. Travailler sur l'exploitation de quelqu'un d'autre.

Pour une raison ou une autre, Nina n'arrivait pas à l'imaginer simple ouvrier agricole.

– Ça ne peut pas se passer comme ça, dit-elle avec fougue. J'ai vu comme vous travailliez dur sur votre exploitation.

– Eh bien, les avocats n'ont pas l'air de trouver ça important.

Ils poursuivirent leur route, cahin-caha, montant le chemin plein d'ornières. Nina avait bien conscience qu'ils étaient encore moins d'humeur à aller faire la fête, mais il fallait qu'elle lui pose la question.

– Pourquoi avez-vous rompu ? lui demanda-t-elle avec douceur. Est-ce qu'elle a vraiment craqué pour quelqu'un d'autre, ou était-ce seulement une excuse ?

Il y eut un très long silence dans la voiture.

– Eh bien, n'est-ce pas évident ?

– Parce que vous êtes un vieux grincheux ?

– Euh, non, ce n'était pas du tout ce que j'allais dire, dit Lennox, à l'évidence vexé.

– Oh. Euh…

Il y eut à nouveau un long silence.

– Elle avait l'impression de s'être enterrée. Que je lui avais promis autre chose, promis plus. Non, ce n'est pas ça. Je ne l'ai pas fait. Je ne lui ai rien offert. Elle savait ce qu'il en retournait. Et elle pensait que ça irait, qu'elle serait capable de supporter l'isolement. Mais elle n'a pas pu.

Il regarda les collines dorées par la fenêtre.

– Les hivers sont très longs par ici, vous savez. C'est dur ; c'est très dur d'être femme d'agriculteur. Ça ne convient pas à tout le monde.

– Comment vous êtes-vous rencontrés ? l'interrogea-t-elle.

– J'étudiais l'agriculture à Édimbourg... Elle faisait les Beaux-Arts. J'aurais dû m'en douter, hein ? ajouta-t-il avec un sourire.

Nina pencha la tête.

– Alors pourquoi a-t-elle accepté de venir ici ? Si elle voulait vivre en ville et devenir une artiste branchée ?

– Elle croyait que ce serait bon pour son travail. Qu'elle trouverait la solitude dont elle avait besoin pour devenir un grand peintre.

Nina pensa alors au tableau contemplatif accroché au mur.

– Oh ! Il est d'elle ! Le tableau ! Ça ne m'avait jamais traversé l'esprit.

Elle repensa aux couches sombres, lugubres, qui détonnaient tant dans la pièce.

– Oh oui. Elle ne voulait pas l'accrocher. C'est moi qui l'ai fait. Je croyais... je croyais que ça lui remonterait le moral.

– Est-ce que ça a marché ?

– Pas vraiment. Mais je le trouvais beau.

– Il l'est, acquiesça Nina avec ferveur. Il est très beau. Mais pourquoi... pourquoi voudrait-elle vous prendre votre ferme, si elle la déteste tant ?

– Je pense qu'elle a des soucis d'argent. Essayer de réussir en ville, c'est cher pour les artistes. Ce n'est pas donné là-bas. Je crois qu'elle a un peu enseigné..., mais je ne peux pas imaginer que ça lui plaise. Ce n'est pas vraiment son truc. Et elle dit que c'est pour mon bien, que je dois sortir de la routine dans laquelle elle pense que je me suis enlisé, que j'arrête de travailler si dur, que je trouve un travail plus reposant.

– Elle n'a peut-être pas tort sur ce point.

Lennox la dévisagea.

– Est-ce que vous le pensez vraiment ?

– Je vous entends vous lever à toute heure du jour et de la nuit. Je vous vois marcher pendant des kilomètres et des kilomètres dans les collines.

– Mais c'est ce que je fais, rétorqua-t-il, le front plissé, confus. Ce n'est pas un travail : c'est un mode de vie. Mon mode de vie, à moi. Je sais qu'elle n'aimait pas ça, mais ce n'est pas vraiment mon problème. Moi, j'aime ça. Je ne pourrais pas… Bon sang, je ne pourrais pas passer ma journée dans un bureau. À faire des trucs sur un ordinateur. Ce serait une véritable torture pour moi. Je ne suis pas un artiste comme elle, et je ne suis pas intelligent comme vous : vous avez trouvé quelque chose qui manquait à notre communauté et vous nous l'avez apporté. Je ne pourrais pas faire ça.

Ce compliment la gêna.

– Je crois… je crois que vous pourriez faire tout un tas de choses, dit-elle. Si j'ai appris une chose, c'est bien que tant qu'on n'a pas essayé, on ne sait jamais de quoi on est capable.

– Mais j'aime ce que je fais. J'aime cette terre.

Nina le considéra.

– Il doit y avoir un moyen. Il doit y avoir un moyen de rester.

Il haussa les épaules, puis lui montra quelque chose du doigt. Ils venaient de franchir le sommet de la colline, et la vallée se déployait sous eux, traversée par la voie ferrée. Nina détourna les yeux, préférant les poser sur la crête de la colline suivante, où se trouvaient une foule immense, des chapiteaux rayés et des stands aux couleurs vives. Un bruit régulier se faisait entendre : il évoquait à Nina le martèlement de la pluie sur un toit, mais, en approchant, elle réalisa qu'il s'agissait en réalité du bruit des tambours. Elle plissa les yeux. Un groupe de jeunes hommes, en kilt, mais torse nu, le buste et les bras recouverts de boue, tapaient sur d'énormes *bodhráns* en faisant un vacarme d'enfer. De temps à autre, l'un d'eux rejetait la tête en arrière pour pousser un hurlement.

– La vache ! Va-t-il y avoir beaucoup de trucs de ce genre ? s'enquit-elle.

Pour la première fois, Lennox lui sourit franchement. Il avait un joli sourire, qui plissait ses yeux bleus.

– Oh oui, et le reste aussi.

Puis son visage s'assombrit à nouveau.

– Je suis désolé d'avoir dû vous informer de votre expulsion potentielle.

– Ça va. J'ai eu… en fait, on m'a fait une proposition ailleurs.

– Vraiment ? demanda-t-il doucement, en haussant les sourcils.

La gorge de Nina se serra. Elle n'avait pas envie de quitter Kirrinfief, elle n'en avait pas du tout envie. Mais elle ne voyait pas l'intérêt d'aggraver la situation : Lennox se sentait déjà suffisamment mal comme ça.

– Contentez-vous d'arranger les choses avec Kate, par n'importe quel moyen. Ne vous inquiétez pas pour moi.

La Land Rover s'immobilisa à côté d'une rangée de voitures garées dans un champ. Lennox la regarda et opina du chef.

– Voui, répondit-il, mais l'inquiétude se lisait sur son visage.

– Je le pense vraiment.

Il sortit du véhicule, puis en fit instinctivement le tour pour l'aider à descendre ; Nina avait presque oublié la robe qu'elle portait. Monter dans une Land Rover, ou en descendre, n'était pas une mince affaire. Il tendit sa main, longue et rugueuse, et elle s'en empara.

– Où pensiez-vous aller ? l'interrogea-t-il tandis qu'elle mettait pied à terre.

– Oh, dans les Orcades, répondit-elle avec désinvolture.

Lennox se figea.

– Les Orcades ? Vous allez dans les Orcades ? Ce n'est pas assez paumé ici, pour vous ?

– Si je n'ai plus de logement, je serai peut-être obligée, souligna-t-elle.

– Oh, voui.

Ils restèrent plantés là, embarrassés. Le son des tambours s'amplifiait, et, avec lui, le vent leur portait celui, aigu, des cornemuses. Des petits nuages floconneux filaient dans le ciel, se pourchassant, comme si quelque chose était à leurs trousses. Nina entendit des rires d'enfants.

– Est-ce que vous êtes sûr, vraiment sûr, que je porte la tenue adaptée ?

Lennox la regarda de la tête aux pieds.

– Vous êtes spl…, commença-t-il avant de s'interrompre. Vous savez quoi ? finit-il par dire. Je suis d'humeur à me soûler. Voulez-vous vous joindre à moi ?

– Vous ? Et tous vos agnelets, alors ?

– Mes petits agnelets sautillent dans tous les sens et mangent mes chardons. Et c'est la Saint-Jean, ce qui signifie qu'on est tenus de se soûler, vous ne le saviez pas ?

À point nommé, un très gros monsieur vint à leur rencontre en brandissant une immense corne. Malgré son déguisement remarquable, Nina reconnut le receveur des postes, barbouillé de maquillage rouge, de grandes grappes de fruits et de fleurs drapées autour de ses épaules généreuses.

– BACCHUS ! BACCHUS EST LÀ ! hurla-t-il. Vénérez le dieu du solstice d'été !

– Qu'est-ce que c'est ? demanda Nina, méfiante.

– C'est la nuit de la Saint-Jean, répondit l'homme. On fait la fête et de la magie. L'eau se transformera en vin, et les fleurs nous montreront le chemin. Et c'est cinq livres !

– Ça ne répond pas à ma question, rétorqua Nina avant d'en boire malgré tout timidement une gorgée.

Cette mixture avait un drôle de goût, comme du vin aromatisé aux framboises, mais elle était bonne, fraîche et pétillante. Nina sourit, puis passa la corne à Lennox, qui y but une grande gorgée, sourit à son tour et tendit dix livres à Bacchus, qui hurla :

– Venez, venez prendre part aux festivités ! Et n'oubliez pas de soutenir votre bureau de poste.

Puis trois des jeunes filles qui traînaient en général sous l'abri de bus du village, en ayant l'air de détester le monde entier et de se plaindre de tout et de rien, arrivèrent en sautillant dans leur robe blanche, de grandes guirlandes de fleurs à la main. Elles en proposèrent une à Nina.

– Non, sans façon.

– C'est pour soutenir les filles guides, lui expliqua l'une d'elles, et Nina leva les yeux au ciel.

– Il faut venir les poches bien remplies à la Saint-Jean, ironisa Lennox. Allez-y !

Et Nina inclina la tête pour les laisser mettre les fleurs autour de son cou.

⋆

C'était, il fallait bien l'avouer, une fête merveilleuse. Les enfants couraient en tous sens en faisant des glissades : les petites filles, leur robe flottant au vent, avaient des couronnes de fleurs dans les cheveux ; les garçons portaient un kilt et une chemise blanche, comme leur père, et brandissaient ici et là la petite épée qui allait dans leurs chaussettes.

Le portail où ils achetèrent leur billet d'entrée était surmonté d'une grande tonnelle de pivoines et de roses, dont les lourds effluves emplissaient l'air. Lennox dut se baisser pour passer, et, quand ils sortirent de l'autre côté, ils tombèrent sur un spectacle éblouissant.

Tout en haut de la colline, un grand feu de joie s'élevait dans les airs, crépitant, projetant des étincelles dans le ciel. Des musiciens étaient éparpillés sur l'herbe, jouant du violon au son des tambours, et au centre trônait ce que, en Angleterre, Nina aurait appelé un « arbre de mai », bien que cet étrange objet en forme d'arc ne ressemble en rien à celui, un peu kitsch, autour duquel on dansait la Morris quand elle était enfant.

Celui-ci était plus large, plus extravagant, avec un tronc entier à sa cime ; son feuillage vert et luxuriant était une promesse de forêts et de plantes. Des couples, elle le voyait à présent, s'approchaient un par un du tronc tortueux : chaque partenaire saisissait une liane accrochée à l'arbre, se l'enroulait autour des poignets, puis tournait autour du tronc pour dénouer le lien, chacun dans un sens, jusqu'à se retrouver de l'autre côté, où ils échangeaient des baisers en riant. Les lianes étaient alors remises en place, et la cérémonie recommençait avec un autre couple. Ils avaient dû mettre des semaines à le construire.

Une immense silhouette surgit alors à l'horizon, surprenant Nina et quelques enfants. C'était, elle s'en rendit compte peu à peu, un homme vert sur des échasses. Entièrement recouvert de feuilles, il donnait l'impression d'avoir été fabriqué à partir de la forêt elle-même. Il dirigeait les tambours, formait et ordonnait les couples, jouait plus généralement le rôle de maître de cérémonie.

Davantage de cornes circulaient à présent, pleines à ras bord de cet étrange vin, et Nina en sirota, même s'il lui montait directement à la tête ; elle sentait la musique, les tambours et le murmure du vent dans les arbres affluer dans ses veines ; et même si elle savait que ce n'était qu'une collecte de fonds pour le village – un événement, rien de plus –, tout lui semblait intense, extravagant, étrange.

Elle fut peu à peu séparée de Lennox et resta avec les autres femmes, toutes en blanc, la plupart avec des fleurs et des rubans dans les cheveux. Certaines portaient des masques, ce qui les rendait difficiles à reconnaître et, même quand elle y parvenait, elle n'avait le temps que de les saluer rapidement avant d'être à nouveau entraînée par la marée humaine, riant et dansant alors que des enfants poussaient des cris perçants en leur courant dans les jambes. Elle se fit de nouveaux amis et salua les anciens, parfaitement incapable de faire la différence entre les deux ; de toute façon, avec le niveau sonore et le crépitement du feu de joie, il était impossible d'avoir ou d'entendre une conversation, il n'y avait donc rien d'autre à faire que se laisser porter par le courant.

Puis, sur ordre de l'homme vert, qui n'accepta aucun refus, ils durent tous se prendre par la main pour former deux grands cercles, l'un allant dans le sens des aiguilles d'une montre, l'autre dans le sens inverse. Au rythme des tambours et au son aigu des cornemuses et des violons, ils exécutèrent alors une drôle de danse, piétinant autour du feu, de plus en plus vite, jusqu'à ce que Nina soit à bout de souffle, prise de vertige, dépassée, mais riant toujours à gorge déployée et se sentant incapable d'arrêter.

– Voyez les rites du solstice d'été, gronda l'homme vert dans un mégaphone. Voyez les garçons et les filles, l'esprit de croissance et de renouveau, la nuit la plus courte et le jour le plus long de l'année, et CÉLÉBRONS notre mère la Terre, pour les fruits et les fleurs de sa générosité !

Tout le monde cria, applaudit, puis les danseurs s'écroulèrent en tas au sol, gloussant, mais la musique continua, endiablée et inquiétante, dans l'air frais du soir, qui était parfumé de l'odeur de lavande, de serpolet, de digitale, de chèvrefeuille, de bouton d'or, d'adiante pédalée et de gypsophile. En effet, comme quelqu'un l'avait expliqué à Nina avec beaucoup de sérieux et d'insistance, pour trouver le grand amour, elle devait cueillir un brin de chacune de ces fleurs – sept fleurs pour sept nuits. Quand toutes les filles eurent ramassé leurs brins, elles les plièrent délicatement pour former des couronnes, qu'elles se mirent dans les cheveux, tout en sirotant le vin dans les cornes qui circulaient toujours. Dès qu'elles furent prêtes, les hommes s'avancèrent à nouveau en riant, leur attrapèrent les mains et les firent danser.

Nina s'amusait comme une folle. La soirée passa en un clin d'œil. Enfin, à vingt-trois heures trente bien sonnées, quand l'obscurité commença à s'épaissir et la nuit à devenir fraîche, on distribua des couvertures en tartan, et les gens se blottirent les uns contre les autres près du feu pour regarder sortir les étoiles.

Comme le ciel prenait une teinte bleu foncé (pas noire, pas à cette époque de l'année dans les Highlands), les tambours cessèrent soudain et la musique diminua ; seul resta le son léger d'une cornemuse, comme si le dieu Pan en personne jouait un air tout bas, envoûtant, à des kilomètres d'ici.

Et puis, la cornemuse cessa aussi, et, pendant un instant, un grand silence régna dans la fraîcheur de la nuit, comme si la Terre elle-même retenait son souffle. Alors, tout à l'est, au-dessus de la mer, une minuscule lueur apparut dans le bleu crépusculaire ; un vert clair et un rose si pâle et subtil qu'il évoquait des doigts délicats courant sur les touches d'un piano.

La foule poussa un cri de surprise. Puis, soudain, tout le monde se mit à piétiner et à applaudir, les gens se levant d'un bond, délaissant leur couverture, essayant de prendre des photos, ce qui gâchait un peu l'instant, mais Nina le remarqua à peine. Elle était fascinée, contemplant les couleurs voilées de l'aurore boréale qui chatoyaient dans le ciel nocturne. Elle n'avait jamais rien vu d'aussi beau, d'aussi impressionnant ; n'avait jamais rien lu d'aussi sublime.

Puis le maître de cérémonie cria, et les tambours et les violons repartirent de plus belle, plus forts que jamais, à une puissance inouïe ; mais elle ne les entendit pas, ne vit pas les autres se découvrir pour se lever et se remettre à danser en rond autour du feu : elle était figée, les yeux rivés sur le ciel, pendant que les gens s'amusaient autour d'elle.

Tout à coup, elle sentit une présence à ses côtés et se retourna brusquement. C'était Lennox, sa grande silhouette se détachant sur le ciel sombre. Il ne dit pas un mot ; il se contenta de suivre son regard jusqu'au ciel et de hocher la tête. Puis il tendit la main pour effleurer doucement la sienne.

Nina eut l'impression que sa main la brûlait, comme du feu, et la retira vivement. Lennox lui jeta un bref regard, puis recula, se mêlant à la foule tourbillonnante, repartant si vite qu'elle se demanda si elle avait rêvé cette scène.

⋆

Quelques heures plus tard, Nina, assise avec un groupe de tout nouveaux amis, admira le lever du soleil, qui s'était à peine couché. Elle ne cessait de cogiter, de se demander ce qui venait de se passer (s'il s'était passé quelque chose, bien sûr) ou si elle avait mal interprété son geste.

Mais son instinct lui avait dit de garder ses distances. Elle s'était brûlé les ailes récemment ; avait pensé savoir ce qui se passait, alors que ce n'était pas le cas. Elle ne pouvait pas revivre cela. Et, en dépit du fait que, ce soir, dans la voiture, ils avaient pour la première fois eu une conversation civilisée, elle le trouvait en général grossier et cassant, et elle savait, il le lui avait dit, qu'il vivait des moments difficiles sur le plan émotionnel.

Elle repensa aux grands yeux tristes de Marek et poussa un soupir. Existait-il quelque part un homme disponible qui ne se moquerait pas d'elle ? Qui serait là, juste pour elle ? Ou un tel homme n'existait-il que dans les livres de contes et les rêves ?

Ainslee passa alors devant elle. Nina avait remarqué qu'elle travaillait ici et se leva pour la saluer, après que la jeune fille eut servi le somptueux petit déjeuner inclus dans le prix du billet : de gros et larges pots de lait frais et crémeux à mélanger dans d'énormes bols de porridge avec du sel, du sucre ou du miel ; des tranches de saumon fumé localement dans des petits pains ; des saucisses Lorne, carrées ; du pilaf de poisson ou des œufs brouillés accompagnés de saumon fumé pêché dans le loch voisin ; et assez de thé et de café pour faire dessoûler la foule de festivaliers, même si nombre d'entre eux étaient toujours en train d'ingurgiter la mixture rose et pétillante.

– C'est génial ! lança Nina. Cette fête est vraiment super.

– Voui, répondit Ainslee.

– Est-ce que c'est sympa de travailler là ?

– Pas vraiment, répondit la jeune fille avec un haussement d'épaules. Mais j'ai besoin d'argent.

– Est-ce que tout va bien à la maison ?

– Oui, rétorqua sèchement Ainslee, et Nina réalisa qu'elle avait trop bu et était allée trop loin.

– Pardon.

Ainslee regarda par-dessus son épaule.

– Qui c'est, le vieux grincheux, là-bas ?

Nina jeta un coup d'œil. Lennox était au comptoir, en train de boire un whisky. Dès qu'il remarqua qu'elle le regardait, il se tourna vers ses amis.

– Oh, c'est mon propriétaire. Il est aimable comme une porte de prison.

– C'est Lennox, non ? De la ferme Lennox ? Il est vachement vieux.

– Il n'a qu'une petite trentaine !

– Oui, c'est ce que je dis : très, très vieux.

– Euh, si tu veux.

– Mais il est plutôt mignon. Pour un vieux, ajouta Ainslee, devenue rose vif.

– Tu trouves ?

La jeune fille opina du chef.

– Enfin, même si mon avis importe peu.

– Ainslee, la reprit Nina en se penchant vers elle. Ne crois jamais ça. Ton avis importe toujours.

La jeune fille la considéra un instant. Puis elles entendirent la personne en charge des serveuses l'appeler.

– Alors, est-ce que tu vas tenter le coup ? lui demanda-t-elle avec un sourire complice.

– Euh, non, répondit Nina. Mais ton avis compte pour moi.

Ainslee hocha la tête, comme s'il était dans l'ordre des choses qu'on ignore son avis, puis s'éloigna d'un pas lourd dans le jour naissant.

*

Une flotte de taxis, et des voitures réquisitionnées comme tels, arrivèrent pour ramener les fêtards chez eux. Plusieurs personnes étaient allongées par terre et le resteraient jusqu'à leur réveil, sans doute humide. Les plus prévoyants avaient monté des tentes ici et là. Les quatre pintes de café que Nina avait absorbées l'avaient dégrisée, et elle partagea un taxi avec des villageois qu'elle avait rencontrés, soulagée de ne pas avoir croisé Lennox en quittant les lieux. Ses cheveux s'étaient détachés, et elle ne voulait même pas penser à son eye-liner.

– Avez-vous passé une bonne soirée ? s'enquit leur chauffeur. J'y allais toujours quand j'étais jeune. C'était super pour rencontrer des demoiselles, ça oui.

– En avez-vous rencontré beaucoup ? l'interrogea une fille bien éméchée entassée sur le siège arrière.

– Ma femme. Elle ne me laisse plus y aller maintenant, sauf si je travaille. Mais c'était sympa. Avez-vous vu une aurore boréale ? Je n'en ai jamais vu en été.

– C'était magnifique, répondit Nina en y repensant.

Si elle oubliait ce moment bizarre avec Lennox, la soirée avait été merveilleuse à de nombreux égards. Elle se remémora les sorties quand elle vivait en ville. Oui, c'était vrai, sans aucun doute. Il n'y avait pas de comparaison possible. Elle ne sortait peut-être pas aussi souvent ici, mais, quand c'était le cas, cela avait du sens. Elle aurait aimé que Surinder soit là : elle aurait adoré cette soirée. Et le gus avait demandé de ses nouvelles. D'après Nina, il était reparti seul, lui aussi.

Mais à présent, tandis qu'elle s'affalait sur son lit avec gratitude, après avoir ôté sa jolie robe et vérifié qu'elle n'était pas abîmée (heureusement, elle semblait s'en être sortie plus ou moins indemne, juste un peu de boue ici ou là ; il faudrait qu'elle cherche une série de nouveaux livres pour remercier Lesley, surtout maintenant qu'elle avait cerné ses goûts), elle ne pensait pas à la danse déchaînée, au vin sucré, ni aux lumières dansant à l'horizon.

Non, elle pensait malencontreusement à l'expression sur le visage de Lennox quand elle avait retiré sa main ; et elle sentait, mal à l'aise, que ce qu'elle avait éprouvé n'était ni de l'aversion, ni de la peur, ni rien de ce genre, même si elle soupçonnait que ces sentiments s'étaient lus sur son visage.

Elle avait retiré sa main, parce que ce qu'elle avait ressenti, à la seconde où il l'avait touchée, frôlée même, c'était de la chaleur : une chaleur profonde, immédiate, ardente. Qui l'avait comme brûlée.

Elle ne voulait pas – ne pouvait pas – penser à cela maintenant, au problème qu'elle pourrait causer alors qu'elle était sur le point de perdre son logement, de perdre tout ce qu'elle s'était donné tant de mal à construire.

(Et elle ne se dit jamais, n'envisagea même jamais, qu'à quelques kilomètres de là, à l'ouest, un train s'était immobilisé en pleine voie, sur un passage à niveau, à côté d'un arbre vide, et que le conducteur avait sorti la tête par la fenêtre et levé lui aussi les yeux pour admirer les époustouflantes lumières dans le ciel, songeant que personne ne s'était jamais senti aussi seul que lui.)

Chapitre 25

Le soleil du matin éclairait son dessus-de-lit quand Nina se réveilla, tard. Mais, curieusement, compte tenu de la quantité d'alcool qu'elle avait ingurgitée et du temps qu'elle avait passé à danser la veille au soir, elle était en forme. Après s'être prélassée dans la baignoire, en utilisant le bain moussant et les sels hors de prix qui avaient été placés dans une corbeille, comme dans un hôtel de luxe, et dont elle n'avait jamais osé se servir jusque-là (elle s'en fichait désormais, si elle devait être expulsée), elle se sentait même comme purifiée.

Tant qu'elle ne pensait pas à Lennox.

Elle se brossa les cheveux en sourcillant. C'était terrible. Vraiment une très mauvaise idée. C'était un homme vulnérable. Qui portait des bottes en caoutchouc, bon sang. Qui avait baissé sa garde un soir ; qui avait lui-même déclaré vouloir se soûler.

Il était sans doute aussi gêné qu'elle ce matin. Plus, probablement. La meilleure, la seule chose à faire était de l'ignorer, parce que, s'il devait venir la voir un jour – bientôt – pour lui dire qu'elle était expulsée car Kate avait réussi à récupérer la ferme, eh bien, elle devrait faire face. Elle alluma son ordinateur, pour trouver un autre gentil message de la bibliothèque des Orcades qui lui suggérait de venir faire un tour, ajoutant que les aurores boréales étaient particulièrement extraordinaires cette année, ce qui la fit sourire. Elle devrait peut-être y aller. Tout faire pour disparaître quelques jours.

Mais tout laisser derrière elle serait très difficile. Elle repensa aux festivités de la veille et ne put s'empêcher de sourire. Mais les Écossais étaient comme cela, non ? Formidablement chaleureux et accueillants, surtout ici. Cela ne signifiait pas forcément qu'elle était une des leurs, si ?

Or elle ne savait pas quoi faire d'autre. Elle ne voulait pas attendre à la ferme en se morfondant. Elle ne voulait surtout pas voir Lennox. Non. Ce serait sans doute bizarre, mais elle allait débarrasser le plancher, gagner de l'argent, remplir le van, s'assurer que tout était en parfait état..., essayer de se voir comme une vadrouilleuse, quelqu'un qui aimait reprendre la route, qui aimait voyager et passer à autre chose.

C'était dimanche, et aucun magasin n'était ouvert en ville, mais elle décida de s'y rendre malgré tout. Le plus tôt serait le mieux. Et puis, réalisa-t-elle, plus elle serait loin de Lennox et de sa stupide ferme, mieux ce serait dans l'immédiat. L'idée qu'il puisse passer pour s'excuser la gênait et la mettait mal à l'aise. Elle repensa à l'expression sur son visage quand il l'avait vue pour la première fois dans sa robe blanche.

Non, se reprit-elle. Elle se faisait des idées. À nouveau. Comme elle le faisait toujours, ainsi que Surinder n'arrêtait pas de le lui faire remarquer. Ce n'était rien. Ou, au mieux, c'était un homme seul et en colère qui se demandait si elle voudrait bien de lui, parce qu'elle vivait en haut de la colline, et ce n'était pas non plus ce qu'elle recherchait.

Mais ses pensées perfides s'égarèrent à nouveau vers la sensation de ses grandes mains, fortes et calleuses, sur la sienne.

Non. Non non non non. Passer à autre chose. Elle passait à autre chose. Elle n'était pas des leurs, ils ne remarqueraient pas vraiment son absence. C'était une escale, rien de plus, un moyen de s'extraire d'une carrière insatisfaisante pour en commencer une digne d'intérêt. La vie continuerait ici ; elle irait ailleurs, et elle ne manquerait à personne.

*

En fait, comme le temps était toujours au beau fixe – du jamais-vu, ou presque, dans cette région du monde –, il s'avéra que le petit village était noir de monde : partout, des gens exploraient ses vieilles rues pavées. Le pub avait ouvert ses portes en grand, et Edwin et Hugh lui firent joyeusement coucou, juchés sur des tables en bois installées dehors, en train de siroter leur habituelle pinte de 80 Shilling.

Elle s'arrêta pour bavarder, comme toujours, et leur montra ses dernières trouvailles : un thriller se déroulant dans un sous-marin pendant la guerre froide pour Edwin, qui adorait ces romans, peu lui importait qu'ils finissent par tous se ressembler, et une comédie romantique contemporaine pour Hugh (qui aurait pu imaginer une telle chose ?), qui avait découvert ce genre par hasard et s'en était pris de passion, sans se laisser démonter quand on le taquinait sur le nombre de livres à jaquette rose qu'il avait lus.

Nina parcourut du regard le petit village illuminé et ne put s'empêcher de remarquer quelque chose.

Tout le monde lisait. Tout le monde. Les gens dans leur jardin. Une vieille dame dans son fauteuil roulant près du monument aux morts. Une petite fille sur une balançoire, les pieds ballants, captivée par la lecture des *Malheurs de Sophie*.

Dans la boulangerie, quelqu'un riait en lisant une BD ; dans le café, la serveuse essayait de bouquiner tout en préparant un cappuccino à un client.

Nina n'en revenait pas. Elle ne pouvait pas (ce n'était pas possible) avoir transformé tous les habitants du village en lecteurs. Et pourtant, quand elle ouvrit *La Librairie des jours heureux* et que davantage de personnes sortirent de chez elles, heureuses qu'elle soit ouverte un dimanche, il lui sembla bien que c'était le cas.

– Les enfants ont presque arrêté de jouer à *Minecraft* ! s'exclama Hattie. Bien sûr, ils ne veulent lire que des livres qui parlent de *Minecraft*. Mais c'est déjà un miracle pour moi.

– Je ne sais même pas quand j'ai arrêté de lire, avoua un vieux monsieur en prenant l'une des plus belles éditions de *Sherlock Holmes* que Nina n'avait jamais vue.

Elle répugnait à la vendre et l'avait affichée à un prix exorbitant dans l'espoir de ne pas avoir à le faire, mais cela avait raté apparemment. N'empêchait que cela l'aiderait à payer son déménagement, songea-t-elle avec tristesse.

– Je crois que j'ai juste arrêté de voir des livres autour de moi, poursuivit le vieil homme. Vous savez, avant, dans le bus, tout le monde lisait. Mais après, tout le monde s'est mis à jouer avec son téléphone ou ces gros téléphones, je ne sais pas comment ça s'appelle.

– Ils lisaient sans doute sur leur liseuse, lui expliqua Nina loyalement.

Elle adorait sa liseuse, elle aussi.

– Oui, je sais, répondit l'homme. Mais je ne pouvais pas voir. Je ne pouvais pas voir ce qu'ils lisaient ni leur demander si c'était bien, ni me dire qu'il fallait que je pense à le chercher plus tard. C'était comme si, un beau jour, tous les livres avaient disparu d'un coup.

– Je vois ce que vous voulez dire. Vraiment, je sais ce que vous ressentez.

Ils admirèrent ensemble le *Sherlock Holmes*, avec sa couverture en cuir travaillée à la main et ses magnifiques pages de garde en soie moirée.

– Vous n'avez pas envie de vous en séparer, hein ? l'interrogea le vieil homme.

– Pas vraiment, répondit-elle en toute sincérité.

– J'en prendrai soin, promis.

– D'accord, dit-elle en prenant son chèque avant de le ranger dans sa vieille caisse en étain.

– Vous pouvez venir lui rendre visite de temps en temps si vous voulez, ajouta le vieux monsieur, un brin flirteur.

Nina lui fit un grand sourire.

– Oh, je ne sais pas combien de temps je vais rester dans les parages, répondit-elle d'un ton qu'elle voulait léger et désinvolte, même si elle ne pensait pas avoir réussi.

*

Elle était assise, essayant de surveiller discrètement ce petit crasseux de Ben qui, installé sur les marches du van, lisait un livre en bougeant les lèvres, levant les yeux toutes les dix secondes au cas où quelqu'un passerait et le verrait, quand Ainslee arriva, le fusillant du regard.

– Ne pars pas de la maison comme ça ! J'ai cru que tu t'étais perdu.

– J'suis pas perdu.

– Oui, je le vois maintenant, mais tu ne peux pas te lever et partir sans me le dire.

Nina fronça les sourcils. Ainslee lui hurlait dessus.

– S'ils te voient... S'ils te voient traîner dans les rues, Benny...

– M'en fiche.

– Tu ne t'en ficheras pas longtemps.

– M'en fiche.

Il replongea le nez dans son livre, et Ainslee poussa un soupir d'exaspération avant de se tourner vers Nina.

– J'ignorais que tu étais ouverte aujourd'hui.

– Je ne le suis pas vraiment. Je suis juste... je suis juste venue pour...

Elle ne savait pas comment lui expliquer ce qui se passait, aussi préféra-t-elle changer de sujet.

– As-tu aimé la fête ? C'était sympa.

– C'était barbant, répondit la jeune fille avec un haussement d'épaules.

– Il y avait plein de garçons mignons, ajouta Nina en essayant de lui arracher un sourire, en vain.

Ainslee regarda autour d'elle avec mauvaise humeur.

– Il n'y a rien à faire, constata-t-elle.

– Je sais, répondit Nina, qui avait soulagé son anxiété en faisant du rangement. Franchement, je n'ai pas besoin de toi, aujourd'hui.

Ainslee haussa les épaules et repartit sur la lumineuse place du marché, ses yeux lourdement maquillés de noir, ses cheveux mal teints jurant dans la lumière matinale.

– Viens, Ben, aboya-t-elle.

Le petit garçon posa son livre à contrecœur – Nina essuierait les traces de doigts plus tard – et suivit sa sœur, la tête baissée.

Nina prit alors sa décision. Elle avait suffisamment attendu. Et si elle devait bientôt quitter la ville, peu lui importait que les gens pensent qu'elle se mêlait de ce qui ne la regardait pas. Elle attendit un instant, puis ferma discrètement les portes du van à clé avant de se faufiler dans la rue pour suivre les deux enfants.

Plus on s'éloignait du centre historique pavé du village, moins les rues étaient jolies : elles étaient flanquées de logements sociaux des années 1950 en pierre grise, dont certains étaient élégants et bordés de fleurs, mais d'autres un peu plus miteux, bien que tous donnent sur de magnifiques champs de verdure et la campagne environnante.

Même si on était pauvre, c'était malgré tout le meilleur endroit au monde où passer son enfance, ne put-elle s'empêcher de penser.

Ainslee et Ben entrèrent dans la maison la plus délabrée. Devant, des ordures étaient éparpillées dans les broussailles. Il y avait aussi un vieux fauteuil sans pieds et quelques jouets cassés. Le sol était de la simple terre. La porte était couverte d'éraflures et d'entailles ; le verre des vitres fissuré. Cette maison était mal aimée, laissée à l'abandon.

La gorge de Nina se serra. Elle réalisa tout à coup qu'elle avait un peu peur. Dans ses pires scénarios, elle imaginait Ainslee prisonnière d'un épouvantable beau-père ou des parents drogués incapables de s'occuper de leurs enfants. Elle n'était pas certaine d'avoir le courage pour cela. À la bibliothèque, elle était habituée à gérer divers problèmes sociaux : si quelqu'un venait tous les jours et s'endormait à l'intérieur, n'ayant à l'évidence nulle part où aller, ou si leurs habitués étaient de plus en plus négligés, ils faisaient discrètement appel aux services sociaux. Et de nombreuses personnes prenaient la bibliothèque pour un bureau d'aide sociale et juridique de toute manière, alors ils essayaient de ne pas en faire grand cas.

Mais, là, c'était différent. Elle mettait son nez dans leurs affaires, c'était indéniable. Elle tenta de se rassurer : il s'agissait d'un enfant après tout, un enfant dont on ne s'occupait pas bien, qui n'était pas propre, savait à peine lire à huit ans, n'allait pas à l'école ; et d'Ainslee aussi, qui ne s'animait que lorsqu'elle était seule avec ses livres, qui ne s'intéressait à rien d'autre dans la vie, ce qui semblait indiquer qu'il y avait un vrai problème quelque part, qu'on ne parlait pas des petits tracas d'une adolescente ordinaire.

Néanmoins, Nina avait toujours l'impression de se mêler de ce qui ne la regardait pas, de s'introduire dans la vie des autres, d'être une enquiquineuse ; la citadine qui s'imposait alors qu'on ne voulait pas d'elle, qui fouinait alors qu'elle n'était pas des leurs. C'était différent à la bibliothèque : les gens leur demandaient de l'aide et leur en étaient profondément reconnaissants. Elle avait beau avoir essayé d'interroger Ainslee en prenant des pincettes, la jeune fille ne souhaitait manifestement pas en parler. Mais il y avait un enfant dans l'histoire.

Elle poussa un soupir, tergiversant, indécise. Que faire ? Devait-elle partir ou rester ? Ainslee allait bien, non ? Mais

Nina repensa à la fois où elle n'avait pas pu passer ses examens. C'était terrible. Ce n'était pas normal, une fille aussi intelligente qu'elle. Elle devrait être en train de se chercher une université en pensant à combien elle s'amuserait quand elle quitterait le nid familial. Pas de se balader le dos voûté, en hurlant sur son frère, sans rien prévoir pour l'avenir. Nina pouvait peut-être se contenter d'avoir une petite conversation avec les parents, pour essayer de les convaincre de la grande intelligence de leur fille. Oui. Cela suffirait. C'était ce qu'elle allait faire.

Avec audace, elle avança jusqu'au portail. La poignée était cassée, et la porte tenait en équilibre précaire sur ses gonds. Elle la franchit avec précaution et remonta l'allée de jardin en pierre craquelée. La route était d'un calme sinistre, aucune voiture ne circulait ; à la cime des arbres, une crécerelle isolée décrivait paresseusement des cercles dans le ciel. Nina l'observa un moment, en admiration devant sa majesté muette, lui enviant quelque peu son absence d'obligations sociales.

Puis elle s'approcha de la porte et se dépêcha de frapper, avant de pouvoir changer d'avis.

Chapitre 26

Pendant un long moment, le silence régna. Aucune lumière n'était allumée à l'intérieur ; si Nina n'avait pas vu les enfants y entrer, elle aurait pensé que la maison était vide. Puis, enfin, elle entendit quelqu'un crier. Elle reconnut la voix d'Ainslee et crut comprendre qu'elle disait : « Ne réponds pas ! »

Mais il était trop tard, une petite main crasseuse tirait déjà plusieurs verrous de l'autre côté de la porte.

– Nina !

Le visage tout collant de Ben fut incapable de cacher sa joie et se fendit en un grand sourire : il n'avait plus rien à voir avec le petit garçon renfrogné qu'elle avait rencontré sur les marches du van.

– Salut, Ben.

– Est-ce que tu as des livres pour moi ?

Nina se maudit intérieurement de ne pas y avoir pensé.

– Non, désolée, je n'ai pas… J'aurais dû en apporter. Oui, j'en ai, mais ils sont au van, improvisa-t-elle à la hâte. Est-ce que ta maman est là ?

Aussitôt, le petit devint fuyant et jeta un coup d'œil sur sa gauche. Regardant derrière lui, Nina vit une cuisine pleine d'ordures et de vieilles bouteilles de lait : un vrai dépotoir. La maison sentait la poussière, le laisser-aller, mais aussi une odeur que Nina ne parvenait pas à identifier.

– Ben ! Qui est-ce ? s'enquit la voix d'Ainslee.

Elle apparut derrière son frère et plissa les yeux pour voir Nina, qui se tenait à contre-jour.

– Qu'est-ce que tu veux ?

Il n'y avait plus ni réserve, ni respect, dans sa voix. La jeune fille semblait revêche, en colère, prête à la mettre dehors. Et elle était bien plus costaude qu'elle, réalisa subitement Nina, parfaitement capable de le faire si l'envie lui en prenait.

– Euh… je me demandais juste… Est-ce que votre maman est là ?

Ainslee et Ben échangèrent un regard.

– Qu'est-ce que ça peut te faire ? lui demanda grossièrement Ainslee.

– Je… Je voulais juste lui dire que je trouve que tu fais du très bon travail à la librairie, c'est tout. Tu es partie sans ta paie, et je tenais à m'assurer que tu l'as.

– Tu n'es pas plutôt venue fouiner ?

Nina, ne sachant que répondre, baissa les yeux.

– Est-ce qu'elle est là ?

– On va bien, lança Ainslee. On n'a pas besoin de ta charité.

– Ce n'est pas de la charité. C'est ta paye. Tu l'as méritée.

Ainslee parut hésiter.

– S'il te plaît. S'il te plaît, Ainslee. Je ne vous veux aucun mal, promis. Je ne veux pas vous causer d'ennuis. Je tenais juste à m'assurer… que tout allait bien.

Un mouvement soudain derrière les enfants attira son regard : c'était une souris, une énorme souris. Une souris ou un rat, se dit-elle. Et elle comprit tout de suite qu'elle ne pouvait pas partir. Elle dévisagea Ainslee, qui en était visiblement arrivée à la même conclusion. La jeune fille poussa un profond soupir et souleva les épaules.

– Tu ne peux dire à personne que tu es venue ici, la prévint-elle.

– D'accord, répondit Nina sans même prendre la peine de croiser les doigts.

Il était évident que quelque chose clochait, et elle était déterminée à découvrir de quoi il en retournait.

– J'entre juste une minute…

– Tu ne peux pas.

– Est-ce que votre mère est là, oui ou non ?

Il y eut soudain un petit bruit. Un tintement de cloche. Tout le monde se regarda. Ben sautait sur place, incapable de se maîtriser.

– Ainslee, disait-il en tirant sur le pull de sa sœur. Laisse-la entrer ! Elle est GENTIIIILLE !

Ainslee fixa Nina comme si elle ne l'avait jamais vue.

– Je ne resterai pas longtemps, la rassura Nina d'un ton posé.

Il fallait qu'elle entre. Elle franchit le seuil.

– Madame Clark ? appela-t-elle à mi-voix. Madame Clark ?

Et, en réponse, la cloche tinta à nouveau.

*

Le salon sentait la chancissure, comme disaient les gens du coin : la poussière, le vieux, l'usure. Des documents et des livres étaient entassés dans tous les coins. Nina les considéra.

– Ça ressemble à des révisions d'examens, tout ça, commenta-t-elle.

Ainslee haussa les épaules, austère. La jeune fille nerveuse qui cherchait toujours à faire plaisir au van avait disparu. Elle avait cédé la place à une personne bien plus agressive et intransigeante, qui ne répondit pas. Nina balaya la pièce des yeux, puis s'éclaircit la voix.

– Euh… Où est votre mère ?

*

La porte était toute gondolée, et Nina dut forcer pour l'ouvrir. La chambre, ornée d'une tapisserie à relief vieux rose, épaisse et striée, se trouvait à l'arrière de la maison. Une odeur de talc flottait dans l'air, mais aussi celle, plus forte, que Nina avait décelée plus tôt et identifiait désormais : l'odeur de la maladie.

– Bonjour ?

Quand Nina entra dans la pièce, la forme dans le lit tourna la tête avec une lenteur atroce. Nina en eut presque le souffle coupé. C'était une vieille dame rabougrie : une véritable antiquité. Puis, en l'examinant de plus près, Nina vit que cette femme n'était en réalité pas si vieille, mais que la douleur lui ridait le visage ; son cou était comme tordu.

– Bonjour, dit-elle d'une voix très basse et rocailleuse, mais qui avait conservé l'accent chantant des Highlands.

Elle avait du mal à reprendre son souffle.

– Veuillez m'excuser de ne pas me lever, poursuivit-elle.

– Êtes-vous Mme Clark ?

– Êtes-vous des services sociaux ?

– Non.

– De l'école ? J'ai parlé à l'école.

– Non, non, je ne suis pas de l'école… Je suis du van-librairie.

– Oh, le van ? dit la femme.

Sa respiration évoquait un râle quand elle parlait. Elle semblait au plus mal.

– J'en ai entendu parler, ajouta-t-elle. Ça a l'air génial.

– Je… je vous apporterai quelque chose à lire, dit Nina.

Elle se risqua à avancer un peu.

– C'est juste… juste que je m'inquiétais un peu pour Ben.

– Oh, c'est un affreux jojo, répondit lentement Mme Clark.

Chaque mot qu'elle prononçait semblait lui avoir été arraché. La pièce était oppressante, et la peau de Nina la picotait. Elle se força à se rapprocher du lit.

– Pardon de vous demander ça, dit-elle. Mais qu'est-ce qui vous arrive ?

– Sclérose en plaques. J'ai des jours avec et des jours sans, vous savez.

Elle ne donnait pas l'impression d'avoir des jours avec. Nina s'approcha encore.

– Mais vous pouvez… vous devriez être capable de vous lever pour vous déplacer en fauteuil roulant avec une sclérose en plaques. Est-ce que quelqu'un vient vous aider ?

– Non, lança une voix brusque dans son dos.

Elle fit volte-face. C'était Ainslee, les yeux brillants de colère.

– Non, on n'en a pas besoin.

– Mais certains services sociaux s'occupent…, commença Nina, interloquée. Quelqu'un pourrait vous aider…

Ainslee secoua la tête sévèrement.

– Quoi, pour qu'une vieille fouineuse qui se mêle de ce qui ne la regarde pas vienne me dire que je ne sais pas m'occuper de ma propre mère ? Hors de question.

– Ils ne font pas ça. Ils aident pour le ménage et…

– Je n'ai pas encore seize ans, l'interrompit âprement Ainslee. Tu sais ce qu'ils feraient ? Ils nous enverraient en foyer. Ben et moi, dans des foyers différents. Est-ce que tu sais ce qui se passe dans ce genre d'endroits ?

Nina opina du chef.

– Mais ça ne se… ça ne se passerait pas comme ça. Je suis certaine qu'ils feraient tout pour que vous restiez à la maison avec votre mère ou pour que vous ne soyez pas séparés.

– Non, ce n'est pas vrai. Je peux m'occuper d'elle. Je peux très bien m'occuper d'elle.

Sa voix était ferme.

– C'est une fille formidable, intervint Mme Clark.

– Je sais, répondit Nina. Je sais qu'elle est formidable, elle travaille pour moi aussi. Mais honnêtement, elle devrait passer ses examens. Et Ben doit aller à l'école tous les jours à la rentrée.

– JE NE VEUX PAS Y ALLER, fit une voix forte à l'extérieur de la pièce.

– Je sais, je sais, dit sa mère en toussant à cause d'un haut-le-cœur. Mais j'ai tant besoin d'eux. Quand on est tous les trois, on se pelotonne sur le lit, et on n'a besoin de personne, on passe un bon moment ensemble. On n'a besoin d'aller nulle part, si ? Et puis, ils ne sont pas gentils dans cette école, de toute façon.

– On va bien, acquiesça Ainslee.

Nina s'avança.

– Il est évident qu'il y a des choses à faire pour vous aider. Je vous promets que la situation pourrait être bien meilleure.

– Mais j'ai besoin d'eux, objecta Mme Clark d'un ton plaintif.

Nina secoua la tête.

– Vous avez besoin d'aide. Mais pas de leur part.

– C'est ma famille.

– Oui, mais il faut qu'ils vivent leur vie aussi.

Il y eut un blanc, et Nina, horrifiée, vit une larme rouler sur la joue cireuse de Mme Clark.

– Je suis sincèrement désolée, je ne voulais pas vous faire de la peine.

– Oui, mais tout va bien pour vous. Vous n'êtes pas malade. Vous n'avez pas d'enfants qui vous aiment. Vous ne savez pas ce que c'est.

Nina hocha la tête.

– C'est vrai. Mais il doit exister une meilleure solution. Vous méritez qu'on s'occupe bien de vous.

Dans son dos, elle sentit Ainslee se hérisser, mais ne bougea pas d'un poil. Mme Clark poussa un soupir.

– Ainslee s'en sortait si bien avant, n'est-ce pas ? Tu étais contente de tout faire. Nettoyer, changer les draps, préparer le dîner… Je ne sais pas pourquoi tu as arrêté, dit-elle en regardant autour d'elle comme si elle venait de remarquer l'effroyable bazar qui régnait. Je ne sais même pas comment on en est arrivés là.

Ainslee souffla.

– N'as-tu pas forcé Ben à aller à l'école ? Il faut qu'il aille à l'école, Ainslee. Tu étais si douée.

– Voui. Voui. Mais… mais je ne faisais que ça. Et c'était tout ce que je ne ferais jamais. Être ton esclave. Être coincée ici pour toujours. Nettoyer, faire la lessive, récurer. Je ne… je ne veux pas faire ça. Je veux faire d'autres choses.

Elle lança un regard noir à Nina.

– J'aime travailler pour elle.

Les larmes de Mme Clark ruisselaient désormais sur ses joues.

– Mais je croyais… tu as toujours dit que ça ne te dérangeait pas.

– Parce que je ne voulais pas qu'ils m'emmènent. Ni Ben. Mais je pensais… quand j'étais petite, je pensais que tu irais mieux. Je ne réalisais pas que tu serais toujours comme ça. Pour toujours. Je ne le savais pas. Que j'allais rester ici pour toujours.

Toutes les deux étaient en pleurs désormais, et Mme Clark tendit sa main. Ainslee s'en empara et la serra, fort.

– On peut arranger ça, dit Mme Clark en s'adressant à Nina. Non ?

Nina regarda autour d'elle.

– Eh bien, je crois que je sais par où commencer.

⋆

Rien à faire : Ben refusa de rester chez lui avec sa mère et sa sœur ; à la place, il suivit Nina en lui posant tout un tas de questions d'une voix apeurée. Elle fit tout pour le rassurer, puis réussit enfin à le faire tenir tranquille en le laissant s'asseoir à l'avant du van, ce qu'il adora. Mieux encore, il aperçut des petits camarades de classe en train de faire de la balançoire dans le parc, et elle le laissa klaxonner : ils se retournèrent tous, et Ben leur fit de grands coucous. Nina sourit, contente de voir que l'humeur d'un enfant de huit ans puisse changer aussi vite.

Une fois à la ferme, elle descendit d'un bond du van et courut jusqu'à la grange pour rassembler les puissants produits ménagers qu'elle avait achetés, ainsi que quelques sacs-poubelle bien épais. Alors qu'elle chargeait le tout à l'arrière du van, Lennox traversa la cour à grandes enjambées, Persil le talonnant. Quand il la vit, il s'arrêta, s'empourpra un peu, puis s'éclaircit la voix.

– Salut, dit-il en approchant. C'est pour quoi faire, tout ça ? Vous avez écrasé quelqu'un et vous essayez de faire disparaître les preuves, hein ?

Nina rougit elle aussi et se dit de ne pas regarder ces doigts longs, forts, diligents. De ne pas penser à eux et à ce qu'ils étaient capables de faire. Non. Elle ne le ferait pas. Pas plus qu'à ses yeux bleus, qui étaient rivés sur elle.

– Non.

Elle ne tenait pas à lui expliquer.

– Est-ce Ben Clark ? demanda-t-il en désignant l'avant du van. Salut, Ben. Comment va ta mère ? Attends une seconde…

Il disparut dans la ferme pour en ressortir avec un bol d'œufs.

– Tu veux bien lui apporter ça ?

– Vous saviez pour sa mère ? l'interrogea Nina, subitement folle de rage.

– Quoi, Mme Clark ? On m'a dit qu'elle était un peu souffrante, mais ce n'est pas trop grave, si ?

– Elle ne peut plus quitter son lit ! Ainslee et Ben le cachent depuis des mois… peut-être des années. Ainslee joue le rôle d'aidante familiale. Vous ne le saviez pas ?

Lennox la dévisagea.

– J'essaie de ne pas me mêler des affaires des autres. Dans l'espoir qu'ils ne se mêlent pas des miennes.

– Hum.

– Est-ce que vous essayez de faire une bonne action ?

– Eh bien, vous, vous semblez ne rien faire du tout, alors autant que je le fasse.

Lennox grimaça avant de s'éloigner d'un pas décidé. Nina le regarda s'en aller, regrettant d'être sortie de ses gonds. Elle ne comprenait pas ce qui la faisait partir au quart de tour à chaque fois qu'elle le voyait.

⋆

Ainslee, amère, ne cessa de se plaindre, même quand Nina sortit un second sac, faisant apparaître deux paquets de biscuits ronds au chocolat, des bananes, du thé, des glaces et une grande bouteille d'Irn-Bru, le soda local.

– Plus tu travailles dur, plus tu auras de friandises.

– Je n'ai pas quatre ans.

– Je sais, mais je te paierai pour ce travail si tu veux.

Ainslee retrouva aussitôt un peu de vivacité, et elles se retroussèrent les manches pour s'y mettre.

La jeune fille souleva sa mère pendant que Nina retirait les draps et mettait tout ce qu'elle trouvait dans la machine à laver. De nombreux vêtements étaient piqués de moisissure, aussi jeta-t-elle ceux qui ne pouvaient être sauvés ou les coupa-t-elle pour en faire des chiffons. Elle se débrouillerait pour leur en trouver de nouveaux.

Une fois tous les déchets débarrassés, la maison avait déjà plus fière allure, et les filles lavèrent, astiquèrent et récurèrent, remplissant sac-poubelle sur sac-poubelle, que Nina emporterait plus tard à la décharge. Le petit Ben, plus sale que jamais, les aida à ramasser et à ranger, et Nina réussit même à le persuader de mettre ses jouets cassés dans une boîte en lui promettant de lui en donner de nouveaux. Elle ne savait pas vraiment comment elle pourrait se permettre une telle folie, mais elle trouverait bien un moyen. Elle lui demanda de passer l'aspirateur et de faire les vitres, où une petite traînée ici ou là ne serait pas bien grave.

Puis, avec Ainslee, elle entreprit d'ouvrir les lettres officielles et les formulaires accablants qui avaient été déposés sur la table de la cuisine, où ils s'accumulaient, pêle-mêle.

– Oh, Ainslee ! Ce n'est pas étonnant que les choses aillent si mal. Regarde ! Ils demandent toutes sortes de preuves, sinon ils vont couper vos aides.

Elle s'empara d'une lettre qui demandait à Janine Clark de se présenter à une évaluation d'aptitude au travail.

– Oh bon sang ! C'est n'importe quoi.

– Je ne savais pas quoi faire, lui expliqua Ainslee. Je ne pouvais pas la faire se lever, et il faut prendre deux bus pour aller jusque là-bas, au centre d'évaluation. Je veux dire, c'est impossible d'y être pour dix heures du matin même en marchant, et elle ne peut pas marcher. Je ne savais pas…

– Mais pourquoi les services sociaux ne se sont-ils pas penchés sur votre cas ? se demanda Nina. Il y a eu une faille quelque part. Vous n'embêtez personne, alors ils ne vous embêtent pas.

– Ça nous convient comme ça, grommela Ainslee.

– Mais la situation ne convient pas, pourtant, si ? Elle ne convient plus depuis longtemps.

Ainslee secoua la tête.

– Ça va s'arranger, lui promit Nina.

– Ne…, commença Ainslee, toute rouge. Je sais que tu nous as aidés et tout ça, et nous te sommes reconnaissants, et tout. Mais n'en parle pas aux gens du village. Je ne veux pas de leur charité. Je ne veux pas de vêtements des bonnes œuvres, ni d'un uniforme trouvé à la poubelle.

Nina opina du chef.

– Je comprends. D'accord.

– Je ne veux pas de dons. S'il te plaît.

– Entendu. Je vais voir ce que je peux faire. Mais, Ainslee, il faut que tu passes tes examens. Tu es si intelligente, tu pourrais très bien t'en sortir. Si on réussit à tout arranger ici, tu pourras aller loin. Et donner une vie bien meilleure à ta mère.

– Sans moi ?

Nina dut admettre qu'elle n'avait pas tort.

– Eh bien, prenons chaque jour comme il vient.

– C'est facile pour toi de dire ça. Tu as débarqué de nulle part. Et tu repartiras sans doute aussi vite que tu es arrivée, non ?

Nina ne sut quoi répondre à cela.

*

Les services sociaux d'urgence furent formidables. Ils vinrent évaluer la situation sur-le-champ, puis se firent un point d'honneur de féliciter Ainslee pour son excellent travail en qualité d'aidante familiale – lui répétant à plusieurs reprises que c'était bel et bien ce qu'elle était. Ils firent même apparaître une grande boîte de nouveaux Lego pour Ben. Le petit s'assit sur le lit de sa mère, ravi, et se mit à les assembler avec une habileté et une concentration que Nina n'aurait pas soupçonnées chez lui.

Elle évita Lennox en rentrant, exténuée, sale comme jamais, mais avec un sentiment d'épuisement plaisant ; l'impression de mériter son bain chaud. Elle n'allait pas penser à lui une seule seconde, décida-t-elle. Ce type avait tant été obnubilé par ses propres problèmes qu'il n'avait même pas vu ceux à sa porte.

Chapitre 27

L'été s'éternisa. Certains jours, le temps était très orageux, accablant : les nuages se déposaient sur le toit du van et la pluie tombait dru, les reines-des-prés ployant sous son poids. Mais d'autres, il était splendide, éclatant ; le soleil se levait tôt, doré et rosé, un léger vent chaud soufflait, de minuscules nuages glissaient dans le ciel ; il y avait des lapins partout, et l'odeur profonde du foin qui montait des champs pour parfumer l'air donnait l'impression que le monde entier était immaculé, purifié. Plus important, pas un seul jour, Nina ne pouvait s'imaginer ailleurs.

Le couperet n'était pas encore tombé. Car, ce qui semblait avoir été facile à dire – bien sûr, je vais passer à autre chose ; bien sûr, je vais aller dans les Orcades – n'était en réalité pas facile du tout. Tandis qu'elle essayait de dénicher les ouvrages préférés de ses clients, gérait l'affluence aux séances de contes pour les tout-petits, qui attiraient désormais beaucoup de monde (elle aurait pu en organiser dix par semaine si elle y avait été disposée), et s'efforçait de descendre la grand-rue sans avoir à saluer une soixantaine de personnes (un peu comme une célébrité, se disait-elle), cela la frappa : il lui serait très difficile de quitter cet endroit.

Car, en dépit de tout, elle ne pouvait le nier : elle était heureuse ici.

Ainslee venait régulièrement travailler, stupéfaite que les services sociaux aient été si gentils, si serviables et compréhensifs ; ils avaient même envoyé quelqu'un pour les aider à faire le ménage. Elle allait bientôt avoir seize ans, et sa mère avait fait de gros efforts pour s'investir et s'assurer que Ben irait à l'école (elle leur avait aussi promis d'arrêter de les garder à la maison et de les mettre au lit avec elle, même si ces séances de câlins avaient transformé Ben en véritable expert des films pour ados des années 1980, avait remarqué Nina par hasard), si bien que, même si la réunion pour statuer sur leur situation n'avait pas encore eu lieu, il était très probable que la famille soit autorisée à rester unie.

Ben allait désormais au centre aéré tous les jours ou presque ; de temps à autre, quand il faisait vraiment beau, Nina le voyait se diriger vers la rivière, comme un vrai petit Tom Sawyer, alors elle prévenait Ainslee, en regrettant un peu d'entraver sa liberté.

À cause de lui, elle avait aussi enfreint la règle à laquelle elle tenait le plus ; celle à laquelle elle s'était juré de ne jamais déroger : ne jamais, au grand jamais, prêter un livre. Il lui arrivait de proposer de racheter certaines éditions, particulièrement belles, si elles étaient en parfait état, mais, non, son van n'était pas une bibliothèque. Il fallait qu'elle gagne sa vie, qu'elle mange et paie ses factures. Edwin et Hugh bénéficiaient d'un tarif préférentiel, et Ainslee de sa remise pour le personnel, mais tous les autres, sans exception, devaient acheter leurs livres, sinon, elle ne pourrait pas s'en sortir.

Sauf Ben. Ce petit était lancé, et plus rien ne pouvait l'arrêter. Il dévora la série *La Forêt enchantée*, tous les *Harry Potter*, tous les *Club des cinq*, *Hirondelles dans la neige*, d'Arthur Ransome ; il lisait comme si une digue avait rompu, et Nina n'arrivait pas à le priver d'un seul mot. Cet été-là, il fit perpétuellement partie du décor : on le voyait faire des courses pour sa mère, puis s'installer au soleil, sur une marche, tel un chat.

Avec l'aide de la directrice de l'école, qui était surmenée et éprouvait un profond soulagement à être en vacances (qu'elle passait à lire des livres avec des titres comme *Quitter l'enseignement* et *Ma Vie d'astronaute*), Nina essayait de faire discrètement comprendre à Ben, en douceur, que l'école primaire était vraiment amusante et qu'il y aurait plein de nouveaux élèves qui ne connaîtraient personne à la rentrée, de nombreuses personnes venant de s'installer dans le village. Elle lui parla des sorties scolaires et des choses incroyables qu'ils feraient, comme élever des œufs jusqu'à ce qu'ils deviennent des têtards, puis des grenouilles. Et quand la librairie était calme (ce qui fut rare cet été-là, le village étant rempli de promeneurs, de randonneurs et de touristes à la recherche de cartes de la région, de livres sur son histoire ou d'un simple roman à lire au soleil avec une pinte de bière locale ou pour leur tenir compagnie la nuit pendant que la pluie ruisselait sur leur tente et qu'ils décidaient de passer leurs prochaines vacances dans le désert de Gobi), elle demandait à Ainslee de sortir ses manuels d'histoire et de géographie pour réviser en silence dans un coin du van, juste un peu.

Nina faisait tout cela en partie pour cette famille, elle le savait, mais, de manière plus égoïste, au fond d'elle, elle le faisait aussi pour elle. Pour que, même si sa vie amoureuse était catastrophique ; même si ses espoirs de rester ici étaient réduits à néant et qu'elle devait s'installer dans les îles ; malgré tout cela, sa présence n'a pas servi à rien.

Chapitre 28

La Librairie des jours heureux étant de plus en plus fréquentée, Nina passait de moins en moins de temps à la ferme. Les « Louveteaux lecteurs » étaient devenus très populaires, malgré une première tentative catastrophique qui avait résulté en une bataille de raisins secs et une grosse colère d'Akela, le chef de meute ; le groupe des tout-petits ne désemplissait pas, et des clubs de lecture voyaient le jour un peu partout. Nina s'efforçait toujours de trouver le meilleur pour chacun de ces groupes, au lieu de leur suggérer une nouveauté onéreuse, et les bambins raffolaient des œuvres de Maurice Sendak, notamment de *Cuisine de nuit.*

Imagine un peu, avait-elle écrit un soir qu'elle dialoguait en ligne avec Griffin. *Tu te pointes chez un éditeur aujourd'hui pour lui dire : « Je travaille sur un livre illustré qui parle d'un petit garçon tout nu, le zizi à l'air, qui finit dans de la pâte à brioche (oui, du sucre au petit déjeuner !) enfournée par des cuisiniers qui ont tous la tête d'Oliver Hardy. »*

Tu es bizarre, lui avait répondu Griffin.

Je fais beaucoup d'heures sup. Je ne pense qu'en livres. Quand je travaille trop, je suis dans Les Temps difficiles, *et quand je rentre à la maison, dans* La Ferme de cousine Judith.

J'aimerais pouvoir penser en livres, avait répondu Griffin, morose. *On n'a pas du tout le droit de penser aux livres. Tout ce qui compte, c'est notre présence sur les réseaux sociaux.*

Comme dans Microserfs *?*

Oh là là, ils sont tous trop jeunes pour en avoir entendu parler. Ils ont tous vingt-trois ans et ils n'arrêtent pas d'essayer de me convaincre de les accompagner en boîte.

Je croyais que ça te plaisait, tout ça.

Je suis ÉPUISÉ. Et au bord de la cirrhose. Ils ne font que hurler GÉNIAL pour tout et n'importe quoi. J'espère juste tenir jusqu'à mon évaluation. Bien sûr, tu n'as plus à te soucier de ce genre de choses, toi.

Non. Et je n'ai plus de congés payés non plus. Ni de congés maladie. Ni de RTT.

Snif snif, James Herriot. Il faut que je rédige un rapport de dix pages sur la planification de la convergence. Et je ne sais même pas ce que ça veut dire !!!!

Ils s'étaient déconnectés, et Nina avait poussé un soupir avant d'essayer de se remettre à lire pour se sentir mieux, mais elle ne tombait que sur des héros romantiques qui lui rappelaient Lennox s'ils étaient bourrus et taciturnes ou Marek s'ils étaient doux et enjoués, jusqu'à ce qu'elle croie devenir complètement folle. Elle était agitée, n'avait pas sommeil et se dit qu'elle pouvait aller se promener – elle le pouvait, elle le pouvait – jusqu'au passage à niveau sans devenir trop sentimentale. Il ne serait pas là, il ne s'arrêterait pas et, même si c'était le cas, il n'y avait rien de plus à dire. Mais faire un peu d'exercice l'aiderait peut-être à dormir ; cela lui donnerait peut-être même de l'espoir : un jour, elle finirait par rencontrer quelqu'un ; l'amour n'était pas mort. Parfois, ce n'était peut-être qu'une question de mauvais *timing*.

⋆

Lorsqu'elle se mit en marche, Persil aboya, plein d'espoir, mais elle passa devant lui en éparpillant les poules pour aller sillonner les chemins seule. L'aubépine était en fleurs ; son odeur puissante flottait dans l'air nocturne. Nina s'enroula bien dans son manteau et poursuivit sa route. Mieux valait se promener dehors en réfléchissant à son avenir que rester assise à l'intérieur dans une belle maison qui ne lui appartenait pas et qui n'appartiendrait bientôt plus à Lennox non plus ; qui leur serait arrachée par une femme qui n'en voulait même pas ; qui ne voulait ni du charmant village de Kirrinfief, ni de la ferme, ni de la petite croix sur la place du marché, ni des guirlandes qui décoraient le village en été ; qui ne voulait rien de tout cela ; qui se contenterait de le faire fructifier pour mieux le gaspiller.

Elle enfouit ses mains dans ses poches avec colère. Elle pourrait chercher un autre logement dans le coin, supposa-t-elle. Mais il n'y en avait pas de disponible, excepté une chambre d'appoint au-dessus du pub, ce qui ne l'enchantait pas vraiment et qui ne serait certainement pas aussi jolie que la grange. Entre-temps, les Orcades lui avaient appris qu'elle pourrait y louer une charmante ferme vide, avec tout le confort moderne et un loyer super bas – ajoutant au passage que, tant qu'elle y était, si elle pouvait ramener vingt à trente mille jeunes gens supplémentaires pour aider à repeupler les îles, ce serait super, merci.

Face à ce dilemme, elle soupira et continua à avancer d'un pas lourd. Avant même de s'en rendre compte, elle approchait du passage à niveau, le cœur plein de regrets.

★

Quand elle vit l'arbre, elle s'arrêta net, bouche bée.

Il était entièrement recouvert de livres. Accrochés aux branches avec des lacets, ils tombaient en cascade, tels des fruits pendillant bas. C'était un spectacle singulier, d'une étrange beauté, que cet arbre plein de livres, par une nuit d'été d'un bleu profond, tout au bout du monde, au milieu de nulle part.

Nina le fixa. *Oh, Marek, qu'as-tu fait ?* Il y avait des livres d'histoire, de fiction, de poésie, dont beaucoup étaient en russe ou en letton, mais certains en anglais ; plusieurs étaient gorgés d'eau, ce qui signifiait qu'ils étaient là depuis longtemps, et certaines pages, qui s'étaient détachées, étaient collées contre le tronc, ce qui avait pour effet supplémentaire de transformer l'arbre lui-même en énorme ouvrage de papier mâché.

Comme Nina se tenait à l'écart pour le contempler, fascinée, une petite brise souffla, et les livres virevoltèrent, dansant dans le vent, le papier redevenu de la pâte, du bois, là où tout avait commencé.

– Mon Dieu, murmura-t-elle avant de sortir son téléphone.

Mais elle le rangea à nouveau. Non. Non, elle ne le ferait pas. Elle ne le pouvait pas.

Elle consulta sa montre. Il ne tarderait pas. Le train ne tarderait pas à passer. Cela ne pouvait pas lui faire de mal de le voir une dernière fois avant son départ. Juste pour lui dire merci, peut-être ? Il avait des sentiments bien plus profonds à son égard qu'elle ne l'avait réalisé, elle le comprenait désormais.

Mais ces sentiments ne reflétaient-ils pas simplement les désirs d'un cœur solitaire et romantique ? Et deux cœurs comme les leurs ne devraient-ils pas ensemble ?

Non, pas du tout. Il y avait un petit garçon en jeu. Une famille. Elle ne ferait jamais cela à la famille de quelqu'un d'autre, elle en était incapable.

Sa gorge se serra. DONC, elle allait faire demi-tour. Elle allait passer son chemin.

Au loin, elle entendit alors le bruit discret d'un sifflement sourd, le cliquetis subtil qu'elle avait appris à si bien connaître, et son cœur se mit à battre au rythme des rails.

Chapitre 29

Elle était comme pétrifiée. Lentement, le train remonta la voie, traînant ses précieux wagons derrière lui. Oubliant toute prudence, elle passa sous la barrière et agita les bras, comme une folle, comme si elle n'avait aucune idée de ce qu'elle faisait, alors que le train ralentissait de plus en plus.

Le cœur battant la chamade, elle essaya de réfléchir à ce qu'elle allait lui dire : simplement non, ce n'est pas possible, ou alors elle lui ferait ses adieux, comme il se devait, en portant un regard triste sur les occasions ratées et le mauvais *timing*…

Elle resta plantée là, figée, battant des paupières. Un million de pensées différentes lui traversaient l'esprit. Jim était dans la cabine. Elle l'interpella, mais il ne se retourna pas. Il ne sembla même pas vouloir s'arrêter. Il finit par le faire malgré tout, un peu plus loin, si bien que Nina se retrouva directement face au dernier wagon, avec la petite plateforme à l'arrière.

Marek était assis dessus, les jambes ballantes. Il ne portait pas son uniforme : il était en civil.

Elle le regarda.

– Salut, dit-elle, pas certaine de savoir quoi faire. Salut, répéta-t-elle en s'approchant, puisqu'il refusait toujours de croiser son regard. L'arbre. L'arbre, il est si beau. Mais… enfin, c'est adorable, mais…

Il se leva.

– Nina, annonça-t-il d'une voix triste et basse. Je suis venu… je suis venu te dire au revoir.

– Pourquoi ? Pourquoi ? Où vas-tu ?

– Oh, j'ai eu des ennuis. J'ai ralenti train de nuit trop souvent, oui ?

– Non. Ils ne… Tu n'as quand même pas perdu ton emploi ?

Marek haussa les épaules.

– Pas de pique-nique sur les voies, commenta-t-il avec un sourire. C'est de ma faute.

– Non ! Ce n'est pas possible ! Tu ne peux pas te faire renvoyer ! Les autres ne vont-ils pas se mettre en grève pour toi ?

Une pensée lui traversa subitement l'esprit.

– Est-ce pour cela que Jim refuse de me parler ?

– Il est très en colère contre toi. Il dit que tout est de ta faute.

– Mon Dieu, dit Nina, au supplice. Je suis tellement désolée. Je suis vraiment, sincèrement, désolée.

Marek secoua la tête.

– Ce n'était pas de ta faute. Pas de la faute de Nina.

– Je n'ai pas arrangé les choses, répondit-elle piteusement en repensant à tous les services qu'elle l'avait laissé lui rendre, à la manière dont elle l'avait encouragé à prendre son travail à la légère. Les autres vont-ils faire quelque chose pour toi ?

– Bien sûr. Je suis bon mécanicien. Qui fait parfois des bêtises. Mais…

Il y eut un blanc.

– Est-ce que tu vas avoir un autre travail ?

– Oh non. Non, non. Pas de travail. Je ne peux pas rester en Grande-Bretagne, hein.

– Oh non ! s'écria Nina, horrifiée. Tu es expulsé ! Ce n'est pas possible !

Elle sauta sur la voie et monta les marches.

– Même ça, c'est mal, lui fit remarquer Marek.

– Je m'en fiche, répondit-elle avec véhémence. Ils ne peuvent pas t'expulser. Laisse-moi porter le chapeau !

– C'est peut-être le moment, répondit-il avec tristesse. Je me faisais des illusions. Je faisais semblant de vivre histoire d'amour avec toi, hein ? Une grande histoire, comme dans les livres de contes, comme celles qu'écrivent les poètes.

Nina regarda ses grands yeux noirs et ses longs cils, sentant ses propres yeux se remplir de larmes.

– Mais tu avais raison. Ce n'était pas réel. J'ai une vie. Tout le monde en a une. Et ma vie, c'est Aras et Bronia. Ça, c'est vie imaginaire. Je veux vraie vie.

La peine se lisait sur son visage.

– Tu… tu t'en vas ?

Il acquiesça.

– Oh oui. Je rentre chez moi. Je trouverai travail. Je sais réparer moteurs, tout type de moteurs. Il y a toujours travail pour ceux qui savent réparer moteurs.

– Mais. Mais…, commença-t-elle, abasourdie.

Soudain, un coup de klaxon retentit. Jim avait remis la locomotive en marche.

– Au revoir, dit Marek.

Elle le fixa. Le grand train commençait déjà à s'ébranler.

– Descends, Nina. Descends, c'est dangereux.

– Mais…

Le train prenait de la vitesse.

– Vas-y !

Elle lui jeta un dernier regard. Puis elle sauta pour atterrir en toute sécurité au bord des rails, et regarda l'impressionnant convoi se frayer un chemin à travers la vallée, glissant lentement jusqu'à disparaître à sa vue.

*

Debout le long de la voie ferrée, elle essaya d'appeler Marek, le cœur battant, mais il ne répondit pas. Elle tapa frénétiquement un message, mais, à nouveau, ne reçut aucune réponse. Elle passa alors un coup de fil à Surinder.

– Je savais que c'était débile, dit-elle entre deux sanglots.

Et Surinder, c'était tout à son honneur, ne lui répondit pas : « Je t'avais prévenue », quand elle aurait été en droit de le faire.

– Je trouvais ça… eh bien, je trouvais ça romantique. C'était mignon. C'était un genre de jeu.

– Il a joué, il a perdu, répondit simplement son amie, et Nina fondit à nouveau en larmes.

*

Elle rentra en courant à la ferme, où Lennox, entendant ses pas précipités, ouvrit brusquement la porte. Sa grande carcasse se découpait dans l'embrasure, la lumière brillant dans son dos à l'intérieur, Persil sur ses talons.

– Qu’est-ce qui s’est passé ? Qu’est-ce qui se passe, bon sang ? dit-il, la peur se lisant sur son visage quand il s’aperçut qu’elle pleurait, ses bras s’ouvrant instinctivement. Est-ce que ça va ? Est-ce qu’il s’est passé quelque chose ?

Il attrapa un objet derrière la porte.

– Qu’est-ce que c’est ? demanda-t-elle, s’arrêtant net, le dévisageant.

Lennox la regarda posément, dans les yeux, alors qu’elle reculait d’un pas.

– C’est un fusil de chasse. Qu’est-ce qui vous arrive ? Est-ce que quelqu’un vous a fait du mal ?

Nina essuya ses larmes vigoureusement et résista à son envie première : courir, en pleurs, dans ses bras, poser sa tête sur son épaule carrée, faire en sorte qu’il arrange tout, comme il le faisait avec ses satanés moutons. À la place, elle essaya de se ressaisir.

– Non. Non, rien de ce genre.

Elle suivit son bras du regard tandis qu’il reposait le fusil, toujours un peu choquée qu’il en ait un ici.

– C’est… c’est Marek, bredouilla-t-elle en éclatant à nouveau en sanglots.

Le visage de Lennox changea aussitôt ; il se ferma, comme une porte qui claque. Puis ses bras se baissèrent lentement.

– Oh, lança-t-il. Un truc de fille.

Et il se détourna. Nina aurait voulu lui jeter quelque chose à la figure.

– Non ! Vous ne comprenez pas. Il a des ennuis.

– Pour avoir arrêté son train là où il n’aurait pas dû. Bien.

– Mais il a perdu son emploi. Il est expulsé ! Ils le renvoient chez lui !

Lennox se retourna et la considéra avec calme.

– Peut-être que, parfois, il est temps de rentrer chez soi.

Nina ne put que le fixer ; elle ne savait pas quoi faire d'autre.

– Oh.

Il regarda ses pieds.

– Ce n'est pas ce que je voulais dire, finit-il par décalrer au prix de grands efforts. Je suis désolé pour votre petit ami.

– Ce n'est pas... ce n'est pas mon petit ami. C'est juste un homme, d'accord ? Qui a des ennuis. Parce qu'il était ami avec moi. Il a fait une erreur, mais moi aussi. Et il ne s'est jamais rien passé entre nous, même si ça ne vous regarde pas, et maintenant, on le chasse du pays. Pardonnez-moi d'avoir pensé que vous en auriez quelque chose à faire, même si cela ne concerne pas vos maudits moutons.

Elle fit volte-face pour se diriger vers la grange.

– Attendez, dit Lennox, paraissant toujours contrarié. Qu'est-ce que je pouvais faire, d'après vous ?

– Je pensais que vous connaîtriez peut-être un avocat, répondit-elle, maussade. Mais oubliez ça. Ce n'est pas grave. Vous vous en fichez.

Il s'approcha.

– Je ne connais qu'un avocat écossais spécialiste des divorces. Je ne suis pas sûr qu'il vous soit très utile.

– Laissez tomber, lança-t-elle amèrement. Pardon de vous avoir dérangé.

★

Cela prit des jours, mais elle finit par recevoir un e-mail de la part de Jim. Marek était parti ; il avait été expulsé, avait quitté le pays par avion, avec Dieu savait combien d'autres réfugiés et migrants malchanceux. Elle veilla tard dans la nuit quand elle reçut le message, maudissant le nom qu'elle avait donné à sa librairie, se demandant si, dans la vraie vie, quelqu'un coulait vraiment des jours heureux.

Chapitre 30

Quelques nuages passaient devant un soleil éclatant ; maintenant que le plus fort de l'été était passé, le ciel se parait à nouveau de rose et le jour promettait de se coucher pour de bon, et non plus simplement de décliner. Nina attendait que le couperet tombe ; que Lennox, ce vieux machin acariâtre, perde sa ferme, et qu'elle soit expulsée. Ce n'était qu'une question de temps.

C'était bête car, malgré tout ce qui s'était passé, ici, dans la paix reculée des larges vallées et des profonds lochs d'Écosse, elle avait trouvé quelque chose qui lui convenait, qui apaisait son âme : une tranquillité, un lien avec la nature, l'agriculture et les animaux sauvages comme elle n'en avait jamais eu auparavant, et le sentiment que les choses n'avaient pas à changer ; que des gratte-ciel n'avaient pas à être construits en quelques minutes pour satisfaire des investisseurs étrangers ; que les saisons continueraient de passer avec les nuages qui glissaient dans le ciel, mais aussi que tout recommencerait, comme des générations plus tôt, dans les fermes et les vallées, avec leurs falaises imposantes et leurs rivières qui coulaient doucement, où la vie n'était pas si frénétique et où on avait le temps de s'installer avec une bonne tasse de thé, un sablé et un livre.

C'était un vrai coup dur : elle avait enfin trouvé un lieu où elle se sentait chez elle, mais elle allait encore devoir déménager. Elle serait peut-être tout aussi heureuse dans les Orcades. On lui avait dit que les îles étaient d'une beauté à couper le souffle, que les poissons sautaient directement de la mer à l'assiette, que le ciel était vaste comme le monde, et que les gens étaient avides de livres… Mais, chaque jour, en empruntant la route familière qui descendait en serpentant dans la vallée de Kirrinfief, elle sentait dans son cœur que ce village lui manquait déjà, avant même de l'avoir quitté.

Le soleil était suspendu dans le ciel, lourd et plein, dardant ses rayons sur la petite vallée ; les pavés paraissaient chauds, la place du village était pleine de touristes et de promeneurs ; Edwin et Hugh étaient devant le pub, comme toujours, sans doute en train de commenter l'état du monde et tout ce qui s'ensuivait.

Lesley, qui sortait ses fruits devant l'épicerie, lui fit de grands signes, contente que la librairie arrive ; tout comme d'autres résidents quand ils la virent passer, habitués à sa présence parmi eux. Carmen, la directrice de l'école, au volant de sa Mini, la klaxonna. Leur accueil lui donna presque envie de pleurer. Un groupe de garçons jouaient au *shinty* dans un pré voisin ; elle n'en revint pas de voir que Ben était parmi eux.

Elle poursuivit son chemin, passant devant les digitales qui bordaient la chaussée à cette époque de l'année, avec leurs grosses cloches violettes et pendantes, et remonta jusqu'à la ferme.

Les moutons paissaient dans le champ du bas, les vaches dans celui du haut, et les agneaux, qui devaient encore grandir, étaient désormais presque aussi gros que les moutons, si bien qu'on avait du mal à les différencier. Avec un demi-sourire, Nina reconnut le petit Coton, l'avorton, avec sa balafre irrégulière, toujours à la traîne, parfaitement incapable de grandir, trottinant derrière Persil dès qu'il pouvait le trouver. Le voir lui fit chaud au cœur.

Aucune trace de Lennox ni de Persil, cependant. Elle était si habituée à les voir arpenter les versants de la colline – deux petites formes indistinctes, l'une grande et déterminée, l'autre bondissant comme une folle à ses côtés – qu'elle les repérait en général à des kilomètres. Pas aujourd'hui. Elle était nerveuse. Il allait bien falloir qu'elle le voie à un moment donné ou à un autre. Et qu'elle essaie de ne pas s'emporter contre lui. Et qu'elle attende, bien sûr, son avis d'expulsion. Puis qu'elle passe à autre chose.

Sur le plan professionnel, elle avait fait mieux que dans ses rêves les plus fous. Sur le plan personnel… elle avait fait n'importe quoi. Elle repensa au bon conseil que lui avait donné Surinder avant son départ. Non, cela ne s'était pas bien fini. Les choses ne finissaient pas toujours bien. Mais, au moins, elle avait pris des risques. Au moins, elle avait essayé, avait tenté le coup. Ainsi que Surinder avait l'habitude de le dire, toutes les histoires d'amour n'étaient qu'une lente décrépitude. C'était ainsi.

Mais elle en avait tiré des leçons : maintenant, elle savait quoi faire si elle rencontrait d'autres hommes aux grands yeux tristes (ou, du moins, se renseignerait-elle sur leur situation amoureuse avant de se mettre à flirter avec eux et de leur envoyer des poèmes) et, si elle rencontrait un autre fermier mal luné, eh bien, elle prendrait ses jambes à son cou et ne se laisserait pas aller à penser au contact d'une main, d'un corps d'homme puissant pressé contre le sien…

Perdue dans sa rêverie, elle fut surprise de réaliser que Lennox et Persil se trouvaient juste devant elle.

– Alors, on rêve de livres ? s'enquit Lennox.

Nina parcourut la cour du regard : elle était subitement pleine d'ouvriers agricoles armés d'outils et de pelles.

– Qu'est-ce qui se passe ?

– Je me suis dit que vous aimeriez nous accompagner, marmonna-t-il. On va chez les Clark.

– Où ?

Lennox poussa un soupir et se tourna vers les garçons.

– Pardon. Je vous avais dit qu'elle était un peu tête en l'air.

– Je ne suis pas tête en l'air, rétorqua-t-elle d'un air de défi.

– Ces gamins. Ainslee et Ben. Je croyais vous avoir entendu dire qu'ils avaient besoin d'aide.

⋆

Mme Clark fut enchantée de les voir, bouleversée même. Nina et Ainslee retirèrent les rideaux sales pour les mettre à la machine à laver pendant que Lennox dirigeait ses troupes, qui réparèrent les portes cassées et remplacèrent les carreaux des fenêtres. Deux d'entre eux entreprirent même de repeindre le salon, pendant qu'un autre montait sur le toit pour remplacer les tuiles en mauvais état. Voir ce que quelques personnes déterminées étaient capables d'accomplir si elles s'en donnaient les moyens était tout à fait stupéfiant. Nina voulut remercier Lennox, qui tomba des nues : comment pouvait-elle considérer que cela méritait des remerciements ? Cela avait besoin d'être fait, point final.

Ben, aux anges, courait dans tous les sens ; il essayait d'aider tour à tour jardiniers et plâtriers, qui réparaient la maison délabrée, tout en se shootant aux biscuits et en mettant Radio 1 bien plus fort que sa mère ne le supportait d'ordinaire. Il faisait une chaleur infernale : le soleil cogna toute la journée, qu'ils passèrent à travailler, presque sans pause.

De temps à autre, Nina jetait un petit coup d'œil. Il faisait si chaud que Lennox avait enlevé sa chemise : il coupait du petit bois pour l'hiver à partir d'un vieux tronc.

– Pourquoi tu t'arrêtes ? l'interrogea Ainslee pendant qu'elle rinçait les voilages.

– Euh, pour rien.

– C'est encore à cause de ce vieux mec ? Oh voui, je le vois bien.

– Oui, c'est ça.

Toutes deux le regardèrent une seconde.

– Allez, on s'y remet ! s'exclama Nina.

Plus tard dans l'après-midi, elle remarqua, surprise, un monsieur plus âgé qu'elle avait déjà vu. Il portait un costume-cravate, et elle réalisa qu'il s'agissait de l'avocat de Lennox. Il s'adressa à ce dernier à voix basse, l'air sérieux. Lennox posa sa hache, et son visage devint rouge de colère : il avait l'air de jurer dans sa barbe. L'avocat parut désolé et se retourna pour partir.

Ce faisant, il leva les yeux et aperçut Nina par la fenêtre. Il lui fit un signe de main et passa la tête par la nouvelle porte de la cuisine.

– Ah, bonjour, dit-il.

– Bonjour, répondit-elle, craignant le pire.

– Je tenais juste à vous dire… vous dire que j'étais désolé pour votre… votre ami. Je me suis adressé au ministère de l'Intérieur, vous savez, mais, apparemment, son départ était volontaire, alors ils ne pouvaient rien faire.

– Vous… vous avez appelé le ministère de l'Intérieur au sujet de Marek ?

– Oh oui. Lennox m'a demandé si cela ne me dérangeait pas…

Nina n'entendit pas la suite. Elle regardait fixement par la fenêtre de la cuisine. L'avocat prit congé, mais elle remarqua à peine son départ.

⋆

Lennox avait embauché Mme Garsters, une habitante du village, pour qu'un repas soit prêt quand ils rentreraient tous à la ferme, épuisés, en fin d'après-midi. (Mme Garsters adorait les livres sur les insectes et était pratiquement une experte en la matière ; Nina devait sans cesse s'excuser de ne pas avoir réussi à trouver le dernier numéro du *British Journal of Entomology*. Mme Garsters soufflait, soupirait, demandant quel genre de prestations de services elle fournissait, et Nina devait lui expliquer qu'elle n'en fournissait pas, qu'elle était un commerce, ce qui ne semblait pas du tout la calmer.)

Exposés sur de longues tables dans la cour se trouvaient d'épaisses tranches de jambon, accompagnées de pickles et de moutarde ; du pain frais maison, coupé grossièrement, avec du beurre salé local ; des meules de bleu dégoulinant ; une salade de pommes de terre crémeuse, et une autre, froide, au concombre et au chou vert avec du fenouil, de l'orange et de l'avoine, qui avait l'air délicieuse ; le tout suivi d'énormes tartes aux pommes, agrémentées de crème écumeuse, encore tiède, tout juste sortie de la laiterie.

Nina ne se rappelait pas avoir déjà été aussi affamée, mais ses mains lui faisaient mal : elles étaient toutes craquelées à cause de la quantité d'eau de Javel qu'elle avait utilisée, alors, avant de manger, elle fit un tour dans la grange qui se trouvait juste derrière son appartement rénové. Elle était certaine d'avoir vu Lennox y laisser de la lanoline – il s'en servait pour adoucir ses mains et les mamelles de ses brebis – et elle en avait grand besoin, sentait-elle.

Après avoir bien fait pénétrer la lanoline, elle se mit à remplir sa bouteille d'eau à la colonne d'alimentation directement reliée au puits. Ce fut alors qu'elle le vit.

*

En réalité, au départ, elle n'arriva pas à le voir ; sa silhouette se détachait sur la lumière du soleil qui inondait l'intérieur de la grange. Ce n'était qu'une grande forme. Cela aurait pu être n'importe qui.

Mais ce n'était pas n'importe qui. Et, en une milliseconde, sa vie bascula.

Elle pourrait tout laisser derrière elle. Elle le pourrait. Elle l'avait déjà fait. Elle pourrait faire tout ce qui lui plairait, comme les grands voyageurs, comme tous ceux qui parcouraient le monde. Mais elle voulait vivre le plus d'expériences possible. Elle ne voulait plus se cacher.

Elle avait commencé par un van. Mais, curieusement, cela lui avait ouvert de nombreux autres horizons. Et maintenant, elle voulait cette vraie vie dont elle sentait qu'elle était passée à côté ; cette vie que les autres choisissaient de mordre à pleines dents, pendant qu'elle restait sagement assise dans un coin, comme une gentille fille.

Elle se pressa contre le mur de la grange, sentant la chaleur des vieilles pierres dans son dos. L'odeur légère du foin fraîchement coupé embaumait l'air, des brins dorés se détachant et tombant du grenier au-dessus d'elle. La chemise de Lennox était à moitié ouverte à cause de cette chaleur infernale ; son torse était imberbe.

Nina cligna des yeux, réalisant qu'elle s'interrogeait à ce sujet depuis des semaines. Qu'elle y pensait. En rêvait. Mais elle n'avait pu se l'avouer à elle-même, à personne ; elle avait peur que son imagination ne lui joue à nouveau des tours, de fantasmer un homme qu'elle connaissait à peine.

Mais ce qu'elle savait à présent, la seule chose qu'elle avait en tête, c'était qu'elle avait envie – besoin – de le toucher, et vite. Et que personne n'était là pour la juger, ni pour prendre de haut la petite Nina, discrète et studieuse.

– Est-ce que vous voulez un verre d'eau ? se surprit-elle à lui demander, d'une voix haletante et plus basse que d'habitude.

Il pénétra dans la grange, et elle lui tendit sa bouteille, recouverte de condensation, en le regardant droit dans les yeux. Elle tenta de sourire, mais n'y arriva pas. Elle ne pouvait pas bouger.

Le regard de Lennox ne trahissait rien tandis qu'il s'approchait d'elle ; suffisamment pour qu'elle sente la chaleur de son corps, l'odeur fraîche et pure de sa transpiration. Cela lui donna le tournis. Sa gorge se serra. Il prit la bouteille sans la remercier et but sans détacher ses yeux des siens.

Elle avait une fraction de seconde pour se décider, elle le savait. Une toute petite fraction de seconde pour reprendre la bouteille, tourner les talons et partir. À la place, elle fit une chose dont elle ne se serait pas crue capable : elle se pressa encore plus haut contre le mur, comme pour le défier, en le fixant elle aussi du regard, effrontément. Son cœur battait la chamade, et elle ne se sentait pas capable de parler. Elle avait besoin du mur derrière elle, au cas où ses jambes flancheraient. Elle contempla sa silhouette à contre-jour, dans le sanctuaire frais et silencieux de la grange, et réalisa qu'elle n'avait jamais tant désiré quelque chose dans sa vie, n'avait jamais tant désiré quelqu'un, alors au diable tout le reste : Kate, Marek, les conséquences, ce qui se passerait ensuite.

Elle soutint son regard un moment, un moment hors du temps, suspendu ; un instant frémissant dans la chaleur, comme si le monde s'était arrêté de tourner ; comme si elle était une ballerine timide attendant de monter sur scène.

Puis Lennox fit un petit pas en arrière pour pousser la porte derrière lui, qui se ferma en claquant.

Ce qui se passa ensuite fut si rapide que cela la prit totalement au dépourvu, même si elle l'avait décidé ; avait clairement et délibérément choisi d'être provocante ; n'avait pensé qu'au fait que c'était ce qu'elle voulait.

Mais l'intensité et l'impétuosité de son baiser la submergèrent malgré tout. Il l'embrassa avec maîtrise, fort, de manière appuyée, comme s'il avait en lui une fureur latente qu'il devait s'efforcer de maîtriser.

C'était le meilleur baiser que Nina avait jamais échangé. De très loin. Elle l'embrassa en retour, avec ardeur, réalisant que, jusqu'alors, les baisers n'avaient toujours été qu'un prélude ; une mise en bouche ou une découverte ; un précurseur de ce qui se passerait ou ne se passerait pas ensuite.

Mais pas celui-ci. Ce baiser allait bien plus loin. Il était sérieux et déterminé ; c'était cela, un vrai baiser. Un frisson parcourut tout son corps.

Quand ils s'interrompirent, temporairement, la laissant très déçue, elle était certaine qu'il s'excuserait, tel le parfait gentleman qu'il était ; qu'il reculerait. Tout ce qu'elle savait de lui et de son caractère taciturne l'amenait à penser que la suite des événements nécessiterait de la discussion, de la négociation, de l'embarras, sans doute, un dîner, probablement ; et son cœur se serra.

Au lieu de cela, elle se contenta de murmurer à son oreille :

– Encore.

– Bon Dieu, l'entendit-elle geindre, puis il recula, pantelant, le regard plongé dans le sien.

Il y avait du bruit dehors.

– Il faut… Il faut que je m'occupe des ouvriers.

Elle opina du chef, sans le quitter des yeux.

– Plus tard ? se hâta-t-il de dire.

Et elle se demanda pourquoi, depuis tout ce temps, cela l'avait dérangée qu'il lui parle si peu. Car ils avaient bien l'air de pouvoir se passer de mots.

Chapitre 31

Le dîner fut une véritable torture. Ou, plutôt, dans d'autres circonstances, il aurait été en tout point merveilleux.

Le soleil se coucha tôt, lentement, dans un flamboiement de rose et de doré. Comme les femmes et les hommes des environs arrivaient pour faire la fête, les épouses des ouvriers agricoles firent leur apparition, les bras chargés de plats à partager : de grosses tourtes brillantes et du jambon. On remplit à ras bord d'énormes pichets de cidre, pour les vider tout aussi vite ; on les buvait accompagnés de gros morceaux de pain maison, enduits de beurre et de fromages de la ferme. Ben et toute une ribambelle d'enfants du coin entraient et sortaient de la maison en courant : ils pourchassaient le chat, qui n'était en rien impressionné, donnaient à manger à Persil, qui était enchanté, et chipaient ici et là de petits verres de cidre.

Quelqu'un avait apporté un violon, et les couples se mirent à danser dans la cour ; on entonna des chansons et on raconta des blagues. Nina et Lennox ne se quittaient pas des yeux, ne se rendant compte de rien de ce qui se passait autour d'eux, un peu gauches, déboussolés. Nina était certaine que tout le monde devinait ses pensées ; elle se surprit à rougir à intervalles réguliers, parfaitement incapable de se concentrer, toujours consciente d'où Lennox se trouvait, de la direction dans laquelle il regardait, et du temps qu'il lui restait à attendre jusqu'au moment où ils réussiraient à s'éclipser.

Enfin, on commença à débarrasser la table et, d'un commun accord, dès que la politesse le leur permit, ils prirent congé des fêtards pour se diriger vers la grange de Nina, avec ses fenêtres donnant sur la campagne, loin de la ferme et des regards indiscrets.

Un court instant, Nina se demanda si voir les rideaux froufroutants, la cuisine hors de prix, le lit scandinave immaculé, ne risquait pas de rendre Lennox triste ou mélancolique. Lui ne disait toujours rien, mais, à la seconde où ils furent à l'intérieur, il la prit à nouveau dans ses bras et l'embrassa à en perdre haleine. Puis il la conduisit à l'étage et la déshabilla, vite, d'un geste expert. Quand ils furent tous les deux nus, il l'allongea sur le lit.

– Toi, dit-elle avec étonnement, en le fixant. C'est toi.

Il soutint son regard, ses yeux plongés dans les siens, lui caressant le corps.

– Je crois, oui, dit-il d'un air songeur, presque aussi surpris qu'elle. Je ne voulais pas… je ne voulais pas que ça arrive. J'ai juste… C'est plus fort que moi. Je n'arrête pas de penser à toi. À tout chez toi.

Il attendit, prenant son visage entre ses mains.

– Cette expression que tu as quand tu lis dans ton van, avec tes pieds en l'air, si tranquille, et que ton visage s'illumine, et je ne sais pas où tu es ; tu pourrais être n'importe où, si loin, dans un coin reculé de ton esprit auquel je n'aurais jamais accès... Ça me rend dingue. La manière dont tu es venue ici : tu t'es levée un jour et tu as complètement changé de vie... je veux dire, ma famille vit ici depuis quatre générations. Ça ne me serait jamais venu à l'esprit de faire ce que tu as fait, de repartir de zéro pour tenter quelque chose de différent. C'est incroyable. Tu n'es qu'une petite nana... On ne soupçonnerait jamais ça chez toi. Et ce conducteur de train... ça m'a rendu fou. Je suis désolé. J'étais jaloux.

Nina crut que son cœur allait exploser.

– Je ne pouvais pas... je ne pouvais pas me permettre de... Je ne pouvais pas supporter une autre passade ridicule, une perte de temps qui n'irait nulle part, qui me ferait juste me sentir nulle, et tu me traitais comme une idiote...

– Parce que c'est moi l'idiot. C'est moi.

Nina ferma les yeux.

– Embrasse-moi, s'il te plaît. Maintenant. Fort. Comme tu sais le faire.

Lennox s'assombrit.

– Kate, dit-il.

Nina grimaça.

– Kate... elle n'aimait pas ma façon de faire l'amour. Elle disait que j'étais trop brusque.

Son visage se fit inhabituellement vulnérable.

Nina le regarda, les yeux légèrement embués, car elle sentait qu'il fendait un peu l'armure.

– Tout le monde est différent, répondit-elle, doucement, mais clairement. Tout le monde a des goûts différents. Et c'est très bien comme ça. Et moi, ce qui me plaît, je crois que... que c'est toi. Beaucoup.

– Je ne suis pas ton genre, marmonna-t-il, à l'évidence gêné.

– Il ne faut jamais juger quelqu'un d'après son apparence, répliqua-t-elle avec espièglerie avant de tirer la langue, ce qui finit par lui arracher un sourire.

– Oui, je suppose que tu as raison. Est-ce qu'on peut arrêter de parler maintenant ?

Et ils arrêtèrent. Après cela, finis les rires, les blagues, le bavardage. Ils se lovèrent l'un contre l'autre, hors d'haleine, la tête de Lennox s'effondrant dans le creux du cou de Nina. Elle sentait ses poils sur sa peau douce, un peu submergée, presque effrayée par ce qu'ils venaient de faire ; son cœur battait toujours la chamade ; la tension était momentanément retombée, mais elle remontait déjà, dans sa poitrine d'un rouge profond.

Elle n'avait jamais rien connu de tel, ne savait même pas qu'elle avait cela en elle.

– Est-ce que je peux rester ? finit-il par murmurer.

– Oui, répondit-elle abruptement, et elle ne lui dit pas merci, ni s'il te plaît, parce qu'elle était une Nina très différente dans un monde très différent, et qu'elle ne savait pas combien de temps cela durerait.

*

Son visage, réalisa-t-elle alors que Lennox s'assoupissait lors d'un court intermède, ne se détendait pas pendant son sommeil, au contraire de la plupart des gens. Elle ne pouvait pas le contempler et admirer son charme, entrevoyant le petit garçon qu'il avait été ou décelant une douceur plus profonde au-delà de sa personnalité revêche, comme on pouvait s'imaginer le faire avec un amant.

Non, il était le même : la mâchoire carrée, cet air concentré, qu'il soit en train de travailler à la ferme ou de la regarder. Elle le fixa, fascinée, jusqu'à ce qu'il se réveille, sans une seconde de confusion, et la tire par les poignets.

– Nina, dit-il, comme s'il avait soif d'elle, et c'était le cas ; c'était bel et bien le cas.

Alors, tandis que la nuit des fêtards et des joueurs de violon se prolongeait, la leur en fit de même.

Chapitre 32

Au bout de quatre jours, cela devint ridicule. Ils ne pouvaient pas continuer ainsi. Premièrement, elle allait finir à l'hôpital ou en faillite. Et, deuxièmement, ils n'avaient pas du tout parlé de ce qui se passait entre eux, et cela ne pouvait pas durer indéfiniment.

Parce que c'était plus fort qu'elle. Elle ne pouvait penser à rien d'autre, à personne d'autre. Elle était incapable de gérer ses finances, n'arrivait pas à travailler. Elle recommandait Anaïs Nin à tous ses clients, ce qui ne manqua pas de faire froncer les sourcils à l'épouse du pasteur (qui ne retourna toutefois pas le livre en question).

Lennox passait ses journées à travailler ou à venir la retrouver, où qu'elle soit : une fois, il avait même fait irruption au club de lecture de l'Institut des femmes pour lui dire, d'un air très sérieux, qu'il avait besoin du van pour remorquer la Land Rover, et lui demander si elle pouvait venir immédiatement. Nina avait présumé que, compte tenu de leur grand discernement, les gentilles dames qui discutaient de romans sur la Seconde Guerre mondiale avaient toutes trouvé cela parfaitement normal, et n'avait pas remarqué une seule seconde les regards désapprobateurs et les gloussements à son départ ; Lennox l'avait alors conduite hors de la ville, dans le premier lieu où ils ne pourraient pas être vus, puis l'avait prise derrière un arbre avec fougue, sans préliminaires, et elle avait crié si fort qu'elle avait cru mourir.

Nina trouvait cela extraordinaire. Cet homme si renfermé sur lui-même, si peu expansif, était un amant follement inventif et créatif, incroyablement passionné. C'était comme s'il exprimait ainsi tout ce qu'il n'arrivait pas à dire. Et c'était comme cela qu'elle apprendrait à le connaître, à le percer à jour. Pas avec de longues discussions, de la poésie fleurie, ni des intérêts communs, mais à travers un contact physique, de la même manière qu'il ne faisait qu'un avec les animaux ou la nature, sans jamais avoir besoin de se demander pourquoi : il faisait tout simplement partie de la terre. C'était naturel, comme ce qui se passait entre eux.

Et de jour en jour, elle tombait un peu plus amoureuse de lui, réalisait-elle avec inquiétude. Elle apprenait à parler sa langue, et elle ne pouvait l'empêcher, ni s'en empêcher : cela la rendait folle de joie, l'exaltait. Elle avait désespérément besoin de lui, d'une manière qui la rendait profondément vulnérable, et elle savait que, s'il ne ressentait pas la même chose, elle ne serait pas capable de le supporter.

⋆

– On est si différents, expliqua-t-elle au téléphone. Honnêtement, c'est… Je ne sais pas. Je ne sais pas. Ce n'est peut-être que du sexe.

– Oh là là, mais c'est tout, le sexe, murmura Surinder. Dis-m'en plus.

– Je n'ai pas envie de t'en dire plus. *Primo*, tu es dégoûtante et, *deuxio*, ça me donnerait juste envie d'aller le retrouver et, si je ne dors pas un peu, je vais emboutir le van.

– J'ai su qu'il était comme ça dès que je l'ai vu.

– Ce n'est pas vrai.

– Mais si. C'est le genre. Je l'ai vu tout de suite. Tout coincé, mais terriblement sexy en dessous. Tous ces sentiments refoulés.

– Arrête ! C'est insupportable. Je ne sais absolument pas ce qu'il ressent, et ça me rend folle.

– Oh, mon chou, répondit Surinder, contrite. Je suis désolée. Je n'avais pas réalisé… je n'avais pas réalisé que tu craquais vraiment sur lui.

– Ce n'est pas le cas, rétorqua Nina, en panique. Ce n'est pas le cas. Je ne peux pas. Ça n'arrivera pas.

– D'accord, c'est pour ça que tu as l'air parfaitement normale et indifférente quand tu parles de lui ? Allez. Est-ce que tu ressentais ça pour Marek ?

– Non. Mais je n'ai pas couché avec Marek.

– Est-ce que tu crois que ça aurait été comme ça ?

Nina marqua un temps d'arrêt avant de répondre.

– Rien n'a jamais été comme ça. Loin de là.

– Bon, eh bien…

– On n'a même pas parlé de son ex. Il est sans doute toujours amoureux d'elle. On n'a parlé de rien. De rien.

– Est-ce que tu es sûre à cent pour cent que tu ne réfléchis pas trop ?

– Je vais peut-être bientôt me retrouver à la rue, dit Nina en parcourant la jolie grange du regard, des larmes s'écrasant sur les draps hors de prix. Kate est sans doute géniale. Je ne suis probablement qu'une distraction. C'est pratique, c'est tout. J'ai peut-être précipité les choses.

– Ce n'est pas ta faute. Si c'est un blaireau, tu vas devoir faire face. Si c'est un mec bien qui traverse une période difficile, eh bien… Peut-être qu'il vaut le coup d'attendre.

– Je crois qu'il m'a détruite, dit Nina avec une petite voix.

Elle s'attendait à ce que son amie lui dise d'arrêter d'être aussi mélodramatique. Mais elle ne le fit pas.

Chapitre 33

– Est-ce que ça te dit d'aller faire une promenade ?

Lennox la regarda d'un drôle d'air.

– Une quoi ?

Il était cinq heures trente du matin, un dimanche clair et venteux. Lennox s'habillait. Nina était au lit, épuisée, heureuse.

– Une promenade. Tu sais, pour profiter de la nature et de la campagne ?

– En l'arpentant ? demanda-t-il, étonné.

– Mmh mmh !

– Mais c'est ce que je fais toute la journée.

Elle se redressa.

– Alors, laisse-moi t'accompagner ! Ce sera un genre de sortie.

Lennox sourcilla. Ils n'étaient jamais allés nulle part ensemble, Nina en avait bien conscience. Nulle part : ni au pub ni à la boulangerie pour acheter de savoureux friands à la saucisse et les déguster dehors, en claquant leurs talons contre le muret comme des ados, des miettes tombant par terre pour Persil. Ils n'avaient pas sauté dans la Land Rover pour aller faire un pique-nique en amoureux, ni marché main dans la main le long de la plage…

Elle le regarda enfiler une chemise en sergé propre. La température devait chuter bien en dessous de zéro pour qu'il mette un blouson. Arrivé devant la porte, il se pencha pour lacer ses gros brodequins, puis alla verser du café bien chaud dans un gobelet isotherme ; il prendrait son petit déjeuner plus tard. Nina l'observa pendant qu'il se préparait à partir en silence.

– Alors, tu viens ? finit-il par marmonner.

– Oui ! s'exclama-t-elle en se levant d'un bond.

Elle empila plusieurs couches de vêtements avec enthousiasme, attrapa son manteau suspendu à la patère et le suivit à l'extérieur.

L'aurore naissait, et il faisait un froid mordant dehors. Persil, tout joyeux, sortit en galopant de sa niche, et Nina lui fit un gros câlin. Lennox disparut à l'intérieur pour reparaître avec un deuxième gobelet de café noir, chaud et sucré, qu'il lui passa sans un mot.

Les oiseaux se réveillaient : ils pépiaient dans les haies à leur passage. Une brume matinale flottait au-dessus des champs. Bien emmitouflée, un gobelet fumant lui réchauffant les mains, Nina trottinait pour suivre Lennox, qui la précédait à grandes enjambées : il passa la tête dans l'étable pour s'assurer que la traite se passait bien – Ruaridh lui fit un petit signe en le voyant –, puis continua de monter jusqu'aux champs du haut pour vérifier l'herbage et le fourrage des moutons. Au loin, le soleil rosé se levait sur les collines brumeuses. Nina s'exclama, mais Lennox se contenta de poursuivre sa routine matinale : il contrôla qu'un des murets ne tombe pas trop en ruine ; examina une clôture pour voir si les cerfs n'avaient pas fait de dégâts. Pendant qu'il était à la tâche, Nina aperçut un faon, tout tacheté de beige, à quelques mètres de là. L'animal leva la tête, son petit museau remuant d'excitation, et la regarda une seconde, de ses immenses yeux bruns et brillants, avant de se retourner pour s'éloigner en bondissant.

– Ouah ! Est-ce que tu as vu ça ?

– Un cerf ? fit Lennox, incrédule. Je n'arrive pas à me débarrasser de ces sales bêtes.

– Mais est-ce que tu as vu comme il était mignon ?

– Satanées espèces protégées.

– Tu n'es pas romantique pour un sou, dit-elle d'un ton un brin désespéré.

Elle l'observa réparer avec soin un minuscule trou dans la clôture à l'aide d'un bout de fil barbelé de rechange et d'une pince sortie d'un couteau suisse qu'il avait dans la poche. Il la dévisagea, et elle se rendit compte qu'elle avait commis une erreur ; qu'elle n'était sans doute pas la première personne à lui faire cette remarque.

– Hum.

– Ce n'est pas ce que je veux dire. J'ai juste trouvé que ce cerf était beau.

Lennox tendit le bras, énervé.

– Tu sais, les arbres, de là jusqu'au nord, dans le Sutherland… ils sont vieux de plusieurs siècles. Ils datent de Marie Stuart, reine d'Écosse, voire plus. Et, avant, ils abritaient des grouses, des hérissons, des aigles royaux et des millions de moucherons et d'insectes. Mais, oh non, les cerfs étaient les plus mignons. Tout le monde a vu le film et a pensé que les cerfs étaient mignons et que c'étaient eux qui devaient rester. Du coup, maintenant, ils infestent tout. Ils mangent les racines des arbres, les graines, et à peu près tout ce qu'ils trouvent, ce qui signifie qu'il y a de moins en moins de ces forêts séculaires, parce que les cerfs détruisent tous les vieux habitats. Alors, il n'y a plus de rouge-gorge, plus de coucou, plus de vipère, plus de cloporte. Mais ils ne sont pas aussi mignons que Bambi, hein ?

Nina le regarda.

– Je ne m'en rendais pas compte.

– Tu n'as pas lu ça dans un de tes livres, hein ?

Ils rentrèrent à la ferme sans échanger un mot, Nina inquiète au plus haut point.

*

– Je suis désolée, dit-elle en arrivant devant le portail de la ferme.

– De quoi ?

– D'avoir dit que tu n'étais pas romantique.

– Oh. Je ne le suis pas. Tu entres ?

– Oui. Oui. J'aimerais, mais… Est-ce qu'on peut parler ?

Lennox poussa un soupir, et elle le suivit dans le beau salon.

– Tu ne préférerais pas plutôt…

– De quoi est-ce que tu ne veux pas parler ? Est-ce que… est-ce que c'est ton ex ?

Il parut blasé.

– Nina, est-on obligés d'avoir cette conversation ?

Elle le considéra longuement. Puis elle secoua la tête.

– À l'évidence, non. Pardon. Je croyais que ça comptait. Mais ce n'est manifestement pas le cas. Tu n'es même pas capable de me dire si je vais me faire expulser d'une minute à l'autre.

Elle se leva, prête à partir.

– Bon Dieu, Nina. Je ne suis même pas encore divorcé. Tu sais bien que ça ne dépend pas de moi.

– Donc, ça ne compte pas pour toi ? Bien.

Il la regarda, secouant la tête, stupéfait qu'elle puisse dire une telle chose.

– Pour moi non plus, ajouta-t-elle, regrettant ses paroles avant même de les avoir prononcées.

Il y eut un très long blanc. Lennox se leva lentement, puis se rendit à la porte, où il remit ses bottes.

– Ne… ne pars pas, dit-elle, fixant son large dos avec désarroi.

S'il y avait bien une chose qu'elle savait de lui, une minuscule chose qu'il avait laissé échapper à son sujet, c'était combien il avait été vulnérable après le départ de Kate. Et que venait-elle de faire ? Elle l'avait frappé au cœur, s'était attaquée à cette vulnérabilité ; avait pris ce qu'il lui avait offert et l'avait rejeté parce que ce n'était pas suffisant, exactement comme l'avait fait Kate.

– Je ne voulais pas… Je ne voulais pas dire ça. Je ne le voulais pas.

– Je sais, répondit-il brusquement. Tout ce qui t'intéresse, c'est la maison. Mais, en réalité, tu veux les petits cœurs, les fleurs et tout le tralala. C'est ce qui est important à tes yeux.

– Ce n'est pas vrai ! Ce n'est pas du tout ce que je pense ! dit-elle en le dévisageant. Est-ce que… Est-ce que tu veux venir dîner tout à l'heure ? ajouta-t-elle.

– Je vais sans doute manger chez Alasdair avec Ruaridh, répondit-il sans croiser son regard.

En le voyant partir, quelque chose déferla en elle, quelque chose qui menaçait de la submerger : une vague d'émotions et de peine. Comme il baissait la tête pour passer la porte, elle prononça rapidement son nom – son prénom. Elle ne le connaissait même pas jusqu'à récemment.

– John, murmura-t-elle tout bas.

Il se raidit une seconde, mais ne se retourna pas.

*

– Tu es une idiote.

– Tais-toi. Je sais. Mais lui aussi.

– Tu l'as été en premier. Pourquoi avoir insisté ?

– C'est peut-être mieux que je sache maintenant que c'est un minable doublé d'un acariâtre.

– Oh bon sang, tu savais qu'il était comme ça de toute façon. Nina, tu ne reconnaîtrais pas le grand amour s'il frappait à ta porte et te crachait au visage.

– Ça ne me surprendrait pas de lui non plus.

– Nina, OUVRE LES YEUX ! hurla Surinder, qu'elle avait réveillée en pleine nuit. On ne parle pas de fichus pique-niques en amoureux, ni de promenades au clair de lune, ni de trucs tirés de livres de contes ! C'est la vraie vie, là. Oui, il est difficile et bougon. Il est en plein divorce. Mais il est aussi sexy, solvable et gentil et, jusqu'à il y a une demi-heure, il semblait très intéressé par toi.

– Oh non.

– J'arrive.

– C'est impossible qu'il te reste des congés.

– Mmm.

– Quoi ?

– Rien. Ils m’en doivent une, c’est tout.

– Ne viens pas. Qu’est-ce que tu pourrais faire de plus ?

– Traîner avec toi ? Acheter de la glace pour te remonter le moral ? Te donner une petite claque et te dire d’arrêter d’être idiote ?

– Il va peut-être passer, dit Nina avec espoir.

– Il n’a pas l’air du genre à implorer le pardon, lui fit remarquer Surinder.

Et elle avait raison.

Chapitre 34

Nina se retrouva sur la pointe des pieds, tard la nuit, à jeter un œil par la fenêtre de la cuisine pour voir – juste pour voir – si sa lumière était allumée. Ils s'étaient à peine croisés. Il semblait fou qu'ils aient pu passer ces trois dernières semaines ensemble, totalement nus, ouverts, vulnérables, et aussi proches qu'ils étaient possibles de l'être, et que, maintenant, ils soient censés passer l'un devant l'autre dans la rue sans en parler. C'était complètement dingue. À présent que Nina avait l'occasion d'y réfléchir, elle s'en voulait d'avoir tant insisté, si tôt.

Et elle le désirait tant. Il lui manquait atrocement. Et pas seulement le sexe, réalisa-t-elle, même si cela lui manquait aussi terriblement – c'était comme si elle n'avait jamais mangé de chocolat de sa vie et que, tout à coup, elle avait pu y goûter et que, désormais, elle voulait tout le temps en manger.

Avant cela, se rendit-elle compte, toutes ses expériences avaient été maladroites, agréables, nerveuses, douces, plaisantes. En noir et blanc. Mais, avec Lennox, le sexe était une explosion de couleurs ; si intense qu'elle en avait eu mal à la tête et, une fois, avait éclaté en sanglots. Lennox, sans dire un mot, l'avait alors simplement serrée fort contre son torse en essuyant les larmes qui roulaient sur ses joues, l'avait mieux réconfortée que n'aurait pu le faire quoi que ce soit d'autre, même si elle ne savait pas pourquoi elle s'était mise à pleurer. Mon Dieu, il lui manquait tant.

La demi-douzaine d'œufs laissée de temps à autre devant sa porte lui manquait ; le cidre maison qu'ils avaient bu dans la cuisine lui manquait. Persil qui la reniflait pour lui souhaiter la bienvenue lui manquait ; maintenant, il était le plus souvent dans les champs du haut avec son maître et, lors des rares occasions où il était à la ferme, il était si fatigué qu'il ne faisait que jeter un coup d'œil au van quand elle rentrait chez elle. Lui manquait aussi l'étrange sensation qu'elle avait avec Lennox : que, quoi qu'il arrive, que ce soit à un agneau, à un chien ou à elle, il arrangerait toujours les choses ; s'occuperait de tout. Grâce à lui, elle se sentait vraiment en sécurité, plus qu'elle n'aurait pu l'imaginer.

Elle regarda une dernière fois par la petite fenêtre et s'apprêtait à fermer le rideau et à se retourner quand elle aperçut, juste une seconde, un reflet à la fenêtre d'en face : il était lui aussi en train de la regarder.

Elle retint son souffle et le fixa, les pieds gelés, les yeux braqués sur lui. Elle ressentait un tel désir, un tel manque, qu'il menaçait de prendre le dessus sur le bon sens et la raison, lui donnait envie de courir le retrouver…

Il y eut soudain un bruit de choc qui la fit sursauter : baissant les yeux, elle vit qu'elle avait fait tomber une assiette dans l'évier. Quand elle les leva à nouveau, Lennox avait disparu. Et elle ne savait toujours pas combien de temps il lui restait.

*

C'était dur, songea-t-elle, cette histoire d'épanouissement personnel. Elle ne parvenait presque plus à lire : c'était le coup de grâce. Il pouvait la priver de sa vie sexuelle, de sa tranquillité d'esprit, de ses espoirs de bonheur, de sa maison, de son gagne-pain. Mais PERSONNE ne la privait du plaisir de lire.

Elle devrait partir, pensa-t-elle crânement. Elle devrait aller dans les Orcades. Recommencer. Elle l'avait déjà fait, elle pouvait le refaire. Tout reconstruire, loin de cette ville, loin des commérages, des regards indiscrets et du supplice d'avoir à vivre si près de quelqu'un qui avait fait naître en elle des sentiments si forts.

C'était ce qu'elle allait faire, se dit-elle. Partir. Et elle n'abattait sa dernière carte – partir pour toujours – dans l'espoir que cela l'oblige à entendre raison, à la supplier de rester, à faire en sorte que tout rentre dans l'ordre. Elle allait se battre. Encore.

Elle enfila une robe pas assez chaude pour la saison, mit du rouge à lèvres, la main tremblante, et, essayant de feindre une assurance qu'elle n'avait pas, ouvrit grand la porte.

Lennox était là, ses grandes mains posées sur le chambranle. Elle sursauta.

– Oh !

– Nina, dit-il, le visage crispé. Je ne peux pas. Je ne peux pas me passer de toi. Je ne peux pas… Je suis désolé. S'il te plaît. Je sais que je suis… difficile. Je le sais. Donne-moi une autre chance. Je veux juste une autre chance. S'il te plaît…

Il n'eut pas besoin d'en dire plus. Elle l'agrippa et l'attira contre elle, sachant que, quoi qu'il se passe, elle ne pouvait pas le laisser partir, ne pouvait pas se le sortir de la tête ; elle l'avait dans la peau, qu'elle le veuille ou non, cela ne dépendait plus d'elle.

Elle pressa son corps contre le sien, et il la serra si fort que son étreinte l'étouffa presque. Elle avait le cœur battant et, tout à coup, une digue céda en elle : un sentiment qu'elle n'avait pas vu venir l'envahit, un sentiment qui allait bien au-delà de ses livres, de ses rêves et de ses fantasmes.

Il rapprocha son visage du sien, très lentement, et elle se fit plus grande, folle de désir, prolongeant cet instant délicieux avant de pouvoir le sentir, le goûter à nouveau, et il lui sourit, sachant exactement ce qu'elle ressentait et ce que cela signifiait.

Mais, tout à coup, il eut un mouvement de recul, et elle l'entendit elle aussi : un bruit de pneus sur le chemin qui menait à la ferme. Elle sourit avec regret, s'imaginant qu'il s'agissait du vétérinaire ou d'un fournisseur de fourrage, mais Lennox secoua la tête : de toute évidence, il reconnaissait le bruit de cette voiture. Il recula, le visage défait.

– Oh, Nina, je suis désolé, dit-il, même si elle ne réalisa pas tout de suite ce qu'il voulait dire. Je suis tellement désolé.

Et, dans la cour, dispersant les poules à son passage, déboula une Land Rover Evoque blanche, qui s'arrêta avec un dérapage maladroit.

Chapitre 35

Nina, dans l'obscurité de la grange, observa la femme sortir de son véhicule.

Elle était incroyablement jolie, exactement comme Nina l'avait imaginée : blonde, les cheveux bouclés, un style un peu bobo. Splendide, en réalité. Elle ne paraissait pas du tout assortie à Lennox, même si, quand ils furent à côté l'un de l'autre, Nina vit subitement que le physique de Lennox, grand et fin, avec ses épaules larges, mettait en valeur les courbes élancées de Kate. Ils se complétaient bien.

Nina se tendit, comme Kate embrassait Lennox sur les deux joues. Elle ne savait pas quoi faire. Se cacher lui semblait absurde. Devait-elle sortir en trombe et exiger d'être présentée comme la petite amie de Lennox ? C'était encore pire ; ce n'était pas du tout ce qu'elle était, et ce mot ridicule ne décrivait en rien ce qu'ils vivaient. C'était un terme absurde, enfantin, qui était loin de refléter ce qu'elle ressentait quand il était près d'elle : le soleil et l'orage en même temps, qui la déchiraient. Sa gorge se serra, et elle sentit son cœur s'emballer.

Puis Kate vint à sa rencontre avec un grand sourire, qui dévoilait de très jolies dents. Nina était extrêmement mal à l'aise. Dans une autre vie, dans un autre monde, elle aurait aimé cette femme, même si elle ne lui ressemblait pas du tout. Mais là, tout ce qu'elle voyait, c'était ce qui lui manquait comparée à elle ; pas seulement le style savamment dépareillé, ni le maquillage naturel, dont même Nina savait qu'il demandait autant d'efforts que les moins discrets. Non, c'était leur histoire commune : Kate et Lennox déambulant ensemble dans les rues d'Édimbourg, bras dessus bras dessous, se construisant un univers, s'aimant suffisamment pour se marier. Imaginer Lennox debout devant une foule d'invités en train de dire « je le veux » la fit se sentir toute chose, très jalouse, déstabilisée.

– Bonjour, lança Kate avec une chaleur déconcertante, bien que calculée.

Nina se sentit jaugée, de la provenance de ses chaussures à ses ongles légèrement rongés, habitude héritée des longues heures passées avec un livre à la main.

– Est-ce que je peux entrer ?

Nina essaya de ne pas perdre de vue que cette femme était là pour lui enlever ce qu'elle en était indéniablement venue à considérer comme son chez-elle ; le seul endroit où elle voulait être, le seul travail qu'elle voulait faire, le seul homme qu'elle n'avait jamais désiré de toute son âme, du plus profond d'elle-même.

Kate regarda avec dédain les piles de livres que Nina avait réussi à accumuler sur les étagères immaculées ; les coussins décoratifs qu'elle avait achetés pour rehausser le canapé minimaliste.

– J'aime bien votre touche perso, ironisa-t-elle sur un ton faussement complice qui trahissait sa vraie pensée.

– Euh… Je sais… Enfin, je sais que je n'ai pas un bail à long terme, ni rien, répondit Nina, se demandant pourquoi elle se justifiait devant cette personne alors qu'elle pouvait causer sa perte.

Kate fit un geste de la main.

– Oh oui, il n'a jamais été dur en affaires, mon mari. Je suis étonnée que cette satanée ferme tienne encore debout.

Elle considéra Nina de la tête aux pieds, et Nina s'empourpra, se demandant si elle était au courant. Et puis, pourquoi l'appelait-elle toujours « mon mari » ?

– Comment trouvez-vous Kirrinfief ?

– Euh… intéressant, répondit Nina, incapable de trouver les mots pour dire combien tout avait changé pour elle dans le peu de temps qu'elle avait passé là.

– C'est un vrai trou à rats, non ? Je n'en revenais pas. Je n'ai jamais été aussi heureuse que le jour où j'en suis partie. J'ai entendu dire que vous partiez, vous aussi ?

– Euh, vraiment ?

– Lesley, du village, a dit que vous pensiez aux Orcades, répondit Kate en fronçant les sourcils. Mon Dieu, ça a l'air encore pire qu'ici.

– Où vivez-vous ? l'interrogea Nina.

– Oh, je…

Elle laissa sa phrase en suspens.

– Disons juste que j'ai des projets, finit-elle par dire. Maintenant, voyons voir ce que nous mijote ce satané Lennox.

Elle se tourna vers la porte de la grange, s'arrêtant un instant pour regarder d'un œil critique un tapis râpé, mais adorable que Nina avait trouvé dans un des vide-greniers auxquels elle avait participé.

– Lennox ! Bon sang, quand vas-tu rappeler ton chien d'attaque ?

Il était toujours planté dans la cour, l'air embarrassé.

– Persil ?

Kate ricana.

– Non, pas Persil, bon sang. Ce chien collerait n'importe qui comme un chewing-gum. Même un voleur. Je parle de Ranald.

– Il ne fait que son travail.

– En me prenant à la gorge ?

Lennox ferma brièvement les yeux.

– Est-ce qu'on peut en parler à l'intérieur ?

*

Nina prit le van et se rendit à Pattersmith, où, sombre, elle ne vendit pas beaucoup de livres. Son humeur se lisait manifestement sur son visage, et elle ne parvenait à se concentrer sur rien, arrivait à peine à sourire aux enfants. Elle aurait aimé avoir kidnappé Persil ; au moins, elle aurait eu quelqu'un d'enjoué à ses côtés.

Son imagination se déchaîna. Qu'étaient-ils en train de négocier ? Lennox allait-il renoncer à tout ? Peut-être ; il pensait peut-être que ce serait plus facile. Ou plus juste. Elle n'arrivait pas à imaginer Kate à la tête d'une exploitation agricole. Ou peut-être… Une pensée plus sombre s'immisça dans son esprit. Après tout, Kate était sublime. Et Lennox aussi. Et peut-être… Ils avaient forcément été attirés l'un par l'autre à une époque.

Elle poussa un soupir et, distraite, laissa partir un grand format flambant neuf qui figurait dans les meilleures ventes au prix d'un livre de poche. Et Innes, le poissonnier, tentant de cacher sa joie, s'éclipsa sans demander son reste.

★

Elle dîna tôt au pub avec Edwin et Hugh, qui étaient toujours contents de la voir, mais qui mentionnèrent avoir vu Mme Lennox et lui demandèrent si elle était passée. Une si gentille femme, si jolie. Nina ne put en supporter davantage : le cœur gros, elle se redirigea donc vers la ferme, remontant l'allée en cahotant dans son van.

Ils étaient de nouveau dans la cour. Ils avaient à l'évidence beaucoup crié. Persil avait décampé. Lennox était debout, les mains tendues, ayant l'air de la supplier. Kate avait les joues rouges de colère ; ses belles boucles blondes rebondissaient en tous sens. Nina estima qu'elle ne pouvait pas passer entre eux, alors elle s'arrêta et sortit du van.

– Qu'est-ce que c'est ? hurlait Kate en gesticulant en direction du van. Est-ce que tu l'as acheté pour ta maîtresse ? Que tu as installée dans MA FICHUE GRANGE.

Ah, pensa Nina. Ce qui devait régler le conflit avec calme et méthode avait à l'évidence dégénéré de manière imprévue.

– Mais qu'est-ce qui se passe, nom d'un chien ? hurla Kate, comme Nina approchait. Et vous êtes qui, vous, d'abord ? Je croyais que vous n'étiez qu'une petite souris. Une petite souris tranquille qui ne cause pas de problèmes, pas une coureuse de maris !

Nina tint bon.

– Je croyais que vous divorciez.

– Eh bien, il est invivable, répliqua Kate en faisant la moue. Vous avez dû le remarquer. Il n'a pas d'âme. Aucune poésie. Comment pourriez-vous le supporter ?

Elle fit lentement le tour du van, pouffant en voyant l'inscription sur le côté.

– *La Librairie des jours heureux* ! Ah ! ah ! ah ! Vraiment très drôle. Ils sont plutôt rares, les jours heureux.

Nina se mordit la lèvre : Kate pouvait bien avoir raison, mais elle ne voulait pas l'admettre.

Kate poursuivit son chemin, arpentant la cour comme si elle lui appartenait. Nina n'osa pas lui demander si c'était le cas. Lennox restait figé, observant la scène avec crainte.

– Alors, qu'est-ce que vous faites ? Vous vous baladez, à la recherche de mariages qui battent de l'aile ?

– Arrête, Kate.

La voix de Lennox était sèche.

– Pourquoi ? Je suis en droit de poser quelques questions, non ? Même si je sais que tu préférerais de loin que je disparaisse dans la nature, que je vive dans un trou et que je ne t'embête plus jamais.

– Kate, on en a déjà parlé, lui expliqua-t-il avec lassitude. C'est la ferme de ma famille. Elle me revient de droit.

– C'est tout ce que tu as toujours fait, blablabla. Oui. Ce qui explique pourquoi tu es un pauvre mec triste et rasoir, qui ne peut pas prendre de vacances, ni endurer une pièce jusqu'au bout, ni passer une soirée agréable au restaurant, ni faire quoi que ce soit d'un tant soit peu sympa. Jamais.

– Je ne suis pas ce genre de personne, c'est tout.

– Et comment le saurais-tu ? Tu ne bouges pas d'ici. Oh, à l'évidence, tu es en bonne compagnie. Sérieusement,

Lennox, tu ne pouvais même pas prendre la peine d'aller à un kilomètre de chez toi ? Je ne te savais pas fainéant.

– Ne parle pas d'elle comme ça.

Kate leva les yeux au ciel.

– Je pense que cette pimbêche calculatrice est tout à fait capable de se défendre toute seule.

– ÇA SUFFIT.

Lennox s'approcha d'elle, furieux. Ce qui fit sourire Kate. Elle savait manifestement parfaitement s'y prendre pour le faire sortir de ses gonds. Elle était si belle, charmante et talentueuse ; si confiante (toutes les qualités dont Nina rêvait, tout ce qu'elle avait toujours envié aux autres), et pourtant, elle était là, en train de hurler et de s'égosiller sous le coup de la peine et de la colère. C'était très étrange.

Kate se dirigea droit sur elle.

– Allons jeter un œil à votre petit hobby, vous voulez bien ? Je vois qu'elle, elle peut avoir un petit hobby, hein, Lennox ? C'étaient juste mes barbouillages que tu n'aimais pas.

– Non, c'était que tu ne persévérais dans rien. Un jour, c'était la céramique ; un autre, la peinture ; encore un autre, la poterie, et puis ça a été la décoration d'intérieur. Tu n'allais jamais au bout des choses.

– Parce que je n'étais pas soutenue à la maison. Tu étais dehors à toute heure de la nuit et du jour ; tu m'abandonnais là.

Lennox parut peiné.

– Avant, tu rêvais de vivre ici, dit-il tout bas.

– Oui, ce qui prouve à quel point j'étais idiote.

Kate ouvrit la porte du van. Nina se tint prête à intervenir, mais la laissa faire. Elle ne voulait pas s'interposer devant quelqu'un de pareille humeur.

Kate entra et avisa les murs gris clair, les jolis rayonnages, le lustre. Elle s'arrêta net et se retourna pour regarder Nina avec curiosité.

– Oh, fit-elle. Oh, c'est…

Elle laissa courir sa main le long des étagères.

– C'est adorable.

À la façon qu'elle avait de toucher les livres, Nina vit qu'elle aimait lire. Elle repérait toujours un lecteur, même furibond.

– Oh, répéta-t-elle. Vous dirigez ça toute seule ?

– J'ai un peu d'aide, répondit doucement Nina avec un haussement d'épaules.

Mais Kate s'était arrêtée à côté de la petite caisse. Sa mâchoire venait de se décrocher.

Nina jeta un œil à l'intérieur pour voir ce qu'elle regardait.

– Ça fait…, commença Kate avant de s'interrompre. Ça fait des années que je n'ai pas vu ça.

C'était le dernier exemplaire, tout poisseux, de *Sur les toits*. Le visage de Kate s'adoucit, et Nina vit tout à coup l'enfant qu'elle avait dû être : jolie, chouchoutée, gâtée. Kate tendit la main.

– Je peux ? s'enquit-elle, et Nina opina du chef. J'avais exactement la même édition quand j'étais petite, murmura-t-elle en tournant les pages avec soin.

– Oui, j'ai eu de la chance de les trouver. Il est beau, n'est-ce pas ?

– Oh ! Voilà le moment où le pigeon perd sa patte et qu'ils lui en fabriquent une autre avec un bâtonnet de sucette.

Nina sourit.

– Et voilà la galerie des murmures.

– Ce passage m'a toujours fait peur.

Kate acquiesça.

– Mon Dieu, oui. Et Gallions Reach…

– À chaque fois que je le lisais, j'étais sûre qu'ils n'y arriveraient jamais.

– Est-ce… est-ce que je peux…, demanda Kate en tenant le livre dans sa main.

– C'est mon dernier. Je ne peux pas m'en séparer, je suis désolée.

– D'accord. Oh.

– Je le partage avec… Je le partage avec l'un de mes clients.

– Mais je le veux, insista Kate avec une jolie moue.

Nina la dévisagea. Elle était visiblement habituée à obtenir ce qu'elle voulait. Toujours.

– Vous ne pouvez pas l'avoir, répondit-elle gentiment. Il appartient à quelqu'un d'autre.

Elles se considérèrent longuement.

– Bon sang, dit Kate en se laissant tomber sur l'un des fauteuils poire. J'en ai TELLEMENT MARRE de toute cette histoire. Tellement marre.

– Je comprends, répondit Nina en opinant du chef. Vraiment. Quel est le point de friction ?

Kate poussa un soupir.

– Mon avocat m'a dit de demander toute la ferme et que, comme ça, on parviendrait à un compromis.

– Est-ce que vous voulez vraiment de la ferme ?

– Bien sûr que non, qu'est-ce que j'en ferais ? Mais il n'arrête pas de dire, non, tu n'auras pas la ferme. Pas de discussion. Il est tellement borné, bon sang.

Nina sourit à moitié.

– Oh, j'imagine bien. Vous a-t-il fait une contre-proposition ?

– Il dit qu'il en attend une de notre part. Mais mon avocat est inflexible. Et, pendant ce temps-là, tout va être englouti par les coûts.

– Oh, bon sang ! Demandez-lui seulement...

Elle se rendit compte tout à coup de ce qu'elle s'apprêtait à dire. Mais il fallait qu'ils en finissent, non ?

– Pourquoi ne lui demandez-vous pas simplement la grange ? Je parie que vous pourriez la vendre ou la louer et, comme ça, vous pourrez vivre où vous voulez.

– Mais s'il dit non, je serai vraiment perdante, dit Kate en fronçant les sourcils.

– Il ne dira pas non, protesta Nina.

Lennox était, c'était de plus en plus évident pour elle, taciturne, entêté, buté..., mais, plus que tout, sous ses airs d'ours mal léché, il était gentil. Profondément, fondamentalement, gentil. Elle en était certaine. C'était ce qu'elle préférait chez lui.

Kate la regarda.

– Vous croyez ?

Je crois qu'il faudrait en prendre un pour taper sur l'autre, pensa Nina, mais, heureusement, elle s'abstint de le dire.

Elle ressortit dans la cour, où Lennox faisait rageusement les cent pas, Persil essayant d'attirer son attention pour lui redonner le sourire, en vain.

Il avait l'air sombre.

– Est-ce que tu crois que je devrais juste lui donner la ferme ? Je pourrai sans doute faire autre chose... enfin, j'imagine.

– Ne sois pas bête ! Elle ne veut pas de la ferme. C'était un point de départ pour négocier.

– C'est pour ça que Ranald m'a dit de jouer les durs.

– Eh bien, tu as surtout joué à l'imbécile. Pourquoi ne lui proposes-tu pas simplement la grange ?

– Je ne veux pas qu'elle vive à côté, répondit-il, les sourcils froncés.

– Elle ne va pas vivre à côté, espèce de gros bêta. Elle la vendra ou la louera très cher comme gîte touristique.

Lennox la dévisagea.

– Mais où iras-tu ?

– Peut-on régler un problème à la fois, s'il te plaît ?

Il poussa un soupir.

– Sérieusement ? Tu crois que ça peut marcher ?

– Entre dans ce van et trouve une solution. Maintenant. Vite, avant que ces avocats de malheur ne gâchent tout.

⋆

Nina était assise sur un bas muret de pierres réchauffé par le soleil dans la cour. Persil la rejoignit et posa sa tête sur ses genoux.

– Je sais, dit-elle en lui caressant les oreilles. Moi aussi, Persil. Moi aussi.

Le calme régnait dans le van, et cela faisait un bon moment qu'ils étaient à l'intérieur. Nina laissa échapper un profond soupir. Mais qu'est-ce qu'ils fabriquaient ? Se remettaient-ils ensemble ? Parlaient-ils de leur avenir ? Lennox lui avait-il tout donné à la seconde où il avait posé les yeux sur elle ? Oh non. Et puis, il commençait à faire froid.

Il finit par sortir, le visage blême. Il regarda Nina en secouant la tête.

– Alors ?

– J'ai dit… J'espère que tu ne m'en voudras pas, mais j'ai dit qu'elle pouvait avoir la grange. Je suis sincèrement désolé, Nina.

Elle soupira. Elle lui laissa le temps de dire : « Du coup, voudrais-tu emménager dans la ferme ? », mais, bien sûr, il ne le fit pas, et pourquoi le ferait-il ? Ils n'étaient ensemble que depuis quelques semaines et ils n'avaient même encore jamais réussi à parler de ce qu'ils vivaient. Donc. Bien sûr que non. Elle pensa à nouveau aux Orcades et sentit sa gorge devenir toute sèche.

– Oh, et… elle voulait aussi un de tes livres, ajouta Lennox avec désinvolture.

Elle le regarda, alarmée.

– Est-ce que tu le lui as donné ?

Il la dévisagea. Il y eut un long blanc.

– Bien sûr que non, répondit-il sèchement. Je lui ai dit qu'elle devrait me passer sur le corps pour avoir un de tes livres.

Elle le fixa, puis sourit, la tension retombant.

– Euh… Un thé ?

À cet instant précis, son précieux dernier exemplaire de *Sur les toits* s'éleva dans les airs, lancé avec une force prodigieuse ; il heurta le mur humide, avant d'atterrir en plein dans l'abreuvoir trouble des chevaux. Lennox et Nina, sous le choc, se retournèrent pour le regarder tandis que Kate sortait en trombe du van, avec une expression malveillante.

– Vous ne pouvez pas avoir tout ce que vous voulez ! Certainement pas.

Sur ce, elle sauta dans sa voiture et déguerpit.

⋆

Ils essayèrent de récupérer le livre, mais il était fichu.

– Je suis sincèrement désolé. Je t'en trouverai un autre.

– Ils sont rares comme les moutons à cinq pattes. Tant pis. Il était peut-être mieux dans mes souvenirs de toute façon.

Ils se regardèrent.

– Est-ce que tu veux entrer ?

Il fit non de la tête.

– Je n'ai pas fini. Il me reste quelque chose à faire aujourd'hui ; j'ai promis à Nige. Sa tronçonneuse est cassée.

– Qu'est-ce que c'est ?

– Ça ne va pas te plaire, répondit-il en secouant la tête. C'est de penser à ça qui m'a… qui m'a donné envie de te voir.

– Est-ce que je peux t'accompagner ?

– Si tu veux.

Pendant le trajet, ils restèrent silencieux. Persil, la tête posée sur les genoux de Nina, la regardait de ses gros yeux. Elle n'avait aucune idée d'où ils allaient, jusqu'à ce qu'ils empruntent une voie familière, bordée de fleurs sauvages.

– Quoi ? s'enquit-elle, son cœur battant dangereusement vite.

– C'est… c'est cet arbre, lui expliqua Lennox en l'examinant de près. Il est malade. Il faut l'abattre. Il représente un danger. Je t'ai prévenue.

Elle se mordit la lèvre.

– Je vois.

Elle sonda son cœur pour voir ce qu'elle éprouvait. Elle était triste, mais n'était pas dévastée.

Pendant que Lennox sortait une hache et une tronçonneuse du coffre de la Land Rover, Nina descendit le sentier jusqu'à l'arbre. Les livres de Marek étaient empilés contre le tronc, mais, en approchant, elle remarqua autre chose. Des petits livres miniatures en plastique, des porte-clés en forme de livres, des dessins de livres suspendus à chaque branche, avec des noms inscrits dessus : *Elspeth et Jim pour toujours. Callie aime Donal. Kyle + Peter = Amour Éternel Sans Divorce.*

– D'où ça vient, tout ça ? dit-elle, abasourdie.

Lennox fixa l'arbre en secouant la tête.

– Les gens sont fous. Honnêtement. Qui fait ce genre de choses ?

Mais Nina faisait le tour de l'arbre, folle de joie.

– C'est... Ce sont les amoureux qui viennent ici ! s'exclama-t-elle. Comme sur le pont des Arts, à Paris. Regarde ! Ils laissent des livres ! Et des livres miniatures ! Et des poèmes ! Mais comment ont-ils entendu parler de ça ?

L'arbre cliquetait doucement sous la brise.

– Quelqu'un a dû en parler. Oh, ouah..., ajouta-t-elle avec un sourire. Je pense que ça aurait plu à Marek.

– Est-ce que tu penses souvent à lui ? l'interrogea brusquement Lennox.

– Non. Et je n'en parlerai plus. Mais non.

Lennox restait planté là, sa tronçonneuse à la main.

– Tu ne peux pas faire ça ! s'écria-t-elle. Tu ne peux pas le couper maintenant ! Regarde-le.

– Il le faut. Il est malade.

– Mais il est beau.

– Nina. Cet arbre est en train de mourir. Il faut l'abattre. Il est mangé de l'intérieur. Il pourrait tomber sur la route. Ou sur la voie ferrée. Il faut le couper.

– Mais...

Il secoua la tête.

– Tout n'est pas rose à la campagne. Les belles choses peuvent être dangereuses aussi.

Nina acquiesça.

– Mais tous les livres…

– Je jurerais que, pour toi, les livres sont vivants.

– Parce qu'ils le sont.

Lennox s'approcha d'elle et la prit par la taille. Il la poussa contre le tronc de l'arbre et l'embrassa avec ardeur et passion.

– Sont-ils aussi réels que ça ?

Nina le regarda dans les yeux, puis sourit d'un air malicieux.

– C'est différent.

Il l'embrassa à nouveau.

– Et maintenant ?

– Tu sais, les gens peuvent aimer plusieurs choses à la fois.

– Qu'est-ce que tu viens de dire ? lui demanda-t-il en reculant.

Nina réalisa aussitôt ce qu'elle avait dit. Elle porta une main à sa bouche et vira au rouge vif.

– Oh, je ne voulais pas…

Lennox la considéra gravement sous l'arbre aux livres.

– Est-ce que tu le penses ?

Nina était si gênée qu'elle ne trouvait pas ses mots.

– Je ne… je veux dire…

Il marqua un temps d'arrêt.

– Je veux dire… Tu pourrais ?

Nina plongea son regard dans ses yeux d'un bleu profond.

– Je… J'aimerais beaucoup, murmura-t-elle tout bas, et il se pencha pour l'embrasser à nouveau, en y mettant toute son âme.

★

Plus tard, elle s'écarta de l'arbre.

– Tu ne peux plus le couper maintenant, si ?

Il sourit de toutes ses dents.

– Si ! Tu n'écoutes jamais, ou quoi ?

– Je n'écoute jamais.

– Très bien, dans ce cas, c'est une bonne chose que je ne parle pas beaucoup, non ?

Nina se tourna vers l'arbre.

– Je t'attends dans la voiture. Je ne veux pas voir ça.

– Ça nous fera du bois pour nous tenir au chaud, cet hiver, dit Lennox.

Nina le regarda d'un air interrogateur, mais il ne développa pas.

Pendant que la tronçonneuse vrombissait, elle prit Persil dans ses bras, le berçant, lui glissant de temps à autre des « oh là là ! oh là là ! » dans les oreilles. Elle contempla le large dos de Lennox pendant qu'il s'échinait, contente de ne rien faire d'autre que le regarder, même si voir l'arbre tomber lui fit mal au cœur.

Lennox remplit la Land Rover de bûches, comme le jour déclinait.

– Ça fait tout vide, ici, maintenant, commenta-t-elle.

– Oui, mais le nouveau sera là d'ici quelques jours.

– Le quoi ?

– Le nouvel arbre… Tu ne croyais quand même pas qu'on allait laisser un énorme trou dans la terre ?

– Je ne sais pas, répondit Nina, qui n'avait pas les idées claires, comme si on lui avait fait passer la tête à la machine à laver.

– Eh bien, tu n'y connais pas grand-chose en agriculture, alors. On va planter un nouvel arbre ici : un baliveau, probablement. Ou peut-être un plus vieux. Bref. Quelque chose de joli qui n'est pas rongé par la maladie.

– Ouah !

– Peut-être que tes imbéciles viendront accrocher leurs livres dessus.

– Peut-être, répondit-elle avec un sourire.

– Tu sembles heureuse.

– Je le suis. Très, confirma-t-elle en le fixant. Est-ce que tu vas bien ?

Il opina du chef.

– Je suis heureux, moi aussi.

Puis il lui dit une chose très surprenante :

– Je pensais prendre quelques jours de congé.

– Toi ? lança-t-elle, profondément surprise.

– Voui. Je ne le fais jamais, normalement. Et ça ne s'est pas très bien fini pour moi.

Il parut mal à l'aise.

– Bref. Ruaridh peut tout aussi bien faire tourner l'exploitation que moi. Il est temps qu'il prenne un peu plus de responsabilités. Et je me disais. Enfin. J'ai toujours voulu visiter les Orcades.

Nina lui jeta un regard perçant.

– Ou. Je veux dire. Ça n'a pas forcément à être les Orcades. Juste un petit voyage. Mais si tu dois y aller, eh bien, je pourrai venir. Parce que… Bon Dieu, Nina. Je… Je ne crois pas pouvoir me passer de toi.

– Je ne suis pas obligée de partir, dit-elle avec un sourire.

– Je croyais que tu avais dit qu'on t'avait proposé du travail, là-bas.

Elle secoua la tête.

– J'espérais… J'espérais un répit de dernière minute.

– Mais je laisse la grange à Kate… ta maison.

– Si seulement je pouvais vivre ailleurs.

Il la dévisagea.

– À la ferme, tu veux dire ?

– C'est un peu tôt… Enfin, on se connaît à peine.

Il fronça les sourcils.

– Voui, à peine.

Et Nina éclata de rire.

Quand ils tournèrent dans l'allée, les poules se dispersèrent en tous sens. Lennox se gara prudemment, et ils sortirent tous les deux de la voiture.

– Qu'est-ce que tu en penses ? l'interrogea-t-il avec circonspection.

Persil sauta à terre et courut vers Nina, puis vers Lennox. Elle jeta un regard vers le van.

– Il faudra que je le descende. Que je le gare devant la maison.

Chapitre 36

Les hivers étaient plus froids et plus sombres que Nina n'aurait pu l'imaginer. Dehors, il n'y avait pas de réverbère, rien entre elle et l'épais manteau noir du ciel qui les avait enveloppés au mois d'octobre et ne semblait pas avoir l'intention de partir avant le printemps. Certains jours, le soleil se levait à peine ; des cristaux de givre pendaient aux arbres ; d'épaisses couches de neige recouvraient les routes, rendues impraticables, sauf pour les Land Rover ; le bétail rejetait de gros nuages de vapeur ; les tempêtes projetaient la grêle contre les vitres. Il n'y avait presque rien à faire, si ce n'était s'installer confortablement et conserver son énergie en attendant que les mois les plus sombres passent.

Nina adorait cela.

Elle s'allongeait devant le poêle à bois, la soupe réchauffant sur l'Aga, et, joyeuse, elle pensait à Ainslee, qui était passée en vitesse ce matin pour travailler une petite heure, avant de repartir à la hâte, lui expliquant qu'elle arrondissait ses fins de mois en donnant des cours particuliers dans son temps libre et que c'était beaucoup mieux payé que le van, ce qui était vrai. Nina attendait d'entendre le bruit des pas de Lennox dans l'entrée, la manière soignée qu'il avait d'enlever ses bottes.

Ils étaient bel et bien allés dans les Orcades : ils y avaient passé un séjour merveilleux, à s'empiffrer de coquilles Saint-Jacques, de boudin noir et d'huîtres, à dormir dans une petite maison de pêcheurs grinçante, à naviguer dans les grandes baies et à faire l'amour toute la nuit. Pas un jour ne passait sans que Nina n'ait envie de découvrir davantage cet homme réservé et attentionné. Quand Kate mit la grange en vente et qu'ils finirent par décider de rentrer à la maison que tous deux aimaient tant, rien ne fut plus facile qu'emménager dans la jolie ferme spartiate, puis commencer à la rendre plus cosy et intime. Nina envoyait les spécifications techniques à Surinder tous les jours. Juste au cas où. Et Surinder venait jeter un œil ce week-end. Juste au cas où.

Ce soir, le pas de Lennox était différent ; Persil et Nina se redressèrent, dans l'expectative. Il entra, l'air tout penaud.

– Quoi ? lui demanda-t-elle en le regardant, le sourire aux lèvres, alors qu'il s'approchait pour l'embrasser.

– Rien, répondit-il d'un air coupable.

– Quoi ?!

– Je pensais… enfin, si cette histoire de lecture est si importante pour toi…

Et il déballa un exemplaire en parfait état de *Sur les toits*.

– Mais où as-tu trouvé ça ? l'interrogea-t-elle, aux anges.

– J'ai mes méthodes, expliqua-t-il avec un grand sourire.

Ils dînèrent, puis il leur versa un whisky au goût de tourbe. Elle s'assit devant le feu, et il s'allongea par terre, sa tête bouclée sur ses genoux, lui souriant. Persil vint s'allonger à côté d'eux, et Nina sentit la chaleur, le contentement et le bonheur la submerger, telle une vague.

– Bien, dit-elle. « Il était une fois trois enfants. Et ils s'appelaient Wallace, Francis et Delphine... »

⋆

H&I

Highlands & îles écossaises

Comité national chargé de l'organisation des examens scolaires

Résultats 2016/Torthaí scrúduithe 2016

Nom/Ainm : CLARK, Ainslee Aurora

Date de naissance/Latha breith : 14/09/2000

Circonscription/Céarn : Highlands

Résultats d'examen national 5

ANGLAIS : A+

HISTOIRE : A–

MATHÉMATIQUES : C

ART ET DESIGN : B

GÉOGRAPHIE : B

Remerciements

Au cours de ma carrière, j'ai été chanceuse et malchanceuse avec mes éditrices ; chanceuse, parce qu'elles ont compté parmi les femmes les plus inspirantes et les plus extraordinaires que je n'aie jamais rencontrées, et malchanceuse, parce qu'à la seconde où je commence à travailler avec elles, elles sont promues et partent diriger le monde. Je ne sais jamais si cela doit me réjouir ou me rendre paranoïaque. Quoi qu'il en soit, Maddie West, ma nouvelle éditrice, est plus que brillante, et je me sens très chanceuse en ce moment.

Chez Little, Brown, je remercie également : Charlie King, Jo Wickham, Emma Williams, Thalia Proctor, David Shelley, Ursula MacKenzie, Amanda Keats, Felice, Jen, l'équipe commerciale, et tout le personnel ; l'indispensable, l'incontrôlable et l'exceptionnelle Jo Unwin ; merci aussi à Orbit et LBYR d'être si holistiques. J'ai en horreur le terme « holistique », je ne sais pas pourquoi je l'utilise. Mais vous voyez ce que je veux dire.

Merci aussi à Ben Morris de m'avoir laissée emprunter le nom de son beau et très regretté chien, Persil, et à Alison Jack pour ses précieux renseignements sur l'examen national 5.

Un merci tout particulier à tous les habitants d'Écosse, qui nous ont accueillis à bras ouverts cette année quand nous sommes rentrés à la maison. Nous vous en sommes très reconnaissants. Pourriez-vous juste faire cesser la pluie, s'il vous plaît ? Ce serait génial. Merci !

Sans oublier M. B : il y a beaucoup de toi dans celui-là. Je suis ravie que tu ne le lises pas ;)

Vous avez aimé la série
« Au bord de l'eau » ?

Rendez-vous en octobre pour le troisième tome,
Un Noël au bord de l'eau !

À paraître

Un roman enchanteur
plein de secrets au cœur de l'Irlande.

À paraître

Une histoire romantique
digne des plus belles comédies de cinéma.

Dépôt légal : avril 2020 – N° d'impression : 2002.0109
Achevé d'imprimer en France par Aubin Imprimeur.